Zia Ci… …le '95

OMNIBUS

Patricia D. Cornwell

INSOLITO E CRUDELE

Traduzione di Anna Rusconi

ARNOLDO MONDADORI EDITORE

ISBN 88 0439358-0

TITOLO DELL'OPERA ORIGINALE
CRUEL AND UNUSUAL
I EDIZIONE GENNAIO 1995

INSOLITO E CRUDELE

Questo libro è per l'impareggiabile dottoressa Marcella Fierro
(Sei stata un'ottima insegnante di Scarpetta.)

PROLOGO

Meditazione del dannato di Spring Street

Due settimane a Natale. Quattro giorni al nulla totale. Sdraiato sul mio letto, osservo i piedi nudi e il cesso: bianco e senza l'asse. Non sobbalzo più al passare degli scarafaggi: loro mi guardano, e io guardo loro.

Chiudo gli occhi e respiro lentamente.

Ricordo quando rastrellavo il fieno, sotto il sole cocente, e in confronto ai bianchi non mi davano niente. Sogno di abbrustolire noccioline in una latta, e di sgranocchiare pomodori come mele mature. Immagino di guidare il camioncino, la faccia rigata di sudore in quel posto odiato che giuravo avrei lasciato.

Non posso usare il cesso, soffiarmi il naso o fumare senza che le guardie mi stiano a spiare. Non ho un orologio. Non so che tempo fa. Apro gli occhi e un muro bianco corre fino all'aldilà. Come deve sentirsi un uomo che sta per morire?

Come una triste, triste canzone. Non so le parole. Non le ricordo più. Dicono che accadde in settembre, quando il cielo è un uovo di pettirosso e le foglie in fiamme ti piovono addosso. Dicono che una belva si scatenò per la città. Adesso un rumore in meno ci sarà.

Uccidere me non ucciderà la belva. L'oscurità le è amica: carne e sangue la sua vita. Fratello, tu credi di poterti rilassare: invece è il momento di cominciare a vegliare.

Un peccato tira l'altro.

Ronnie Joe Waddell

1

Il lunedì in cui infilai la meditazione di Ronnie Joe Waddell in borsetta, non vidi la luce del sole. Quando uscii per recarmi al lavoro faceva ancora buio, ed era buio anche quando tornai a casa. Minuscole gocce di pioggia volteggiavano nella luce dei fari, la sera incombeva fredda e nebbiosa.

Accesi il camino in salotto, immaginando le distese di campi della Virginia e i pomodori che maturavano al sole. Vidi un giovane di colore nell'abitacolo rovente di un camioncino, e mi chiesi se già allora nella sua mente si agitavano pensieri omicidi. La meditazione di Waddell era stata pubblicata dal "Richmond Times-Dispatch" e avevo portato in ufficio il ritaglio di giornale per aggiungerlo al suo dossier. Poi gli impegni della giornata mi avevano distratta, e la meditazione era rimasta in borsa. L'avevo già riletta varie volte, sbalordita dal modo in cui poesia e crudeltà potevano convivere nello stesso cuore.

Per un po' mi misi a riordinare le bollette da pagare e scrissi i biglietti d'auguri natalizi, mentre il televisore trasmetteva immagini prive di audio. A mano a mano che si avvicinava l'ora di un'esecuzione anch'io, come gli altri cittadini della Virginia, venivo a sapere dai mass media se il governatore aveva rifiutato oppure accolto la richiesta di grazia – e quindi se potevo andarmene a letto o se dovevo tornare in obitorio.

Verso le dieci squillò il telefono. Risposi, convinta che si trattasse del mio vice o di qualche altro membro dello staff, in attesa come me di sapere che piega avrebbe preso la serata.

«Pronto?» disse una voce maschile che invece non riconobbi. «Vorrei parlare con il capo medico legale, Kay Scarpetta.»
«Sono io» risposi.
«Oh, bene. Sono il detective Joe Trent, della contea di Henrico. Ho trovato il suo numero sull'elenco, scusi se la disturbo a casa.» Dal tono sembrava nervoso. «È che ci troviamo in una situazione... avremmo proprio bisogno del suo aiuto.»
«Di cosa si tratta?» chiesi, fissando ansiosamente il televisore. Stavano trasmettendo una pubblicità. Sperai che non mi volessero sulla scena di un nuovo delitto.
«Qualche ora fa un ragazzo bianco di tredici anni è stato adescato all'uscita di un negozio nel Northside. Gli hanno sparato alla testa. Potrebbero esserci dei risvolti a sfondo sessuale.»
Ebbi un tuffo al cuore. Allungai la mano per prendere carta e penna. «Dov'è il cadavere?»
«Lo hanno ritrovato sul retro di una grande drogheria in Patterson Avenue. Voglio dire, che non è deceduto. Non ha ancora ripreso conoscenza, e in effetti non sappiamo nemmeno se se la caverà. Quindi, visto che non c'è di mezzo un morto, so che non è un caso per lei. Però, vede, il fatto è che alcune ferite sono davvero strane. Non ne avevo mai viste di simili. So che lei ha molta esperienza, così speravo che potesse aiutarmi a capire come e perché sono state procurate.»
«Me le descriva» dissi.
«Dunque, innanzitutto parliamo di due zone: una all'interno della coscia destra, in alto, verso l'inguine, l'altra intorno alla spalla destra. Mancano interi brandelli di carne, come se fossero stati asportati, e lungo i margini delle ferite compaiono graffi e strane incisioni. In questo momento si trova all'Henrico Doctor's.»
«Avete rinvenuto i tessuti recisi?» Stavo scartabellando mentalmente i miei archivi alla ricerca di qualche analogia con casi del genere.
«Non ancora. Comunque i nostri uomini stanno continuando le ricerche, anche se l'aggressione potrebbe essere avvenuta all'interno di un veicolo.»
«Quale veicolo?»
«La macchina dell'aggressore. Il parcheggio dove è stato

rinvenuto il corpo si trova a circa sei chilometri dal negozio in cui il ragazzo era stato visto l'ultima volta. Probabilmente è salito sulla macchina di qualcuno, magari con la forza.»

«Avete scattato delle foto alle ferite, prima di portarlo in ospedale?»

«Sì, anche se i medici non possono fare molto. Visto il quantitativo di pelle mancante, sarà necessario effettuare un trapianto – un trapianto a tutto spessore – hanno detto.»

Significava che gli avevano ripulito le ferite, somministrato degli antibiotici per via endovenosa e che adesso aspettavano di praticargli un prelievo cutaneo dal gluteo. Se, invece, avevano cambiato idea e gli avevano scalzato i tessuti circostanti per poi suturare, allora non mi sarebbe rimasto granché da vedere.

«Non hanno suturato le ferite» dissi.

«Così mi è stato riferito.»

«Vuole che venga a dare un'occhiata?»

«Sarebbe magnifico» disse lui, sollevato. «Così potrà esaminare le ferite di persona.»

«Quando?»

«Oh, domani andrebbe benissimo.»

«D'accordo. A che ora? Se non le dispiace preferirei sul presto.»

«Va bene alle otto? La aspetterò davanti al pronto soccorso.»

«Ci sarò» dissi, mentre lo speaker televisivo mi fissava con aria cupa. Riappesi, afferrai il telecomando e alzai il volume.

«... Eugenia? Nessuna novità da parte del governatore?»

La telecamera inquadrò il penitenziario di stato: un tratto roccioso del James River, appena fuori dal centro della città, dove per duecento anni erano stati stipati i peggiori criminali della Virginia. Nell'oscurità si agitavano manifestanti armati di cartelli e sostenitori della pena capitale dai volti improvvisamente spigolosi sotto la luce cruda dei riflettori. La vista di alcune facce che ridevano mi gelò il sangue nelle vene. Poi, una giovane e graziosa corrispondente con un cappotto rosso balzò in primo piano.

«Eccomi, Bill» esordì. «Come sai, nella giornata di ieri è stata istituita una linea telefonica diretta fra il penitenziario e l'ufficio del governatore Norring. Non si hanno ancora notizie, ma questo la dice lunga: se il governatore non intende intervenire, mantiene il silenzio.»

«E che atmosfera si respira? Ci sono fermenti?»

«No, per ora la situazione è tranquilla. Qui fuori sono ormai radunate alcune centinaia di persone, e il penitenziario è praticamente deserto. La maggior parte dei detenuti è stata trasferita nel nuovo istituto di pena di Greensville, qui ne sono rimasti pochissimi.»

Spensi la tv. Qualche minuto dopo ero già in macchina, diretta verso est, la sicura delle portiere abbassata e la radio accesa. La stanchezza si stava insinuando in me come una specie di anestesia. Mi sentivo appannata e malinconica. Odiavo le esecuzioni capitali. Odiavo aspettare la morte di qualcuno, per poi inciderne con il bisturi le carni ancora calde. Ero un medico con una specializzazione in legge. Mi avevano insegnato cosa dava la vita e cosa la toglieva, cosa era giusto e cosa sbagliato. Poi, l'esperienza era diventata la mia maestra. Una maestra che con la mia parte più pristina, idealista e analitica, ci si era pulita le scarpe. È straziante ritrovarsi costretti ad ammettere che molti cliché sono veri. Non esiste giustizia a questo mondo. E nulla avrebbe mai potuto cancellare quello che Ronnie Joe Waddell aveva fatto.

Da nove anni era rinchiuso nel braccio della morte. Non ero stata io a occuparmi della sua vittima, uccisa prima che mi venisse assegnato l'incarico di capo medico legale della Virginia e che mi trasferissi a Richmond. Ma avevo studiato il suo dossier, e conoscevo anche il più piccolo e raccapricciante dettaglio della vicenda. La mattina del quattro settembre di dieci anni prima, Robyn Naismith aveva telefonato a Channel 8, dove lavorava come annunciatrice, dicendo di essere indisposta. Era uscita per comprare qualche medicina, poi era rincasata. Il giorno seguente avevano ritrovato il suo corpo nudo e straziato nel salotto, appoggiato contro il televisore. Un'impronta di sangue rilevata sull'armadietto dei medicinali era poi stata identificata come appartenente a Ronnie Joe Waddell.

Quando arrivai, sul retro dell'obitorio trovai alcune macchine parcheggiate. Fielding, il mio vice, Ben Stevens, l'amministratore, e Susan Story, la mia assistente di sala, erano già lì. Il portone della zona di carico era aperto e le luci illuminavano la pavimentazione catramata dell'interno. Mentre parcheggiavo a mia volta, un agente della polizia di stato scese dall'auto di pattuglia dov'era rimasto seduto a fumare.

«Non è rischioso tenere la porta aperta?» chiesi. Era un tizio alto e magro, con folti capelli bianchi. Sebbene in passato avessimo già avuto modo di parlarci, non riuscivo a ricordare il suo nome.

«Per adesso non sembrano esserci problemi, dottoressa Scarpetta» rispose, allacciandosi la giacca di nylon pesante. «Non ho visto in giro facce sospette. Comunque, non appena arriveranno quelli del Dipartimento carcerario, la chiudo e farò in modo che così resti.»

«Bene. L'importante è che lei non si allontani.»

«Può contare su di me. In caso di difficoltà possiamo chiedere dei rinforzi. Pare ci siano molti manifestanti. Immagino che abbia letto sul giornale di quella petizione. Hanno raccolto non so quante firme e l'hanno presentata al governatore. In California c'è persino chi ha indetto lo sciopero della fame.»

Lanciai un'occhiata in direzione del parcheggio semideserto e verso Main Street. Una macchina sfrecciò con un sibilo di gomme sull'asfalto bagnato. I lampioni non erano che macchie indistinte nella nebbia.

«Figurarsi! Io non salterei nemmeno una pausa per il caffè, per quel Waddell.» L'agente riparò con una mano la fiamma dell'accendino e si accese un'altra sigaretta. «Dopo tutto quel che ha fatto! Me la ricordo bene, la Naismith, quando trasmetteva in tv. Detto fra noi, a me le donne piacciono come il caffè: dolci e chiare. Ma devo ammettere che quella era la nera più carina che avessi mai visto.»

Avevo smesso di fumare poco meno di due mesi prima, e la vista di una sigaretta mi faceva ancora impazzire.

«Eh, santo cielo, saranno già passati ormai quasi dieci anni» proseguì. «Non dimenticherò mai il putiferio che sollevò. Uno dei casi peggiori che ci siano capitati da queste parti. Sembrava che un grizzly imperversasse per la...»

«Allora ci terrà al corrente delle novità, okay?» lo interruppi.

«Certo, dottoressa. Non appena mi chiameranno via radio glielo farò sapere.» Detto questo, tornò in direzione della sua tana: la macchina.

All'interno dell'obitorio le luci al neon sbiancavano impietosamente le pareti del corridoio, saturo di deodorante fino alla nausea. Superai il piccolo ufficio in cui le imprese funebri registravano la consegna delle salme, quindi la sala radiologica e la cella frigorifera: uno stanzone pieno di barelle a due piani, sigillato da enormi doppie porte d'acciaio. Nella sala autopsie le luci erano accese e i tavoli inox brillavano puliti e asettici. Susan stava affilando un lungo coltello e Fielding etichettava alcune provette di sangue. Entrambi apparivano stanchi e depressi, come me.

«Ben è di sopra, in biblioteca, a guardare la tv» annunciò Fielding. «Così se succede qualcosa, ci avverte.»

«Che probabilità ci sono che quel tizio avesse l'Aids?» chiese Susan, riferendosi a Waddell come se fosse già morto.

«Non so» risposi. «Useremo due paia di guanti. Le solite precauzioni, insomma.»

«Spero che ce lo comunichino, se lo sanno» insisté Susan. «Non mi fido degli ex detenuti: e alla gestione carceraria non interessa granché sapere se sono positivi. Tanto, non sono mica affari loro: siamo noi che dobbiamo fare le necroscopie e maneggiare gli aghi.»

Susan aveva sviluppato una sorta di crescente fobia nei confronti dei rischi connessi alla sua professione: radiazioni, sostanze chimiche e malattie. Ma non potevo biasimarla, perché, sebbene non lo si notasse ancora, era incinta già di qualche mese.

Presi un grembiule di plastica e andai nello spogliatoio a indossare pantaloni e camice verde; quindi infilai i piedi nelle soprascarpe e presi due set di guanti chirurgici. Esaminai il carrello degli strumenti accanto al tavolo numero tre: su ogni cosa c'era un'etichetta con il nome di Waddell, la data e il numero dell'autopsia. Se all'ultimo momento il governatore Norring avesse concesso la grazia, provette e cartoni contrassegnati sarebbero finiti nella spazzatura, Ronnie Waddell sarebbe stato cancellato dal registro dell'obitorio e il suo numero di autopsia sarebbe automaticamente slittato al cadavere successivo.

Alle undici, Ben Stevens scese scuotendo la testa. Alzammo gli occhi verso l'orologio. Nessuno fiatava. I minuti passavano.

L'agente della polizia di stato entrò in sala stringendo la radio portatile. Finalmente ricordai: si chiamava Rankin.

«È stato giustiziato alle undici e zero cinque» disse. «Sarà qui fra un quarto d'ora circa.»

L'ambulanza varcò l'area di carico annunciandosi con un colpo di clacson, e quando i portelloni posteriori si aprirono scesero abbastanza guardie del Dipartimento carcerario da sedare una piccola rivolta. Quattro di loro fecero scivolare fuori la barella con il cadavere di Ronnie Waddell. La trasportarono su per la rampa e poi nell'obitorio, tra schiocchi metallici e uno scalpiccio di passi. Facemmo largo per lasciarli passare. Appoggiata la barella sul pavimento, trasferirono energicamente il cadavere su un lettino a rotelle, senza preoccuparsi di distendere le gambe al passeggero legato e ricoperto da un lenzuolo insanguinato.

«Sangue dal naso» disse una guardia, senza nemmeno darmi il tempo di chiedere.

«A chi è sanguinato il naso?» ribattei io, notando che i guanti dell'uomo erano macchiati.

«Al signor Waddell.»

«È successo in ambulanza?» chiesi, un po' perplessa. Al momento del trasporto, la pressione sanguigna di Ronnie Waddell avrebbe già dovuto essere a zero.

Ma la guardia aveva altro a cui pensare, e non mi rispose. Per scoprirlo avrei dovuto aspettare.

Ritrasferimmo il corpo sulla barella che si trovava in corrispondenza della bilancia a pavimento. Alcune mani slacciarono affannosamente le cinghie e rimossero il lenzuolo. La porta della sala autopsie si richiuse lentamente, mentre le guardie carcerarie si defilavano alla stessa velocità con cui erano comparse.

Waddell era morto da ventidue minuti esatti. Sentii l'odore del suo sudore, dei suoi piedi sporchi e nudi, e un leggero lezzo di carne bruciacchiata. La gamba destra dei pantaloni era sollevata sopra il ginocchio, lasciando scoperto il polpaccio avvolto nelle garze applicate sulle ustioni dopo l'esecuzione. Era un uomo dalla corporatura massiccia e imponente. I giornali lo avevano soprannominato *il gigante gentile;* Ronnie era un poeta dallo sguardo intenso, ma un tempo quelle mani enormi, quelle spalle e quelle braccia massicce che ora avevo davanti erano state usate per distruggere la vita di un altro essere umano.

Aprii la chiusura con velcro della camicia di cotone blu e controllai il contenuto delle tasche. La ricerca di eventuali effetti personali è un mero pro forma, in genere del tutto inutile. I reclusi non dovrebbero portare nulla con sé alla sedia elettrica, dunque rimasi alquanto sorpresa nel trovare quella che sembrava una lettera nascosta nella tasca posteriore dei jeans. La busta era ancora intatta. Sul davanti, in stampatello, c'era scritto:

STRETTAMENTE RISERVATO: DA SEPPELLIRE CON ME!

«Fai una copia della busta e del suo contenuto. L'originale andrà insieme agli altri effetti personali» dissi, consegnando la lettera a Fielding che la fissò al foglio dell'autopsia, su un portablocco a molla. «Cristo, questo qui è più grosso di me!» mormorò tra sé e sé.

«Sì, è davvero incredibile che qualcuno possa batterti» commentò Susan rivolta al mio vice, un appassionato culturista.

«Fortuna che non è morto da molto» aggiunse lui. «Altrimenti ci vorrebbe il martello pneumatico.»

Alcune ore dopo il decesso, i corpi particolarmente muscolosi si irrigidiscono come statue di marmo. Nel caso di Waddell, il rigor mortis non era ancora subentrato. Il suo cadavere era morbido come lo era stato il suo corpo da vivo: sembrava semplicemente addormentato.

Per trasferirlo sul tavolo dell'autopsia, dovemmo unire le nostre forze. Pesava quasi centoventi chili. I piedi sporgevano a penzoloni dal tavolo. Mentre rilevavo le dimensioni delle ustioni sulla gamba, suonarono alla porta della zona di carico. Susan andò a rispondere, e poco dopo tornò seguita dal tenente Pete Marino: trench sbottonato, un'estremità della cintura che spazzava il pavimento.

«L'ustione sul polpaccio è dieci virgola dodici per due e cinque, e zero virgola cinque per sei» dettai a Fielding. «Asciutta, contratta e vescicolosa.»

Marino accese una sigaretta. «Si sta sollevando un bel polverone per via del sangue» annunciò. Sembrava agitato.

«Temperatura rettale, quaranta» comunicò Susan, estraendo il termometro chimico. «Ore undici e quarantanove.»

«Lo sai perché sanguinava?» insisté Marino.

«Una delle guardie ha parlato di emorragia dal naso» risposi, aggiungendo: «Adesso giriamolo».

«Hai visto questa?» Susan indicò un'abrasione sul lato interno del braccio sinistro.

La esaminai con una lente d'ingrandimento, illuminandola bene. «Non so. Forse una delle cinghie.»

«Ne ha un'altra sul braccio destro.»

Diedi un'occhiata, mentre Marino mi seguiva con lo sguardo continuando a fumare. Voltammo il corpo, incuneandogli un sostegno sotto le spalle. Dalla narice destra uscì un rigagnolo di sangue. Gli avevano malamente depilato la testa e il mento. Praticai un'incisione a Y.

«Potrebbero esserci altre abrasioni anche qui» disse Susan, esaminando la lingua.

«Tirala fuori.» Inserii il termometro nel fegato.

«Cristo» mormorò Marino.

«Comincio?» Susan aveva preso il bisturi.

«No, aspetta. Scatta qualche foto alle ustioni sul cranio. Dobbiamo misurarle. Poi rimuovi la lingua.»

«Oh, maledizione» protestò lei. «Chi ha usato la macchina fotografica, l'ultima volta?»

«Scusa» intervenne Fielding. «Sono finiti i rullini, mi ero dimenticato di dirtelo. Comunque, fare scorta di rullini è compito tuo.»

«Certo, ma sarebbe più facile se mi avvertissi quando finiscono.»

«Ma come, le donne non sono intuitive? Pensavo che non ci fosse bisogno di dirtelo.»

«Prendi nota delle misure delle ustioni craniche, piuttosto» lo interruppe Susan, ignorando la frecciata.

«Okay.»

Dopo avergliele dettate, passò a occuparsi della lingua. Marino si allontanò dal tavolo. «Cristo» ripeté. «Questo proprio non lo reggo.»

«Temperatura del fegato, quaranta virgola due» comunicai a Fielding.

Diedi un'occhiata all'orologio. Waddell aveva smesso di vivere da un'ora. Non si era ancora raffreddato molto: era un gigante, e l'elettrocuzione alza la temperatura corporea. In uomini di stazza inferiore avevo rilevato fino a quarantaquattro gradi nella massa cerebrale; il polpaccio destro di Waddell sfiorava senz'altro i quarantacinque gradi, era bollente al tatto e il muscolo completamente tetanico.

«Piccola abrasione marginale, ma nulla di grave» mi comunicò Susan.

«Si è morsicato la lingua così forte da sanguinare tanto?» intervenne Marino.

«No» risposi io.

«Be', stanno già piantando un bel casino» ribadì, alzando la voce. «Pensavo che vi sarebbe interessato saperlo.»

Mi fermai un attimo, appoggiando il bisturi sul bordo del tavolo. «Tu eri uno dei testimoni» mormorai. Me n'ero quasi scordata.

«Sì, te l'avevo detto.»

Tutti si girarono a guardarlo.

«Date retta a me, là fuori si prepara un bel macello. Non voglio che nessuno esca di qui da solo.»

«Di che macello stai parlando?» chiese Susan.

«Stamattina un gruppo di fanatici religiosi si è radunato davanti a Spring Street. Adesso, non so come, hanno saputo dell'emorragia e non appena l'ambulanza è partita con il cadavere si sono messi in marcia come un esercito di zombie. Stanno venendo qui.»

«Tu hai visto quando ha iniziato a sanguinare?» si informò Fielding.

«Sì, certo. Gli hanno dato due scariche. La prima volta ha emesso una specie di sibilo, come quando esce del vapore dal radiatore della macchina, e da sotto la maschera gli è colato del sangue. Dicono che forse qualcosa dell'impianto non ha funzionato bene.»

Susan accese la sega Stryker, mettendo tutti a tacere: nessuno osò competere con il suo prepotente ronzio mentre tagliava in due il cranio di Waddell. Io proseguii nell'esame degli organi. Il cuore era a posto, aveva delle ottime coronarie. Quando la sega si spense, ricominciai a dettare a Fielding.

«Hai il peso?» mi domandò.

«Cuore, centosessanta grammi. Presenta un'unica aderenza del quadrante superiore sinistro all'arco aortico. Ho trovato anche quattro paratiroidi, se non le avevi ancora segnate.»

«Già fatto.»

Appoggiai lo stomaco sul tagliere. «Aspetto quasi tubolare.»

«Ne sei sicura?» Fielding si avvicinò. «Strano. Un uomo di questa stazza ha bisogno di ingerire almeno quattromila calorie al giorno.»

«Be', invece non gliele passavano. Almeno non negli ultimi tempi» risposi. «Nessun contenuto gastrico. Stomaco assolutamente vuoto e pulito.»

«Non ha consumato la sua ultima cena?» intervenne Marino.

«A quanto pare no.»

«E di solito lo fanno?»

«Sì, di solito sì.»

All'una di notte avevamo finito e seguimmo gli incaricati dell'impresa fino all'area di carico, dove c'era il carro funebre che aspettava. All'uscita dell'edificio fummo accolti da un'oscurità che pulsava di luci rosse e blu. Le radio gracchiavano nell'aria fredda e umida, i motori rombavano, e al di là del reticolato che circondava il parcheggio ardeva un cerchio di fuoco: uomini, donne e bambini immobili e silenziosi, i volti tremolanti alla luce delle candele.

Gli incaricati delle pompe funebri non persero tempo. Infilarono la salma di Waddell sul pianale del carro e richiusero velocemente gli sportelli posteriori.

Qualcuno disse qualcosa che non capii, e di colpo da sopra il reticolato presero a piovere decine di candele: una tempesta di stelle cadenti che si abbatté sul selciato senza quasi fare rumore.

«Fottuti bastardi!» esclamò Marino.

L'asfalto era punteggiato di stoppini arancioni ancora incandescenti e di minuscole fiammelle. Il carro funebre uscì in retromarcia dall'area di carico dell'obitorio. Scattarono alcuni flash. Vidi il furgone di Channel 8 parcheggiato in Main Street, e qualcuno che correva sul marciapiede. Uomini in uniforme spensero le candele schiacciandole sotto le scarpe, poi si avvicinarono al reticolato e intimarono alla folla di sgombrare l'area.

«Non vogliamo problemi qui» disse un agente. «A meno che qualcuno di voi non abbia voglia di passare la notte al fresco in...»

«Macellai» gridò una donna.

Altre voci si unirono alla prima, mentre una distesa di mani frementi si aggrappava al reticolato, scuotendolo.

Marino mi accompagnò a passo sostenuto fino alla macchina.

Un canto intenso, quasi tribale, si sollevò dalla folla. «*Macellai, macellai, macellai...*»

Estrassi nervosamente le chiavi, che caddero a terra, le raccolsi e finalmente riuscii a trovare quella giusta.

«Ti seguo fino a casa» disse Marino.

Misi il riscaldamento al massimo, senza riuscire a trarne alcun beneficio, poi controllai due volte di avere chiuso la sicura delle portiere. Improvvisamente la notte assunse una dimensione surreale, una sorta di strana asimmetria di finestre buie e illuminate fra cui si agitavano miriadi di ombre.

Ci sedemmo in cucina davanti a un bicchiere di scotch. Il bourbon era finito.

«Non so come fai a bere questa roba» commentò Marino in tono rude.

«Serviti pure di qualsiasi altra cosa riesci a scovare nel bar» ribattei.

«No, cercherò di sopravvivere.»

Non sapevo come affrontare l'argomento, ma mi rendevo conto che Marino non aveva intenzione di facilitarmi le cose. Era teso e paonazzo. Ciocche di capelli grigi gli aderivano al cranio sudato e sempre più calvo, e fumava una sigaretta dietro l'altra.

«Avevi mai assistito a un'esecuzione prima di oggi?» esordii.

«Non ne avevo mai sentito il bisogno.»

«Ma questa volta ti sei offerto volontario. Quindi evidentemente ne avevi bisogno.»

«Scommetto che se ci aggiungessi un po' di limone e soda non farebbe così schifo.»

«Se vuoi rovinare un ottimo scotch, basta dirlo.»

Mi allungò il bicchiere e io mi alzai, dirigendomi poi verso il frigorifero. «Ho una bottiglia di succo di lime, ma niente limone.» Diedi un'occhiata ai ripiani.

«Meglio che niente.»

Gli versai il succo nel bicchiere, quindi aggiunsi una Schweppes. Apparentemente insensibile allo strano intruglio che stava bevendo, riprese: «Forse te ne sei dimenticata, ma ero stato io a occuparmi del caso Robyn Naismith. Insieme a Sonny Jones».

«A quei tempi non lavoravo ancora qui.»

«Ah, già. Buffo, per me è come se ci fossi da sempre. Comunque sai cosa successe, vero?»

All'epoca in cui Robyn Naismith era stata assassinata ero vice capo medico legale nella contea di Dade. Ricordavo di avere letto i giornali e di avere seguito i notiziari, e in seguito di avere anche assistito a una proiezione di diapositive sul caso, in occasione di un congresso nazionale. L'ex Miss Virginia era un'autentica bellezza, e possedeva una splendida voce da contralto. Di fronte alla macchina da presa era spigliata e carismatica. Aveva solo ventisette anni.

Per la difesa, Ronnie Waddell intendeva soltanto saccheggiare l'appartamento, ma sfortuna volle che Robyn rincasasse proprio in quel momento dalla farmacia. L'avvocato aveva sostenuto che l'imputato non guardava la televisione, e che mentre derubava e brutalizzava la vittima non era dunque consapevole della sua identità e professione. Se aveva agito così, era perché si trovava in uno stato di alterazione indotto da sostanze stupefacenti. Ma la giuria aveva rifiutato di riconoscergli la temporanea infermità mentale e lo aveva condannato a morte.

«So che ci furono forti pressioni affinché l'assassino venisse catturato al più presto» dissi a Marino.

«Roba da schiattare. Avevamo un'impronta e i segni dei morsi, così mettemmo tre agenti a setacciare i nostri archivi giorno e notte. Non so neanche più quante ore dedicai a quello stramaledetto caso. E alla fine, non ti becchiamo il bastardo perché se ne va in giro in macchina per il North Carolina con un tagliando di revisione scaduto?» Fece una pausa. Poi, lo sguardo improvvisamente duro: «Certo, all'epoca ormai Jones non c'era più. Un bel peccato che non abbia potuto vedere Waddell sulla sedia elettrica».

«Lo ritieni responsabile di quello che è accaduto a Sonny Jones?» chiesi.

«Ehi, per chi mi hai preso?»

«Be', eravate molto amici.»

«Che discorsi! Lavoravamo insieme nella Omicidi, andavamo a pescare insieme, giocavamo nella stessa squadra di bowling...»

«So che la sua morte è stata un brutto colpo per te.»

«Quel caso lo consumava. Lavorava giorno e notte, non dormiva più, non era mai a casa, e questo non l'ha certo aiutato a migliorare la situazione con sua moglie. Per un po' continuò a ripetermi che non ce la faceva più, poi non mi disse più niente. E una sera si sparò un colpo in bocca.»

«Mi dispiace» mormorai. «Ma non credo che tu possa ritenere responsabile Waddell anche di questo.»

«Comunque, avevo un credito da riscuotere.»

«E l'hai riscosso offrendoti come testimone della sua esecuzione?»

Sulle prime Marino non rispose. Fissava la parete della cucina, la mascella irrigidita. Lo guardai fumare e dare fondo allo scotch.

«Un altro?»

«Perché no?»

Mi alzai a riempire i bicchieri, pensando a tutte le ingiustizie e le sofferenze che avevano contribuito a rendere Marino quello che era. Un'infanzia dura e priva d'amore nella parte sbagliata del New Jersey, da cui la persistente sfiducia nei riguardi di chiunque avesse avuto un destino migliore del suo; non molto tempo prima, dopo trent'anni di vita coniugale, la moglie lo aveva lasciato, e nessuno sembrava sapere più nulla del figlio. Nonostante la fedeltà all'arma e alla legge e un eccellente curriculum nella polizia, gli era fisicamente impossibile andare d'accordo con i superiori. Sembrava proprio che la vita gli avesse riservato un cammino duro e irto di ostacoli, e temevo che alla fine di tante fatiche ormai non si aspettasse più né la saggezza né un po' di pace, bensì un semplice tornaconto. Marino era sempre arrabbiato per qualcosa.

«Permettimi una domanda, capo» disse quando ritornai al tavolo. «Come ti sentiresti tu se beccassero quei figli di puttana che hanno ucciso Mark?»

La domanda in effetti mi colse di sorpresa. Non volevo pensare a quegli individui.

«Davvero nemmeno una microscopica parte di te vorrebbe vederli appesi a una corda?» insisté. «O far parte del plotone d'esecuzione, per poter premere tu stessa il grilletto?»

Mark era morto alla Victoria Station di Londra, mentre passava per caso accanto a un cestino dei rifiuti in cui era stata piazzata una bomba. Lo shock e il dolore erano stati tali da togliermi qualsiasi voglia di vendetta.

«Per quanto mi riguarda, desiderare la morte di un gruppo di terroristi è un esercizio futile e assurdo.»

Marino mi lanciò un'occhiata carica di significato. «Ecco una delle tue famose risposte del cavolo. Stronzate, dai retta a me. Saresti pronta a fargli l'autopsia gratis, se solo potessi. Magari da vivi. Un'autopsia lenta e straziante. Ti ho mai raccontato cosa è successo alla famiglia di Robyn Naismith?»

Presi il mio bicchiere.

«Suo padre era un medico del nord della Virginia, un uomo veramente in gamba» raccontò. «A circa sei mesi dal processo gli scoprirono un cancro, e due mesi dopo era già morto. Robyn era figlia unica. La madre si trasferì nel Texas, restò coinvolta in un incidente stradale e da allora trascorre i suoi giorni su una sedia a rotelle, in balia dei ricordi. Waddell ha fatto fuori tutta la famiglia di Robyn. Dove ha posato la mano, ha sparso solo veleno.»

Pensai alla giovinezza di Ronnie Waddell, nella fattoria, alle immagini evocate dalla sua meditazione. Lo vidi seduto sui gradini di una veranda, mentre addentava un pomodoro che sapeva di sole. Mi chiesi quale fosse stato il suo ultimo pensiero. Mi chiesi se avesse pregato.

Marino spense una sigaretta non ancora terminata, segno che stava per andarsene.

«Conosci un certo detective Trent? Lavora nella squadra di Henrico.»

«Certo, Joe Trent. L'hanno trasferito alla divisione investigativa un paio di mesi fa, quando è diventato sergente. Un po' nervosetto, ma è un tipo a posto.»

«Mi ha telefonato per il caso di un ragazzo...»

«Eddie Heath?» mi interruppe.

«Non so, non ha fatto nomi.»

«Maschio, bianco, tredici anni. Sì, ce ne stiamo occupando. Lucky's è qui in città.»

«Lucky's?»

«Il negozio dov'è stato visto l'ultima volta. Nel Northside, poco distante da Chamberlayne Avenue. E cosa voleva, Trent?» Marino si accigliò. «Di' un po', gli hanno detto che Heath non se la caverà e voleva già fissare un appuntamento con te?»

«No, vuole solo che dia un'occhiata a certe ferite, probabilmente delle mutilazioni.»

«Cristo! Odio quando ci sono di mezzo i bambini.» Marino spinse indietro la sedia e si sfregò le tempie. «Non fai in tempo a liberarti di un mostro, che ne salta fuori un altro!»

Dopo che se ne fu andato, mi sedetti sul bordo del caminetto a guardare i tizzoni che ancora scoppiettavano fra la cenere. Ero stanchissima e mi sentivo addosso una tristezza cupa e implacabile che ero troppo debole per combattere. La morte di Mark mi aveva aperto uno squarcio nell'anima. Fino a quel momento non mi ero mai resa conto di quanto il mio senso di identità dipendesse dall'amore che provavo per lui.

L'ultima volta che ci eravamo visti era stato il giorno della sua partenza per Londra, e prima di correre all'aeroporto di Dulles eravamo riusciti a pranzare velocemente insieme. Ciò che ricordavo con maggior chiarezza erano le occhiate che avevamo lanciato ai nostri orologi, mentre nuvole temporalesche cominciavano a frustare di pioggia la finestra del séparé dove sedevamo. Mark aveva un piccolo taglio sulla mascella, i soliti inconvenienti della rasatura, e da allora ogni volta che ripensavo al suo viso lo vedevo così, e per qualche strana ragione quella piccola ferita mi dilaniava nel profondo.

Era morto in febbraio, quando ormai la guerra del Golfo stava per terminare. Decisa a lasciarmi il dolore alle spalle, avevo venduto la mia casa e mi ero trasferita in un altro quartiere; ma così facendo ero soltanto riuscita a sradicarmi senza arrivare da nessuna parte, e avevo perso i magnifici alberi e i vicini che un tempo erano stati il mio conforto. Ridipingere la casa e sistemare il nuovo giardino avevano contribuito a peggiorare lo stato di stress in cui mi trovavo. Ogni cosa che facevo mi rubava tempo prezioso, e tra me e me vedevo Mark scuotere la testa.

«Una persona logica come te...» mi diceva sorridendo.

«E tu al posto mio cosa faresti?» gli rispondevo nelle mie notti insonni. «Cosa diavolo faresti, tu, se fossi ancora qui?»

Tornata in cucina sciacquai il bicchiere, poi mi diressi nello studio per riascoltare i messaggi registrati sulla segreteria telefonica. Mi avevano chiamato alcuni giornalisti, poi mia madre e Lucy, mia nipote. Tre messaggi erano invece vuoti.

Avrei tanto voluto far sparire il mio numero dagli elenchi, ma non era possibile. La polizia, gli avvocati e i circa quattrocento medici legali ufficialmente riconosciuti dallo stato avevano il diritto di raggiungermi anche fuori dall'orario di lavoro. Per proteggermi un po' da quella perdita di privacy filtravo le chiamate attraverso la segreteria telefonica, e chiunque lasciasse minacce o messaggi osceni correva il rischio di essere rintracciato dal dispositivo di intercettazione.

Premetti il pulsante del riavvolgimento, e sul display cominciarono a materializzarsi i numeri di chi mi aveva chiamato. Quando arrivai ai tre messaggi vuoti, rimasi perplessa. Il numero mi era ormai familiare: da una settimana qualcuno mi telefonava per poi riappendere senza dire nulla. Una volta avevo composto il numero per vedere chi rispondeva, ma avevo ottenuto solo il segnale acustico di un apparecchio fax, o forse di un modem. Per qualche misterioso motivo, la persona o cosa in questione mi aveva chiamato tre volte fra le dieci e venti e le undici di sera, quando mi trovavo all'obitorio in attesa del cadavere di Waddell. Strano. Le chiamate prenotate via computer o fax non erano poi così frequenti a quell'ora della sera, e se un modem che cercava di collegarsi con un altro componeva per errore o per un contatto il mio numero, come mai nessun operatore se n'era accorto?

Durante le poche ore che mi restarono da dormire mi svegliai ripetutamente. Ogni minimo rumore o scricchiolio nella casa mi facevano saltare il cuore in gola. Le spie rosse della centralina del sistema d'allarme, sulla parete opposta al letto, brillavano in maniera sinistra, e ogni volta che mi giravo o riassestavo le coperte i sensori – normalmente spenti – mi osservavano in silenzio con i loro occhi rossi e lampeggianti. Feci strani sogni. Alle cinque e mezzo accesi la luce e mi vestii.

Fuori era ancora buio, e sulla strada per l'ufficio incontrai pochissimo traffico. Il parcheggio dietro l'area di carico era deserto, e le decine di piccole candele mi riportarono alla mente le descrizioni delle nozze morave e altre celebrazioni religiose. Ma queste candele erano servite per protestare. Fino a poche ore prima, erano state usate come armi. Salii in ufficio dove mi preparai un caffè e iniziai a esaminare i documenti che Fielding mi aveva lasciato, ansiosa di scoprire il contenuto della busta ritrovata nella tasca di Waddell. Mi aspettavo una poesia, forse un'altra meditazione, o magari una lettera del prete che lo aveva assistito negli ultimi istanti di vita.

Scoprii invece che quello che Waddell riteneva "strettamente riservato" e che voleva portare con sé nella tomba erano solo delle ricevute fiscali. Fatto ancora più curioso, cinque si riferivano al pagamento di altrettanti pedaggi, e tre a conti di ristorante, compreso lo scontrino per un pollo fritto ordinato da Shoney's due settimane prima.

2

Non fosse stato per la barba e i radi capelli grigi, un tempo biondi, il detective Trent avrebbe avuto un aspetto decisamente giovanile. Era un tipo alto e ben curato, le scarpe lucide, il trench di lana ruvida stretto in vita dalla cintura. Mentre ci stringevamo la mano presentandoci, sul marciapiede di fronte all'Henrico Doctor's Emergency Center, lo vidi battere nervosamente le palpebre: non era difficile indovinare la sua tensione per il caso di Eddie Heath.

«Spero che non le dispiaccia se restiamo qui un attimo a scambiare quattro chiacchiere» disse, e il suo alito era una nuvola bianca. «Motivi di riservatezza.»

Tremando per il freddo, mi premetti le braccia lungo i fianchi mentre un velivolo dell'elisoccorso decollava rumorosamente da una collinetta erbosa poco distante. La luna sembrava un disco di ghiaccio in procinto di sciogliersi nel cielo grigio come l'ardesia; le macchine posteggiate erano sporche di sale antigelo e imbrattate dalle piogge invernali. Era mattino presto, la temperatura rigida, il mondo incolore, il vento sferzante come uno schiaffo; naturalmente, a farmi accorgere di tutto ciò era soprattutto la natura del compito che mi attendeva: non sarei riuscita a scaldarmi nemmeno se ci fossero stati trenta gradi e un sole da spaccare le pietre.

«Ci troviamo alle prese con un caso molto brutto, dottoressa Scarpetta.» Batté di nuovo le palpebre. «Immagino che comprenderà se le dico che non vogliamo diffondere i particolari della vicenda.»

«Cosa mi sa dire di questo ragazzo?» tagliai corto.

«Ho parlato con i suoi e con alcuni conoscenti. Per quanto mi è dato di capire, Eddie Heath è un ragazzino come tutti gli altri: appassionato di sport, consegna giornali per guadagnare qualche dollaro e non ha mai avuto grane con la polizia. Il padre lavora per l'azienda dei telefoni e la madre fa la sarta a domicilio. Stando alla cronaca, ieri sera la signora Heath ha avuto bisogno di una scatola di crema di funghi da aggiungere a non so quale piatto che stava preparando per cena, così ha chiesto a Eddie di fare un salto al Lucky Convenience Store.»

«E quanto dista il negozio da casa?»

«Un paio di isolati. Eddie ci è andato un'infinità di volte, gli inservienti lo conoscono per nome.»

«A che ora è stato visto l'ultima volta?»

«Verso le diciassette e trenta. È rimasto in negozio qualche minuto, poi se n'è andato.»

«Dunque fuori era già buio» commentai.

«Esatto.» Trent fissò l'elicottero ormai lontano, simile a una libellula bianca che si libra dolcemente fra le nuvole. «Verso le venti e trenta, un agente di pattuglia che controllava il retro degli edifici sulla Patterson ha visto il ragazzo appoggiato contro un cassonetto della spazzatura.»

«Avete delle foto?»

«No, dottoressa. Quando l'agente si è reso conto che il ragazzo era ancora vivo, ovviamente per prima cosa è andato a chiamare aiuto. Non abbiamo fotografie, ma mi è stata fatta una minuziosa descrizione basata sulle osservazioni dell'agente stesso. Il ragazzo era nudo, appoggiato di schiena, con le gambe distese, le braccia lungo i fianchi e la testa penzoloni. I vestiti erano raccolti in un mucchio abbastanza ordinato sull'asfalto, insieme a un sacchetto contenente un barattolo di crema di funghi e una barretta di Snickers. C'erano due gradi sotto zero. Non può essere rimasto lì più di mezz'ora.»

Un'ambulanza si fermò di fianco a noi. Le portiere sbatterono e si sentì un cigolio metallico, mentre gli infermieri stendevano velocemente le gambe di una barella e la posavano a terra, trasportando un vecchio in direzione del pronto soccorso. Li seguimmo, imboccando un corridoio luminoso e asettico che brulicava di personale medico e di pazienti. Mentre salivamo al terzo piano, mi domandai quali minuscoli indizi fossero già stati spazzati via dal luogo del ritrovamento e buttati tra i rifiuti del cassonetto.

«E dei vestiti, cosa mi dice? Avete trovato proiettili?» Le porte dell'ascensore si aprirono.

«I vestiti sono nella mia macchina. Li lascerò in laboratorio oggi pomeriggio. Il proiettile è ancora conficcato nel cervello. Per adesso non l'hanno toccato. Spero solo che l'abbiano tamponato a dovere.»

Il reparto di terapia pediatrica intensiva si trovava in fondo a un lucidissimo atrio, e i pannelli in vetro della doppia porta d'accesso erano ricoperti da una tappezzeria decorata con divertenti dinosauri. All'interno, le pareti azzurro cielo erano ravvivate da luminosi arcobaleni, e degli animaletti in legno pendevano sopra i lettini idraulici delle otto stanze disposte a semicerchio intorno all'infermeria. Tre ragazze erano al lavoro dietro ad altrettanti monitor, una batteva sulla tastiera del computer e un'altra parlava al telefono. Quando Trent ebbe spiegato il motivo per cui ci trovavamo lì, una brunetta snella in tuta di velluto rosso e maglione a collo alto disse di essere la caposala.

«Il medico purtroppo non è ancora arrivato» si scusò.

«Ci basta dare un'occhiata alle ferite di Eddie. Non ne avremo per molto» disse Trent. «I genitori sono ancora qui?»

«Sono rimasti con lui tutta la notte.»

La seguimmo fra carrelli carichi di strumentazioni mediche, porte con apertura automatica e verdi bombole d'ossigeno che se il mondo funzionasse a dovere non avrebbero alcun bisogno di starsene parcheggiate fuori dalle stanze di bambine e bambini innocenti. Quando raggiungemmo la camera di Eddie, l'infermiera entrò per prima, socchiudendo la porta alle sue spalle.

«Solo per pochi minuti» la udii spiegare agli Heath. «Mentre effettuiamo l'esame.»

«E di che specialista si tratta, questa volta?» chiese il padre, con voce incerta.

«È un'esperta di ferite. Una... una specie di medico della polizia.» Diplomaticamente, la caposala si astenne dall'identificarmi come patologo legale o, peggio ancora, come capo medico legale.

Dopo una pausa, il padre riprese in tono tranquillo: «Capisco. Devono raccogliere delle prove».

«Sì. Cosa ne dite, intanto, di una tazza di caffè? Oppure di qualcosa da mangiare?»

I genitori di Eddie Heath uscirono dalla camera. Erano entrambi visibilmente sovrappeso, avevano gli abiti stazzonati dopo la nottata in bianco, e lo sguardo disorientato di due persone semplici e innocenti a cui sia appena stata data notizia dell'imminente fine del mondo. Ci rivolsero un'occhiata esausta, cui avrei voluto rispondere offrendo loro almeno un briciolo di conforto, ma le parole mi morirono in gola mentre la coppia si allontanava lentamente.

Eddie Heath era immobile nel letto, la testa fasciata, un respiratore che gli pompava aria nei polmoni, tubicini che gli iniettavano fluidi nelle vene. Aveva la carnagione chiara ed era quasi glabro, con la sottile membrana delle palpebre azzurrina. Dedussi il colore dei suoi capelli da quello delle sopracciglia biondo-rossicce. Non era ancora uscito dal fragile bozzolo prepuberale in cui i ragazzi conservano labbra rosse e carnose e cantano con voce più dolce di quella delle loro coetanee. Gli avambracci erano sottili, il corpo esile sotto il lenzuolo. Soltanto le mani, sproporzionatamente grosse e immobili, gonfie per le flebo, rendevano giustizia al suo sesso in fiore. Non aveva l'aspetto di un tredicenne.

«Deve esaminare le zone delle spalle e delle gambe» sussurrò Trent all'infermiera.

La ragazza prese due set di guanti, uno per sé e uno per me, che indossammo. Sotto il lenzuolo il ragazzo era nudo, la pelle scura in corrispondenza delle pieghe e le unghie sudice: talvolta è impossibile lavare a fondo pazienti gravi.

Mentre l'infermiera rimuoveva le garze medicate dalle ferite, Trent si irrigidì. «Cristo» sussurrò. «Sembra addirittura peggio di ieri sera.» Scosse la testa e indietreggiò di un passo.

Se mi avessero detto che il ragazzo era stato aggredito da uno squalo, ci avrei creduto; quello che non quadrava erano solo i margini perfettamente lisci delle ferite, che dovevano essere state inflitte da uno strumento affilatissimo e non seghettato, come un coltello oppure un rasoio. Dalla spalla e dall'interno della coscia destra erano stati asportati dei brandelli di carne grandi come le toppe con cui si nascondono i buchi sui gomiti dei maglioni. Aprii la mia valigetta medica, estrassi un righello e le misurai senza sfiorare la cute, quindi scattai alcune fotografie.

«Vede i tagli e i graffi periferici?» mi fece segno Trent. «È a quelli che le accennavo per telefono. È come se gli avessero inciso un disegno sulla pelle, e poi glielo avessero asportato.»

«Avete rilevato delle lesioni anali?» chiesi all'infermiera.

«Quando gli ho misurato la febbre per via rettale non ho notato alcuna lacerazione, e i medici che lo hanno intubato non hanno registrato anomalie alla bocca o in gola. Ho anche controllato l'eventuale presenza di vecchie fratture o ematomi.»

«Tatuaggi?»

«Tatuaggi?» ripeté lei, come se non ne avesse mai visti.

«Sì, tatuaggi, voglie, cicatrici. Qualcosa che qualcuno potrebbe aver voluto rimuovere per qualche misteriosa ragione.»

«Non saprei» disse l'infermiera in tono dubbioso.

«Vado a chiederlo ai genitori» si offrì Trent, asciugandosi il sudore dalla fronte.

«Potrebbero essere scesi al bar.»

«Li troverò» rispose, già sulla porta.

«Cosa dicono i medici?» domandai alla caposala.

«Le sue condizioni sono molto gravi, non reagisce agli stimoli.» Una frase pronunciata senza alcuna emozione, che si limitava a confermare l'evidenza.

«Potrei vedere il foro d'entrata del proiettile?»

La ragazza allentò i bordi della benda che fasciava la testa di Eddie, sollevandola fino a mostrarmi il foro nero e minuscolo, bruciacchiato ai margini. Lo avevano colpito alla tempia destra.

«Ha attraversato il lobo frontale?»

«Sì.»

«È stata effettuata un'angiografia?»

«L'edema impedisce la circolazione sanguigna nel cervello. Non si registra attività elettroencefalica e quando gli abbiamo spruzzato acqua fredda nelle orecchie non abbiamo rilevato alcuna risposta calorica. In poche parole, non sembrano esserci potenzialità cerebrali.»

Mentre continuava a elencarmi gli esami e le pratiche effettuate per diminuire la pressione intracranica, se ne stava ferma dalla parte opposta del letto, le mani con i guanti abbandonate lungo i fianchi e un'espressione distaccata sul viso. Nei turni al pronto soccorso e in terapia intensiva avevo accumulato sufficiente esperienza per sapere che è più facile mantenere un atteggiamento esclusivamente clinico con un paziente che non ha mai ripreso conoscenza. Eddie Heath non sarebbe mai tornato in sé. La corteccia cerebrale era lesa. Quello che lo rendeva umano, che gli aveva reso possibile sentire e pensare, si era guastato per sempre. Gli restavano le funzioni vitali e un cervello, ma ormai era solo un corpo che respirava e un cuore che batteva – per giunta, attaccato a una macchina.

Mi misi alla ricerca di eventuali ferite da difesa. Concentrata com'ero a evitare tutti quei tubicini, mi resi conto di tenergli la mano solo quando all'improvviso fu lui a stringere la mia. Movimenti riflessi di questo genere non sono rari in pazienti corticalmente morti: è come quando un neonato ci afferra un dito, senza per questo avere premeditato di farlo. Lentamente, gli lasciai andare la mano e inspirai a fondo, mentre la fitta di dolore che mi aveva trapassato il cuore si placava.

«Trovato niente?» chiese l'infermiera.

«È difficile fare un esame con tutti questi tubi» risposi.

L'infermiera rimise a posto le medicazioni e gli rimboccò le lenzuola fino al mento. Io mi tolsi i guanti, che lasciai cadere nel cestino dei rifiuti proprio nel momento in cui rientrava Trent, con gli occhi vagamente stralunati.

«Nessun tatuaggio» riferì quasi ansimante, come se fosse andato e tornato dal bar di corsa. «Né voglie né cicatrici.»

Qualche minuto più tardi stavamo dirigendoci verso il parcheggio. Il sole giocava a nascondino dietro le nuvole, e minuscoli fiocchi di neve volteggiavano nell'aria. Strizzai gli occhi nel vento: il traffico su Forest Avenue era intenso. Numerose auto giravano con piccole corone natalizie appese alla griglia del radiatore.

«Credo sia meglio che vi prepariate a vederlo morire» annunciai.

«Se l'avessi immaginato non l'avrei fatta scomodare, con il freddo che fa.»

«Invece ha fatto benissimo. Fra qualche giorno l'aspetto delle ferite sarebbe mutato.»

«Le previsioni dicono che per tutto dicembre ci terremo questo tempo: un freddo dell'accidenti e montagne di neve.» Fissò il marciapiede. «Lei ha figli?»

«Soltanto una nipote.»

«Io ho due maschi. Uno di tredici anni.»

Estrassi le chiavi. «Per quanto mi riguarda, ho finito» dissi.

Trent annuì e mi seguì alla macchina. Restò a guardarmi e mentre aprivo la portiera della Mercedes grigia, mi sedevo e allacciavo la cintura, scrutò ogni dettaglio degli interni in pelle. Quindi gettò un'occhiata riassuntiva ed eloquente all'auto, come se si trattasse di una bella donna.

«Cosa ne pensa dei brandelli di pelle mancanti?» chiese. «Mai visto roba del genere?»

«È possibile che abbiamo a che fare con un soggetto dalle tendenze cannibali» risposi.

Una volta arrivata in ufficio passai a controllare la cassetta della posta, firmai una pila di referti di laboratorio, riempii una tazza con il catrame liquido rimasto sul fondo della caffettiera e infine mi diressi verso il mio posto senza rivolgere la parola a nessuno. Mentre mi sedevo alla scrivania, Rose apparve con passo così silenzioso che non l'avrei neanche notata se non avesse depositato l'ennesimo ritaglio di giornale in cima al plico che già torreggiava al centro del tavolo.

«Hai l'aria stanca» esordì. «A che ora sei venuta, stamattina? Quando sono arrivata ho trovato il caffè fatto, e tu eri già uscita.»

«Un brutto caso all'Henrico» spiegai. «Un ragazzo che probabilmente finirà da noi.»

«Eddie Heath.»

«Sì. E tu come fai a saperlo?»

«C'è sui giornali» rispose Rose, e in quel momento notai gli occhiali nuovi che le rendevano più amichevole il viso altrimenti quasi altezzoso.

«Mi piacciono» dissi. «Un bel salto, dal vecchio modello

Benjamin Franklin che ti tenevi in punta di naso. Scusa, cosa dicevi che hanno scritto?»

«Non molto. Semplicemente che è stato ritrovato sulla Patterson e che gli hanno sparato. Se avessi un figlio di quell'età, non lo lascerei andare in giro a consegnare giornali.»

«Non stava consegnando giornali, quando l'hanno aggredito.»

«Be', non importa. Non glielo lascerei fare lo stesso, di questi tempi.» Si sfiorò il naso con un dito. «Fielding è giù a fare un'autopsia e Susan ha portato alcuni cervelli al Medical Center Valutation per un consulto. A parte questo, mentre eri fuori non è successo niente, tranne che il computer si è bloccato.»

«È tuttora fermo?»

«Credo che Margaret stia provvedendo. Ormai dovrebbe avere quasi finito» disse Rose.

«Benone. Quando riprenderà a funzionare, avrei bisogno di fare una ricerca. Dille di controllarmi parole chiave come *tagli, mutilazioni, cannibalismo* e *morsicature,* magari anche sotto *asportazione, pelle, carne,* e le varie combinazioni. Ah, e *smembramento,* anche se non credo che sia quello che stiamo cercando.»

«In quale parte dello stato e in che periodo?» si informò Rose, prendendo appunti.

«Ovunque, negli ultimi cinque anni. Mi interessano soprattutto casi che riguardano bambini, ma per adesso non limitiamoci a questo. E dille di interpellare anche l'Archivio Traumi. Il mese scorso ho parlato con il direttore, durante una riunione, e mi è parso un tipo disposto a collaborare.»

«Nel senso che intendi controllare anche eventuali vittime sopravvissute?»

«Sì, se possibile. Per trovare un caso simile a quello di Eddie Heath, è necessaria una ricerca a tappeto.»

«Riferirò a Margaret, sperando che possa iniziare subito» disse la mia segretaria, uscendo.

Cominciai a scorrere gli articoli che mi aveva ritagliato da alcuni giornali del mattino. Ovviamente stavano sollevando un polverone intorno alla presunta emorragia di Ronnie Waddell "dagli occhi, dal naso e dalla bocca." La sezione locale di Amnesty International sosteneva che la sua esecuzione era stata disumana come qualunque altra forma di omicidio. Un portavoce della Lega per la difesa dei diritti dei cittadini affermava che «il cattivo funzionamento della sedia elettrica» poteva avere causato a Waddell «indicibili sofferenze», e proseguiva ricordando un clamoroso incidente avvenuto in Florida, quando le spugne sintetiche utilizzate per la prima volta in un'elettrocuzione avevano provocato l'incendio della sedia cui era legato il condannato.

Infilai gli articoli nel dossier di Waddell, cercando di immaginare quali appigli avrebbe trovato questa volta il suo legale, Nicholas Grueman. Non avevo avuto spesso a che fare con lui, ma ormai sapevo prevedere le sue mosse: ero incline a pensare che il suo reale intento fosse quello di minare la mia credibilità professionale e, più in generale, di farmi sentire una povera stupida. Ma quello che più mi infastidiva era il modo in cui sembrava non ricordare minimamente che in passato ero stata sua allieva a Georgetown. Per colpa sua avevo detestato il primo anno di legge, e dopo un esame andato male avevo dovuto ripetere il suo corso: non avrei mai dimenticato Nicholas Grueman, e mi sembrava una vera ingiustizia che lui si fosse dimenticato di me.

Lo sentii il giovedì seguente, poco dopo avere ricevuto la notizia della morte di Eddie Heath.

«Kay Scarpetta?»

«Sì.» Chiusi gli occhi, e dalla pressione che avvertii dietro le palpebre seppi che all'orizzonte già si addensavano pesanti nuvole di rabbia.

«Parla Nicholas Grueman. Ho dato un'occhiata al referto provvisorio dell'autopsia eseguita sul signor Waddell, e avrei un paio di domande da farle.»

Mi astenni dal commentare.

«Mi riferisco a Ronnie Joe Waddell.»

«In cosa posso esserle utile?»

«Be', innanzi tutto prendiamo questo *stomaco quasi tubolare*. Descrizione curiosa, davvero. Mi chiedevo se fosse frutto della sua creatività o se si tratta di un termine medico. Sbaglio o il signor Waddell era digiuno?»

«Non posso affermare che lo fosse in generale, ma il suo stomaco si presentava rimpicciolito e vuoto.»

«Per caso le era stato segnalato se il mio cliente aveva iniziato uno sciopero della fame?»

«No, niente del genere.» Quando guardai l'orologio a muro, la luce mi ferì gli occhi. Ero senza aspirine e avevo lasciato a casa il collirio. Udii un fruscio di pagine sfogliate.

«Leggo che avete rilevato alcune abrasioni sulle braccia, o meglio sulla faccia interna di entrambe le braccia» riprese.

«Esatto.»

«E, di preciso, cosa si intende per *faccia interna*?»

«La parte interna del braccio al di sopra della *fossa antecubitale*.»

Ci fu una pausa. «*Fossa antecubitale*» ripeté, evidentemente spiazzato. «Bene, mi faccia capire. Adesso sollevo il braccio e lo giro con il palmo della mano verso l'alto, okay? Quello a cui si riferisce sarebbe in pratica l'interno del gomito, o meglio il punto in cui il braccio si piega, giusto? Quindi è corretto dire che la faccia interna corrisponde alla parte verso la quale si flette l'avambraccio, e la fossa antecubitale al punto in cui avviene il piegamento?»

«Sì, è corretto.»

«Bene, molto bene. E a cosa andrebbero attribuite le ferite rilevate sulle facce interne superiori delle braccia del signor Waddell?»

«Probabilmente a delle cinghie» risposi in tono vago.

«Cinghie?»

«Sì, per esempio i lacci di cuoio della sedia elettrica.»

«Ma ha detto probabilmente. Probabilmente delle cinghie, dunque?»

«Sì, ho detto così.»

«Nel senso che non si tratta di una certezza, dottoressa?»

«Purtroppo in questa vita le certezze sono molto, molto rare, signor Grueman.»

«Il che significa che sarebbe ragionevole considerare anche la possibilità che le cause responsabili di queste abrasioni possano essere di altra natura? Di natura umana, tanto per fare un esempio? Che potrebbe trattarsi dei segni lasciati dalle mani di qualcuno?»

«Le abrasioni rilevate non fanno pensare a contusioni prodotte dalle mani di un uomo» dichiarai.

«Mentre fanno pensare a segni provocati da una sedia elettrica, vale a dire dai suoi lacci di cuoio?»

«Personalmente sono di questo avviso.»

«Personalmente, dottoressa?»

«Purtroppo non ho ancora esaminato la sedia elettrica» ribattei in tono tagliente.

Quest'ultima affermazione fu seguita da una pausa piuttosto lunga, una di quelle che avevano reso celebre Nicholas Grueman in ambito accademico, quando con il suo pesante silenzio sottolineava l'inadeguatezza delle risposte degli studenti. Me lo rividi accanto, incombente, le mani serrate dietro la schiena, il volto senza espressione, mentre l'orologio a muro ticchettava rumorosamente. Una volta avevo sopportato il suo sguardo muto per ben due minuti, gli occhi fissi sulla dispensa di giurisprudenza davanti a me, le pagine bianche e sfocate. Adesso, a distanza di vent'anni, mentre sedevo alla mia solida scrivania in noce di capo medico legale, una donna di mezza età, con abbastanza riconoscimenti e attestati da tappezzare un'intera parete, mi sentii di nuovo avvampare in preda a una rabbia e a un'umiliazione antiche.

Susan entrò nel mio ufficio nel momento in cui Grueman aveva deciso di interrompere bruscamente la conversazione, riappendendo con un secco «Arrivederci».

«È arrivato il corpo di Eddie Heath.» Il camice chirurgico di Susan era lindo e ancora slacciato sulla schiena, l'espressione sul suo viso svogliata. «Può aspettare fino a domattina?»

«No» risposi. «Non può.»

Sul freddo tavolo d'acciaio, il ragazzo appariva più piccolo di quanto mi fosse sembrato tra le luminose lenzuola del suo letto d'ospedale. In questa sala non c'erano arcobaleni, né pareti o finestre decorate con dinosauri o con colori capaci di toccare il cuore di un bambino. Eddie Heath era arrivato nudo, con il catetere, le medicazioni e gli aghi da endovena ancora in loco, tristi ricordi di ciò che, dopo averlo tenuto ancorato a questo mondo, lo aveva definitivamente separato da esso. Mi vennero in mente le cordine sciolte di un palloncino che volava in cielo, sempre più lontano. Per quasi un'ora presi nota di ferite e segni lasciati dalle terapie ospedaliere, mentre Susan scattava le foto e rispondeva al telefono.

Avevamo chiuso a chiave le porte d'accesso alla sala autopsie, e dietro di esse udivo il viavai dell'ascensore e del personale che tornava a casa dopo una giornata di lavoro. Ormai era buio. Il citofono dell'area di carico suonò due volte, mentre gli addetti di qualche impresa funebre arrivavano a scaricare o a ritirare una salma. Le ferite alla spalla e alla coscia di Eddie erano asciutte, di un rosso scuro brillante.

«Sant'Iddio» mormorò Susan, sgranando gli occhi. «Chi può aver fatto una cosa del genere? E guarda tutti quei taglietti ai margini. È come se qualcuno avesse praticato delle incisioni a X per poi asportare la cute.»

«È esattamente quello che penso sia avvenuto.»

«Vuoi dire che qualcuno potrebbe avere inciso seguendo una specie di disegno?»

«Diciamo che forse voleva rimuovere qualcosa e, non riuscendoci, ha asportato direttamente la pelle.»

«Rimuovere cosa?»

«Qualcosa che prima non c'era» risposi. «In questi punti il ragazzo non aveva né tatuaggi, né voglie, né cicatrici. Dunque, se la cosa in questione non c'era già, forse è stata aggiunta al momento, ma ha dovuto essere eliminata perché rischiava di trasformarsi in un indizio.»

«Tipo dei segni di morsi?»

«Precisamente.»

Il rigor mortis non era ancora subentrato del tutto e, quando iniziai a tamponare le zone che potevano essere sfuggite al lavaggio, avvertii il leggero tepore che promanava dal corpo. Controllai le ascelle, le pieghe dei glutei, l'interno e il retro delle orecchie e l'interno dell'ombelico. Tagliai le unghie e le depositai in una busta, quindi cercai fibre e altre particelle tra i capelli.

Susan continuava a lanciarmi delle occhiate, in preda a una tensione quasi palpabile. «Cerchi qualcosa in particolare?» chiese infine.

«Tanto per cominciare, del liquido seminale secco.»

«Sotto le ascelle?»

«Lì, come in qualunque piega cutanea e negli orifizi. Dappertutto.»
«Di solito, però, non lo fai.»
«Di solito non brancolo così nel buio.»
Cominciai a scrutare ogni centimetro di pelle con una lente d'ingrandimento. Quando arrivai ai polsi, rigirai lentamente le mani in su e in giù, dilungandomi a tal punto che Susan smise a propria volta di fare ciò che stava facendo. Volevo confrontare i diagrammi riportati sui fogli dell'ospedale con quelli che avevo tracciato io, e verificare le corrispondenze tra i segni lasciati dalle terapie e quelli che stavo rilevando adesso.
«Dov'è la sua cartella clinica?» chiesi, guardandomi intorno.
«Là.» Susan prese la documentazione da un ripiano.
Mi misi subito a sfogliare il dossier, concentrandomi in particolare sui dati registrati al pronto soccorso e sul rapporto dell'équipe di infermieri che lo aveva assistito in ambulanza. Da nessuna parte si diceva che le mani di Eddie Heath erano state legate. Cercai di richiamare alla mente le parole usate dal detective Trent nel descrivere la scena del ritrovamento. Non aveva forse detto che Eddie aveva le braccia distese lungo i fianchi?
«Trovato qualcosa?» domandò Susan.
«Prendi la lente d'ingrandimento, altrimenti non vedi. Ecco, guarda il lato inferiore dei polsi, e poi il polso sinistro, appena a sinistra del carpo. Lo vedi, il residuo gommoso? Le tracce di nastro adesivo? Sembrano macchie grigiastre di sporco.»
«Sì, le intravedo a stento. Forse ci sono attaccate sopra delle fibre» rispose Susan in tono di meraviglia, la sua spalla premuta contro la mia mentre osservava piegata sulla lente.
«E la pelle è molto liscia» continuai a commentare. «Meno pelosa che in altre parti.»
«Certo, perché togliendo il nastro adesivo si saranno staccati anche i peli.»
«Esatto. Bene, prenderemo a campione i peli dei polsi. La sostanza adesiva e le fibre dovrebbero corrispondere, se mai venisse ritrovato il nastro utilizzato. E dai pezzi staccati potremo eventualmente risalire al rotolo.»
«Non capisco» disse Susan raddrizzandosi. «Anche le flebo

erano fissate con del nastro adesivo. Sei sicura che non si tratti dello stesso?»

«Il fatto è che in questa zona non noto segni di intervento terapeutico» insistei. «E quando l'hanno portato qui, hai visto anche tu cos'aveva attaccato. No, non c'è nulla che spieghi la presenza di nastro adesivo proprio in questo punto.»

«Hai ragione.»

«Scattiamo qualche foto, poi preleverò il residuo colloso e dirò a quelli del laboratorio di pensarci loro.»

«Se il corpo è stato rinvenuto vicino a un cassonetto della spazzatura, ti immagini che razza d'incubo per gli analisti della Scientifica?»

«Tutto sta a vedere con cosa è venuto a contatto questo residuo sul marciapiede.» Cominciai a grattarlo via delicatamente con un bisturi.

«Immagino che non abbiano passato l'aspirapolvere...»

«No, non credo proprio. Ma, chiedendo gentilmente, forse riusciremo ancora a farci consegnare qualche campione di spazzatura. Tentar non nuoce.»

Continuai a esaminare i polsi e gli esili avambracci di Eddie Heath, alla ricerca di eventuali contusioni o abrasioni che mi fossero sfuggite. Non ne trovai.

«Le caviglie mi sembrano in ordine» comunicò Susan dall'estremità opposta del tavolo. «Non vedo tracce di adesivo né aree prive di peli. Nessuna ferita. Evidentemente gli avevano legato soltanto i polsi.»

Ricordavo pochissimi casi in cui le vittime che erano state legate non riportavano segni visibili sulla pelle. Il nastro era stato chiaramente a contatto con l'epidermide di Eddie, e di sicuro lui doveva essersi mosso nel tentativo di dare sollievo ai polsi costretti in una posizione scomoda e che ostacolava la circolazione. Tuttavia, non aveva opposto resistenza. Non aveva tirato, né si era divincolato con forza per cercare di liberarsi.

Ripensai alle gocce di sangue trovate sulla spalla della sua giacca, e alla fuliggine che picchiettava il bavero. Di nuovo controllai la zona della bocca e la lingua, e rilessi la documentazione medica. Se anche era stato imbavagliato non lo si notava più, e non restavano abrasioni, né lividi, né tracce di adesivo. Lo immaginai appoggiato contro il bidone, nudo in quel freddo impietoso, gli indumenti ammucchiati per terra in modo né ordinato né trasandato, bensì, come mi era stato descritto, in maniera piuttosto casuale. Quando cercai di cogliere l'emozione dominante di quel crimine, non avvertii né rabbia, né panico, né paura.

«Prima gli ha sparato, vero?» Gli occhi di Susan erano vigili e spalancati come quelli di un estraneo un po' bellicoso, incrociato in una strada buia e deserta. «Chiunque sia stato, dopo averlo fatto fuori gli ha legato i polsi con del nastro adesivo.»

«Sì, è quel che penso anch'io.»

«Eppure mi sembra così strano» disse. «Se gli aveva sparato, che bisogno c'era di immobilizzarlo?»

«Purtroppo non conosciamo ancora le fantasie dell'assassino.» Il mal di testa da sinusite era arrivato, e io stavo cedendo come una città presa d'assedio. Mi lacrimavano gli occhi e avevo la sensazione che il mio cranio fosse di due taglie troppo piccolo per il cervello.

Susan srotolò il grosso cavo elettrico dalla bobina e attaccò la sega Stryker. Sostituì le lame dei bisturi e controllò i coltelli sul carrello chirurgico, quindi sparì nella sala di radiologia e tornò con le lastre di Eddie, che inserì nel diafanoscopio. Si muoveva in preda a una sorta di frenesia, e a un certo punto fece una cosa che non le era mai capitata prima: urtò violentemente contro il carrello degli strumenti chirurgici che stava assortendo e fece cadere a terra due bottiglie di formalina.

Mi precipitai verso di lei; nel frattempo Susan aveva fatto un balzo all'indietro tossendo e gesticolando per allontanare le esalazioni dal viso, e mancò poco che non scivolasse sulla miriade di schegge di vetro.

«Ti ha preso in faccia?» La afferrai per un braccio e la trascinai nello spogliatoio.

«Non credo, no. Oh, Dio, mi è finita sulle gambe e sui piedi. Anche su un braccio...»

«Sei sicura che non ti sia entrata negli occhi, o in bocca?» La aiutai a levarsi il camice.

«Sicura.»

Mi infilai nel box della doccia e aprii i rubinetti, mentre Susan si strappava letteralmente di dosso il resto dei vestiti.

La feci restare a lungo sotto un violento getto d'acqua tiepida e nel frattempo indossai maschera, occhiali di protezione e spessi guanti di gomma. Poi asciugai il pavimento servendomi degli appositi cuscini forniti dallo stato per fronteggiare emergenze biochimiche del genere, quindi raccolsi i pezzi di vetro e misi il tutto in grandi sacchi di plastica doppia. Per finire, lavai il pavimento irrorandolo con il potente getto della canna, mi lavai e sciacquai accuratamente e indossai pantaloni e camice puliti. Dopo un po' anche Susan emerse dalla doccia, paonazza e spaventata.

«Sono così dispiaciuta» disse.

«Non ti preoccupare, l'importante è che tu stia bene. Come ti senti?»

«Be', un po' debole e mi gira la testa. Mi sembra ancora di sentire quell'odore nell'aria.»

«Qui ci penso io, Susan. Tu torna a casa, d'accordo?»

«Prima avrei bisogno di distendermi un attimo. Magari vado di sopra.»

Presi le chiavi dalla tasca del camice da laboratorio che avevo lasciato appeso alla spalliera di una sedia. «Tieni» dissi, porgendogliele. «Vai a stenderti sul divano del mio ufficio. E se vedi che le vertigini non passano o addirittura peggiorano, chiamami subito.»

Ricomparve circa un'ora più tardi, avvolta nel cappotto abbottonato fino al collo.

«Come va?» mi informai, mentre finivo di suturare le incisioni.

«Un po' scossa, ma bene.»

Restò a fissarmi un attimo in silenzio, quindi aggiunse: «Finché ero di sopra ho pensato una cosa. Non credo che dovresti includermi fra i testimoni di questo caso».

Sollevai la testa, sorpresa. Era assolutamente normale che le persone presenti a un'autopsia venissero citate sul referto ufficiale in qualità di testimoni. La richiesta di Susan non era particolarmente importante, ma certo strana.

«Non ho partecipato all'autopsia» insisté. «Voglio dire che ho dato una mano per quanto riguardava l'esame superficiale, ma non ero presente quando hai eseguito il post mortem. Diventerà un caso da prima pagina, se mai prenderanno il colpevole e si finirà alla sbarra. Quindi credo sia meglio se non mi citi fra i testimoni, visto che, come ho già detto, in realtà non ero presente.»

«Come vuoi» risposi. «Per me non è un problema.»

Susan appoggiò le chiavi su un ripiano e uscì.

Un'ora dopo, mentre rallentavo in prossimità di un casello, composi il numero di casa di Marino.

«Conosci il direttore di Spring Street?» chiesi.

«Frank Donahue. Da dove chiami?»

«Dalla macchina.»

«Lo supponevo. Vedrai che metà dei camionisti della Virginia ci stanno ascoltando al CB.»

«Be', non sentiranno granché.»

«Ho saputo del ragazzo» disse Marino. «Hai già finito?»

«Sì. Senti, ti richiamo da casa. Nel frattempo, però, dovresti farmi un favore: devo andare a controllare un paio di cosette in carcere, il più in fretta possibile.»

«Il problema è che tu controlli il carcere, e lui controlla te.»

«Per questo ci andremo insieme» ribattei.

Se non altro, dopo due tristi semestri sotto la tutela del mio ex professore avevo imparato a essere pronta a tutto. Sabato pomeriggio Marino e io ci dirigemmo alla volta del penitenziario di stato. Il cielo era plumbeo, il vento scuoteva gli alberi ai margini della strada e l'universo intero sembrava in preda a qualche gelido fermento, specchio fedele del mio umore.

«Se vuoi sapere come la penso» disse Marino a un certo punto, «credo che tu permetta a Grueman di strapazzarti come un burattino.»

«Ma nient'affatto.»

«E allora come mai ogni volta che c'è un'esecuzione che lo riguarda, tu ti agiti a questo modo?»

«Perché, tu cosa faresti?»

Marino premette l'accendisigari. «Quello che stai facendo tu. Andrei a dare un'occhiata a quel maledetto braccio della morte e alla sedia, documenterei ogni cosa e gli direi che è un sacco di merda. O, meglio ancora, lo direi ai giornalisti.»

I quotidiani del mattino riportavano un'affermazione di

Grueman secondo cui Waddell non aveva ricevuto un adeguato sostentamento e il suo corpo rivelava segni di inspiegabili abrasioni.

«E, comunque, cosa ci guadagna?» continuò Marino. «Ai tempi in cui frequentavi la scuola di legge difendeva già personaggi del genere?»

«No. Anni fa gli offrirono la direzione della divisione penale di Georgetown. Fu allora che iniziò ad accettare casi di condanne a morte per puro spirito umanitario.»

«Quello non ha tutte le rotelle a posto.»

«Il fatto è che è assolutamente contrario alla pena capitale, ed è riuscito a trasformare ognuno dei suoi assistiti in un caso celebre. In particolare Waddell.»

«Ma che carino: il santo protettore dei rifiuti» fu il commento di Marino. «Perché non gli mandi qualche bella foto a colori di Eddie Heath e non gli chiedi se ha voglia di andare a parlare con i famigliari, eh? Vediamo come si sente, poi, nei confronti di quel porco che ha fatto il lavoretto.»

«Non servirebbe a cambiare le opinioni di Grueman.»

«Ha bambini? Una moglie? Qualcuno a cui tenga veramente?»

«Non importa, Marino, lascia perdere. Immagino che tu non abbia novità riguardo a Eddie.»

«No, e nemmeno quelli di Henrico. Abbiamo solo i vestiti e un proiettile calibro ventidue. Forse la Scientifica avrà più fortuna con i reperti che hai raccolto tu.»

«E il VICAP?» chiesi, alludendo al Programma Verifiche Incrociate Crimini Violenti, in cui Marino e l'esperto Fbi di profili psicologici, Benton Wesley, operavano come partner nella squadra regionale.

«Trent si sta occupando della documentazione, che distribuirà fra un paio di giorni. E ieri sera ho messo Benton al corrente di quest'ultimo caso.»

«Credi che Eddie fosse tipo da salire in macchina con uno sconosciuto?»

«Stando a quanto dicono i genitori, no. Deve essersi trattato di un attacco a sorpresa, oppure di qualcuno che si era conquistato da tempo la fiducia del ragazzo.»

«Aveva fratelli o sorelle?»

«Un fratello e una sorella, entrambi più grandi di almeno dieci anni. Probabilmente Eddie è stato frutto di un incidente di percorso» disse Marino, mentre all'orizzonte si profilava la sagoma del penitenziario.

Anni di trascuratezza avevano ridotto il rivestimento esterno delle mura a un cupo rosa sbiadito. Le finestre erano buchi scuri tappati da spessi fogli di plastica, molti dei quali ormai strappati e contorti dal vento. Imboccammo l'uscita di Belvedere, quindi svoltammo a sinistra in Spring Street, dove uno squallido tratto di marciapiede collegava due aree assolutamente estranee l'una all'altra. Il marciapiede proseguiva per alcuni isolati oltre il penitenziario, interrompendosi di colpo a Gambles Hill, dove il quartier generale della Ethyl Corporation, in mattoni bianchi, se ne stava appollaiato su una linda collinetta erbosa, simile a un grande airone ai bordi di una discarica.

Quando parcheggiammo e scendemmo dalla macchina, la pioggerella si era trasformata in nevischio. Seguii Marino oltre un bidone della spazzatura, poi lungo una rampa che conduceva a una zona di carico piena di gatti dallo sguardo tra l'indifferente e il bellicoso. L'entrata principale era costituita da una porta a vetri a battente unico, oltre la quale alcune sbarre bloccavano i visitatori in una sorta di sala d'aspetto. L'aria era fredda e stagnante. Alla nostra destra si accedeva al Centro Comunicazioni, custodito da una finestrella che un donnone in uniforme ebbe cura di aprire subito.

«Posso essere d'aiuto?»

Marino mostrò il distintivo e in tono laconico spiegò che avevamo un appuntamento con Frank Donahue, il direttore. La donna ci disse di attendere. La finestrella si richiuse.

«Questa è Helen, l'Unna» mi confidò Marino. «Sono venuto qui non so quante volte, e lei fa sempre finta di non conoscermi. Si vede che non sono il suo tipo. Avrai modo di apprezzarla meglio fra un minuto.»

Al di là di alcuni cancelli di sbarramento si snodava un sudicio corridoio con piastrelle marrone chiaro, su cui si affacciavano dei minuscoli uffici simili a gabbie. La panoramica terminava con il primo braccio di celle, che si innalzavano in gironi di ferro del tipico verde-istituzionale corroso dalla ruggine. Erano vuote.

«Quando riporteranno qui gli altri detenuti?» chiesi.

«Entro la fine della settimana.»

«È rimasto qualcuno?»

«Un paio di autentici gentiluomini della Virginia, gente in isolamento. Sono rinchiusi e incatenati ai loro letti nella Cella C, da quella parte.» Marino indicò verso ovest. «Ma non ci passeremo, quindi non ti agitare. Non ti farei mai una cosa del genere. Lo sai che quelli sono anni che non vedono una donna? Helen non fa testo, ovviamente.»

Un giovane dal fisico prestante in tenuta del Dipartimento carcerario apparve in fondo al corridoio, diretto verso di noi. Ci guardò attraverso le sbarre, il volto attraente ma duro, la mascella forte e freddi occhi grigi. I baffi rosso scuro gli nascondevano il labbro superiore che ero sicura potesse piegarsi in una smorfia crudele.

Dopo le presentazioni, Marino annunciò: «Siamo qui per vedere la sedia».

«Mi chiamo Roberts, e sono qui per farvi visitare i gioielli della corona.» Il mazzo di chiavi tintinnò contro l'acciaio del pesante cancello che veniva aperto. «Il signor Donahue è ammalato.» Alle nostre spalle, riecheggiò il clangore del cancello che si richiudeva. «Spiacente, ma prima dobbiamo perquisirvi. Può mettersi là, signora?»

Iniziò ispezionando Marino con un detector, mentre un'ennesima porta a sbarre si apriva ed Helen emergeva dal Centro Comunicazioni. Era una donna incapace di sorridere, solida come una chiesa battista, il lucido cinturone piazzato come unico segnale di una vita decisamente tozza. Sfoggiava un taglio di capelli cortissimo e maschile, di un nero opaco, e il suo sguardo che incrociò il mio era particolarmente intenso. La targhetta di riconoscimento appuntata su un seno imponente diceva "Grimes".

«La borsa» mi ordinò.

Le tesi la valigetta medica, che aprì e frugò sbrigativamente; quindi mi fece voltare a destra e a sinistra e con modi molto sbrigativi mi sottopose a una raffica di palpate con le mani e con il rivelatore. Una perquisizione che in tutto non durò più di una ventina di secondi, durante i quali la guardia riuscì però a fare conoscenza di ogni centimetro del mio corpo, schiacciandomi come un ragno contro il suo petto rigidamente incorsettato e solleticandomi con le dita grassocce, mentre dalla bocca fuoruscivano rumorosi respiri. Quindi annuì in modo brusco, segnalando che ero a posto, e tornò nella sua tana di cemento e acciaio.

Marino e io seguimmo Roberts oltre i cancelli di sbarramento e attraverso una serie di porte che ogni volta venivano aperte e richiuse a chiave, sempre avvolti da un'aria fredda in cui risuonava solo l'ostile tintinnio metallico. Roberts non ci chiese nulla ed evitò di pronunciare frasi che potessero anche solo vagamente essere definite amichevoli. Sembrava estremamente conscio del proprio ruolo, che quel giorno era di guida turistica o cane da guardia, non so quale dei due.

Ancora una svolta a destra, e ci ritrovammo nel primo braccio di detenzione, un enorme spazio di cemento verde e finestre rotte, con quattro gironi di celle che arrivavano fino a un falso soffitto sovrastato da matasse di filo spinato. Al centro dello stanzone, disordinatamente ammassati sulle piastrelle marroni, c'erano dozzine di stretti materassi ricoperti di plastica, e intorno giacevano sparpagliati stracci, scope e alcune vecchie sedie rosse da barbiere. Scarpe da tennis in pelle, blue jeans e altri effetti personali ingombravano gli alti davanzali delle finestre, e in numerose celle stazionavano ancora apparecchi televisivi, libri e ceppi per le caviglie. Appariva evidente che, al momento dell'evacuazione, ai detenuti non era stato concesso il tempo necessario per raccogliere i propri effetti, il che probabilmente spiegava le oscenità scarabocchiate in fretta e furia sulle pareti.

Superate altre porte ci ritrovammo nel cortile esterno, uno spoglio quadrato d'erba scura circondato da orrendi bracci di celle. A ogni angolo delle mura si ergeva una torretta di guardia; gli uomini all'interno erano riparati da pesanti cappotti e armati di fucile. Procedemmo in silenzio, a passo spedito, mentre il nevischio ci sferzava le guance. Dopo aver sceso alcuni gradini, penetrammo in un nuovo passaggio che conduceva a una porta di ferro molto più massiccia di quelle incontrate finora.

«Il Seminterrato Est» spiegò Roberts, inserendo la chiave nella serratura. «Il porto a cui nessuno desidera approdare.»

Entrammo nel braccio della morte.

Sulla parete orientale si aprivano cinque celle, ognuna delle quali era corredata di un letto in ferro, un lavandino e un water di porcellana bianca. In mezzo allo stanzone centrale si trovava una grande scrivania e le sedie che le guardie occupavano ventiquattr'ore su ventiquattro nei periodi in cui il braccio della morte era abitato.

«Waddell stava nella due.» Roberts indicò la cella. «Secondo le leggi dello stato, il prigioniero dev'essere trasferito qui quindici giorni prima dell'esecuzione.»

«Chi poteva fargli visita, quando era qui?» chiese Marino.

«Le persone che hanno tradizionalmente diritto d'accesso al braccio della morte: rappresentanti legali, il clero e i membri della squadra interna.»

«Squadra interna?» gli feci eco.

«È composta da funzionari del Dipartimento carcerario e supervisori, uomini di cui non viene resa nota l'identità. La squadra entra in azione nel momento in cui il detenuto parte da Mecklenburg. Sono loro a sorvegliarlo e a provvedere a tutto fino alla fine.»

«Un incarico certo non piacevole» commentò Marino.

«Non si tratta di un incarico, ma di una libera scelta» rispose Roberts, con l'aria sicura e imperscrutabile degli allenatori intervistati dopo una grande partita.

«Vuol dire che la cosa vi lascia indifferenti?» insisté Marino. «Be', anch'io ho visto Waddell mentre lo portavate alla sedia elettrica, non mi dirà che è un bello spettacolo...»

«La cosa non mi turba minimamente. Dopo un'esecuzione torno a casa, mi bevo un paio di birre e vado a dormire.» Infilò una mano nel taschino della camicia e ne estrasse un pacchetto di sigarette.

«Il signor Donahue mi ha detto che volete sapere esattamente come si sono svolte le cose. Bene, vi spiegherò tutto.» Sedette sul piano della scrivania. «Il giorno dell'esecuzione, il tredici dicembre, a Waddell è stato concesso un incontro di due ore con i parenti stretti, nella fattispecie con la madre. Lo abbiamo ammanettato, gli abbiamo infilato i ceppi alle caviglie e le catene alla cintura, quindi l'abbiamo condotto nella sala di ricevimento verso l'una del pomeriggio.

«Alle cinque ha consumato l'ultimo pasto. Ha ordinato una lombata di manzo, insalata, patate al forno e torta di pecàn, che gli abbiamo fatto confezionare dalla Bonanza Steak House. Non ha scelto il ristorante. In genere nessun detenuto lo fa. E, naturalmente, come di regola sono stati preparati due pasti identici: il condannato ne mangia uno, e un membro della squadra mangia l'altro. In questo modo ci premuniamo che nessun cuoco troppo zelante acceleri la dipartita del prigioniero insaporendogli il cibo con un pizzico di arsenico o cose simili.»

«E Waddell ha consumato la cena?» chiesi, ripensando allo stomaco trovato vuoto.

«Non aveva molta fame... ci ha chiesto di tenergliela da parte per il giorno dopo.»

«Forse pensava che il governatore Norring lo avrebbe graziato» disse Marino.

«Non so cosa pensasse. Vi sto solo riferendo quello che ha detto quando gli abbiamo presentato il vassoio. Dopodiché, alle diciannove e trenta, i funzionari addetti all'inventario degli effetti personali hanno ispezionato la cella e gli hanno chiesto come intendeva disporre di ciò che lasciava. Stiamo parlando di un orologio da polso, un anello, alcuni capi di abbigliamento, lettere, libri e poesie. Alle otto di sera, lo hanno fatto uscire dalla cella. Gli hanno rasato la testa, le guance e la caviglia destra. È stato pesato, lavato e gli hanno fatto indossare la tenuta per l'esecuzione. Quindi è stato ricondotto in cella.

«Alle dieci e quarantacinque, in presenza della squadra interna, gli è stato letto il decreto di condanna.» Roberts si alzò dalla scrivania. «Poi lo hanno portato nella stanza qui accanto, non ammanettato.»

«E qual è stata la sua reazione?» si informò Marino, mentre Roberts apriva l'ennesima porta.

«Diciamo che, per evidenti motivi razziali, non gli è stato possibile sbiancare come un lenzuolo. Altrimenti sono certo che l'avrebbe fatto.»

La stanza era più piccola di come la immaginavo. A circa due metri dalla parete di fondo, al centro del pavimento in cemento marrone, c'era la sedia, un trono rigido e spoglio di lucidissimo legno di quercia. Lunghe cinghie di cuoio erano attorcigliate intorno all'alto schienale ad assi, alle due gambe anteriori e ai braccioli.

«Lo hanno fatto sedere e gli hanno allacciato la prima cinghia, quella toracica» proseguì Roberts nel solito tono indifferente. «Poi gli hanno immobilizzato le braccia, l'addome e le gambe.» Parlando, sollevò ogni volta la cintura in questione. «Un minuto in tutto per bloccarlo. Quindi gli hanno sistemato la maschera di cuoio, che vi mostrerò fra un attimo, il casco e la piastra di collegamento alla gamba destra.»

Tirai fuori la macchina fotografica, un righello e alcune fotocopie degli schemi del corpo di Waddell.

«Alle undici e due minuti esatti è stata data la prima scarica, pari a cinquecento volt e sei ampère e mezzo. A titolo di cronaca, due volt sono già sufficienti per uccidere un uomo.»

I segni riportati sugli schemi del corpo di Waddell corrispondevano perfettamente alla sedia e alla dislocazione delle varie cinghie.

«Il casco si fissa qui.» Roberts indicò un tubo che correva lungo il soffitto e terminava al di sopra della sedia con un dado ad alette di rame.

Iniziai a fotografare la sedia da ogni possibile angolazione.

«E la piastra di collegamento alla gamba, invece, a quest'altro dado.»

La luce del flash mi dava una strana sensazione; cominciavo a innervosirmi.

«Waddell ha fatto da interruttore automatico del circuito, capite?»

«Quando ha iniziato a sanguinare?» lo interruppi.

«Nell'attimo in cui gli è arrivata la prima scarica. E non ha mai smesso fino alla fine. A quel punto è calata una tendina che lo ha riparato alla vista dei testimoni. Tre membri della squadra interna gli hanno slacciato la camicia, il medico lo ha auscultato con lo stetoscopio, gli ha sentito la carotide e lo ha dichiarato morto. Il corpo poi è stato trasferito su una barella e portato nella cella di raffreddamento, dove andremo adesso.»

«Cosa ne pensa dell'ipotesi di un cattivo funzionamento della sedia?» chiesi.

«Un mucchio di sciocchezze. Waddell era alto un metro e

novantacinque e pesava centodiciassette chili. Di sicuro bolliva già prima di sedersi lì sopra, chissà dove gli era arrivata la pressione sanguigna! Data l'emorragia, dopo la dichiarazione di avvenuto decesso da parte del medico è stato esaminato anche dal direttore. Gli occhi non erano schizzati fuori dalle orbite e i timpani erano ancora intatti: si trattava di semplice sangue dal naso, come potrebbe venire a uno che spinge troppo sulla tazza del bagno.»

Ne convenni in silenzio. Il sangue dal naso di Waddell era dovuto a un'espirazione forzata, tipo manovra di Valsalva, o a un improvviso aumento della pressione intratoracica. A Nicholas Grueman non sarebbe affatto piaciuto il rapporto che stavo meditando di inviargli.

«Quali test avevate condotto per verificare che la sedia funzionasse a dovere?» volle sapere Marino.

«Gli stessi che eseguiamo ogni volta. Per cominciare vengono quelli dell'azienda elettrica Virginia Power e controllano tutto l'impianto.» Indicò il grande quadro elettrico incassato nel muro alle spalle della sedia e protetto da sportelli d'acciaio grigio. «Qui dentro, montate su una base di compensato, ci sono le lampadine da duemiladuecento watt usate per le verifiche. I test vengono eseguiti la settimana prima dell'esecuzione, tre volte al giorno, quindi ancora una volta al cospetto dei testimoni.»

«Già, lo ricordo» disse Marino, fissando la cabina in vetro riservata ai testimoni, a meno di cinque metri di distanza. All'interno c'erano dodici sedie di plastica nera, disposte su tre file ordinate.

«Tutto ha funzionato a meraviglia» concluse Roberts.

«Ed è sempre andata così?» chiesi.

«Per quel che ne so io sì, dottoressa.»

«E l'interruttore dov'è?»

Roberts mi mostrò una scatola a muro, a destra della cabina dei testimoni. «Con una chiave si inserisce la corrente, ma il pulsante si trova nella sala di controllo. Il direttore del carcere, o un sostituto da lui designato, gira la chiave e preme il pulsante. Vuole vederlo?»

«Sì, se non le dispiace.»

In realtà non c'era molto da vedere, solo un minuscolo sgabuzzino dietro la parete di fondo della stanza in cui si trovava la sedia. All'interno c'era un grande contatore generale con vari quadranti graduati per aumentare o diminuire il voltaggio che arrivava fino a tremila volt. Alcune file di spie luminose segnalavano il corretto funzionamento o meno dei dispositivi.

«A Greensville sarà tutto computerizzato» aggiunse Roberts.

In un armadietto di legno erano custoditi il casco, la piastra di collegamento per la gamba e due spessi cavi che, spiegò sollevandoli, «si attaccano ai dadi ad alette sopra e di fianco alla sedia, quindi ai corrispettivi dadi posti sul casco e sulla piastra per la gamba. Non è più difficile che collegare un videoregistratore».

Il casco e la piastra per la gamba erano di rame bucherellato, e nei fori scorrevano le cordicelle di cotone per trattenere la fodera di spugna interna. Il casco era sorprendentemente leggero, con appena un velo di ruggine ai bordi delle piastre di collegamento: non riuscii a immaginare nemmeno per un attimo di avere in testa una cosa del genere. La maschera, invece, non era altro che una larga striscia di cuoio nero e liscio che andava ad allacciarsi dietro la nuca del condannato, con un piccolo taglio triangolare in corrispondenza del naso. Avrebbe fatto la sua figura anche al museo degli strumenti di tortura medievali, dove certo non ne avrei contestata l'autenticità.

Superammo un trasformatore con bobine a soffitto, e Roberts aprì un'altra porta. Entrammo nella sala.

«Qui è dove avviene il raffreddamento» disse. «Abbiamo trasportato il corpo di Waddell in barella, e lo abbiamo trasferito su questo tavolo.»

Il tavolo era d'acciaio e aveva le giunture arrugginite.

«L'abbiamo lasciato sbollire per dieci minuti, mettendogli sacchi di sabbia sulla gamba. Eccoli, sono quelli lì.»

I sacchi in questione erano appoggiati sul pavimento, ai piedi del tavolo.

«Ognuno pesa cinque chili. È una reazione normale, le ginocchia si piegano e restano irrigidite, così i sacchi di sabbia servono a raddrizzare le gambe. Inoltre, quando, come nel caso di Waddell, le ustioni sono particolarmente gravi, le tamponiamo con della garza. Alla fine abbiamo rimesso il cadavere sulla barella e lo abbiamo fatto uscire da dove siete entrati voi. L'unica differenza sono state le scale. Non c'era motivo di farsi venire l'ernia, per cui abbiamo utilizzato il montacarichi per le vivande e lo abbiamo portato su all'entrata principale, dov'è stato caricato sull'ambulanza. E in ambulanza siamo venuti da voi, come facciamo sempre quando qualcuno dei nostri ragazzi si è fatto un giro sulla giostra.»

Porte che si richiudevano, chiavi che tintinnavano, serrature che scattavano. Mentre ci riaccompagnava all'uscita, Roberts continuò a parlare come un fiume in piena. Lo ascoltavo appena, e Marino non disse una parola. Il nevischio si mescolava all'erba appesantita dalla pioggia, i muri sembravano di ghiaccio. Il marciapiede era bagnato, il freddo penetrante. Avevo la nausea. Desideravo disperatamente una lunga doccia calda e dei vestiti puliti.

«I bastardi frustrati come Roberts stanno solo un gradino più in alto dei carcerati» commentò Marino, mettendo in moto. «Anzi, alcuni non sono affatto meglio dei pazzi che rinchiudono là dentro.»

Qualche minuto dopo si fermò a un semaforo rosso. Le gocce d'acqua brillanti come perle di sangue che cadevano sul parabrezza venivano spazzate via dai tergicristalli, e subito sostituite da un'altra fitta cascata. Gli alberi incrostati di ghiaccio sembravano sculture di vetro.

«Hai tempo? Vorrei mostrarti una cosa.» Marino pulì il vetro appannato con la manica del cappotto.

«Dipende da quanto è importante.» Sperai che la mia riluttanza lo inducesse a riportarmi subito a casa.

«Vorrei ricostruire con te gli ultimi spostamenti di Eddie Heath.» Mise la freccia per svoltare. «Ma, soprattutto, credo che tu debba vedere il luogo dove è stato ritrovato il corpo.»

Gli Heath vivevano a est di Chamberlayne Avenue o, per dirla con Marino, dalla parte sbagliata della città. La piccola casa in mattoni distava solo pochi isolati dal Golden Skillet, famoso per i suoi polli fritti, e dal negozio in cui Eddie era andato a comprare la minestra in scatola per la madre. Sul vialetto d'accesso erano parcheggiate alcune grandi vetture di marca americana, e dal comignolo usciva un filo di fumo che subito si perdeva confondendosi con il cielo grigio. Ci fu un pallido bagliore di alluminio, mentre la porta a zanzariera si aprì e ne uscì un'anziana donna infagottata in un cappotto nero. La donna si fermò un attimo a confabulare con qualcuno in casa, poi, aggrappandosi con gesti ansiosi alla ringhiera, scese lentamente i gradini e lanciò un'occhiata inespressiva alla Ford LTD bianca che passava in quel momento.

Proseguendo verso est per altri tre chilometri, avremmo varcato la zona off limits delle case popolari federali.

«Una volta questo quartiere era completamente bianco» disse Marino. «Ricordo che, quando arrivai a Richmond, era un'ottima zona dove abitare. Brava gente, onesti lavoratori che curavano il loro giardino e andavano in chiesa la domenica. Certo, i tempi cambiano. Oggi non permetterei mai a mio figlio di passeggiare da queste parti dopo il tramonto. Ma se ci nasci, alla fine è normale. Eddie era nel suo mondo, si sentiva tranquillo quando consegnava i giornali o andava a fare commissioni per la madre.

«La sera della disgrazia è uscito dalla porta principale di casa, ha tagliato per Azalea e quindi ha svoltato a destra proprio qui, come stiamo facendo noi. Alla nostra sinistra c'è Lucky's, vicino al benzinaio.» Indicò una drogheria con l'insegna luminosa di un ferro di cavallo verde. «Quell'angolo laggiù è un punto molto frequentato dagli spacciatori. Vendono il crack e spariscono. Noi li pizzichiamo, e due giorni dopo li ritrovi a un altro angolo.»

«Qualche possibilità che Eddie avesse a che fare con il giro della droga?» Una domanda lungimirante ai tempi degli esordi della mia carriera, diventata ormai pura routine: in Virginia, i minorenni rappresentavano circa il dieci per cento degli arrestati per traffico di stupefacenti.

«Per ora nulla che lo faccia supporre. Comunque, non credo» rispose Marino.

Entrò nel parcheggio del negozio, dove restammo seduti a guardare i cartelli delle offerte incollati alle vetrine e le intense luci che foravano la nebbia. C'era una lunga coda alla cassa, dove l'impiegato batteva le somme senza nemmeno sollevare gli occhi. Un giovane di colore in high tops e cappotto di pelle uscì con una bottiglia di birra, lanciò un'occhiata insolente alla nostra macchina, quindi fece scivolare alcuni spiccioli in un telefono vicino all'entrata. Un altro tizio dal volto paonazzo che indossava jeans imbrattati di vernice raggiunse a passo veloce un furgone, sfilando l'involucro di cellofan da un pacchetto di sigarette nuovo.

«Scommetto che è proprio qui che ha incontrato il suo assassino» disse Marino.

«E come sarebbe successo?»

«Secondo me nel modo più semplice. Lui esce dal negozio e l'animale gli si avvicina recitandogli un copione qualsiasi, l'importante è conquistarsi la sua fiducia. Alla fine Eddie lo segue e sale in macchina.»

«Tutto sembrerebbe confermarlo» dissi. «Non riportava né ferite da difesa né segni di colluttazione. Nel negozio nessuno ha visto se era solo o in compagnia?»

«Nessuno di quelli con cui ho parlato. Ma lo vedi anche tu che razza di viavai c'è, e poi qui fuori era buio. Se qualcuno ha visto qualcosa, al massimo era un cliente che arrivava o se ne stava andando. Pensavo di diffondere per radio e televisione un appello rivolto a coloro che sono venuti qui fra le cinque e le sei di quel giorno. Anche Crime Stoppers intende dedicargli uno spazio nel programma.»

«Eddie era uno che se la sapeva cavare?»

«Capo, se il delinquente è un tipo fine e ci sa fare, anche i più smaliziati ci cascano. A New York mi capitò il caso di una ragazzina di dieci anni che era scesa a comprare un chilo di zucchero nel negozio sotto casa. All'uscita, un pedofilo le si avvicina dicendo di essere stato mandato da suo padre. Le racconta che la madre è stata ricoverata d'urgenza in ospedale e che lui è lì per accompagnarla sul posto. La bimba sale in macchina, e qualche ora dopo finisce fra i numeri di una fottuta statistica.» Mi lanciò un'occhiata. «Okay. Bianco o nero?»

«A quale caso ti riferisci?»

«A quello di Eddie Heath.»

«Stando alle tue parole, direi bianco.»

Marino fece marcia indietro e attese che si aprisse un varco nel traffico. «Senza ombra di dubbio, il modus operandi fa pensare che sia stato un bianco. Al padre di Eddie i neri non piacciono e Eddie non si fidava di loro, quindi ritengo improbabile che uno di colore abbia potuto conquistarsi le sue simpatie. Inoltre, se qualcuno vede un ragazzino bianco a spasso con un uomo bianco, anche se ha la faccia scontenta, pensa che si tratti di due fratelli o di padre e figlio.» Girò a destra, verso ovest. «Forza, capo, che altro ti viene in mente?»

Era un gioco che Marino adorava. Gli piaceva moltissimo sia sentirmi dar voce ai suoi pensieri, sia vedere che secondo lui mi stavo sbagliando.

«Se l'aggressore è bianco, direi che non è uno del quartiere delle case popolari, sebbene le due zone siano molto vicine.»

«Razza a parte, per quale motivo dici che non dovrebbe venire da lì?»

«Sempre per il modus operandi» risposi. «Sparare in testa a qualcuno, soprattutto a un ragazzino di tredici anni, non è cosa infrequente da quelle parti. Ma tutto il resto non torna. Eddie è stato ucciso con una calibro ventidue, non con una nove o dieci millimetri. Ed era nudo e mutilato, il che fa pensare a un movente sessuale. Per quanto ne sappiamo, non aveva con sé nulla di valore e il suo stile di vita non lo esponeva certo a rischi particolari.»

Ormai pioveva forte, e le strade si erano trasformate in insidiose trappole popolate da auto con i fanali accesi. Immaginai che molta gente fosse diretta verso i centri commerciali, e in quel momento rammentai che non avevo ancora iniziato gli acquisti per Natale.

La vecchia drogheria di Patterson Avenue era poco più avanti, sulla sinistra. Non ricordavo come si chiamasse un tempo, e al posto delle insegne adesso c'era solo un muro di mattoni con alcune finestre oscurate da assi di legno. Lo spazio che occupava era scarsamente illuminato e se non fosse stato per la presenza di altri esercizi sulla sinistra dell'edificio, la polizia forse non si sarebbe mai data la pena di andare a controllare sul retro. Per la precisione, gli esercizi erano cinque: una farmacia, un calzolaio, un lavasecco, un negozio di hardware e un ristorante italiano, tutti chiusi e deserti la sera in cui Eddie Heath era stato condotto lì e abbandonato mezzo morto.

«Ricordi quando chiuse la drogheria?» domandai.

«Più o meno nello stesso periodo in cui chiusero molti altri negozi: all'inizio della guerra del Golfo» rispose Marino.

Imboccò una stradina secondaria, a ogni buca o irregolarità del terreno i fari dell'auto lambivano sussultando i muri di mattoni. Alle spalle della drogheria, una recinzione in maglie di ferro separava un fazzoletto d'asfalto sbrecciato da una zona di alberi che si agitavano sinistramente nel vento. Attraverso i rami spogli si scorgevano in lontananza le luci dei lampioni e l'insegna al neon di un Burger King.

Marino parcheggiò, puntando i fari su un cassonetto della spazzatura umido e incancrenito dalla ruggine e dalla vernice ormai vescicolosa. La pioggia percuoteva rumorosamente i vetri e il tetto dell'auto, e dalla radio giungevano incessanti gli ordini per le pattuglie attese sui luoghi di numerosi incidenti.

Marino premette il palmo delle mani contro il volante, sollevando le spalle. Quindi si massaggiò il collo. «Cristo, sto proprio invecchiando» borbottò. «Senti, ho un impermeabile di plastica nel bagagliaio.»

«Sì, ma ne hai più bisogno tu di me. Io non mi scioglierò sotto l'acqua» risposi, aprendo la portiera.

Marino prese l'impermeabile blu di cotone pesante della polizia, e io sollevai il bavero della mia giacca. La pioggia mi pungeva il viso e faceva intirizzire la sommità della mia testa. Quasi istantaneamente mi si tapparono anche le orecchie. Il cassonetto della spazzatura si trovava vicino alla recinzione metallica, sul margine esterno del marciapiede, a una ventina di metri dal retro della drogheria. Notai che era di quelli con apertura dall'alto, e non laterale.

«Quando la polizia è arrivata, il cassonetto era aperto o chiuso?» chiesi a Marino.

«Chiuso.» Il cappuccio dell'impermeabile lo obbligava a compiere una torsione del busto per guardarmi. «E come vedi per arrivare lì sopra non c'è niente su cui salire.» Accese la torcia elettrica e illuminò il perimetro dell'enorme contenitore. «Inoltre, era vuoto. Dentro non c'era niente di niente, tranne un po' di ruggine e la carcassa di un topo grande come un cavallo.»

«Riesci a sollevare il coperchio?»

«Solo di qualche centimetro. In genere i modelli come questo hanno una specie di cerniera a molla sui due lati. Se sei abbastanza alto da arrivarci, puoi sollevarlo di qualche centimetro e poi continuare, facendo gradualmente scorrere le cerniere laterali. Alla fine riesci ad aprirlo abbastanza da infilarci un sacco di spazzatura. Il problema è che i dispositivi a molla di questo cassonetto non funzionano. Dovresti far scorrere completamente il coperchio fino a ribaltarlo dalla parte opposta, ma se non hai niente su cui montare per aiutarti, è impossibile.»

«Tu quanto sei alto? Uno e novanta?»

«Sì. E se non riesco ad aprirlo io, non c'è riuscito nemmeno lui. Per il momento la teoria più attendibile è che abbia trascinato il corpo fuori dalla macchina e l'abbia appoggiato al cassonetto mentre cercava di aprire il coperchio. Proprio come si mette giù il sacchetto della spazzatura per avere le mani libere. Quando però ha visto che non ce la faceva più se l'è data a gambe, mollando qui il ragazzo con tutta la sua roba.»

«Avrebbe anche potuto portarlo lì dietro, fra gli alberi.»

«C'è lo steccato.»

«Sì, ma sarà alto un metro e mezzo al massimo» notai. «O almeno avrebbe potuto lasciare il corpo dietro il bidone, invece che davanti. Intendo dire che, per come era messo, era impossibile non vederlo passando di qui.»

Marino si guardò attorno in silenzio, facendo balenare la torcia in direzione del recinto metallico. Il fascio di luce illuminò milioni di gocce che precipitavano come minuscoli serpentelli celesti. Non riuscivo più a piegare le dita, avevo i capelli fradici e l'acqua gelida mi colava giù per il collo. Tornammo in macchina e mettemmo il riscaldamento al massimo.

«Trent e i suoi uomini si stanno scervellando su questo cassonetto, il coperchio, com'era messo e come non era messo» disse Marino. «Io invece penso che il suo unico ruolo sia stato quello di fare da cavalletto al capolavoro di quel bastardo.»

Guardai la pioggia che continuava a cadere.

«Il fatto è» proseguì in tono più duro, «che quello ha portato il corpo qui non per nasconderlo, ma perché venisse trovato. Solo che quelli di Henrico non vogliono capirlo. Io invece non solo lo capisco, ma sento dentro di me che è vero.»

Il mio sguardo tornò al cassonetto; avevo un'immagine così

vivida del corpo di Eddie Heath appoggiato là contro, che quasi mi sembrava di essere stata presente al ritrovamento. D'un tratto, un'illuminazione.

«Quand'è stata l'ultima volta che ti sei occupato del caso di Robyn Naismith?»

«Oh, non ha importanza: lo ricordo come fosse ora» rispose Marino, guardando fisso davanti a sé. «Stavo giusto aspettando che ti venisse in mente. Anch'io ci ho pensato, la prima volta che sono venuto qui.»

3

Quella sera accesi il camino e sedetti davanti al fuoco con un bel piatto di minestrone, mentre fuori ricominciava a piovere acqua mista a neve. Avevo spento le luci e aperto le tende delle porte finestre scorrevoli. L'erba era bianca di ghiaccio, le foglie dei rododendri arrotolate e rigide, le sagome nodose degli alberi illuminate dalla luna.

Quella giornata mi aveva lasciato esausta, come se una forza ingorda e oscura avesse risucchiato tutta la luce dal mio essere. Sentivo ancora su di me le mani indiscrete di una guardia di nome Helen, e avevo nel naso il puzzo stantio delle topaie in cui un tempo avevano vissuto uomini devastati dall'odio e privi di rimorso. Mi tornò in mente la volta in cui stavo guardando certe diapositive in controluce nel bar di un albergo di New Orleans, in occasione della riunione annuale dell'American Academy of Forensic Sciences. All'epoca, l'omicidio di Robyn Naismith era un caso irrisolto, e starmene là a discutere di quanto le era successo, in mezzo a una folla che festeggiava il Martedì grasso, mi era sembrato un incubo

Era stata percossa, seviziata e alla fine accoltellata nel salotto di casa, o almeno così si ipotizzava. Ma quello che più di tutto aveva colpito l'opinione pubblica erano stati i gesti compiuti da Waddell dopo la morte della sua vittima, quel rituale macabro e insolito. L'aveva spogliata, anche se non erano state rinvenute tracce di violenza carnale, quindi l'aveva morsicata e penetrata con un coltello nelle parti più morbide e carnose del corpo. Quando un'amica era passata a trovarla dopo l'ufficio aveva trovato il cadavere martoriato di Robyn appoggiato contro il televisore, la testa ripiegata in avanti, le braccia lungo i fianchi, le gambe distese e i vestiti ordinatamente ammucchiati lì accanto. Sembrava una bambola a grandezza naturale, completamente insanguinata e rimessa al suo posto dopo un gioco degenerato in orrore.

In tribunale uno psichiatra aveva affermato che, dopo l'omicidio, Waddell era stato senz'altro sopraffatto dal rimorso e doveva essere rimasto seduto per ore e ore a parlare al cadavere. Una psicologa forense dello stato aveva invece suggerito la tesi opposta, e cioè che Waddell conoscesse Robyn come celebrità televisiva e che il fatto di averla appoggiata proprio contro il televisore avesse un valore simbolico: in quel modo era tornato a guardarla in tv e a fantasticare. Aveva voluto restituirla al mezzo che li aveva fatti conoscere e questo, naturalmente, comportava una certa premeditazione. Le sfumature e i risvolti di incessanti analisi erano andati complicandosi nel tempo.

Ma la firma tutta particolare di Waddell era costituita proprio dal modo grottesco in cui il cadavere della ventisettenne presentatrice televisiva era stato abbandonato. Adesso, a dieci anni di distanza e alla vigilia dell'esecuzione di Waddell, a morire era un ragazzino, e l'autore di quella nuova impresa aveva voluto firmarsi nello stesso modo.

Preparai del caffè, lo travasai in un thermos e lo portai nello studio. Alla scrivania, accesi il computer e mi collegai con quello dell'ufficio. Non avevo ancora visto il tabulato delle ricerche che Margaret aveva condotto per me, anche se sospettavo che si trovasse in mezzo alla deprimente montagna di carte che mi aveva dato il benvenuto in ufficio venerdì pomeriggio. Il file di output, comunque, doveva trovarsi ancora sul disco fisso. Collegandomi all'UNIX, digitai il mio nome utente e la password di riconoscimento e venni accolta da un saluto lampeggiante che annunciava la presenza di un messaggio lasciatomi da Margaret, la mia analista informatica.

"Controlla file 'carne'" diceva.

«Bello schifo» mormorai, quasi potesse sentirmi.

Entrai nella directory chief, su cui Margaret smistava i file che mi interessavano, e richiamai quello che aveva nominato "carne".

Era piuttosto lungo. Margaret aveva operato una selezione

fra tutte le possibili modalità di decesso, quindi aveva unito i dati a quelli ottenuti dall'Archivio Traumi. Non mi sorprese constatare che la maggioranza dei casi rintracciati dal computer si riferiva a incidenti automobilistici o in generale legati a macchinari di qualche tipo. Quattro erano invece omicidi in cui i cadaveri presentavano segni di morsi: due delle vittime erano state accoltellate, le altre due strangolate. Si trattava di un maschio adulto, due femmine adulte e una femmina di soli sei anni. Presi nota dei numeri di registrazione dei casi e dei codici.

Dopodiché passai in rassegna intere videate di vittime segnalate dall'Archivio Traumi, tutta gente sopravvissuta almeno fino all'arrivo in ospedale. Come mi aspettavo, carpire informazioni ai centri di ricovero era un'impresa: i dati venivano resi noti solo dopo una accurata sterilizzazione e depersonalizzazione e, per motivi di riservatezza, venivano cancellati nomi, numeri di assistenza mutualistica e altri possibili elementi di identificazione. Non c'era dunque alcun filo rosso che contrassegnasse il passaggio di una vittima attraverso il labirinto burocratico delle squadre di soccorso, degli ospedali, dei vari dipartimenti di polizia e di altre istituzioni. I dati relativi a una stessa persona potevano trovarsi nei data base di sei organismi diversi senza per questo entrare in utile correlazione, soprattutto se al momento della registrazione era stata commessa qualche imprecisione. In poche parole, anche se mi fossi imbattuta in un caso interessante, rischiavo di non poter scoprire chi era la vittima e che fine aveva fatto.

Annotati alcuni dati dell'Archivio Traumi, uscii dal file ed eseguii un comando list per verificare se c'erano vecchie informazioni, promemoria o appunti cancellabili, perché volevo liberare un po' di spazio sul disco fisso. Fu allora che individuai la presenza di uno strano, incomprensibile file.

Si chiamava tty07, occupava solo sedici byte ed era stato memorizzato il sedici dicembre, vale a dire il giovedì precedente, alle ore sedici e ventisei. Il contenuto del file constava di un'unica, inquietante frase:

Non riesco a trovarlo.

Afferrai il telefono. Stavo per comporre il numero di casa di Margaret, ma mi bloccai. La directory chief e relativi file erano protetti. Chiunque avesse richiamato la mia directory, a meno che non vi si collegasse usando il mio nome utente e la password, non era comunque in grado di chiedere una lista o di leggere il contenuto dei file. Margaret era l'unica, oltre a me, a conoscere la mia password: se dunque era entrata nella mia directory, cosa diavolo non riusciva a trovare? E, soprattutto, a chi lo stava dicendo?

No, Margaret non avrebbe mai fatto una cosa simile, pensai fissando intensamente la breve frase sullo schermo.

Eppure non mi sentivo sicura. Mi venne in mente mia nipote Lucy: forse lei si intendeva di UNIX. Lanciai un'occhiata all'orologio. Erano le otto passate di sabato sera. Se l'avessi trovata in casa, mi sarebbe dispiaciuto per lei: a quell'ora avrebbe dovuto essere fuori con un ragazzo. Invece non era così.

«Ciao, zia Kay.» Sembrava sorpresa, il che mi rammentò che non ci sentivamo da molto tempo.

«Come sta la mia nipotina preferita?»

«Preferita per forza, zia, sono la tua unica nipote. Comunque bene.»

«E cosa ci fai a casa di sabato sera?»

«Sto finendo una ricerca per la scuola. Tu, invece, cosa ci fai a casa di sabato sera?»

Per un attimo non seppi cosa rispondere. Nessuno riusciva a mettermi con le spalle al muro meglio di quella ragazzina di diciassette anni.

«Be', stavo consumandomi le meningi su un problema di informatica» dissi infine.

«Allora si è rivolta al numero giusto, signora» commentò Lucy, modesta come sempre. «Resti in linea, prego. Mi dia il tempo di togliere di mezzo questi libri e di arrivare alla tastiera.»

«Non è un problema di personal computer» specificai. «Per caso sai qualcosa di un sistema operativo chiamato UNIX?»

«Non definirei UNIX un sistema operativo, zia. È come chiamare "tempo" l'ambiente, che comprende sia il tempo meteorologico, sia tutti gli altri elementi, edifici compresi. Usi At&T?»

«Santo cielo, Lucy, non lo so.»

«Okay. Dimmi su cosa gira.»

«Un mini NCR.»

«Allora è At&T.»
«Credo che qualcuno abbia violato la sicurezza» spiegai.
«Succede. Ma cosa te lo fa pensare?»
«Uno strano file che ho trovato nella mia directory. Sia la directory, sia i file sono protetti. Nessuno dovrebbe potervi accedere senza la mia password.»
«Errore. Se hai dei privilegi da superutente, puoi fare e leggere tutto quello che ti pare.»
«L'unico superutente qui è la mia analista informatica.»
«Può darsi. Ma può anche darsi che altri utenti abbiano acquisito dei privilegi, gente che nemmeno conosci ma che si è per così dire inserita nel tuo terminale tramite software. Verificarlo non è difficile, zia, ma prima dimmi di questo strano file. Come si chiama e cosa contiene?»
«Si chiama t-t-y-zero-sette e contiene solo una frase che dice: "Non riesco a trovarlo".»
Udii un cliccare di tasti.
«Cosa stai facendo?» chiesi.
«Sto solo prendendo appunti. Okay. Cominciamo dagli elementi più ovvi. Primo indizio, il nome del file, t-t-y-zero-sette: è una periferica. In altre parole, probabilmente indica un terminale nel tuo ufficio. Magari è solo una stampante, ma secondo me chiunque sia entrato nella tua directory voleva mandare un messaggio alla periferica chiamata t-t-y-zero-sette. Solo che ha combinato un pasticcio, e invece di inviare il messaggio ha creato un file.»
«Ma quando scrivi un messaggio, non crei automaticamente un file?»
«Non se stai solo digitando.»
«Scusa?»
«È semplice, zia. Adesso sei nell'UNIX?»
«Sì.»
«Allora scrivi cat redirect t-t-y-q–»
«Ehi, un minuto...»
«Non ti preoccupare dello slash device, zia.»
«Piano, Lucy, per favore.»
«Stiamo deliberatamente tralasciando la dev direct, che sono praticamente certa sia la cosa che ha fatto anche la persona in questione.»

«Cosa veniva dopo cat?»
«Cat redirect e il –»
«Va' piano, Lucy.»
«Zia, dovresti avere sotto un 486: com'è che gira così lento?»
«Non è il circuito integrato che va lento, Lucy!»
«Oh, Dio, mi dispiace» disse in tono sincero. «Scusa, mi ero dimenticata.»
Ti eri dimenticata cosa?
«Ma torniamo a bomba» riprese. «Immagino che tu non abbia una periferica chiamata t-t-y-q, giusto? Dove sei arrivata?»
«Sono ancora a cat» dissi, frustrata. «Poi batto redirect e il resto. Vado bene così?»
«Sì. Adesso dagli un invio e il cursore ti salta sulla riga sotto, che è vuota. Poi scrivi il messaggio che vuoi inviare allo schermo t-t-y-q.»
Digitai "Che fatica!".
«Quindi ancora invio e poi control C» continuò Lucy. «Adesso dai un ls seguito da un comando di paginazione, così vedrai il tuo file.»
Quando digitai "ls", subito mi apparve la visione fugace di qualcosa.
«Ecco cosa credo che sia successo» riprese Lucy. «Qualcuno si trovava nella tua directory, e su questo ci soffermeremo tra un attimo. Forse stava cercando qualcosa nei tuoi file ma, di qualunque cosa si trattasse, non è riuscito a trovarla. Così ha mandato un messaggio, o ha cercato di mandare un messaggio, a t-t-y-zero-sette. Solo che, siccome va di fretta, invece di battere cat redirect slash d-e-v slash t-t-y-zero-sette, ha saltato la dev directory e ha battuto solo cat redirect slash t-t-y-zero-sette. Quindi quello che ha scritto non è stato trasmesso al video di t-t-y-zero-sette, capisci? In altre parole, invece di mandare un messaggio a t-t-y-zero-sette, l'intruso ti ha creato un file con questo nome.»
«Ma se avesse osservato la procedura giusta, eseguendo i comandi giusti, il messaggio sarebbe stato salvato da qualche parte?» insistei.
«No. Sarebbe semplicemente apparso sul video di t-t-y-zero-sette e lì sarebbe rimasto fino a quando l'utente non l'avesse cancellato. Ma non ne avresti trovato più traccia né nella

tua directory né da nessun'altra parte. E soprattutto non ci sarebbe stato un file.»

«Quindi non sappiamo quante volte un intruso potrebbe avere già inviato messaggi dalla mia directory seguendo la procedura corretta?»

«Esatto.»

«Ma come può un altro utente entrare e leggere nella mia directory?» chiesi, tornando alla questione fondamentale.

«Sei sicura che nessuno conosca la tua password?»

«Nessuno, tranne Margaret.»

«Ed è la tua analista informatica?»

«Sì.»

«Non potrebbe averla data a qualcuno?»

«No, lo escluderei proprio.»

«Okay. Si può comunque entrare senza password se si è superutenti» spiegò Lucy. «Ed è la prossima cosa che controlleremo. Vai nella directory etc, guarda il file Group con un "vi" e cerca la riga dove compare "root group"... si scrive r-o-o-t-g-r-p. Poi leggimi quali utenti sono indicati.»

Cominciai a digitare.

«Cosa vedi?»

«Non ci sono ancora» risposi, senza riuscire a celare la mia impazienza.

Ripeté lentamente le istruzioni.

«Nel root group vedo tre nomi abilitati all'accesso» comunicai infine.

«Bene. Prendine nota. Poi batti due punti, q, bang e sei fuori da Group.»

«Bang?» le feci eco, confusa.

«Sì, un punto esclamativo. Adesso vai a guardare il file della password. Digita vi p-a-s-s-w-d e vedi se qualcuno di quei log-in con privilegi da superutente è sprovvisto di password.»

«Lucy.» Allontanai le mani dalla tastiera.

«È facile, perché nel secondo campo troverai la versione crittografata della password dell'utente, ammesso che ce l'abbia. Se invece nel secondo campo vedi solo apparire due volte i due punti, allora significa che è senza password.»

«Lucy.»

«Oh, zia Kay, scusami. Sto di nuovo correndo troppo?»

«Senti, io non sono un programmatore UNIX. Per me è come se parlassi turco.»

«Però potresti imparare. È molto divertente, sai?»

«Ti ringrazio, Lucy, ma il problema è che in questo momento non ho tempo. Qualcuno è entrato nella mia directory, dove conservo documentazioni altamente confidenziali e dati riservatissimi. E se qualcuno legge anche i miei file privati, vorrei almeno sapere cosa diavolo sta cercando, chi è e perché lo fa.»

«Scoprire l'identità dell'intruso non è difficile, a meno che non si colleghi dall'esterno via modem.»

«Ma il messaggio è stato inviato a qualcuno del mio ufficio, no? A un altro terminale...»

«Il che non esclude però che la persona interna si sia servita di un esterno per entrare, zia. Magari è qualcuno che non si intende di UNIX e quindi ha dovuto chiedere aiuto a uno specialista, magari a un programmatore che ti ha contattato dall'esterno.»

«Il che sarebbe molto grave» commentai.

«Certo. E come minimo significa che il tuo sistema non è sicuro.»

«Quando devi presentare la tua ricerca per la scuola?» mi informai.

«Dopo le vacanze.»

«E l'hai già finita?»

«Quasi.»

«Quando iniziano le vacanze di Natale?»

«Lunedì.»

«Perché non vieni a trovarmi per qualche giorno? Così potresti aiutarmi a risolvere questo problema.»

«Stai scherzando?»

«Nient'affatto. Ma non aspettarti chissà che. Non sono una maniaca degli addobbi natalizi, giusto un paio di Stelle di Natale e qualche candela alla finestra. Però cucinerò...»

«Non fai nemmeno l'albero?»

«Ti dispiace?»

«Non più di tanto. Nevica, almeno?»

«In questo momento sì.»

«Dio, non ho mai visto la neve!»

«Forza, passami tua madre» dissi.

Quando arrivò al telefono, qualche minuto più tardi, mia sorella Dorothy si mostrò particolarmente premurosa.

«Kay? Cara, stai ancora lavorando? Santo cielo, non conosco nessuno che lavori più di te. La gente resta sempre così colpita, quando dico che siamo sorelle. Che tempo fa a Richmond?»

«Se tutto va bene, sarà un vero Bianco Natale.»

«Che meraviglia! Eh, Lucy dovrebbe vedere almeno un Natale con la neve. Lo sai che a me non è mai capitato? Anzi, no, sto dicendo una bugia. In effetti c'è stato quel Natale in cui andai a sciare con Bradley.»

Non riuscii a ricordare chi fosse Bradley: i fidanzati e i mariti della mia giovane sorella formavano un'interminabile processione che da tempo avevo smesso di seguire.

«Mi piacerebbe molto che Lucy venisse qui per le vacanze» dissi. «Pensi che si possa fare?»

«Come, tu non vieni a Miami?»

«No, Dorothy, quest'anno no. Sono immersa fino al collo in una serie di casi difficilissimi, e da qui alla Vigilia dovrò presenziare in tribunale praticamente tutti i giorni.»

«Non riesco a immaginarmi un Natale senza Lucy» obiettò lei in tono riluttante.

«Ma se è già successo, dai. Quando andasti a sciare con Bradley, per esempio.»

«Vero, ma furono giorni duri» rispose, affatto scoraggiata. «E ogni volta che trascorriamo una vacanza lontane, giuro che sarà l'ultima.»

«Capisco. Va be', sarà per un'altra volta» mi arresi, disgustata dai giochetti di mia sorella. Sapevo benissimo quanto le sarebbe piaciuto levarsi Lucy dai piedi.

«Oddio, è anche vero che ho una scadenza urgente per il mio ultimo libro, e che quindi passerò la maggior parte del tempo seduta davanti al computer» si affrettò a riconsiderare. «Forse, dopotutto, Lucy starebbe meglio da te. Io non potrò tenerle molta compagnia. Ti ho già detto che adesso ho un agente a Hollywood? È un tipo eccezionale, conosce tutte le persone importanti e sta trattando per un contratto con la Disney.»

«Fantastico. Sono certa che dai tuoi libri si possano trarre degli splendidi film.» Dorothy scriveva bellissimi libri per bambini e aveva già ricevuto alcuni prestigiosi riconoscimenti. Peccato solo che, come essere umano, fosse una vera frana.

«C'è qui la mamma» disse. «Vuole parlarti. Ascolta, mi ha fatto piacere sentirti, dovremmo telefonarci più spesso. Stai solo attenta che Lucy metta nello stomaco qualcosa di più di un'insalata, e preparati a impazzire perché passa la giornata a fare ginnastica. Ho paura che le stia venendo un fisico un po' troppo mascolino.»

Prima che potessi risponderle qualcosa, c'era già al telefono mia madre.

«Perché non vieni a trovarci, Katie? Qui c'è il sole, dovresti vedere cos'è diventato l'albero di pompelmi.»

«Non posso, mamma. Mi spiace, ma davvero non posso.»

«E così ci porti via anche Lucy, eh? Ho sentito bene? Cosa vuoi che faccia, che mi mangi un tacchino tutta da sola?»

«Ma ci sarà anche Dorothy.»

«Scherzi! Starà con Fred, e io quello non lo sopporto.»

L'ultimo divorzio di Dorothy risaliva all'estate precedente, ma non chiesi chi fosse Fred.

«Credo che sia un iraniano, o roba del genere. È tirchio da morire e ha i peli nelle orecchie. Non è cattolico, e ultimamente Dorothy non porta mai Lucy in chiesa. Te lo dico io, quella povera creatura finirà col rovinarsi.»

«Mamma, guarda che ti possono sentire.»

«No, sono in cucina da sola. Io e una montagna di piatti sporchi, che naturalmente Dorothy si aspetta lavi io. Sempre così, come quando viene a trovarmi solo perché non ha preparato niente da mangiare e spera che le cucini qualcosa di buono. Credi che si offra mai di portarmi qualcosa? O che si faccia uno scrupolo perché ormai sono vecchia e artrosica? Eh, speriamo che almeno tu riesca a far ragionare un po' Lucy.»

«Perché, adesso sragiona?» domandai.

«Il fatto è che non ha amici, a parte una ragazza di cui non sappiamo praticamente nulla. Poi dovresti vedere la sua stanza, Kay: sembra un film di fantascienza, con tutti quei computer e le stampanti. Non è normale che una ragazza della sua età viva solo dentro alla sua testa, capisci, senza mai uscire con i coetanei. Ma cosa vuoi farci: ieri mi preoccupavo per te, e oggi mi preoccupo per lei.»

«Sì, però alla fine non sono poi venuta fuori così male.»

«Comunque hai passato troppo tempo sui libri di scienze, cara, e hai visto che bell'effetto ha avuto sul tuo matrimonio.»

«Mamma, vorrei che Lucy prendesse l'aereo domani stesso. Alle prenotazioni ci penso io da qui, le farò trovare i biglietti in aeroporto. Bada che metta in valigia roba pesante. Se le manca qualcosa, la compreremo qui.»

«Magari le puoi prestare i tuoi vestiti. Quand'è stata l'ultima volta che vi siete viste? Un anno fa?»

«Sì, più o meno.»

«Be', ha messo su un bel seno, sai? E come si veste! E pensi che si sia data la pena di chiedere consiglio alla sua vecchia nonna prima di tagliarsi quei bei capelli che aveva? No, naturalmente. Per quale motivo avrebbe dovuto...»

«Mamma, sarà meglio che chiami subito la biglietteria.»

«Vorrei tanto che venissi qui, Katie. Potremmo stare tutti insieme.» Le stava venendo la vocina tipica di quando era sull'orlo delle lacrime.

«Anche a me piacerebbe tanto poterlo fare, ma'.»

Domenica mattina tardi mi diressi in aeroporto, lungo strade scure e umide che attraversavano un mondo abbagliante e vetrificato. Il ghiaccio sciolto dal sole sgocciolava dai fili del telefono, dai tetti e dagli alberi frantumandosi a terra come una pioggia di missili di cristallo. Le previsioni del tempo annunciavano l'arrivo di una nuova perturbazione, cosa di cui, nonostante i disagi che avrebbe provocato, gioivo intimamente. Desideravo molto trascorrere qualche giornata in pace davanti al fuoco insieme a mia nipote. Lucy stava diventando grande.

Per me era ancora una bimba. Ricordavo distintamente i suoi occhioni di neonata spalancati a seguire ogni mia mossa, o i suoi incredibili attacchi di stizza quando le procuravo una piccola delusione. La palese adorazione di Lucy mi toccava il cuore tanto profondamente quanto mi spaventava, costringendomi a provare sentimenti intensi quali non avevo mai nutrito per nessuno.

Superata la barriera di sicurezza, mi disposi ad attenderla al gate, frugando ansiosamente con lo sguardo tra la folla di passeggeri che sbucavano dal corridoio di sbarco. Cercavo una ragazzina piccola e tozza, con lunghi capelli rosso scuro e l'apparecchio per i denti, quando una giovane donna di sorprendente bellezza incrociò il mio sguardo e sorrise.

«Lucy» esclamai, correndo ad abbracciarla. «Mio Dio, stento a riconoscerti.»

I capelli corti e deliberatamente disordinati sottolineavano gli occhi verde chiaro e i begli zigomi che non le avevo mai notato. In bocca non le si vedeva nulla che facesse anche solo lontanamente pensare a un apparecchio, e gli occhiali spessi erano stati sostituiti da una leggerissima montatura in tartaruga che le conferiva l'aspetto di una graziosa studentessa di Harvard. Tuttavia, ciò che più mi sorprese fu il suo cambiamento fisico. Da tozza adolescente qual era al nostro ultimo incontro, si era trasformata in una snella atleta dalle lunghe gambe inguainate in jeans aderentissimi e scoloriti, di qualche centimetro troppo corti, accompagnati da una casacca bianca, una cintura di pelle rossa intrecciata e morbidi mocassini. Aveva con sé una tracolla di libri, e dalla caviglia nuda proveniva il bagliore di una finissima catenina d'oro. Ero praticamente sicura che non si truccasse e non usasse reggiseno.

«Dove hai messo il cappotto?» le chiesi, mentre puntavamo verso l'area del ritiro bagagli.

«Quando sono partita da Miami, stamattina, c'erano ventotto gradi.»

«Sì, ma adesso da qui alla macchina farai in tempo a congelarti.»

«Giuro che finché cammino non mi succederà nulla del genere, a meno che tu non abbia parcheggiato a Chicago.»

«Ti sei almeno portata dietro un maglione?»

«Hai mai notato che mi tratti esattamente come la nonna tratta te? A proposito, sai come mi chiama adesso? Computer punk. Secondo me intende "computer fan", solo che si confonde.»

«Senti, a casa ho un paio di giacche a vento, dei pantaloni di velluto a coste, cappelli e guanti: potrai prendere quello che ti serve.»

Fece scivolare il suo braccio sotto il mio e mi annusò i capelli. «Non hai ricominciato a fumare.»

«No, non ho ricominciato a fumare e detesto che me lo si rammenti perché ogni volta ricomincio a pensare alle sigarette.»

«Comunque hai un'aria migliore e non puzzi più di fumo. E non sei nemmeno ingrassata. Cavoli, è proprio un aeroporto schifoso» commentò Lucy, il cui cervello informatico aveva problemi di formattazione nei settori diplomatici. «Perché lo chiamano addirittura internazionale?»

«Perché per esempio ha dei voli per e da Miami.»

«E perché la nonna non viene mai a trovarti?»

«Perché viaggiare non le piace e non metterà mai piede su un aereo.»

«Ma se è più sicuro che andare in macchina. Sai, zia, la sua anca è proprio messa male.»

«Lo so. Senti, adesso mentre tu ritiri i bagagli io vado a prendere la macchina e la porto qui davanti» dissi. «Aspetta, prima controlliamo su quale tapis roulant usciranno.»

«Be', ce ne sono solo tre, non credo che mi confonderò.»

Uscii alla luce e all'aria aperta, grata di quell'attimo di pausa. I cambiamenti intervenuti in mia nipote mi avevano colto alla sprovvista e d'un tratto mi sentivo incapace di rapportarmi a lei. Lucy non era mai stata una ragazza facile. Fin dal primo anno di vita aveva manifestato un intelletto prodigiosamente adulto dominato da emozioni assolutamente infantili, e una volubilità ereditata per caso dal matrimonio fra sua madre e Armando. I miei unici vantaggi nei suoi confronti erano sempre stati l'età e la corporatura. Adesso Lucy e io eravamo alte uguali e lei si rivolgeva a me nel tono basso e tranquillo di una mia pari. Aveva smesso di rifugiarsi in camera sbattendo la porta, o di porre fine a un diverbio urlando che mi odiava o che era felice di non avermi per madre. Immaginavo già che ci sarebbero stati umori e dissapori nuovi, rispetto ai quali sarei rimasta senza argomentazioni. Fantasticai persino di vederla uscire con disinvoltura di casa e allontanarsi al volante della mia macchina.

Durante il viaggio parlammo ben poco: Lucy sembrava totalmente rapita dall'atmosfera invernale. Mentre il mondo ancora si scioglieva come una scultura di ghiaccio, all'orizzonte si profilava già la fascia plumbea e minacciosa del nuovo fronte d'aria fredda. Giunte nel quartiere dove mi ero trasferita, Lucy spalancò gli occhi di fronte alla ricchezza di certe case e alla bellezza dei relativi giardini, oltre che alla vista dei marciapiedi in mattoni e delle decorazioni natalizie in stile coloniale. Un tizio imbacuccato come un eschimese portava a passeggio il vecchio cane obeso, mentre una Jaguar nera ingrigita dal sale sparso sulla strada gli passava accanto lentamente, sollevando spruzzi d'acqua.

«Ma è domenica. Dove sono i bambini, qui, o non ce ne sono?» chiese mia nipote, quasi fosse colpa mia.

«Sì, ce ne sono, ma pochi.» Imboccai la via in cui abitavo.

«Niente biciclette nei cortili, niente slitte, niente case sugli alberi. Ma la gente non esce mai?»

«È un quartiere molto tranquillo.»

«L'hai scelto per questo?»

«In parte. È anche sicuro, e spero che comprare qui si riveli un buon investimento.»

«Come sicurezza personale, vuoi dire?»

«Sì» risposi, sempre più a disagio.

Continuò a sbirciare le grandi case che ci scorrevano di fianco. «Scommetto che se entri là dentro e chiudi la porta, puoi isolarti dal mondo intero. Non incontri anima viva, qui, a meno di non avere un cane da portare a passeggio. Tu però non ce l'hai, zia. Di' un po', quante volte sono venuti a suonarti il campanello ad Halloween?»

«Uhm, è stata una serata piuttosto tranquilla» risposi in tono evasivo.

In verità, il campanello aveva suonato solo una volta, mentre ero nel mio studio a lavorare. Il videocitofono mi aveva mostrato tre o quattro ragazzini fermi sulla veranda, ma quando avevo sollevato la cornetta per dire che sarei arrivata subito, avevo casualmente captato un brandello della conversazione.

«Macché, non c'è mica un cadavere, là dentro» stava sussurrando il più piccolo.

«Ti dico di sì, invece» aveva ribattuto quello vestito da Uomo Ragno. «La fanno vedere sempre in tv perché taglia a pezzi le persone morte e poi le ficca nei barattoli. Me l'ha detto mio padre.»

Parcheggiai in garage e dissi a Lucy: «Innanzitutto ti mostrerò la tua camera, poi andrò ad accendere il fuoco e preparerò una bella cioccolata calda. Dopodiché ci occuperemo del pranzo».

«Non bevo cioccolata calda, zia. Hai una macchinetta per l'espresso?»

«Naturalmente.»

«Perfetto. E ancora più perfetto sarebbe se avessi una miscela di caffè francese. Hai fatto amicizia coi tuoi vicini?»

«Diciamo che so chi sono. Forza, tu prendi quella borsa e io prendo questa, così avrò una mano libera per aprire la porta e disattivare l'allarme. Gesù, quanto pesa!»

«La nonna ha insistito per farmi portare dei pompelmi. Sono buoni, sai, solo che hanno troppi semi.» Entrata in casa, Lucy si guardò intorno. «Wow, un lucernario! Come si chiama questo stile architettonico, a parte "ricco"?»

Forse, se avessi finto di non accorgermene, avrebbe corretto quell'atteggiamento da sola.

«La stanza degli ospiti è da questa parte» annunciai. «Avrei anche potuto sistemarti di sopra, ma pensavo che preferissi stare qui da basso, vicina a me.»

«Oh, andrà benissimo. L'importante è non allontanarsi troppo dal computer.»

«Quello è nel mio studio, cioè di fianco alla tua camera.»

«Mi sono portata dietro libri e appunti su UNIX, e anche un altro paio di cosette.» Si fermò davanti alle porte finestre scorrevoli della sala. «Il tuo vecchio giardino, però, era più bello. Qui non hai nemmeno una rosa.» Lo disse come se avessi abbandonato tutti i miei cari.

«Ho davanti un mucchio di anni per lavorare in giardino. Meglio non fare tutto subito, così ti resta un futuro a cui pensare.»

Lentamente, Lucy esaminò ogni dettaglio della stanza, fino a posare gli occhi su di me. «Hai installato sensori e telecamere alle porte, un recinto, cancelli di sicurezza, e che altro? Torrette?»

«Nessuna torretta, no.»

«Di' la verità, zia Kay, questo è un po' il tuo Fort Apache? Ti sei trasferita qui perché Mark è morto e al mondo restano solo persone cattive, non è così?»

Quel commento mi colpì con forza inusitata, e gli occhi mi si riempirono subito di lacrime. Entrai nella camera degli ospiti e appoggiai la sua valigia, quindi controllai che in bagno ci fossero le salviette, il sapone e il dentifricio. Tornata in camera, aprii le tendine, guardai se avevo dimenticato qualcosa nei cassetti, aprii l'armadio e regolai il riscaldamento, mentre mia nipote se ne stava seduta sul bordo del letto e seguiva ogni mia mossa. Nel giro di qualche minuto fui in grado di tornare a guardarla negli occhi.

«Quando avrai disfatto i bagagli, ti mostrerò un armadio dove puoi cercare dei vestiti invernali» dissi.

«Tu non hai mai voluto vederlo come lo vedevano gli altri.»

«Sarà meglio che cambiamo argomento, Lucy.» Accesi una lampada e mi accertai che la spina del telefono fosse inserita.

«Senza di lui te la cavi meglio» insisté in tono convinto.

«Lucy...»

«Lui non è mai stato presente come avrebbe dovuto. E se non c'era mai, è perché era fatto così. Solo che quando le cose non funzionavano, eri tu a cambiare.»

Ero in piedi davanti alla finestra, e guardavo le clematidi addormentate.

«Credo che dovresti imparare ad avere un po' più di tatto, Lucy. Non puoi sempre dire tutto quello che pensi.»

«Buffo che sia proprio tu a rimproverarmi. Non ripeti sempre che odi la disonestà e i giochi subdoli?»

«Sì, ma le persone hanno anche dei sentimenti.»

«Brava. Infatti ce li ho anch'io» ribatté.

«E per caso li ho feriti?»

«Come credi che mi sia sentita?»

«Non sono certa di capire.»

«Perché non hai affatto pensato a me, ecco perché non capisci.»

«Io ti penso costantemente, Lucy.»

«Sì, come dire che sei ricca ma che non mi dai mai un centesimo. Che importanza può avere per me sapere che hai delle cose nascoste?»

Non sapevo cosa risponderle.

«Non mi telefoni più. Da quando l'hanno ucciso non sei più venuta a trovarmi.» Il dolore che trapelava dalla sua voce doveva essere stato covato a lungo. «Ti ho scritto, e tu non mi hai risposto. Poi ieri mi telefoni e mi chiedi di venirti a trovare perché hai bisogno di un favore.»

«Veramente non è così che la pensavo.»

«Tu ti comporti come la mamma.»

Chiusi gli occhi e appoggiai la fronte al vetro. «Ti aspetti troppo da me, Lucy. Io non sono perfetta.»

«Non mi aspetto che tu lo sia, però credevo che fossi diversa.»

«Quando dici cose del genere, io non so più in che modo difendermi.»

«Ma non puoi difenderti!»

Vidi uno scoiattolo grigio saltellare lungo la sommità dello steccato del giardino. Gli uccellini becchettavano semi fra l'erba.

«Zia?»

Mi voltai. Non l'avevo mai vista così abbattuta.

«Perché gli uomini sono sempre più importanti di me?»

«Non lo sono, Lucy» le sussurrai. «Ti giuro che non lo sono.»

A pranzo volle insalata di tonno e caffelatte, e mentre sedevo davanti al fuoco a rivedere un articolo per un giornale specializzato, la sentii frugare nel mio armadio e nei cassetti. Cercai di non pensare al fatto che un altro essere umano stava toccando i miei vestiti, piegandoli in un modo diverso o rimettendo una giacca sull'appendino sbagliato. Lucy aveva la capacità di farmi sentire sempre una vecchia bacucca. Stavo forse diventando l'adulto rigido e serio che tanto disprezzavo alla sua età?

«Che ne pensi?» chiese all'una e mezzo, riemergendo dalla mia camera. Indossava una delle mie tute da tennis.

«Penso che per scegliere una cosa così ci hai messo un po' troppo tempo. Comunque ti sta bene.»

«Ho trovato un altro paio di cose, ma i tuoi vestiti sono un po' troppo eleganti per me. Troppo blu scuro, troppo nero nei tailleur, seta grigia a righine, cachemire, camicie bianche... Avrai almeno venti camicette bianche e altrettante cravatte. Ah, a proposito, ti sconsiglio il marrone. Invece non ho visto molto rosso, e il rosso donerebbe ai tuoi occhi azzurri e ai capelli biondo-grigi.»

«Si dice biondo cenere.»

«La cenere può essere bianca o grigia. Guarda un po' nel caminetto, se non ci credi. Comunque, se le tue scarpe non mi vanno farò un salto da Cole-Haan o da Ferragamo. Ho trovato una giacca di pelle nera veramente forte. Cosa fai, ti metti il chiodo come i motociclisti?»

«È pelle d'agnello, e se ti piace puoi usarla.»

«E il tuo profumo Fendi? E le perle? Ce l'hai un paio di jeans?»

«Serviti pure.» Stava cominciando a venirmi da ridere. «Sì, da qualche parte dovrei avere anche un paio di jeans. Forse in garage.»

«Voglio portarti a far spese, zia Kay.»

«Non sono mica matta.»

«Prego?»

«Vedremo» mi corressi.

«Se non ti spiace vorrei fare un salto al tuo club per allenarmi un po'. Mi sento ancora tutta anchilosata dal viaggio in aereo.»

«Se vuoi giocare a tennis mentre sei qui, posso chiedere a Ted se ha un po' di tempo da dedicarti. Le mie racchette sono nell'armadio a sinistra. Ho appena comprato una Wilson nuova, con quella fai partire certi colpi... Ti piacerà.»

«No, grazie. Preferisco fare un po' di pesi o andare a correre. Perché non ci vai tu a prendere una lezione da Ted mentre io faccio ginnastica, così usciamo insieme?»

Sollevai la cornetta del telefono e composi il numero del centro prenotazioni istruttori di Westwood. Ted non aveva un buco libero fino alle dieci, così diedi a Lucy le chiavi della macchina e le indicazioni necessarie, e quando fu uscita mi appisolai davanti al caminetto dopo avere letto qualche pagina.

Quando riaprii gli occhi, sentii i tizzoni scoppiettare adagio e il vento che accarezzava i campanellini di peltro appesi fuori dalle porte finestre. La neve scendeva in fiocchi grandi e lenti, il cielo era color ardesia. In giardino si erano accese le luci, ma in casa regnava un silenzio rotto solo dal ticchettio dell'orologio a muro. Erano passate da poco le quattro, e Lucy non si vedeva ancora. Composi il numero del cellulare della mia macchina ma non ottenni risposta. Non aveva mai guidato con la neve, pensai in preda all'ansia. E inoltre dovevo fare un salto a comprare il pesce per la cena. Avrei potuto chiamare il club e farla rintracciare, ma poi mi dissi che era ridicolo. Lucy era uscita solo da un paio d'ore, e non era più una bambina. Alle quattro e mezzo, riprovai al cellulare. Alle cinque chiamai al club, dove mi dissero che non la trovavano. Allora mi prese il panico.

«È sicura che non sia a qualche attrezzo, o magari negli spogliatoi a farsi una doccia? O forse si è fermata a mangiare un boccone?» ripetei alla giovane donna del centro prenotazioni.

«L'abbiamo fatta chiamare quattro volte, dottoressa Scarpetta, e io l'ho cercata personalmente. Comunque controllerò di nuovo, e se la trovo le farò ritelefonare immediatamente.»

«Almeno mi sa dire se è stata lì? Dovrebbe essere arrivata intorno alle due.»

«Oddio, il mio turno cominciava alle quattro, non le saprei dire.»

Continuai a chiamare il telefono in macchina, ma trovavo sempre e solo il messaggio «L'utente Richmond Cellular di cui avete composto il numero non risponde...».

Quindi cercai Marino, ma non era né a casa né in centrale. Alle sei chiamai il suo cercapersone e andai in cucina a guardare la neve che cadeva nel bagliore gessoso dei lampioni. Continuavo a camminare avanti e indietro, da una stanza all'altra e a fare il numero del cellulare. Alle sei e mezzo avevo ormai deciso di sporgere denuncia alla polizia, quando squillò il telefono. Tornata di corsa nello studio, mentre stavo per sollevare il ricevitore vidi il numero familiare dell'apparecchio di chiamata materializzarsi sul display d'identificazione. Le telefonate si erano interrotte con l'esecuzione di Waddell: da quella notte, non ne avevo più ricevute. Sconvolta, mi immobilizzai in attesa che l'anonimo riagganciasse al termine del messaggio della segreteria, e ancor più sconvolta riconobbi la voce che invece iniziò a parlare.

«Odio dovertelo dire, capo...»

Sollevando di scatto, mi schiarii la gola e incredula balbettai: «Sei tu, Marino?».

«Sì» rispose. «Ho brutte notizie.»

4

«Dove sei?» chiesi, gli occhi incollati al numero sul display.

«East End, e nevica che Dio la manda» rispose Marino. «Abbiamo un morto. Femmina, razza bianca. A prima vista sembrerebbe il classico caso di suicidio per esalazioni di CO: macchina in garage e tubo di gomma collegato alla marmitta. Ma le circostanze sono strane. Credo che faresti meglio a venire.»

«Da che apparecchio stai chiamando, esattamente?» Questa volta il mio tono fu così duro, che esitò a rispondermi.

«Dalla casa della deceduta. Sono appena arrivato. Ah, un'altra cosa: la porta sul retro era aperta.»

In quel momento udii la basculante del garage. «Dio sia lodato! Aspetta un momento, Marino» dissi, sollevata.

La porta della cucina si richiuse, accompagnata da uno scrocchiare di sacchetti di carta.

Coprendo con la mano il microfono della cornetta, gridai: «Lucy, sei tu?».

«No, sono Biancaneve! Dio, dovresti vedere come viene! È incredibile, da far paura!»

Afferrai carta e penna e chiesi a Marino il nome e l'indirizzo della vittima.

«Jennifer Deighton. Due-uno-sette Ewing.»

Il nome non mi diceva nulla. Ewing si trovava oltre Williamsburg Road, non lontano dall'aeroporto, in una zona che conoscevo poco.

Lucy entrò nello studio mentre riagganciavo, la faccia arrossata dal freddo, gli occhi lucidi.

«Dove diavolo sei stata, me lo vuoi dire?» sbottai.

Il sorriso svanì. «A fare compere.»

«Bene, di questo discuteremo più tardi. Adesso devo uscire.»

Si strinse nelle spalle. «Sai che novità» disse, restituendomi tutta l'irritazione.

«Purtroppo non posso impedire alla gente di morire.»

Afferrai cappotto e guanti e mi diressi a passo veloce in garage. Misi in moto, allacciai la cintura, regolai il riscaldamento e controllai la cartina stradale; poi, finalmente, mi ricordai del telecomando per la basculante. È incredibile la velocità con cui un ambiente si satura di gas velenosi.

«Brava oca» borbottai rivolta alla mia parte distratta, e mi affrettai ad aprire.

Morire per colpa dei gas di scarico è molto facile. Le giovani coppiette si abbracciano sul sedile posteriore dell'auto, con il motore acceso e il riscaldamento inserito, si addormentano insieme e non si svegliano più. Molti suicidi trasformano la propria macchina in una piccola camera a gas, e lasciano i propri problemi da risolvere a qualcun altro. Mi ero dimenticata di chiedere a Marino se Jennifer Deighton viveva sola.

Erano già caduti alcuni centimetri di neve, che ora illuminavano la sera con il loro biancore. Nel mio quartiere c'era poco traffico, e anche sulla direttisima per il centro si viaggiava bene. La radio trasmetteva programmi non stop di musica natalizia, e i miei pensieri volavano sulle ali dello sconcerto, atterrando ogni volta nella paura. Jennifer Deighton mi aveva telefonato spesso, riappendendo ogni volta, o qualcun altro lo aveva fatto al posto suo da quell'apparecchio. Adesso era morta. Il sovrappasso curvava librandosi sul settore est della città, dove i binari della ferrovia solcavano il terreno come tante cicatrici e gli autosilo superavano in altezza molti palazzi. La stazione di Main Street bucava il cielo lattiginoso, con il tetto di tegole bianco per il ghiaccio, e l'orologio della torre come un lacrimoso occhio da Ciclope.

Giunta in Williamsburg Road rallentai e superai un centro commerciale deserto. Poco prima del punto in cui la città passava sotto la giurisdizione della contea di Henrico, trovai Ewing Avenue. Le case erano piccole, e davanti ai vialetti d'accesso erano parcheggiati furgoni pick-up e vecchie auto americane. In corrispondenza del numero civico 217 sostavano diverse auto della polizia. Parcheggiai dietro la Ford di Marino, scesi portando con me la valigetta medica e percorsi il viale sterrato che conduceva al garage. Le luci erano accese, la saracinesca sollevata e, intorno a una Chevrolet beige dall'aria malandata, erano radunati alcuni agenti. Trovai Marino accovacciato di fianco alla portiera posteriore sinistra, intento a esaminare un segmento di tubo verde da giardino che si snodava dalla marmitta fin dentro un finestrino socchiuso. L'interno della macchina era fuligginoso e nell'aria fredda e umida aleggiava ancora l'odore pesante dei gas di scappamento.

«Il motore è ancora acceso, ma è finita la benzina» spiegò Marino.

La vittima aveva fra i cinquanta e i sessant'anni. Era accasciata su se stessa, riversa sul fianco destro, dietro il volante, la pelle del collo e delle mani ormai cianotica. Sotto la testa, il rivestimento scuro era macchiato da chiazze rapprese di fluidi misti a sangue. Dal punto in cui mi trovavo non riuscivo a vedere la sua faccia. Aprii la valigetta medica e ne estrassi un termometro chimico con cui rilevare la temperatura nel garage, quindi infilai un paio di guanti chirurgici. Chiesi a un giovane agente se poteva aprirmi le portiere anteriori.

«Stavamo per prendere le impronte» rispose.

«Allora aspetto.»

«Johnson, che ne dici di rilevare subito quelle sulle maniglie, così il dottore può fare il suo lavoro?» Il secondo agente mi fissò con intensi occhi scuri da latino. «Permetta che mi presenti: Tom Lucero. Purtroppo qui i conti non tornano. Innanzitutto mi preoccupa la presenza di sangue sul sedile anteriore.»

«Potrebbero esserci varie spiegazioni» dissi. «Una è il cosiddetto secreto postmortem.»

Lo vidi socchiudere leggermente le palpebre.

«La pressione nei polmoni fa sgorgare fluido sanguinolento dal naso e dalla bocca» chiarii.

«Ah. Però, mi scusi, di solito non succede solo quando ha inizio il processo di decomposizione?»

«Di solito, sì.»

«Stando a quanto ne sappiamo noi, la signora è morta da circa ventiquattr'ore, e qui dentro fa più freddo che all'obitorio.»

«Vero. Ma se il riscaldamento era acceso, quello più le emissioni calde all'interno dell'abitacolo potrebbero avere innalzato la temperatura fino all'esaurimento del carburante.»

Marino diede un'occhiata attraverso un finestrino opaco di fuliggine e disse: «Mi pare che la manopola del riscaldamento sia al massimo».

«Un'altra possibilità» ripresi «è che, al momento della perdita di coscienza, la vittima sia scivolata sbattendo il viso contro il volante, il cruscotto o il sedile. Magari le è sanguinato il naso. Oppure si è morsicata la lingua, o un labbro. Non posso pronunciarmi finché non l'avrò esaminata.»

«Okay. E il modo in cui era vestita?» insisté Lucero. «A me sembra strano che sia uscita di casa con addosso soltanto una camicia da notte per entrare in un garage gelido, agganciare il tubo allo scappamento e infilarsi in una macchina altrettanto gelida.»

La camicia da notte in questione era azzurro pallido, lunga fino alle caviglie, con maniche lunghe e di un tessuto leggero dall'aria sintetica. Chi commette suicidio non rispetta alcun codice di abbigliamento. Certo sarebbe stato più logico se Jennifer Deighton si fosse infilata il cappotto e le scarpe, prima di avventurarsi all'aperto in una fredda notte invernale. Ma se meditava il suicidio, sapeva che il freddo non sarebbe durato a lungo.

L'agente della Scientifica aveva terminato di passare la polverina per le impronte sulle portiere. Controllai il termometro: nel garage c'erano due gradi sotto zero.

«Quando siete arrivati?» chiesi a Lucero.

«Circa un'ora e mezzo fa. Naturalmente, prima che aprissimo la porta faceva più caldo, qui dentro, ma neanche poi tanto. E la capote della macchina era fredda. Immagino che il carburante fosse finito e la batteria si fosse scaricata già parecchie ore prima del nostro intervento.»

Aprirono le portiere, e io ne approfittai per scattare alcune foto. Quindi girai dalla parte del passeggero per esaminare la testa della vittima. Rimasi ferma a guardare, concentrandomi, nella speranza di trovare un dettaglio capace di accendere la scintilla di un antico ricordo. Niente. Quella donna era una perfetta estranea: non avevo mai conosciuto Jennifer Deighton, mai vista in tutta la mia vita.

I capelli schiariti erano più scuri alla radice e strettamente avvolti su minuscoli bigodini rosa, alcuni dei quali erano scivolati via. Era una donna decisamente sovrappeso, sebbene dai lineamenti sottili apparisse chiaro che qualche anno e qualche chilo prima doveva essere stata una bella ragazza. Eseguii una palpazione del cranio e del collo, senza rilevare alcuna frattura, quindi le appoggiai il dorso della mano sulla guancia e cercai di voltarla. Era fredda e rigida, ma il lato del viso rimasto a contatto con il sedile si presentava pallido e vescicoloso per via del calore. Il corpo non sembrava essere stato mosso dal momento della morte, e la pelle non sbiancava più al tocco. Era deceduta da almeno dodici ore.

Ero già pronta a insacchettarle le mani, quando notai qualcosa sotto l'unghia dell'indice destro. Estrassi una torcia per guardare meglio, quindi presi una bustina per la raccolta delle prove e un paio di pinzette. La minuscola scaglia di metallo verde era conficcata nella pelle al di sotto dell'unghia. Polverina luccicante per le decorazioni di Natale, pensai. Trovai anche alcune fibre dorate, e a ogni dito che esaminai vennero alla luce altri reperti. Le infilai le mani nei sacchetti di carta marrone, che fissai ai polsi con due elastici, quindi girai dall'altra parte della macchina. Volevo dare un'occhiata ai piedi. Aveva le gambe completamente rigide e fu una vera impresa liberarle da sotto il volante per appoggiarle sul sedile. Sulla pianta delle pesanti calze scure, attaccate alla lana, rinvenni alcune fibre simili a quelle trovate sotto le unghie delle mani. Nessuna traccia di sporco, di terra o di erba. Un campanello d'allarme si mise a suonare da qualche parte nei meandri della mia mente.

«Trovato nulla d'interessante?» chiese Marino.

«Non è che qui intorno ci fossero delle pantofole o delle scarpe?»

«No» rispose Lucero. «Come le ho già detto, mi è parso strano che fosse uscita in camicia da notte con il freddo che...»

«C'è un problema» lo interruppi. «Le calze sono troppo pulite.»

«Oh, merda» fu il commento di Marino.

«Dobbiamo portarla all'obitorio.» Mi allontanai dalla macchina.

«Chiamo l'ambulanza» si offrì Lucero.

«Voglio vedere la casa» dissi a Marino.

«Certo.» Si era tolto i guanti e cercava di scaldarsi le mani alitandoci sopra. «Anch'io ci tengo che tu la veda.»

Mentre aspettavo l'arrivo dell'ambulanza feci il giro del garage, stando bene attenta a dove mettevo i piedi. Non c'era granché da vedere, a parte i soliti utensili da giardinaggio e la paccottiglia che in nessuna casa trova una collocazione migliore. Contai alcune pile di vecchi giornali, ceste di vimini, lattine di vernice impolverate e un piccolo barbecue arrugginito che aveva l'aria di giacere inutilizzato da parecchio tempo. Arrotolato in un angolo, simile a un serpente verde senza testa, c'era il tubo da cui sembrava essere stato tagliato il pezzo ora collegato alla marmitta. Mi inginocchiai accanto all'estremità recisa, senza toccarla: più che segato, il tubo sembrava tranciato di netto. Sul pavimento lì accanto individuai la linea di un sottilissimo taglio. Mi rialzai e diedi un'occhiata agli attrezzi appesi a un'asse sulla parete. C'erano un'ascia e un maglio, entrambi arrugginiti e decorati da ragnatele.

La squadra di soccorso entrò con la barella e il sacco mortuario.

«In casa avete trovato qualche oggetto con cui potrebbe essere stato tagliato il tubo?» domandai a Lucero.

«No.»

Jennifer Deighton non voleva uscire dalla macchina. La morte resisteva alle mani della vita, così mi trasferii dalla parte del passeggero per offrire il mio aiuto. In tre la afferrammo ai fianchi e sotto le ascelle, mentre un quarto spingeva dalle gambe. Quando finalmente venne infilata nel sacco, la trasportarono fuori nella notte innevata, e io seguii il corteo insieme a Lucero, rimpiangendo di non avere messo gli stivali pesanti. Entrammo nella casa di mattoni in stile ranch passando dalla porta posteriore, che immetteva nella cucina.

Aveva tutta l'aria di essere appena stata rinnovata: gli elettrodomestici erano neri, le superfici di lavoro e i pensili bianchi, e la tappezzeria ostentava un motivo floreale orientaleggiante, in tinte pastello su sfondo celeste. Seguendo il suono delle voci, Lucero e io attraversammo un piccolo atrio in parquet e ci fermammo sulla soglia di una camera da letto dove Marino e un agente della Scientifica stavano ispezionando alcuni cassetti. Per un lungo momento restai a osservare quelle che certo erano strane manifestazioni della personalità di Jennifer Deighton: la sua stanza sembrava una sorta di cella in cui l'energia solare veniva catturata per essere trasformata in qualcosa di magico. Ripensai alle telefonate prive di messaggio, e la mia paranoia salì a mille.

Pareti, tendine, tappeti, coperte e mobili in vimini erano rigorosamente bianchi. Sul letto spiegazzato, non lontano dal punto in cui i due cuscini erano appoggiati quasi verticalmente contro la spalliera, una piramide di cristallo fermava un unico foglio intonso di carta per macchina da scrivere. Sul cassettone e su alcuni tavolini erano disposti altri cristalli, e altri ancora, più piccoli, pendevano attaccati a un filo dalle cornici delle finestre. Immaginai gli arcobaleni che dovevano danzare in quella stanza nelle giornate di sole, e le cascate di luce rifratta dai prismi di vetro.

«Strana, eh?» commentò Lucero.

«Era per caso una medium, o roba del genere?» chiesi.

«Mettiamola così: aveva il suo giro d'affari, che per la maggior parte sbrigava da qui.» Lucero si avvicinò a una segreteria telefonica appoggiata su un comodino. La luce dei messaggi pulsava e il display rosso indicava ben trentotto telefonate.

«Trentotto messaggi dalle otto di ieri sera» disse. «Ne ho ascoltato qualcuno. La signora faceva oroscopi. A quanto pare i suoi clienti chiamavano per sapere come sarebbe andata la giornata, se avrebbero vinto alla lotteria o se dopo Natale gli sarebbero rimasti ancora dei soldi in tasca.»

Sollevando il coperchio della segreteria, Marino sfilò la cassetta con la punta del coltello a serramanico e la fece scivolare in una busta delle prove. Sul piccolo comodino c'erano altri oggetti che mi interessavano, così mi avvicinai per dare un'occhiata. Accanto a un blocco e a una penna era appoggiato un bicchiere con dentro due dita di un liquido trasparente. Mi chinai ad annusare. Probabilmente acqua. Di fianco c'erano due tascabili, *Paris Trout* di Pete Dexter e *Seth parla* di Jane Roberts. A parte quelli, nella stanza non vidi altri libri.

«Vorrei dare un'occhiata a questi» dissi a Marino.

«*Paris Trout*» lesse, pensieroso.

«Potrebbero rivelarmi qualcosa sullo stato mentale della vittima, prima della morte.»

«Nessun problema. Dirò a quelli della Scientifica di controllare la presenza di eventuali impronte, poi te li faranno avere. E credo che sia il caso di verificare anche quel pezzo di carta» aggiunse, riferendosi al foglio sul letto.

«Giusto» confermò Lucero in tono ironico. «Probabilmente ha scritto il suo estremo saluto con l'inchiostro simpatico.»

«Vieni» disse Marino, «voglio mostrarti un paio di cosette.»

Mi condusse in salotto, dove un albero di Natale artificiale se ne stava tutto afflitto in un angolo, curvo sotto il peso delle decorazioni e strangolato da orpelli, lucine e fili d'argento. Alla base c'erano delle scatole di caramelle, confezioni di formaggio, schiume da bagno, un vaso in vetro di tè aromatico e un unicorno in ceramica con gli occhi azzurri e il corno dorato. La moquette pelosa, anch'essa dorata, doveva essere la fonte delle fibre che avevo notato sotto le calze e le unghie di Jennifer Deighton.

Marino estrasse una piccola torcia dalla tasca e sedette sui talloni.

«Da' un po' un'occhiata» disse.

Mi abbassai accanto a lui: alla base dell'albero il raggio illuminava residui di polverina luccicante e un pezzo di cordoncino dorato.

«Quando sono arrivato, la prima cosa che ho fatto è stato controllare se c'erano regali sotto l'albero» disse, spegnendo la torcia. «Evidentemente li aveva aperti in anticipo. Le carte e i biglietti d'accompagnamento sono stati gettati nel caminetto, là. È pieno di ceneri di carta, e ci troverai ancora un paio di fogli laminati che non sono bruciati. La vicina afferma di avere notato del fumo uscire dal comignolo poco prima che facesse buio, ieri sera.»

«Ed è stata lei a chiamare la polizia?» chiesi.

«Sì.»

«Per quale motivo?»

«Questo ancora non l'ho capito. Dovrò andare a parlarle.»

«Quando ci vai, vedi anche se riesci a scoprire se la vittima aveva problemi di salute o psicologici. Mi piacerebbe sapere chi era il suo medico curante.»

«Avevo intenzione di andarci tra poco. Se vuoi puoi accompagnarmi, così glielo chiedi tu.»

Senza smettere di osservare la stanza, pensai a Lucy che mi aspettava a casa. Il mio sguardo si posò su quattro piccole impronte quadrate impresse nella moquette al centro della stanza.

«Le ho notate anch'io» fece Marino. «È come se qualcuno avesse portato lì una sedia, magari dal tinello. C'è un tavolo con quattro sedie, tutte e quattro con gambe a sezione quadrata.»

«Un'altra cosa che potresti fare» continuai, pensando a voce alta «è controllare il videoregistratore. Guarda se per caso lo aveva programmato per registrare qualcosa. Anche questo potrebbe tornarci utile.»

«Buona idea.»

Dalla sala passammo nel piccolo tinello, arredato con un tavolo di quercia e quattro sedie dallo schienale diritto. Il tappeto intrecciato sul pavimento di legno sembrava nuovo, o comunque poco usato.

«A quanto pare, la stanza dove trascorreva la maggior parte del tempo era questa» disse Marino, mentre attraversando un corridoio entravamo in quello che chiaramente era stato il suo ufficio.

Rigurgitava dei classici oggetti indispensabili alla conduzione di una piccola attività, compreso un fax che andai subito a esaminare. Era spento, la spina inserita in una presa singola a muro. Mi guardai intorno meglio, in preda a un crescente senso di disorientamento: un personal computer, una macchinetta affrancatrice, moduli vari e buste erano sparpagliati su un tavolo e sulla scrivania. Gli scaffali ospitavano enciclopedie e libri di parapsicologia, astrologia, segni zodiacali e religioni orientali e occidentali. Notai sette traduzioni diverse della Bibbia e decine di libri mastri con alcune date riportate in costa.

Accanto alla macchina affrancatrice erano appoggiati quelli che sembravano dei moduli di sottoscrizione. Ne presi uno:

per trecento dollari l'anno, l'abbonato poteva telefonare una volta al giorno e Jennifer Deighton gli avrebbe dedicato tre minuti per la lettura dell'oroscopo personale "basato sull'allineamento dei pianeti al momento della Vostra nascita". Aggiungendo altri duecento dollari, l'astrologa forniva anche una "previsione settimanale". A pagamento effettuato, l'abbonato avrebbe ricevuto una tessera con un codice di identificazione, la cui durata dipendeva dal rinnovo dell'abbonamento annuale.

«Quante stronzate» bofonchiò Marino.

«Immagino che vivesse sola.»

«Così si direbbe. Una donna sola che manda avanti una baracca del genere... bel modo di andarsi a cercare guai.»

«Per caso sai di quante linee telefoniche disponeva?»

«No. Perché?»

Gli raccontai delle chiamate anonime che avevo ricevuto, mentre lui mi guardava serissimo, contraendo i muscoli della mascella.

«Devo sapere se il fax e il telefono sono collegati alla stessa linea» conclusi.

«Cristo santo.»

«Se così è, probabilmente la sera in cui ho ritelefonato al numero apparso sull'identificatore di chiamata c'era il fax inserito, e questo spiegherebbe il lungo bip che ho sentito.»

«Cristo d'un Cristo santo» ripeté Marino, estraendo la radio portatile dalla tasca del cappotto. «Perché non me l'hai detto prima?»

«Non volevo farlo in mezzo ad altra gente.»

Accostò la radio alla bocca. «Sette-dieci.» Poi, rivolto a me: «Se eri preoccupata per delle telefonate anonime, perché non me ne hai parlato subito?».

«Non ero preoccupata, Marino.»

«Sette-dieci» gracchiò una voce in risposta.

«Dieci-cinque otto-venti-uno.»

L'addetto alle comunicazioni si preparò a trasmettere a 821, il codice dell'ispettore.

«Ho bisogno che tu mi componga un numero» disse Marino, quando l'ispettore si mise in contatto via etere. «Hai il cellulare a portata di mano?»

«Affermativo.»

Marino gli diede il numero di Jennifer Deighton, quindi inserì il fax. Nel giro di pochi istanti si udirono alcuni squilli, dei bip e altri suoni lamentosi.

«Questo basta a rispondere alla tua domanda?» mi chiese Marino.

«Diciamo che risponde a una delle domande, ma non alla più importante.»

La vicina che abitava dall'altra parte della strada e aveva avvisato la polizia si chiamava Myra Clary. Accompagnai Marino fino alla casetta con le pareti in alluminio e un Babbo Natale in plastica illuminato sul prato. Fra i bossi erano tesi alcuni fili di lucine colorate. La porta si aprì quasi all'istantante, e la signora Clary ci invitò a entrare senza nemmeno chiedere chi fossimo. Pensai che probabilmente ci aveva visti arrivare dalla finestra.

Ci fece accomodare in un triste salottino, dove trovammo il marito accoccolato vicino al caminetto elettrico, con la vestaglia cadente sulle gambe esili e lo sguardo vacuo incollato al televisore, dove un attore sguazzava fra le bolle di un bagnoschiuma profumato. La casa aveva un aspetto curato, ma dimesso. Fodere e imbottiture erano sfilacciate e consunte in corrispondenza dei punti di maggior usura; le superfici in legno apparivano opache sotto innumerevoli strati di cera, e le stampe alle pareti ingiallivano al riparo di polverose cornici. L'odore nauseabondo di migliaia di cene consumate su vassoi davanti alla tv permeava irrimediabilmente l'aria.

Marino spiegò il motivo della nostra visita, mentre la signora Clary si muoveva nervosamente per la stanza levando alcuni giornali dal divano, abbassando il volume del televisore e riportando i piatti sporchi in cucina. Il marito non accennò ad avventurarsi fuori dal suo mondo interiore, la testa tremolante appoggiata sul collo sottile come un filo d'erba. Il morbo di Parkinson colpisce la macchina umana facendola sussultare violentemente un attimo prima di incepparsi, quasi sapesse già ciò che la aspetta e fosse l'unico modo che le resta per protestare.

«No, grazie, siamo a posto così» disse Marino, quando la

nostra ospite ci offrì uno spuntino e qualcosa da bere. «Si sieda, la prego, e cerchi di rilassarsi. So che è stata una giornata dura, per lei.»

«Dicono che era seduta in macchina a respirare quei gas velenosi... Oh, Signore» sospirò. «C'era tanto di quel fumo, dietro il vetro, sembrava che il garage andasse in fiamme. In quel momento ho capito.»

«Dicono *chi*?» chiese Marino.

«La polizia. Li ho chiamati e poi mi sono messa ad aspettarli, così quando sono arrivati sono corsa a vedere se Jenny stava bene.»

La signora Clary non riusciva a stare ferma sulla poltrona, di fronte al divano su cui sedevamo Marino e io. Una ciocca di capelli grigi le era scivolata fuori dallo chignon raccolto sulla nuca; il volto rugoso ricordava una mela disidratata, ma aveva gli occhi assetati di notizie e lucidi di paura.

«So che ha già parlato con alcuni agenti» riprese Marino, avvicinandosi il posacenere. «Ma vorrei che ci raccontasse tutto da capo, per filo e per segno, a partire dall'ultima volta che ha visto Jennifer Deighton.»

«Be', è stato l'altro giorno...»

«Quale giorno?» la interruppe subito Marino.

«Venerdì. Ricordo che suonò il telefono e andai in cucina a rispondere. Fu allora che la vidi dalla finestra. Stava rientrando, era sul viale d'accesso al garage.»

«Parcheggiava sempre dentro?» domandai.

«Sempre.»

«E ieri?» incalzò Marino. «Per caso ieri l'ha vista, o ha visto la macchina?»

«No. Però a un certo punto, sul tardi, sono uscita a controllare se c'era posta. In questa stagione la consegnano verso le tre o le quattro, ma non era ancora arrivata. Dovevano essere circa le cinque e mezzo, forse anche più tardi, quando mi sono ricordata di andare a vedere ancora una volta. Stava venendo buio, e ho notato che dal comignolo di Jenny usciva del fumo.»

«Ne è assolutamente certa?» volle sapere Marino.

La donna annuì. «Oh, sì. Ricordo di aver pensato che era proprio la serata buona per accendere un fuoco. Una volta era Jimmy a occuparsi del caminetto, e non mi ha mai insegnato come si fa. Se è mai stato un maestro in qualcosa, era accendere un bel fuoco. Così adesso ho fatto mettere uno di quei camini elettrici.»

Jimmy Clary la guardava. Mi chiesi se capiva ciò che la moglie stava dicendo.

«A me piace molto cucinare» riprese. «In questo periodo dell'anno preparo un sacco di cose al forno. Per esempio faccio delle torte, che poi do ai vicini. Ieri avevo giusto in mente di farne una per Jenny, ma prima preferisco sempre chiamare, per vedere se le persone sono in casa. Col fatto che hanno il garage, a volte non si capisce se ci sono o no, e se lasci una torta sullo zerbino davanti alla porta, il primo cane che passa se la mangia. Così le ho telefonato, ma mi ha risposto la segreteria. Ho riprovato tutto il giorno, e lei non rispondeva mai, e a dire il vero ho anche cominciato a preoccuparmi.»

«Perché?» ne approfittai. «Aveva forse problemi di salute, che lei sapesse?»

«Eh, aveva il colesterolo un po' alto. Più di duecento, se non ricordo male. E poi soffriva di pressione alta, ma diceva che era un problema di famiglia.»

In casa di Jennifer Deighton non avevo visto ricette.

«Saprebbe dirmi chi era il suo medico curante?»

«Non ricordo, sa? Ma Jennifer credeva nelle cure naturali. Diceva sempre che quando si sentiva giù, meditava.»

«Mi sa che vi assomigliavate, voi due» commentò Marino, rivolto a me.

La signora Clary si tormentava la gonna, in preda a una specie di crisi di iperattività infantile. «Io sto in casa tutto il giorno, esco solo per andare a fare la spesa.» Lanciò un'occhiata al marito, che si era rimesso a guardare la tv. «Ogni tanto facevo un saltino a trovarla, così, per spirito di buon vicinato, e magari le portavo qualcosa da mangiare.»

«Era un tipo socievole?» chiese Marino. «Riceveva molte visite?»

«Be', sapete, lavorava in casa ma non riceveva. Faceva tutto per telefono, credo. Però qualche volta ho anche visto della gente.»

«Nessuno di sua conoscenza?»

«Non che ricordi.»

«E ieri sera non ha visto nessuno?»
«Non ci ho fatto caso, no.»
«E quando è uscita e ha notato il fumo dal comignolo? Non ha pensato che magari avesse compagnia?»
«Non c'erano macchine, vede. Nulla che potesse farmi pensare a questo.»
Jimmy Clary si era appisolato. Agli angoli della bocca gli colava un po' di saliva.
«Ha detto che lavorava in casa» intervenni. «Ha un'idea di cosa facesse?»
La signora mi fissò con gli occhi sgranati. Poi si sporse in avanti e abbassò la voce. «So cosa diceva la gente.»
«E cioè?»
Strinse le labbra, scuotendo la testa.
«Signora Clary» disse Marino. «Qualunque informazione potrebbe esserci preziosa, capisce? E io so che lei desidera darci una mano.»
«A due isolati da qui c'è una chiesa metodista. La si vede anche. Ha il campanile illuminato, di notte, lo è sempre stato da quando hanno costruito la chiesa, tre o quattro anni fa.»
«Sì, l'ho vista arrivando» rispose Marino. «Ma cosa c'entra...»
«Ecco» riprese bruscamente la nostra ospite, «Jenny si trasferì qui, mi pare all'inizio di settembre. Non ho mai capito bene. La luce del campanile. Ricordatevi di guardare, quando andate via. Naturalmente...» Fece una pausa, aveva un'espressione delusa. «Forse adesso non succederà più.»
«Non succederà cosa?» volle sapere Marino.
«Si accende e si spegne. È la cosa più strana che abbia mai visto. Un minuto è accesa, e un minuto dopo è tutto buio, come se la chiesa non ci fosse più. Poi guardi di nuovo, e il campanile è lì, illuminato come al solito. Ho provato a cronometrarlo. Un minuto sì, due no, poi sì per tre... A volte resta illuminato anche per un'ora di seguito. Non c'è una regola.»
«E cos'ha a che fare tutto questo con Jennifer Deighton?» chiesi.
«Ricordo che fu proprio poco dopo il suo arrivo, qualche settimana prima che Jimmy avesse l'infarto. Era una serata fredda, lui stava accendendo il fuoco. Io ero in cucina a lavare

i piatti, e dalla finestra vedevo il campanile illuminato. A un certo punto lui viene in cucina per farsi un goccetto, e io gli dico: "Lo sai cosa dice la Bibbia di chi si ubriaca di vino invece che di Spirito?" E lui: "Io non bevo vino, bevo bourbon, e la Bibbia non parla del bourbon". In quel momento, mentre lui era lì fermo, il campanile si spense. Fu come se la chiesa fosse improvvisamente svanita, puf. Allora io dico: "Eccoti servito. Questa è la parola del Signore, così la pensa di te e del tuo bourbon".

«Lui si mise a ridere come se avessi detto la cosa più stupida del mondo, ma da quel giorno non ha più toccato la bottiglia. Ogni sera si metteva davanti alla finestra sopra il lavandino della cucina, e guardava. Un attimo il campanile era illuminato, e l'attimo dopo era buio. Io lasciai che pensasse che era opera del Signore: qualunque cosa, purché stesse lontano dall'alcol. Comunque non era mai successo niente del genere, prima che la signorina Deighton si trasferisse qui.»

«Il fenomeno si è ripetuto anche di recente?» mi informai.

«Be', ieri sera lo faceva ancora. Adesso non saprei. A dire il vero, non ci ho guardato.»

«Dunque lei sta dicendo che la sua vicina aveva qualche strano effetto sulle luci del campanile» riassunse Marino in tono indulgente.

«Sto dicendo che più di una persona, qui, aveva deciso cos'era già un bel po' di tempo fa.»

«Cos'era chi?»

«La signorina Deighton. Una strega» rispose Myra Clary.

Il marito aveva cominciato a russare ed emetteva versacci soffocati di cui la moglie non sembrava minimamente accorgersi.

«Se non ho capito male, anche suo marito ha iniziato ad avere qualche problema nel periodo in cui la signorina Deighton è venuta ad abitare qui e il campanile ha cominciato a spegnersi» osservò Marino.

La nostra ospite parve colpita. «Be', è vero. L'infarto gli venne alla fine di settembre.»

«E lei ha mai pensato a un eventuale collegamento? Che magari Jennifer Deighton avesse qualcosa a che fare con la malattia, così come ha sempre pensato che avesse a che fare con le stranezze della chiesa?»

«A Jimmy non era simpatica» rispose la signora Clary in tono affannato.

«Nel senso che non andavano d'accordo?» cercò di chiarire Marino.

«Poco dopo il trasloco venne da noi un paio di volte per chiedere una mano. Lavoretti di casa, roba da uomini, capite? Prima il campanello della porta che si era messo a fare uno stranissimo ronzio all'interno; temeva un corto circuito, così Jimmy andò a vedere. Poi la lavastoviglie che le allagò la casa. Jimmy è sempre stato uno che ci sapeva fare con le mani.» Lanciò un'occhiata furtiva al marito che russava.

«Però non ci ha ancora spiegato come mai non gli era simpatica» le rammentò Marino.

«Diceva che non gli piaceva entrare in quella casa, con tutte quelle strane cose, quei cristalli. E poi il telefono suonava continuamente. Ma più di tutto si infastidì quando lei gli disse che poteva leggere il destino della gente, e che se lui avesse accettato di occuparsi un po' della sua casa glielo avrebbe letto gratis. Lui le rispose così: "No, grazie, signorina Deighton. Al mio futuro ci pensa già Myra, c'è già lei che pianifica sempre tutto". Me lo ricordo come fosse ieri.»

«Mi chiedevo se per caso lei non conosce qualcuno che potrebbe avere avuto dei guai così seri con Jennifer Deighton, da augurarle qualcosa di brutto o da farle del male» riprese Marino.

«Pensate che sia stata uccisa?»

«Purtroppo in questo momento sappiamo pochissimo, e non possiamo scartare nessuna ipotesi.»

La signora Clary incrociò le braccia sotto i seni cascanti.

«E psicologicamente come le sembrava? L'ha mai vista depressa? Sa se aveva qualche problema particolare che non riusciva ad affrontare, soprattutto negli ultimi tempi?» le chiesi.

«No, non la conoscevo così bene» rispose, evitando di incrociare il mio sguardo.

«Che sappia, consultava dei medici?»

«Non saprei, guardi.»

«E parenti? Aveva una famiglia?»

«Non ne ho idea.»
«Capisco. Mi dica del telefono, allora. Quando era in casa rispondeva, o lasciava sempre attaccata la segreteria?»
«Per quel che ne so io, se era in casa rispondeva.»
«E questa è la ragione per cui oggi si è preoccupata, giusto? Quando non è venuta a rispondere di persona» si intromise Marino.
«Proprio così.»
Myra Clary si accorse troppo tardi di quello che aveva detto.
«Interessante» fu il commento di Marino.
Vidi una vampata di rossore salirle su per il collo, mentre le mani si bloccavano di colpo.
«E come faceva a sapere che oggi era in casa?» insisté Marino.
Questa volta non rispose. Il respiro del marito si fece più rantolante. Un colpo di tosse, e aprì gli occhi.
«Immagino perché non l'avevo vista uscire... con la macchina...» La voce le si spense in gola.
«O forse aveva fatto una capatina per controllare di persona?» buttò lì Marino in tono comprensivo. «Magari per lasciare la torta, o anche solo per salutarla, pensando che la macchina fosse in garage?»
La signora Clary si asciugò le lacrime. «Sono rimasta in cucina a lavorare tutta la mattina e non l'ho vista uscire nemmeno per comprare il giornale. Allora, dopo un po', quando sono uscita ho provato a suonare, ma lei non ha risposto. Così ho dato una sbirciatina nel garage.»
«Vuole dirmi che, nonostante il fumo dietro i vetri, non ha pensato che stesse succedendo qualcosa di strano?»
«Non sapevo cosa pensare, non sapevo cosa fare.» La voce si fece più acuta di un paio di ottave. «Oh, Gesù, Gesù! Come vorrei avere chiamato subito qualcuno! Magari era ancora...»
«Non so se era ancora viva, in quel momento, se poteva esserlo» la interruppe Marino. Poi mi guardò con aria interrogativa.
«Quando è andata a guardare in garage, per caso ha sentito se il motore era acceso?» chiesi alla signora.
Scosse la testa, soffiandosi il naso.
Marino si alzò e ripose il blocco per appunti nella tasca del cappotto. Aveva l'aria demoralizzata, come se la debolezza e

la poca affidabilità della signora Clary lo avessero profondamente deluso. Ormai conoscevo tutte le sue maschere, in qualunque ruolo decidesse di calarsi.

«Avrei dovuto avvisare prima la polizia» balbettò Myra Clary, rivolta a me.

Non risposi. Marino fissava la moquette.

«Non mi sento bene. Devo andare a distendermi.»

Marino estrasse dal portafogli un biglietto da visita e glielo tese. «Se le venisse in mente qualche altro dettaglio significativo, mi chiami a questo numero.»

«Certo» disse debolmente. «Prometto che lo farò.»

«Ti metterai subito al lavoro sul cadavere?» chiese Marino, appena la porta si fu richiusa alle nostre spalle.

La neve arrivava ormai alle caviglie, e non accennava a smettere.

«Domattina» risposi, pescando le chiavi dalla tasca.

«Che ne pensi?»

«Penso che una professione del genere ti espone al rischio di fare brutti incontri. Penso anche che la sua esistenza apparentemente solitaria, come l'ha descritta la signora Clary, e il fatto che avesse già aperto i regali di Natale rendano allettante l'ipotesi del suicidio. Peccato che le calze immacolate che indossava non la confermino.»

«Infatti.»

La casa di Jennifer Deighton era tutta illuminata, e un camion con le catene stava entrando in retromarcia nel viale d'accesso al garage. Le voci degli uomini erano attutite dalla neve, e le macchine ferme sulla strada erano sagome bianche e tondeggianti.

Seguii lo sguardo di Marino oltre il tetto della casa. Ad alcuni isolati di distanza, la chiesa si stagliava scura contro il cielo grigio perla, con il campanile appuntito come il cappello di una strega. Gli archi sembravano orbite tristi e scavate, ma all'improvviso le luci si accesero e riempirono tutti i vuoti, dipingendo i muri di un color ocra vivace e restituendo alle arcate un aspetto più amichevole nella loro infinita serietà.

Mi voltai a guardare la casa dei Clary: le tende della finestra di cucina ondeggiarono.

«Non vedo l'ora di andarmene da qui.» Marino fece per attraversare la strada.
«Vuoi che avvisi Neils della macchina?» gli gridai.
«Sì» rispose, «buona idea.»

Anche in casa mia le luci erano accese quando arrivai, e dalla cucina proveniva un odore squisito. Il fuoco crepitava nel caminetto e, di fronte, il tavolino da caffè era apparecchiato per due. Lasciai cadere la valigetta medica sul divano e mi guardai intorno, restando in ascolto. Dal mio studio, in fondo al corridoio, proveniva un ticchettio di tasti rapido e attutito.
«Lucy?» chiamai, sfilandomi i guanti e sbottonando il cappotto.
«Sono qui.» Il ticchettio continuò.
«Cos'hai cucinato?»
«La cena.»
Mi diressi nello studio, dove trovai mia nipote seduta alla scrivania, immersa nella contemplazione del video. Quando sullo schermo vidi il mio prompt, rimasi di stucco: era entrata in UNIX, collegandosi chissà come col computer del mio ufficio.
«Come hai fatto?» chiesi. «Io non ti avevo detto qual era il mio nome utente, né la password.»
«Non ce n'era bisogno. Ho trovato il file da cui si ricava il comando bat. E poi hai dei programmi in cui sono codificati sia il tuo nome sia la tua password, così non devi inserirli ogni volta. Ottima scorciatoia, zia, ma un po' rischiosa. Il tuo nome utente è Marley e la password è cervello.»
«Sei una ragazza pericolosa, Lucy.» Avvicinai una sedia.
«Chi è Marley?» chiese, continuando a digitare.
«Alla scuola di specializzazione ci assegnavano dei posti fissi. Marley Scates è stato il mio compagno di banco per due anni. Adesso fa il neurochirurgo da qualche parte.»
«Eri innamorata di lui?»
«Non siamo mai usciti insieme.»
«E lui era innamorato di te?»
«Fai troppe domande, Lucy. Non puoi sempre ficcare il naso negli affari degli altri.»

«Sì che posso. Se uno non vuole, non è mica obbligato a rispondere.»

«Ma è un modo di fare aggressivo.»

«Credo di avere capito come hanno fatto a entrare nella tua directory, zia. Ricordi quando ti ho parlato degli utenti che potevano essersi inseriti via software?»

«Sì.»

«Bene. Ce n'è uno chiamato demo che ha privilegi da superutente ma è sprovvisto di parola chiave. Secondo me hanno usato questo, e adesso ti faccio vedere cosa potrebbe essere successo.» Parlava, e le sue dita volavano rapidissime sulla tastiera. «Ora entro nel menu dell'amministratore di sistema per controllare il conteggio delle log-in. Dobbiamo cercare una log-in in particolare, in questo caso, root. Quindi diamo la g e andiamo a verificare. Eccola lì.» Fece scorrere il dito lungo una riga sullo schermo.

«Il sedici dicembre alle diciassette e zero sei qualcuno si è collegato da un apparecchio chiamato t-t-y-quattordici. Questa persona aveva privilegi da superutente, quindi immaginiamo sia la stessa che è entrata nella tua directory. Non so cosa cercasse, ma venti minuti più tardi, alle diciassette e ventisei, prova a mandare il messaggio "Non riesco a trovarlo" a t-t-y-zero-sette, e invece inavvertitamente crea un file. Si sconnette alle diciassette e trentadue, perciò il collegamento dura in tutto ventisei minuti. In questo lasso di tempo non sembra avere stampato niente: ho dato un'occhiata allo spooler, dove sono registrati i file stampati, ma non ho trovato nulla che attirasse la mia attenzione.»

«Scusa, vorrei esser sicura di avere capito bene. Qualcuno ha cercato di inviare un messaggio da t-t-y-quattordici a t-t-y-zero-sette?» dissi.

«Esatto. E ho scoperto anche che sono due terminali interni.»

«Sì, ma come facciamo a sapere in quali uffici si trovano?» domandai.

«Be', mi stupisce che non ci sia una lista da qualche parte, qui dentro. Comunque non l'ho ancora trovata. Se proprio non ci riusciamo, puoi provare di persona risalendo dai cavi di collegamento: in genere sono contrassegnati. E se vuoi sapere la mia personale opinione, non credo che la spia sia la tua analista informatica. Innanzitutto conosce il tuo nome utente e la tua password, quindi non avrebbe nessun bisogno di abilitarsi come demo. Poi, dato che immagino che il mini sia nel suo ufficio, suppongo anche che usi il terminale di sistema.»

«Infatti.»

«E il nome del vostro terminale di sistema è t-t-y-b.»

«Bene.»

«Un altro modo per controllare sarebbe intrufolarsi nell'ufficio di qualcuno che è uscito lasciando il computer acceso. Allora potresti entrare in UNIX e digitare "Who am I": il sistema ti risponde automaticamente chi sei.»

Spinse indietro la sedia e si alzò. «Spero che tu abbia fame. Ci sono petto di pollo e insalata di riso con anacardi, peperoni e olio di semi di sesamo. Ho comprato anche del pane. Il tuo barbecue funziona?»

«Lucy, sono le undici passate e fuori nevica.»

«Non intendevo proporre di mangiare all'aperto, ma solo che mi piacerebbe cucinare il pollo alla griglia.»

«Dove hai imparato a far da mangiare?»

Stavamo andando in cucina.

«Non dalla mamma. Perché credi che fossi una bimba tracagnotta e grassottella? Perché mangiavo le schifezze che comprava lei. Spuntini, bibite gassate e pizze che sembravano cartone. Per colpa della mamma ormai sono piena di cellule di grasso fino al cervello. Non gliela perdonerò mai.»

«Vorrei scambiare quattro chiacchiere con te su quello che è successo oggi pomeriggio, Lucy. Se tu non fossi rientrata in quel preciso istante, la polizia sarebbe ancora in giro a cercarti.»

«Mi sono allenata per un'ora e mezzo e poi ho fatto la doccia.»

«Sei stata via quattro ore e mezzo in tutto.»

«Dovevo comprare la verdura e un altro paio di cose.»

«Perché non hai mai risposto al cellulare della macchina?»

«Pensavo che fosse qualcuno che voleva parlare con te. Eppoi, non avevo mai usato un cellulare. Comunque non ho dodici anni, zia.»

«Lo so, ma non sei nemmeno di qui e non hai mai guidato in questa zona. Ero preoccupata.»

«Mi dispiace.»

Cenammo vicino al fuoco, sedute tutte e due sul pavimento intorno al tavolinetto. Avevo spento tutte le luci. Le fiamme guizzavano, facendo danzare le nostre ombre come a celebrare un momento magico nella mia vita e in quella di mia nipote.

«Che regalo ti piacerebbe per Natale?» chiesi, allungando una mano verso la bottiglia di vino.

«Vorrei imparare a sparare.»

5

Lucy fece le ore piccole al computer, e quando il lunedì mattina presto la mia sveglia suonò, non la sentii nemmeno rigirarsi nel letto. Scostai le tende della camera e sul patio vidi un turbinio di fiocchi impalpabili che volteggiavano nel fascio di luci accese. Era caduta molta neve e il quartiere appariva immobile. Dopo il caffè e una breve occhiata ai giornali, mi vestii, ed ero già pronta per uscire, quando mi girai e tornai sui miei passi. Anche se Lucy non aveva più dodici anni, non potevo uscire senza essermi assicurata che stesse bene.

Entrai in punta di piedi nella sua camera e la trovai addormentata su un fianco, arrotolata nel lenzuolo, il piumone scivolato per metà sul pavimento. Vederle addosso una mia camicia pescata in uno dei cassetti mi commosse profondamente: nessuno aveva mai sentito il bisogno di dormire con qualcosa di mio. Le sistemai le coperte, facendo attenzione a non svegliarla.

Arrivare in ufficio in macchina fu un'impresa; invidiavo gli impiegati le cui ditte avevano deciso di chiudere per un giorno a causa della nevicata. Noi sfortunati, invece, privi del conforto di una vacanza fuori programma, procedevamo a passo d'uomo sull'interstatale, pattinando al minimo colpetto di freni e strabuzzando gli occhi per vedere attraverso parabrezza irrimediabilmente sommersi dalla neve. Mi chiesi come avrei potuto spiegare a Margaret che la mia giovane nipote riteneva poco sicura la nostra rete informatica. Chi si era inserito nella mia directory? E perché Jennifer Deighton aveva continuato a telefonarmi e a riappendere?

Arrivai in ufficio alle otto e mezzo, ma una volta nel corridoio dell'obitorio mi bloccai, perplessa. Parcheggiata in posizione stranamente rischiosa, vicino alle porte d'acciaio della cella frigorifera, c'era una barella con sopra un corpo ricoperto da un lenzuolo. Controllai il cartellino all'alluce, lessi il nome di Jennifer Deighton e mi guardai intorno: in ufficio e nella sala radiologica non c'era nessuno. Aprii la porta d'ingresso della sala autopsie e trovai Susan in tenuta da lavoro che componeva un numero al telefono. Riattaccando velocemente, mi accolse con un nervoso «Buongiorno».

«Felice di vederti.» Mi sbottonai il cappotto, guardandola con curiosità.

«Ben mi ha dato un passaggio» spiegò. Si riferiva al mio amministratore che possedeva una jeep a quattro ruote motrici. «Per adesso, siamo gli unici tre.»

«Nessun segno di Fielding?»

«Ha chiamato pochi minuti fa dicendo che non riusciva nemmeno a uscire dal vialetto. Gli ho risposto che per il momento c'era solo un caso, ma che se ne arrivavano altri Ben poteva andare a prenderlo.»

«E sei consapevole del fatto che il nostro unico caso è parcheggiato in corridoio?»

Ebbe un'esitazione, durante la quale la vidi arrossire. «La stavo portando in radiologia, quando è squillato il telefono. Scusa.»

«L'hai già pesata e misurata?»

«No.»

«Facciamolo subito.»

Senza darmi il tempo di aggiungere altro, Susan si precipitò fuori dalla sala. Per comodità rispetto al posteggio, spesso anche le segretarie, gli analisti dei laboratori dei piani superiori e il personale di manutenzione dell'edificio passavano direttamente dall'obitorio. Abbandonare un corpo in mezzo al corridoio costituiva dunque sia un'indelicatezza sia una disattenzione che poteva compromettere gli esiti di un caso, qualora le prove e i referti dell'autopsia fossero stati contestati dal tribunale.

Susan rientrò spingendo la barella, e ci mettemmo subito al lavoro. Il puzzo della carne in decomposizione era nauseante. Presi guanti e grembiule da un ripiano, poi inserii vari moduli sotto la clip di un supporto rigido. Susan mi parve tesa e silenziosa. Quando sollevò un braccio verso il pannello della bilancia computerizzata, notai che le tremavano le mani. Forse erano semplici giramenti di testa legati alla gravidanza.

«Tutto a posto?» le chiesi.

«Solo un po' di stanchezza.»

«Sicura?»

«Certo. Pesa esattamente ottantun chili e mezzo.»

Infilai il camice, quindi passammo in radiologia, dove trasferimmo il corpo dalla barella al tavolo radiologico. Sollevai il lenzuolo e le infilai un cuneo sotto il collo, per impedire che la testa ciondolasse di lato. La pelle della gola era pulita, l'unico tratto risparmiato dal nero della fuliggine e dalle ustioni, in quanto il mento era sempre rimasto piegato contro il torace. Non notai né ferite evidenti né lividi o unghie rotte. Nessuna frattura al naso, niente tagli all'interno delle labbra, lingua intatta.

Susan eseguì alcune radiografie e le infilò nello sviluppatore, mentre io esaminavo la parte frontale del corpo con una lente d'ingrandimento. Raccolsi parecchie fibre appena visibili di colore biancastro, probabilmente lasciate dalle lenzuola o dalle coperte del letto, quindi ne trovai alcune molto simili a quelle rinvenute sotto le calze. Sotto la camicia da notte non indossava gioielli, ed era completamente nuda. Mi tornarono in mente il letto spiegazzato, i cuscini sollevati contro la spalliera e il bicchiere d'acqua sul comodino. La sera del decesso aveva messo i bigodini, si era spogliata e, probabilmente, aveva deciso di leggere un po' a letto.

Susan emerse dalla camera oscura e si appoggiò al muro, sostenendosi la zona delle reni con le mani.

«Chi è questa signora?» domandò. «Sposata?»

«A quanto ne so, viveva sola.»

«Lavorava?»

«Svolgeva un'attività in casa.» Qualcosa attirò la mia attenzione.

«Che tipo di attività?»

«Astrologa, o roba del genere.» La piuma era minuscola e coperta di fuliggine, e si era appiccicata alla camicia da notte di Jennifer Deighton nell'area dell'anca sinistra. Presi una bu-

sta di plastica, cercando di ricordare se da qualche parte in casa sua avevo notato altre piume. Forse veniva dai cuscini.
«Una che aveva a che fare coi misteri dell'occulto?»
«Alcuni vicini sembrano convinti che fosse una strega» dissi.
«E perché?»
«Nei pressi di casa sua c'è una chiesa. A quanto pare, le luci del campanile hanno cominciato ad accendersi e spegnersi proprio nel periodo in cui lei si è trasferita lì, alcuni mesi fa.»
«Stai scherzando.»
«Veramente l'ho visto anch'io, ieri sera, mentre me ne stavo andando. Il campanile era spento e poi, di colpo, si è illuminato.»
«Strano.»
«Sì, impressionante.»
«Ma forse c'è un dispositivo a tempo per le luci.»
«Non credo. Sarebbe molto dispendioso continuare ad accenderle e spegnerle tutta la notte. Ammesso che il fenomeno vada avanti davvero per così tante ore. Io l'ho visto una volta sola.»
Susan rimase zitta.
«Mi sembra più probabile che ci sia un cortocircuito nei fili.» Anzi, pensai, mentre continuavo a esaminare il cadavere, avrei chiamato la chiesa quanto prima: forse non si rendevano conto del problema.
«E avete trovato roba strana, in casa?»
«Cristalli. Qualche libro un po' insolito.»
Silenzio.
Poi Susan aggiunse: «Avrei preferito che mi avessi avvisata».
«Scusa?» Sollevai la testa a guardarla. Stava fissando il corpo, chiaramente a disagio, ed era pallida.
«Sei certa di sentirti bene?»
«Non mi piacciono queste storie.»
«Quali storie?»
«È come coi malati di Aids: dovresti dirmelo prima, soprattutto adesso.»
«Non credo abbia l'Aids o cose del...»
«Avresti dovuto avvisarmi. Prima che la toccassi.»
«Susan...»
«Io sono stata in classe con una ragazza che era una strega.»

Per un attimo accantonai il lavoro. Susan se ne stava rigidamente appoggiata al muro, le mani premute sul ventre.

«Si chiamava Doreen. Faceva parte di una congrega e l'ultimo anno ha lanciato una maledizione a Judy, mia sorella gemella... e Judy è morta due settimane prima di diplomarsi.»

Ero allibita.

«Lo sai che le storie dell'occulto mi terrorizzano! Come quella lingua di mucca con dentro gli aghi che alcuni agenti portarono qui un paio di mesi fa, quella incartata in un foglio dove c'era una lista di persone morte, trovata su una tomba.»

«Era solo uno scherzo macabro, Susan» le ricordai con calma. «Avevano comprato la lingua in una macelleria e i nomi non avevano alcun senso, erano semplicemente stati copiati dalle lapidi al cimitero.»

«Non dovresti giocare con le forze sataniche, neanche per scherzo.» Le tremava la voce. «Per me il male è una cosa seria quanto Dio.»

Susan era figlia di un pastore e aveva abbandonato la religione da molti anni. Non le avevo mai sentito fare allusioni a Satana o a Dio, se non in maniera del tutto profana. E soprattutto non sapevo fosse così fragile e superstiziosa. Stava per mettersi a piangere.

«Senti» dissi, «visto che oggi non ci sarà molto da fare, credo che mi saresti più utile se stessi di sopra a rispondere al telefono. Mi occuperò io del lavoro qui.»

Gli occhi le si colmarono di lacrime, e io mi avvicinai.

«Va tutto bene.» Le passai un braccio intorno alle spalle, guidandola fuori dalla sala. «Forza, dai» le sussurrai, mentre lei si abbandonava tra le mie braccia, in preda ai singhiozzi. «Vuoi che dica a Ben di riportarti a casa?»

Annuì. «Mi dispiace» balbettò. «Scusami tanto.»

«Hai solo bisogno di un po' di riposo.» La feci sedere su una sedia nell'ufficio dell'obitorio e presi il telefono.

Jennifer Deighton non aveva mai inalato né fuliggine, né monossido di carbonio, per la semplice ragione che al momento dell'ingresso nella macchina non respirava già più. Quello era un omicidio, senza ombra di dubbio, e per tutto il pomeriggio lasciai impazienti messaggi a Marino, sperando che mi richiamasse. Cercai anche ripetutamente di raggiungere Susan, ma il suo telefono continuò a squillare a vuoto.

«Sono preoccupata» confidai a Ben Stevens. «Susan non risponde. Quando l'hai accompagnata a casa, per caso ti ha detto se intendeva andare da qualche parte?»

«No, solo che si sarebbe messa a letto.»

Ben sedeva alla scrivania, esaminando risme di fogli freschi di stampante. Dalla radio appoggiata sulla libreria provenivano sommesse note di rock'n'roll, e lui sorseggiava acqua minerale al gusto di mandarino. Era un giovane brillante e di bell'aspetto, dall'aria quasi infantile. Lavorava sodo e frequentava locali per single, o così mi avevano detto. Ero praticamene certa che il suo attuale incarico di amministratore fosse solo una piattaforma di lancio verso lidi migliori.

«Magari ha staccato il telefono per non essere disturbata» disse, spostandosi verso la calcolatrice.

«Può darsi.»

Lo lasciai sprofondato nella lettura di un aggiornamento del nostro penoso budget.

Nel tardo pomeriggio, verso l'imbrunire, Stevens mi richiamò.

«Ha telefonato Susan. Dice che domani non viene. E ho in linea un certo John Deighton: sostiene di essere il fratello di Jennifer Deighton.»

Mi passò la chiamata.

«Buongiorno. Ho sentito che è stata lei a eseguire l'autopsia su mia sorella» bofonchiò una voce maschile. «Voglio dire, su Jennifer Deighton.»

«Il suo nome, prego?»

«John Deighton, di Columbia, South Carolina.»

Alzai gli occhi nell'attimo in cui Marino compariva sulla porta dell'ufficio, così gli feci segno di entrare e sedersi.

«Dicono che ha attaccato un tubo allo scappamento della macchina e si è suicidata.»

«Chi lo dice?» chiesi. «E le spiacerebbe parlare un po' più forte?»

Ebbe un'esitazione. «Il nome non lo ricordo, forse avrei dovuto scriverlo, ma ero troppo scioccato.»

In realtà non suonava affatto scioccato. Casomai, la voce mi arrivava talmente confusa che quasi non riuscivo a sentirlo.

«Spiacente, signor Deighton» dissi, «ma per qualunque informazione riguardo alla morte di sua sorella dovrà inoltrare domanda scritta. E, insieme alla richiesta, dovrà dimostrare di essere effettivamente un parente stretto.»

Non rispose.

«Pronto? Pronto?» ripetei.

Mi giunse solo il segnale di linea.

«Strano» commentai, rivolta a Marino. «Mai sentito di un tale John Deighton, sedicente fratello di Jennifer Deighton?»

«Era lui al telefono? Merda! Stiamo cercando di contattarlo.»

«Ha detto che qualcuno gli ha comunicato la morte della sorella.»

«Sai da dove chiamava?»

«Immagino da Columbia, South Carolina. Ma ha riappeso.»

Marino non sembrò particolarmente colpito. «Arrivo dall'ufficio di Vander» disse, alludendo a Neils Vander, capo analista del laboratorio rilevazione impronte. «Ha esaminato la macchina della Deighton, i libri che teneva sul comodino e una poesia infilata fra le pagine. In quanto al foglio bianco sul letto, non ci ha ancora messo le mani.»

«E ha scoperto qualcosa?»

«Ha trovato una serie di impronte. Se necessario le scandaglierà al computer. Probabilmente appartengono quasi tutte alla vittima. Ecco» aggiunse, appoggiando un piccolo sacchetto di carta sulla mia scrivania. «Buona lettura.»

«Immagino che vorrai i risultati delle analisi il più in fretta possibile» commentai in tono lugubre.

Il volto di Marino si rannuvolò. Prese a massaggiarsi le tempie.

«Jennifer Deighton non si è affatto suicidata» lo informai. «Il tasso di CO nel sangue era inferiore al sette per cento. Niente fuliggine nella trachea. Il rossore della pelle era dovuto a una prolungata esposizione al freddo, non ad avvelenamento da monossido di carbonio.»

«Oh, Cristo.»

Frugando tra le carte che avevo davanti, gli porsi un grafico del corpo, quindi aprii una busta ed estrassi alcune polaroid del collo di Jennifer Deighton.

«Come vedi» ripresi, «non ci sono ferite esterne.»

«E il sangue sul sedile?»

«Spurgo, una conseguenza della morte stessa. Era iniziato il processo di decomposizione. Non ho rilevato né abrasioni, né contusioni, né lividi lasciati da dita. Ma qui» gli mostrai una foto scattata nel corso dell'autopsia, «qui presentava bilateralmente un'emorragia irregolare nei muscoli sternocleidomastoidei. Aveva anche una frattura del corno destro dello ioide. La morte è stata causata da asfissia: una pressione sul collo...»

«Vuoi dire che l'hanno strangolata?» mi interruppe Marino.

Gli mostrai un'altra foto. «Guarda, queste sono petecchie facciali, o emorragie a capocchia di spillo, tutti reperti coerenti con l'ipotesi di strangolamento. Si tratta di omicidio, Marino, e proporrei di tenere lontani i giornalisti il più a lungo possibile.»

«Ci mancava solo questa» disse, guardandomi con occhi iniettati di sangue. «Ho già altri otto casi di omicidio insoluti che mi aspettano. Quelli di Henrico non hanno scoperto niente su Eddie Heath e il padre del ragazzo mi chiama praticamente tutti i giorni. Per non parlare della guerra della droga a Mosby Court. Bel Natale di merda. Ci mancava proprio solo questa.»

«Guarda che neanche Jennifer Deighton ne aveva bisogno, sai?»

«Okay, okay. Dimmi che altro hai trovato.»

«Pressione alta, come sosteneva la vicina, la signora Clary.»

«Uhm» commentò, distogliendo gli occhi. «E come hai fatto a scoprirlo?»

«Da un'ipertrofia del ventricolo sinistro, un ispessimento della parte sinistra del cuore.»

«Provocato dalla pressione alta?»

«Sì. Dovrei trovare anche alterazioni fibrinoidi nella rete mirabile del rene o un inizio di nefrosclerosi. Sospetto che il cervello denunci a sua volta modificazioni dovute all'ipertensione nelle arteriole cerebrali, ma non potrò pronunciarmi con sicurezza finché non avrò condotto un esame al microscopio.»

«Intendi dire che le cellule renali e cerebrali restano uccise da una pressione troppo alta?»

«In un certo senso, sì.»

«Altro?»

«Niente di importante.»

«Contenuti gastrici?» insisté Marino.

«Carne e qualche fibra vegetale, parzialmente digerite.»

«Alcol o droghe?»

«Niente alcol, e i test sulle droghe sono in corso.»

«Segni di stupro?»

«No, non ho rilevato né ferite né altri segni di aggressione sessuale. Ho fatto uno striscio alla ricerca di liquido seminale, ma per avere i risultati bisognerà aspettare. E, comunque, non si può mai essere del tutto certi.»

Non riuscivo a decifrare l'espressione di Marino.

«Cosa hai in testa?» gli chiesi alla fine.

«Vedi, sto pensando al modo in cui è stata inscenata tutta quanta la faccenda. Qualcuno si è preso un bel po' di disturbo per farci credere che si era suicidata, invece scopriamo che la signora è morta ancora prima di entrare in quella macchina. Mi viene il dubbio che l'assassino non intendesse finirla dentro casa. Magari voleva solo tramortirla, ma ha usato troppa forza e lei ci è rimasta secca. Probabilmente il nostro uomo non sapeva dei suoi problemi di salute, e così...»

Scossi la testa. «No, il problema dell'ipertensione non ha niente a che fare con la sua morte.»

«Allora spiegami cos'è successo.»

«Poniamo che l'assalitore sia destro: passa il braccio sinistro sotto la gola della vittima e usa la mano destra per torcerle il polso sinistro dietro la schiena.» Gli feci vedere come. «In questo modo esercita una pressione eccentrica sul collo, da cui la frattura del corno maggiore destro dell'osso ioideo. Per colpa della pressione, le vie respiratorie superiori collassano e le arterie carotidee si ritrovano schiacciate. Come minimo diventa anossica, le manca l'aria. A volte una forte pressione sul collo produce anche bradicardia, cioè una decelerazione del battito cardiaco, con conseguente aritmia.»

«Dai risultati dell'autopsia potresti affermare che l'aggressore voleva immobilizzarla con un braccio intorno al collo, e invece ha finito per ucciderla? In altre parole, che stava solo cercando di ridurla all'impotenza, ma ha usato troppa forza?»

«No. I reperti medici non dicono questo.»

«Però è un'ipotesi plausibile.»

«Sì, rientra fra le varie ipotesi possibili.»

«Oh, insomma, capo» sbottò Marino, esasperato. «Esci per un attimo dai panni della testimone, per favore. Forse che in quest'ufficio adesso c'è qualcun altro, oltre a te e a me?»

No, non c'era nessuno, ma avevo i nervi a pezzi. In tutta la giornata non avevo visto quasi nessuno del mio staff, e Susan aveva tenuto un comportamento quantomeno bizzarro. Jennifer Deighton, una perfetta estranea, aveva cercato di telefonarmi, poi era stata assassinata e un uomo che si proclamava suo fratello mi aveva appeso la cornetta in faccia. Per non parlare dell'umore nero di Marino. Quando intuivo di stare per perdere il controllo, reagivo sviluppando un atteggiamento iperclinico.

«Senti» dissi, «l'assassino può avere usato il braccio per sottometterla e alla fine averla soffocata per errore, usando troppa forza. Anzi, io stessa poco fa mi sono azzardata a dire che probabilmente pensava di averla solo tramortita, e che quando l'ha lasciata in macchina non si era ancora reso conto del fatto.»

«Quindi è pure un coglione.»

«Se fossi in te, aspetterei a dirlo. Certo è che se domattina si alza e vede scritto sul giornale che Jennifer Deighton è stata assassinata, gli piglia un colpo. Vorrà scoprire cos'è andato storto, e per questo mi sembra importante mantenere il silenzio stampa.»

«Quello non è un problema. A proposito, il fatto che tu non conoscessi Jennifer Deighton non significa automaticamente che lei non conoscesse te.»

Aspettai che si spiegasse meglio.

«Ho pensato molto alle telefonate a vuoto. La tua faccia appare in televisione, vai sui giornali, capo: magari lei era perseguitata da qualcuno e non sapeva a chi rivolgersi, così ha pensato a te. Ma ogni volta che rispondeva la tua segreteria, aveva paura a lasciarti un messaggio.»

«Ma che bel pensiero deprimente.»

«Il fatto è che in questo momento tutto il panorama è deprimente.» Si alzò dalla sedia.

«Fammi un favore» dissi. «Va' a casa sua e dimmi se trovi cuscini o giacche di piuma, al limite anche piumini per fare la polvere, qualunque cosa abbia a che fare con delle piume.»

«Come mai?»

«Ne ho trovata una, piccola, attaccata alla camicia da notte.»

«D'accordo, ti farò sapere. Torni a casa?»

Lanciai un'occhiata alle sue spalle, mentre le porte dell'ascensore si aprivano e richiudevano. «Era Stevens?» chiesi.

«Sì.»

«Ho ancora un paio di cose da sbrigare qui.»

Quando Marino si fu allontanato, andai a una finestra in fondo al corridoio che dava sul parcheggio posteriore. Volevo accertarmi che non ci fosse più la jeep di Ben Stevens, e infatti non c'era. Vidi Marino uscire e aprirsi un sentiero tra la neve poltigliosa, illuminata dai lampioni. Arrancò fino alla macchina e, prima di salire al volante, si fermò a scuotere energicamente le scarpe come un gatto appena riemerso da una pozzanghera. Avrei tanto desiderato che nulla turbasse la sua tranquillità interiore; mi chiesi se avesse progetti per il Natale, e con un certo disappunto mi resi conto che non avevo nemmeno pensato di invitarlo a pranzo. Era il suo primo Natale da solo, dopo il divorzio da Doris.

Ripercorrendo il corridoio a ritroso entrai in tutti gli uffici per controllare i terminali, ma sfortunatamente nessuno era collegato, e l'unico cavo etichettato con un numero era quello di Fielding: non rispondeva né alla sigla tty07 né alla sigla tty14. Frustrata, aprii la porta dell'ufficio di Margaret e accesi la luce.

Come sempre, la sua stanza sembrava essere appena stata spazzata da un uragano: fogli sparpagliati dappertutto sulla scrivania, libri mezzo rovesciati sugli scaffali e altri aperti sul pavimento, montagne di moduli continui simili a infinite fisarmoniche, appunti indecifrabili e numeri di telefono appesi alle pareti e ai video dei terminali. Il minicomputer ronzava come un insetto elettronico e una miriade di lucine danzava tra le file di modem disposti su un ripiano. Mi sedetti al posto di Margaret, davanti al terminale di sistema, e aprii un cassetto alla mia destra, passando velocemente in rassegna le targhette dei classificatori. Trovai alcuni dossier che promettevano bene, intitolati "utenti" o "collegamenti in rete" ma in nessuno di quelli che consultai c'era quello che volevo sapere. Guardandomi intorno pensierosa, notai un grosso fascio di cavi che correva lungo il muro alle spalle del computer, fino a sparire nel soffitto. Ogni cavo aveva un contrassegno.

Al computer erano collegati direttamente sia tty07, sia tty14. Staccai prima tty07, vagando poi di terminale in terminale per vedere quale si fosse spento. La periferica di Ben Stevens sembrava morta, ma non appena ricollegai il cavo si rianimò. Quindi mi misi in cerca di tty14, ma questa volta ebbi meno fortuna: i terminali sulle scrivanie dei miei collaboratori continuavano a funzionare indisturbati. Fu allora che mi venne in mente Susan: il suo ufficio si trovava da basso, in obitorio.

Due particolari mi colpirono: nella stanza non c'erano effetti personali, come fotografie o ninnoli vari, ma su un ripiano al di sopra della scrivania erano sistemati alcuni manuali UNIX, SQL e Word Perfect. Ricordavo vagamente che, in primavera, Susan aveva frequentato dei corsi di informatica. Premetti la levetta d'accensione del monitor, cercai di immettermi nel sistema e rimasi di stucco quando il terminale rispose. La periferica era ancora collegata, dunque non poteva trattarsi di tty14. In quel momento compresi una cosa talmente ovvia che, non fosse stato per la sua tragicità, sarei scoppiata a ridere.

Tornata di sopra mi fermai un attimo sulla porta del mio ufficio, osservandolo come se a lavorare lì dentro fosse un'emerita sconosciuta. Intorno al video, sulla scrivania, erano disseminati referti di laboratorio, fogli di segnalazione di chiamata, certificati di morte e le bozze di un libro di patologia legale che stavo rivedendo; il ripiano del mio microscopio non aveva certo un aspetto migliore. Contro una parete c'erano tre armadietti per archivi, e dalla parte opposta un divano intorno al quale si poteva comodamente girare per accedere alla libreria. Alle spalle della mia sedia troneggiava una credenza in quercia che anni prima avevo scovato nei magazzini delle eccedenze di stato. I cassetti erano tutti muniti di serratura con chiave, il che li rendeva preziosi nascondigli per il mio bloc-notes e i casi particolarmente delicati cui stavo lavorando. La chiave era nascosta sotto il telefono. Ripensai al giovedì precedente, quando Susan aveva rotto le bottiglie di formalina mentre eseguivo l'autopsia sul corpo di Eddie Heath.

Non conoscevo il numero di dispositivo del mio terminale perché non mi era mai servito; ora sedetti alla scrivania ed, estratta la tastiera, cercai di inserirmi nella rete. Naturalmente le mie operazioni furono ignorate: scollegando tty14 avevo scollegato la mia unità periferica.

«Maledizione!» Sentii il sangue gelarsi nelle vene. «Maledizione!»

Non avevo mai inviato messaggi al terminale dell'amministratore, e non ero stata io a digitare "Non riesco a trovarlo". Anzi, nel momento in cui il file era stato creato io mi trovavo in obitorio. Susan, invece, no. Ero stata io stessa a darle le chiavi del mio ufficio e a dirle di andare a buttarsi sul divano per riprendersi dalle esalazioni di formalina. Possibile che non solo fosse entrata nella mia directory, ma che avesse anche curiosato fra i dossier e la documentazione sparpagliata sulla scrivania? Possibile che proprio lei avesse voluto contattare Ben Stevens per dirgli che non trovava qualcosa a cui evidentemente erano entrambi interessati?

All'improvviso, sulla porta comparve uno degli analisti del piano di sopra. Ebbi un sussulto.

«Ehilà» mormorò, sfogliando alcune pagine, il camice di laboratorio abbottonato fino al collo. Tirò fuori alcuni fogli e me li consegnò.

«Ero già pronto a depositartelo nella cassetta qui fuori» disse, «ma visto che ci sei ancora, te lo do di persona. Ho finito di esaminare i residui collosi prelevati dai polsi di Eddie Heath.»

«Materiali da costruzione?» chiesi, dopo aver leggiucchiato la prima pagina del rapporto.

«Esatto. Vernice, malta, legno, cemento, amianto e vetro. I classici reperti nel furto con scasso, spesso rinvenuti sugli indumenti dell'indiziato, nei risvolti dei polsini, nelle tasche, nelle scarpe e via dicendo.»

«E sugli abiti di Eddie Heath?»

«Anche su quelli abbiamo trovato detriti analoghi.»
«Ma le vernici? Da dove vengono?»
«Ce ne sono di almeno cinque tipi diversi: tre sono reperti stratificati, vale a dire provenienti da oggetti ridipinti più volte.»
«E le probabili fonti sono edifici o veicoli?» chiesi.
«Un solo veicolo, una vernice acrilica comunemente usata come rivestimento per le vetture della General Motors.»
Forse apparteneva alla vettura usata per adescare Eddie, pensai. Chissà quale.
«Colore?»
«Azzurro.»
«Stratificato?»
«No.»
«E i detriti relativi al marciapiede su cui è stato rinvenuto il corpo? Avevo chiesto a Marino di farvi avere il materiale raccolto, spero che l'abbia fatto.»
«Sabbia, polvere, briciole di materiale da pavimentazione, e l'assortimento di reperti che puoi ragionevolmente aspettarti di trovare intorno a un cassonetto delle immondizie: vetro, carta, cenere, polline, ruggine, fibre vegetali...»
«Ma non sono le cose che hai trovato appiccicate ai polsi del ragazzo.»
«Esatto. Secondo me, l'adesivo è stato applicato e rimosso in una zona ricca di detriti edilizi e di uccelli.»
«Uccelli?»
«C'è sulla terza pagina del rapporto» disse. «Ho trovato parecchi frammenti di piume.»

Quando arrivai a casa, Lucy sembrava ansiosa e suscettibile. Dal modo in cui mi aveva rivoluzionato lo studio, capii che durante il giorno non aveva trovato granché da fare. La stampante laser era stata spostata, così come il modem e tutti i miei manuali per il computer.
«Perché?» le chiesi semplicemente.
Sedeva al mio posto, dandomi la schiena, e mi rispose senza girarsi né rallentare la corsa delle dita sulla tastiera. «Questa disposizione è più razionale.»
«Ma, Lucy, non puoi entrare nell'ufficio di una persona e ri-

baltarle la vita in questo modo. Come ti sentiresti se io venissi a fare lo stesso in camera tua?»

«In camera mia non ci sarebbe niente da spostare: è già tutto sistemato nel modo migliore.» Smise di scrivere e si voltò sulla poltrona girevole. «Vedi? Adesso arrivi alla stampante senza nemmeno doverti alzare. I libri sono qui a portata di mano, e il modem è al sicuro. Non dovresti appoggiarci sopra libri, tazze da caffè e roba del genere, zia.»

«Sei rimasta qui tutto il giorno?»

«E dove, se no? La macchina l'avevi presa tu. Sono andata a fare una corsetta per il quartiere, ma non so se hai mai provato a fare jogging sulla neve.»

Avvicinai una sedia e aprii la mia borsa portadocumenti, estraendo il sacchetto di carta che mi aveva dato Marino. «Insomma, in altre parole ti serve una macchina.»

«Mi sento bloccata.»

«E dove vorresti andare?»

«Al tuo club. Non conosco altro posto. E poi mi piace. Cosa c'è nel sacchetto?»

«Dei libri e una poesia che mi ha dato Marino.»

«E da quando è entrato nel mondo dei letterati?» Si alzò, stirandosi. «Vado a metter su una tisana. Ne vuoi un po'?»

«Preferirei un caffè.»

«Quello non ti fa bene, sai?» disse uscendo dalla stanza.

«Al diavolo» borbottai infastidita, mentre tiravo fuori i libri e mi riempivo mani e vestiti di polverina rossa fluorescente.

Neils Vander aveva eseguito le solite accuratissime analisi dei reperti, e io mi ero scordata della sua folle passione per l'ultimo ritrovato tecnologico. Qualche mese prima aveva acquistato una fonte di luce alternata, buttando il laser nel mucchio delle vecchie cianfrusaglie. Il Luma-Lite, con la sua "lampada ad arco ad alta intensità ai vapori di metallo azzurri: trecentocinquanta watt!" come egli stesso amava descriverla, provocava un'intensa colorazione arancione anche delle fibre e dei peli più invisibili. Al suo esame, impercettibili macchie di sperma e residui di droga infinitesimali saltavano all'occhio come raggi di sole e, cosa ancora più eccezionale, la luce era in grado di evidenziare impronte digitali mai rilevate da altri strumenti.

Vander non aveva lasciato inesplorato un solo centimetro dei libri di Jennifer Deighton. I due romanzi erano stati infilati nel contenitore di vetro ed esposti ai vapori del Super Glue, l'estere del cianoacrilato che reagisce alle particelle di sudore veicolate dalla pelle umana. Quindi aveva cosparso le copertine lucide della stessa polverina rossa fluorescente che ora si era riversata sui miei vestiti. Infine aveva sottoposto i due tomi al minuzioso esame azzurrino del Luma-Lite, colorando le pagine di viola con la ninidrina. Sperai che tanti sforzi venissero ricompensati; da parte mia mi alzai e andai in bagno a ripulirmi.

Paris Trout si rivelò una lettura ben poco interessante. Il romanzo narrava la storia dell'efferato omicidio di una ragazza di colore, e se tutto ciò avesse a che fare in qualche modo con Jennifer Deighton era un mistero. *Seth parla* era il lugubre resoconto di una serie di comunicazioni teoricamente intercorse fra l'autore e un'entità di un altro mondo. In realtà, viste le inclinazioni della signorina Deighton, letture del genere mi parvero del tutto normali. Ciò che più mi interessò fu la poesia.

Era battuta su un foglio di carta ancora violetto di ninidrina e chiuso in una busta di plastica:

Jenny

I tanti baci di Jenny
hanno scaldato il rame del penny
legato al suo collo
con un filo di cotone.
Fu in primavera
che egli lo trovò
sul vialetto polveroso
accanto al prato ombroso
e glielo donò.
Non furon pronunciate
parole di passione.
con quel dono
egli la amò.
Ora il campo è marrone
e invaso dai rovi.
Egli se n'è andato.

La moneta addormentata
giace fredda
sul fondo
d'un pozzo dei desideri
in mezzo ai boschi.

Mancavano sia la data sia il nome dell'autore, e il foglio era stato chiaramente piegato in quattro. Mi alzai e andai in sala, dove Lucy aveva già apparecchiato il tavolino con il caffè e la tisana, e si accingeva a ravvivare il fuoco.

«Non hai fame?» mi chiese.

«In effetti sì» risposi, continuando a rileggere la poesia e a chiedermi cosa potesse significare. "Jenny" era forse Jennifer Deighton? «Cosa ti piacerebbe mangiare?»

«Che tu ci creda o no, una bella bistecca. Ma solo se è veramente buona e la mucca non è stata gonfiata» disse Lucy. «Credi di poter prendere una macchina dell'ufficio, così per questa settimana la tua la lasci a me?»

«In genere non uso macchine dell'ufficio tranne quando sono in servizio.»

«Ieri sera sei andata sulla scena di un delitto anche se non eri di servizio, no? Ciò significa che non smonti mai veramente, zia Kay.»

«D'accordo» cedetti. «Allora facciamo così: stasera andiamo nella miglior steak house della città, e al ritorno passiamo dall'ufficio. Io prendo la station wagon, e tu guidi la mia. Però attenzione, perché in alcuni tratti il fondo è ancora ghiacciato: devi promettermi che sarai molto prudente.»

«Non ho mai visto il tuo ufficio.»

«Se ci tieni te lo mostro.»

«Ah, no. Non di notte, mi dispiace.»

«Guarda che i morti non fanno male a nessuno.»

«Invece sì» ribatté Lucy. «Papà mi fece malissimo, quando morì. Mi lasciò sola con la mamma.»

«Dai, mettiti il cappotto.»

«Perché ogni volta che sfioro l'argomento della nostra famigliola disfunzionale tu cambi discorso?»

Andai in camera a cambiarmi. «O preferisci la mia giacca nera di pelle?»

«Vedi? L'hai rifatto!» gridò.

Litigammo per tutta la strada fino alla Ruth's Chris Steak House, e quando parcheggiai avevo il mal di testa ed ero ormai disgustata da me stessa. Lucy mi aveva provocato fino a farmi alzare la voce e c'era solo un'altra persona al mondo capace di tanto: mia madre.

«Perché fai così la difficile?» le dissi all'orecchio, mentre ci facevano accomodare a un tavolo.

«Perché vorrei parlarti e tu non mi lasci» rispose.

In quel momento apparve il cameriere per le ordinazioni delle bevande.

«Un Dewar e soda.»

«Acqua gassata con una fetta di limone» disse Lucy. «Non dovresti bere quando guidi.»

«Oh, per uno... Comunque hai ragione, farei meglio a non bere del tutto. E tu sei di nuovo critica. Ma come puoi aspettarti di avere degli amici, se poi li tratti in questo modo?»

«Non mi aspetto affatto di avere degli amici.» Distolse lo sguardo. «Sono gli altri che si aspettano che io li abbia. Probabilmente non mi interessa perché la maggioranza delle persone mi annoia.»

Un senso di disperazione mi opprimeva il cuore. «Credo che tu abbia voglia di amici più di chiunque altro al mondo, Lucy.»

«Oh, so che lo pensi. E forse pensi anche che fra un paio d'anni dovrei sposarmi e mettere su casa.»

«Affatto. Anzi, spero proprio che non succeda.»

«Mentre giocavo con il tuo computer, oggi, ho visto un file chiamato "carne". Che roba è?»

«Sto lavorando a un caso molto difficile» risposi.

«È quel ragazzino, quell'Eddie Heath? Ho visto il suo nome nel file dei casi aperti. L'hanno trovato senza niente addosso, appoggiato a un bidone della spazzatura. Qualcuno gli ha tagliato via dei pezzi di pelle.»

«Non dovresti leggere i rapporti, Lucy» dissi, mentre il cercapersone si metteva a suonare. Lo sganciai dalla cintura della gonna e controllai il numero di provenienza della chiamata.

«Scusa un attimo» annunciai, alzandomi dal tavolo mentre ci portavano da bere.

Trovai un telefono. Erano quasi le otto di sera.

«Ho bisogno di parlarti» disse Neils Vander, che si trovava ancora in ufficio. «Fai un salto qui, per favore, e portati dietro le schede con le impronte digitali di Ronnie Waddell.»

«Perché?»

«Un problema senza precedenti. Sto per avvisare anche Marino.»

«Okay. Digli che ci vediamo in obitorio fra mezz'ora.»

Quando tornai al tavolo, a Lucy bastò guardarmi in faccia per capire che la serata era compromessa.

«Mi dispiace da morire» esordii.

«Allora, dove si va?»

«Al mio ufficio e al Seabord Building.» Tirai fuori il portafoglio.

«Cos'è il Seabord Building?»

«È il posto dove si sono recentemente trasferiti i laboratori di sierologia e di analisi del Dna e delle impronte. Abbiamo un appuntamento con Marino. Era un bel po' che non vi vedevate, eh?»

«Le nullità come lui non cambiano né migliorano col tempo.»

«Lucy, sei veramente poco carina. Marino non è "una nullità".»

«Be', lo era l'ultima volta che ci siamo incontrati.»

«Neanche tu sei stata molto gentile con lui, se non ricordo male.»

«Mica gli ho dato dello stronzo, mi pare.»

«No, ma gliene hai dette delle altre, e hai continuato a correggergli la grammatica.»

Mezz'ora più tardi lasciai Lucy nell'ufficio dell'obitorio, mentre io correvo di sopra. Aprii la credenza ed estrassi il dossier di Waddell. Ero appena risalita in ascensore, quando il citofono dell'area di carico si mise a suonare. Marino indossava dei jeans e un parka blu scuro, e la testa sempre più pelata era protetta da un berretto da baseball dei Richmond Braves.

«Non occorrono presentazioni, vero?» dissi. «Lucy è venuta a trovarmi per Natale e mi sta aiutando a risolvere un problema con il computer» spiegai, mentre uscivamo nel freddo della sera.

Il Seabord Building sorgeva sul lato opposto della strada rispetto al parcheggio posteriore dell'obitorio, diagonalmente alla stazione di Main Street dove, in attesa che terminasse la ristrutturazione della vecchia sede, erano stati spostati gli uffici amministrativi del Dipartimento socio-sanitario. L'orologio della torre della stazione galleggiava sopra le nostre teste come una luna piena, mentre sui tetti dei grattacieli lampeggiavano le luci di posizione destinate agli aerei che volavano a bassa quota. Da qualche parte, nel buio, un treno sferragliava sui binari facendo tremare e scricchiolare la terra come una nave sulla superficie del mare.

Marino camminava davanti a noi, la punta incandescente della sua sigaretta brillava nell'oscurità. La presenza di Lucy lo contrariava, e io sapevo che lei lo sentiva. Raggiunto il Seabord Building, dove al tempo della Guerra Civile venivano caricati i rifornimenti e le vettovaglie sui treni merci in partenza, suonai il campanello del portone. Vander apparve quasi immediatamente e ci fece entrare.

Non salutò Marino, né chiese a Lucy chi era. Se una persona di sua fiducia si fosse presentata accompagnata da una creatura dello spazio, Vander non avrebbe fatto domande né chiesto le presentazioni. Lo seguimmo su per le scale fino al secondo piano, dove corridoi e uffici erano stati ridipinti nei toni del grigio canna di fucile e riarredati con scrivanie dai bordi rossi, scaffalature e sedie color verde-blu scuro.

«Come mai sei ancora al lavoro?» chiesi, mentre varcavamo la soglia della stanza che ospitava il Sistema Automatizzato di Identificazione Impronte, o AFIS.

«Caso Deighton» rispose.

«E allora cosa te ne fai delle schede delle impronte di Waddell?» insistei, perplessa.

«Voglio solo accertarmi che la settimana scorsa tu abbia veramente eseguito l'autopsia sul cadavere di Ronnie Waddell» disse Vander in tono deciso.

«Che accidenti ti salta in testa?» Marino lo guardò esterrefatto.

«Adesso ve lo mostrerò.» Vander sedette al terminale remoto, che aveva l'aspetto di un semplice PC. Era collegato via modem con il computer della polizia di stato, dove era installato un data base di oltre sei milioni di impronte digitali. Batté alcuni comandi, attivando la stampante laser.

«I segni perfetti sono pochissimi, ma qui ne abbiamo uno chiaro.» Vander cominciò a scrivere, mentre un'impronta luminosa bianca riempiva lo schermo. «Dito indice destro, normale bidelta concentrica.» Indicò la spirale di linee che vorticava sul video. «Un'ottima parziale rilevata nell'abitazione della Deighton.»

«Dove, esattamente?» volli sapere.

«Su una sedia del tinello. All'inizio mi sono chiesto se non ci fosse un errore, ma non credo proprio.» Vander continuò a fissare lo schermo, quindi riprese a parlare e a digitare contemporaneamente. «Questa impronta è di Ronnie Waddell.»

«Impossibile» ribattei, scioccata.

«Sì, verrebbe da pensarlo» rispose distrattamente Vander.

«In casa della Deighton avevi trovato nulla che facesse pensare a un'amicizia, o a una semplice conoscenza fra lei e Waddell?» chiesi a Marino, aprendo il dossier.

«No.»

«Se hai le impronte di Waddell prese in obitorio» intervenne Vander, «possiamo confrontarle con quelle dell'AFIS.»

Estrassi due buste di carta gialla, e immediatamente ebbi la strana sensazione che fossero entrambe troppo piene e troppo pesanti. Mentre sentivo il rossore invadermi il viso, le aprii, trovandovi solo un mucchio di fotografie. Nient'altro. Nessun'altra busta contenente le schede digitali di Waddell. Quando sollevai lo sguardo, mi stavano fissando tutti.

«Non capisco» balbettai, consapevole dell'imbarazzo di Lucy.

«Non hai le impronte?» esclamò Marino, incredulo.

Passai nuovamente in rassegna il dossier. «Niente. Non ci sono.»

«Di solito è Susan a occuparsene, vero?» insisté.

«Sì. Sempre. Avrebbe dovuto farne due copie: una per quelli del Dipartimento carcerario, e una per noi. Forse le ha consegnate a Fielding, e Fielding si è dimenticato di passarle a me.»

Tirai fuori la mia agendina e presi il telefono. Fielding era a casa, e delle schede con le impronte digitali di Waddell non sapeva nulla.

«No, non ho notato se gliele prendeva, ma se è per quello non noto un sacco di cose» disse. «Semplicemente ho pensato che le avesse date a te.»

Mentre componevo il numero di Susan, cercai di ricordare se l'avevo vista tirare fuori il tampone e le schede vergini, o passare le dita di Waddell sul cuscinetto a inchiostro.

«Tu ricordi di averla vista mentre gliele rilevava?» chiesi a Marino. Il telefono continuava a squillare.

«No, finché sono rimasto lì io, di sicuro non l'ha fatto. Anzi, se così fosse stato, l'avrei anche aiutata.»

«Non risponde.» Riappesi.

«Waddell è stato cremato, vero?» si intromise Vander.

«Esatto.»

Restammo in silenzio per un attimo.

Poi, in tono inutilmente burbero, Marino disse a Lucy: «Ti spiace? Abbiamo bisogno di parlare un attimo da soli».

«Può sedersi nel mio ufficio, signorina» le offrì Vander. «In fondo al corridoio, ultima porta a destra.»

Quando se ne fu andata, Marino riprese: «Waddell è rimasto dentro per dieci anni, almeno in teoria, ed è assolutamente impossibile che l'impronta rilevata in casa di Jennifer Deighton risalga a tanto tempo fa. Si era trasferita nel Southside solo da pochi mesi, e l'arredamento del tinello sembra nuovo di zecca. Inoltre, sulla moquette della sala c'erano strani segni che fanno pensare a una sedia portata dall'altra stanza, magari proprio la notte dell'omicidio. Ecco perché ho voluto che si partisse da lì con la ricerca delle impronte».

«Per quanto remota sia la possibilità» disse Vander, «attualmente non possiamo dimostrare che l'uomo giustiziato la settimana scorsa fosse proprio Ronnie Joe Waddell.»

«Ascoltate, forse il fatto che un'impronta di Waddell sia finita su una sedia di Jennifer Deighton si può spiegare in altro modo» intervenni. «Il penitenziario ha una falegnameria interna che produce mobili.»

«Bah, sarebbe pazzesco» commentò Marino. «Tanto per cominciare, nel braccio della morte non fanno lavori del genere. E poi, anche se fosse, dimmi quanta gente si compra mobili fatti in prigione.»

«Comunque» riprese Vander, «sarebbe interessante risalire al fornitore da cui è stato acquistato l'arredo per il tinello.»

«Non ti preoccupare, è la prima cosa che controllerò.»

«La documentazione completa inerente a Waddell, impronte digitali comprese, dovrebbe trovarsi all'Fbi» aggiunse Vander. «Mi procurerò una fotocopia delle schede e andrò a ripescare la foto dell'impronta del pollice relativa al caso Robyn Naismith. Waddell era già stato arrestato prima?»

«Mai» rispose Marino. «L'unica giurisdizione in possesso di documenti dovrebbe essere quella di Richmond.»

«E l'impronta rilevata sulla sedia del tinello è l'unica che abbiate identificato?» chiesi a Vander.

«Be', ovviamente molte appartenevano a Jennifer Deighton. Soprattutto quelle trovate sui libri vicino al letto e sul foglio ripiegato, quello con la poesia. Poi ci sono un paio di parziali ambigue, rilevate sulla macchina, ma potrebbe trattarsi di un garzone del droghiere che l'ha aiutata a caricare la spesa, o di un benzinaio che le ha fatto il pieno. Per ora è tutto.»

«Niente di nuovo a proposito di Eddie Heath?»

«Purtroppo non c'era granché da analizzare: il sacchetto di plastica, il barattolo di minestra, la barretta di Snickers. Ho passato le scarpe e i vestiti al Luma-Lite, ma niente da fare.»

Più tardi, dirigendoci verso l'uscita, passammo accanto alle celle frigorifere in cui era conservato il sangue di così tanti criminali da popolare una piccola città, tutti campioni che aspettavano di essere inseriti nella banca dati dello stato sul Dna. Parcheggiata di fronte al portone della zona di carico c'era la macchina di Jennifer Deighton: a guardarla adesso mi sembrava ancora più patetica della prima volta, come se dalla morte della proprietaria avesse subito un drammatico declino. Le rifiniture metalliche laterali recavano i segni di innumerevoli colpi di portiera inferti da altre auto, il vinile del tettuccio si stava staccando e la carrozzeria era ammaccata e arrugginita in vari punti. Lucy si fermò a sbirciare attraverso uno dei fuligginosi finestrini.

«Ehi, non toccare niente» le intimò Marino.

Lei lo squadrò con occhi gelidi da capo a piedi, poi tutti e quattro uscimmo.

Lucy prese la mia macchina e puntò direttamente verso casa, senza aspettare Marino e me. Quando arrivammo, era già seduta nel mio studio con la porta chiusa.

«Vedo che è sempre Miss Arrendevolezza» commentò Marino.

«Guarda che neanche tu sei stato meglio, stasera.» Tolsi il paravento e aggiunsi alcuni ceppi nel caminetto.

«Terrà la bocca chiusa sui nostri discorsi?»

«Certo» risposi stancamente. «Ti pare che ci sia bisogno di dirlo?»

«Be', sai com'è, non che non mi fidi, visto che sei sua zia. Però non so se è stata un'idea brillante farle sentire certe cose, capo.»

«Ho fiducia in lei. È una persona molto importante, per me. E anche tu sei importante, quindi spero che diventiate amici. Senti, il bar è a tua disposizione, oppure posso prepararti un caffè.»

«Vada per il caffè.»

Sedette sul bordo del camino ed estrasse il suo coltello dell'esercito svizzero. Mentre mettevo su l'acqua si tagliò le unghie, gettando i pezzetti nel fuoco. Richiamai Susan, ma senza risultato.

«Non credo che gli abbia preso le impronte» disse Marino, quando ebbi appoggiato il vassoio sul tavolinetto. «Ci pensavo mentre eri in cucina. Di sicuro non l'ha fatto mentre c'ero anch'io, e sono rimasto lì quasi tutto il tempo. Quindi, o ci ha pensato appena il cadavere è arrivato, oppure niente da fare.»

«No, non le ha prese neanche all'arrivo del cadavere» confermai, sempre più infastidita. «Quelli del penitenziario se ne sono andati dopo qualche minuto, eravamo tutti piuttosto tesi. E poi era tardi, eravamo anche stanchi. Susan se n'è dimenticata, e io avevo troppe cose da fare per accorgermene.»

«In realtà tu speri che se ne sia dimenticata.»

Presi la mia tazza di caffè.

«Stando a quello che dici è evidente che le sta succedendo qualcosa. Se fossi in te non mi fiderei troppo di lei» disse Marino.

Infatti non mi fidavo più.

«Dobbiamo parlarne con Benton» propose.

«Tu l'hai visto, sdraiato sul tavolo operatorio, Marino. E l'hai visto mentre lo giustiziavano. Non posso credere che non fosse lui.»

«Però non possiamo nemmeno affermare il contrario. Potremmo confrontare le foto segnaletiche e quelle che hai scattato tu all'obitorio, e ancora non saremmo in grado di dire nulla. Io non lo vedevo dal giorno dell'arresto, dieci anni fa. Il tizio che hanno accompagnato alla sedia pesava almeno trenta chili di più. Gli avevano rasato barba, baffi e cranio. Certo, la somiglianza era tale da non sollevare dubbi immediati, ma non potrei giurare che fosse proprio lui.»

Mi tornò in mente l'arrivo di Lucy, un paio di sere prima: Lucy era mia nipote, non la vedevo da un anno soltanto, eppure avevo stentato a riconoscerla. Ero fin troppo consapevole della scarsa affidabilità delle identificazioni a vista.

«Mettiamo che ci sia stato uno scambio di prigionieri» dissi. «E che adesso Waddell sia libero e al suo posto sia morto qualcun altro. Devi spiegarmi a che pro.»

Marino aggiunse altro zucchero al caffè.

«Un movente, per Dio. Voglio un movente, Marino. Quale potrebbe essere?»

Sollevò lo sguardo. «Non lo so.»

In quell'istante, la porta del mio studio si aprì ed entrambi ci voltammo a guardare Lucy che usciva. Ci raggiunse in sala e sedette sul lato opposto del bordo del camino. Marino aveva le spalle rivolte verso il fuoco, i gomiti piantati sulle ginocchia.

«Che mi dici dell'AFIS?» chiese Lucy, come se Marino non fosse nemmeno nella stanza.

«Cosa vorresti sapere?» risposi.

«Che linguaggio usa. E se gira su un mainframe.»

«Non conosco i dettagli tecnici. Perché?»

«Potrei scoprire se i file sono stati alterati.»

Sentii lo sguardo di Marino posarsi su di me.

«Non puoi fare irruzione nel computer della polizia di stato, Lucy.»

«Forse no, ma non è nemmeno detto che si debba arrivare a questo. Probabilmente esistono altri modi per ottenere l'accesso.»

Marino si girò verso di lei. «Vuoi dire che saresti in grado di verificare se il file di Waddell nell'AFIS è stato modificato?»
«Sì. Sto dicendo che potrei verificare se la documentazione è stata modificata.»
La mascella di Marino si contrasse. «Io credo che se qualcuno è stato così abile da farlo, di sicuro lo era anche abbastanza per far sì che una qualunque fanatica di computer non se ne accorgesse.»
«Io non sono una fanatica di computer qualunque. Non sono una fanatica e basta.»
Un profondo silenzio calò fra le due estremità del bordo del camino.
«Non puoi entrare nell'AFIS» dissi infine a Lucy.
Mi guardò impassibile.
«Non da sola» aggiunsi. «E non se non esiste un modo sicuro per accedervi. E, anche se ci fosse, credo che faresti meglio a starne fuori.»
«Non credo che tu lo voglia veramente. Tu sai che io potrei scoprire con sicurezza se qualcuno ha manomesso dei file, zia Kay.»
«La bambina ha dei deliri di onnipotenza» sentenziò Marino, alzandosi.
«Riusciresti a centrare le dodici su quell'orologio?» replicò Lucy. «Adesso, al primo colpo, se sfoderassi la pistola e prendessi la mira?»
«Non ho nessuna intenzione di distruggere la casa di tua zia solo per dimostrarti qualcosa.»
«Allora, saresti capace sì o no? Sparando da dove sei adesso.»
«Sì, sarei capace, sì.»
«Sicuro?»
«Sicuro.»
«Il tenente Marino ha dei deliri di onnipotenza» mi comunicò Lucy a quel punto.
Marino si girò verso il fuoco, senza riuscire a celare del tutto un sorriso.
«Vander ha solo un'unità di lavoro e una stampante» riprese Lucy. «Ed è collegato al computer della polizia via modem. È sempre stato così?»

«No» risposi. «Prima di trasferirsi nei nuovi uffici, l'equipaggiamento in dotazione era molto più vasto.»

«Descrivimelo.»

«Be', c'erano varie componenti, ma il computer in sé e per sé era molto simile a quello che Margaret ha in ufficio.» Poi, ricordando che Lucy non era entrata in quella stanza, specificai: «Un mini».

La luce del fuoco proiettava ombre danzanti sul suo bel faccino. «Scommetto che l'AFIS è un mainframe senza esserlo veramente. Secondo me è fatto di una serie di mini collegati fra loro e connessi da UNIX, o da qualche altro ambiente di lavoro multiuser e multitask. Se mi dai accesso al sistema, probabilmente posso farcela anche da qui, zia, dal terminale nel tuo studio.»

«Non voglio assolutamente che qualcuno possa risalire fino a me» risposi, accalorata.

«Ma non ci sarebbe proprio nulla da cui risalire. Mi collegherei con il tuo elaboratore centrale e passerei attraverso una serie di gateway, un processo piuttosto complicato. Alla fine sarebbe molto dura riuscire a ricostruire il percorso inverso.»

Marino andò in bagno.

«Si comporta come se fosse casa sua» osservò Lucy.

«Non esattamente» ribattei.

Alcuni minuti più tardi, accompagnai fuori Marino. La crosta gelata di neve che ricopriva il prato sembrava splendere di luce propria e l'aria fredda mi colpì i polmoni come la prima boccata di una sigaretta al mentolo.

«Sarei felice se ti unissi a noi per il pranzo di Natale» gli dissi dalla porta.

Esitò, guardando la macchina parcheggiata sulla strada. «È veramente gentile da parte tua, capo, ma non posso.»

«Vorrei che non ti fosse così antipatica» aggiunsi, ferita.

«Sono stufo di sentirmi trattare come uno zoticone.»

«A volte ti comporti come tale, Marino. E non è che tu abbia fatto molto per guadagnarti la sua stima.»

«È una saputella viziata, ecco cos'è.»

«Sì, quando aveva dieci anni era una saputella, ma viziata non lo è mai stata. Anzi, forse il contrario. Vorrei che vi deste una calmata, tutti e due. E vi vorrei con me come regalo di Natale. Insieme.»

«Chi ha mai detto che ti avrei fatto un regalo di Natale?»

«Ma era sottinteso. Anzi, guarda, mi farai quello che ti ho appena chiesto. E so anche come far sì che succeda.»

«Come?» chiese lui, sospettoso.

«Lucy vuole imparare a sparare, e tu le hai appena dichiarato che saresti stato capace di centrare le dodici sul mio orologio. Dunque potresti darle un paio di lezioncine, no?»

«Scordatelo» bofonchiò.

6

I tre giorni successivi trascorsero come tipiche giornate di vacanza. Erano tutti via, e il telefono rimase silenzioso. I posteggi erano insolitamente liberi, le ore di pausa per il pranzo insolitamente lunghe e le commissioni per l'ufficio si dilatavano fino a inglobare tappe clandestine alla posta, in banca e in negozi vari. Dal punto di vista strettamente pratico, lo stato aveva chiuso bottega prima dell'inizio ufficiale delle vacanze. Ma Neils Vander era un originale, e quando mi chiamò, il mattino della Vigilia, lo fece da persona totalmente estranea a ogni concetto spazio-temporale.

«Sto per elaborare una serie di immagini a raffinamento progressivo che potrebbero interessarti» annunciò. «Mi riferisco al caso Deighton.»

«Ti raggiungo subito.»

In corridoio per poco non finii addosso a Ben Stevens che usciva dal bagno degli uomini.

«Devo fare un salto da Vander» dissi. «Non starò via molto.»

«Stavo giusto venendo da te» rispose.

Riluttante, mi fermai, chiedendomi se intuiva quanto sforzo mi costasse ostentare quella finta calma in sua presenza. Lucy continuava a tenere d'occhio il nostro computer attraverso il terminale di casa, ma per il momento nessuno aveva più cercato di entrare nella mia directory.

«Stamattina ho parlato con Susan» disse.

«Come sta?»

«Non tornerà al lavoro.»

La cosa non mi sorprese, ma mi dispiacque molto che non

avesse avuto il coraggio di dirmelo di persona. Avevo cercato non so quante volte di parlare con lei, ma o non rispondeva nessuno oppure rispondeva il marito e, per una ragione o per l'altra, Susan era sempre impossibilitata a venire all'apparecchio.

«Tutto qui?» commentai. «Non tornerà e basta? E ha fornito una spiegazione?»

«Credo che il decorso della gravidanza si sia rivelato più difficile del previsto. Immagino che in questo momento il lavoro sia troppo gravoso per lei.»

«Dovrà scrivere una lettera di dimissioni» sentenziai, incapace di dissimulare la rabbia dalla voce. «Provvedi tu ai dettagli con quelli dell'Ufficio Personale. Dovremo cercare immediatamente un sostituto.»

«In questo momento le assunzioni sono bloccate» mi ricordò Stevens, mentre mi allontanavo.

Fuori, la neve ammassata lungo i bordi delle strade si era congelata in luridi blocchi di ghiaccio su cui era impossibile parcheggiare o camminare, e il sole cercava di farsi largo tra la spessa coltre di nuvole. Passò un tram con a bordo un'orchestrina di ottoni, e mentre salivo i gradini cosparsi di sale fui investita dalle note di *Joy to the World*. Un funzionario della polizia forense mi aprì la porta del Seabord Building. Di sopra, in una sala piena di monitor a colori e di luci ultraviolette, trovai Vander seduto alla postazione immagini ad alta definizione, che fissava intensamente qualcosa su un video, continuando a muovere il mouse.

«Non è intonso» disse al posto dei saluti. «Qualcuno ha scritto qualcosa su un foglio appoggiato direttamente o indirettamente sopra questo. Se guardi bene, vedrai che sono rimasti dei solchi quasi impercettibili.»

Soltanto allora cominciai a capire quello che stava dicendo. Sul tavolo luminoso alla sua sinistra c'era un foglio di carta bianca. Mi avvicinai per guardare meglio. I solchi di cui parlava erano così indistinti, che forse me li stavo solo immaginando.

«È il foglio che è stato trovato sul letto di Jennifer Deighton, fermato da una piramide di cristallo?» chiesi, in preda a una crescente eccitazione.

Annuì, spostando appena il mouse e regolando i toni del grigio.

«Siamo in diretta?»

«No. Le immagini sono state catturate dall'obiettivo della videocamera e salvate su disco rigido. Però non toccare il foglio, non ho ancora esaminato eventuali impronte. Sono solo all'inizio, dobbiamo incrociare le dita e sperare. Dai, forza bello.» Adesso parlava al video. «Lo so che l'obiettivo ci vede bene, ma adesso sei tu che devi aiutare noi a farlo.»

I metodi computerizzati di analisi ed elaborazione delle immagini si basano sull'esaltazione dei contrasti e su una serie di altri procedimenti misteriosi. L'obiettivo fotografico è in grado di percepire e distinguere più di duecento sfumature di grigio, mentre l'occhio umano ne coglie meno di quaranta. In poche parole, il semplice fatto che qualcosa non si veda, non significa che non esiste.

«Grazie a Dio, almeno con la carta non ci sono problemi di rumori di fondo» disse Vander, senza smettere di lavorare. «Sai quanto tempo si guadagna, in questo modo? L'altro giorno stavo analizzando un'impronta insanguinata lasciata su un lenzuolo. Be', fino a ieri ci si arenava per via della trama del tessuto, e impronte di questo genere erano assolutamente inutilizzabili. Oh, bene.» Un'altra sfumatura di grigio invase l'area presa in esame. «Adesso sì che comincia a venir fuori qualcosa. Le vedi?» Indicò alcune forme allungate, vagamente spettrali, sulla parte superiore dello schermo.

«A malapena.»

«Stiamo cercando di intensificare l'ombra dei solchi, perché in realtà su questa superficie non è stato scritto né cancellato nulla. L'ombra che vedi è il risultato della luce che colpisce il foglio e i solchi da un'angolazione obliqua: l'obiettivo della videocamera percepisce questa differenza di luminosità in maniera forte e chiara, mentre né io né te potremmo notarla a occhio nudo. Cerchiamo di intensificare ancora le verticali.» Toccò il mouse. «Scuriamo un filo le orizzontali... ecco. Uhm, bene! Guarda guarda. Due zero due trattino: sembrerebbe parte di un numero telefonico.»

Presi una sedia e mi misi al suo fianco. «È il prefisso del Distretto di Columbia» dissi.

«Intravedo anche un quattro e un tre. O è un otto?»

Strabuzzai gli occhi. «Un tre, mi pare.»

«Uhm, aspetta... Sì, hai ragione. È proprio un tre.»

Continuò a definire e regolare, mentre sul video apparivano altri numeri e addirittura parole. Quindi sospirò e disse: «Accidenti, non riesco a far saltare fuori l'ultima cifra. Niente, non c'è verso. Però guarda qui, prima del codice: un "Per" seguito da due punti. E immediatamente sotto c'è "da", seguito da altri due punti e da un altro numero. Otto-zero-quattro. Questo numero è locale, ma non si legge bene. Un cinque, forse un sette e... cos'è, un nove?»

«Credo che fosse il telefono della Deighton» dissi. «Anche il fax era collegato alla stessa linea. Lo teneva in ufficio, uno di quelli dove inserisci un foglio alla volta e puoi usare la normale carta per macchina da scrivere. Evidentemente stava compilando un fax, e si è appoggiata qui sopra. Cosa sarà stato? Un foglio a parte? Non vedo altri messaggi, qui.»

«Aspetta, non abbiamo ancora finito. Ora viene la data. Undici? No, il secondo è un sette. Diciassette dicembre. E adesso, scendiamo.»

Spostò il mouse e le frecce si abbassarono, scivolando sul video. Premette un tasto e ingrandì l'area su cui intendeva lavorare, quindi iniziò a colorarla con varie tonalità di grigio. Rimasi seduta in silenzio, mentre delle forme indistinte cominciavano ad affiorare da quello che all'inizio era stato il nulla assoluto: una curva qui, dei puntini là, alcune "t". Vander procedeva con la massima concentrazione. Quasi non respiravamo né battevamo ciglio. Restammo seduti così per un'ora, mentre il lavoro prendeva sempre più corpo, una sfumatura di grigio dopo l'altra, contrasto dopo contrasto, bit dopo bit. Poco per volta, riportò in vita ciò che era parso non voler esistere. Era incredibile, ma vero.

La settimana precedente, due giorni prima di venire uccisa, Jennifer Deighton aveva spedito via fax il seguente messaggio a un numero di Washington, D.C.:

> D'accordo, collaborerò. Ma è troppo tardi, troppo troppo tardi. Meglio che tu venga qui. Che brutto pasticcio!

Quando finalmente distolsi lo sguardo dal video, mentre Vander inviava il comando di stampa, mi sentivo completamente stordita: ero in preda all'eccitazione, e avevo la vista confusa.

«Bisogna che anche Marino lo veda subito. Spero che riusciremo a individuare il numero di fax di Washington: ci manca solo l'ultima cifra. Quanti fax potrebbero esserci a Washington con questo numero tranne l'ultima cifra?»

«Avendo a disposizione da zero a nove» rispose Vander, alzando la voce al di sopra del frastuono della stampante, «al massimo sono dieci. Dieci numeri, con o senza fax, uguali a questo tranne per l'ultima cifra.»

Mi porse uno stampato. «Voglio ripulirlo ancora, più tardi te ne farò avere una copia migliore. Ah, un'altra cosa: purtroppo non riesco a mettere le mani sull'impronta di Waddell, quella del pollice, hai presente, la foto scattata a casa di Robyn Naismith. Ogni volta che telefono in archivio, mi rispondono che stanno ancora cercando il suo dossier.»

«Be', sai, in questo periodo, con le vacanze... Scommetto che il personale è decimato» risposi, incapace di liberarmi di un brutto presentimento.

Tornata in ufficio, rintracciai Marino e lo misi al corrente delle ultime novità.

«Maledizione, possiamo scordarci la società dei telefoni» disse. «Il mio contatto è già partito per le ferie, e nessuno si rimbocca le maniche il giorno della Vigilia.»

«Sì, ma forse possiamo farcela da soli a scoprire chi era il destinatario del fax» risposi.

«Non vedo come, a parte spedire un bel foglio con sopra scritto "Chi sei?" e aspettare che qualcuno ci risponda: "Ehilà, sono l'assassino di Jennifer Deighton".»

«Dipende. Magari la persona in questione ha un codice interno già programmato» dissi.

«Un codice?»

«Sì. I fax moderni permettono di programmare il nome o la ragione sociale dell'utente all'interno del sistema. È una sorta di intestazione che viene automaticamente stampata su tutto quello che viene spedito. Ma la cosa più importante è che il codice di chi riceve il fax compare a sua volta sul display dell'apparecchio emittente, chiaro? In altre parole, se io ti mando un fax, sul mio display vedrò scritto, sopra al numero composto, "Dipartimento di polizia di Richmond".»

«E tu disponi per caso di un fax ultimo modello? Quello che abbiamo noi è un catorcio.»

«Ne ho qui uno in ufficio.»

«Bene. Allora avvisami, se trovi qualcosa. Io sono di pattuglia.»

Compilai velocemente una lista di dieci numeri di telefono, ognuno dei quali era composto dalle stesse prime sei cifre che Vander e io avevamo individuato sul foglio; la settima variava ogni volta. Quindi cominciai a provare. Soltanto un numero mi rispose con un segnale acustico decisamente non umano.

Il fax si trovava nell'ufficio della mia analista informatica, fortunatamente anche lei già in vacanza. Mi chiusi la porta alle spalle e sedetti alla sua scrivania, cercando di concentrarmi. Il mini ronzava, le spie del modem lampeggiavano. Il meccanismo dei codici funzionava in entrambe le direzioni, dunque anche io rischiavo di fare apparire il mio numero sul display dell'apparecchio contattato. Avrei dovuto interrompere subito, riappendendo prima che la trasmissione fosse terminata. Sperai che al momento non ci fosse nessuno incollato al fax, e che la dicitura "Ufficio del capo medico legale", con relativo numero, scomparisse al più presto dal display.

Inserii un foglio bianco, composi il numero di Washington e attesi l'inizio della trasmissione. Sul mio display non si materializzò alcuna informazione. Cristo! L'apparecchio chiamato era senza codice. Riappesi immediatamente e tornai in ufficio, sconfitta.

Mi ero appena seduta, quando squillò il telefono.

«Scarpetta» risposi.

«Parla Nicholas Grueman. Volevo comunicarle che, qualunque cosa abbia cercato di inviarmi via fax, non è partita.»

«Chiedo scusa?» dissi, esterrefatta.

«Ho detto che ho ricevuto solo un foglio bianco con il nome del suo ufficio stampato sopra. Errore codice zero-zero-uno, "ripetere invio" dice.»

«Capisco» risposi, mentre mi si rizzavano i peli sulle braccia.

«Immagino che si trattasse di qualche correzione apportata al referto? Ne desumo che è andata a vedere la sedia elettrica.»

Non risposi.
«Molto scrupoloso, da parte sua, dottoressa. Quindi forse ha scoperto qualcosa di nuovo a proposito delle ferite di cui si parlava, quelle abrasioni sul lato interno delle braccia del signor Waddell? Le famose *fosse antecubitali.*»
«Mi ridia il suo numero di fax, sia gentile» dissi in tono calmo.
Scandì le cifre: il numero era lo stesso che avevo appena composto.
«L'apparecchio si trova nel suo ufficio, o per caso è in comune con altri avvocati, dottor Grueman?»
«È proprio qui, sulla mia scrivania. Non ha nemmeno bisogno di inviarlo alla mia attenzione. Ma, la prego, si sbrighi: avevo intenzione di andare a casa presto.»

Lasciai l'ufficio poco più tardi, in preda alla frustrazione. Non riuscivo a mettermi in contatto con Marino e non c'era nient'altro che al momento potessi fare. Mi sentivo intrappolata in una ragnatela di strani collegamenti fra i quali non riuscivo a trovare il punto di contatto.
D'istinto mi fermai in un parcheggio di West Cary dove c'era un vecchio che vendeva corone e alberi di Natale. Seduto su uno sgabello al centro della sua piccola e fragrante foresta di sempreverdi, sembrava il classico taglialegna delle favole. Doveva essere arrivato il momento in cui non potevo più sottrarmi al clima natalizio, o forse desideravo solo distrarmi un po'. Ormai era tardi per scegliere: restavano gli alberelli più malandati, rachitici o addirittura moribondi, tutti destinati a non trovare acquirenti tranne, pensai, quello che scelsi io. Mi sembrava davvero grazioso, anche se un po' affetto da scoliosi. Decorarlo fu più una sfida ortopedica che un festoso rituale, ma con qualche pallina in posizione strategica, qualche filo di lucine ben sistemato e opportuni sostegni in fil di ferro alla fine dimostrò di poter fare la sua bella figura in salotto.
«Ecco qui» dissi a Lucy, facendo un passo indietro per ammirare il mio capolavoro. «Che te ne pare?»
«Mi sembra strano che all'improvviso, il giorno della Vigilia, tu abbia deciso di comprare un albero. Quand'è stata l'ultima volta che ne hai fatto uno?»

«Uhm, credo ai tempi in cui ero sposata...»

«Stesse decorazioni?»

«... ma proprio in quel periodo cominciarono i problemi.»

«Il che spiega perché non hai più voluto l'albero.»

«No, è che oggi sono molto più impegnata di un tempo» risposi.

Lucy andò a rivoltare i ceppi nel camino. «Tu e Mark avete mai passato un Natale insieme?»

«Ma come, non ricordi? Se siamo venuti anche a trovarvi, l'anno scorso.»

«Mica per Natale: tre giorni dopo, e siete ripartiti a Capodanno.»

«Be', il giorno di Natale lui era con i suoi.»

«E tu non eri stata invitata?»

«No.»

«Come mai?»

«Mark veniva da una vecchia famiglia di Boston. Avevano un modo tutto loro di fare le cose. Comunque, cos'hai deciso per stasera? La mia giacca con il collo di velluto nero ti piaceva?»

«Non ho provato niente. Ma dobbiamo veramente andare in tutti quei posti? Io non conosco nessuno.»

«Non è così terribile. Devo solo lasciare un regalino a una persona incinta che probabilmente non tornerà più al lavoro e fare atto di presenza a una festa di alcuni vicini. Avevo accettato l'invito prima di sapere che saresti venuta tu. Non sei obbligata ad accompagnarmi.»

«Be', allora preferirei stare qui» disse Lucy. «Vorrei tanto potermi mettere al lavoro con l'AFIS.»

«Pazienza» le dissi, anche se in realtà ero io la prima a non averne.

Nel tardo pomeriggio lasciai un altro messaggio al nostro radiocentralinista: o il cercapersone di Marino non funzionava, o era troppo occupato per richiamarmi da una cabina. Sui davanzali delle finestre ardevano le candele natalizie. Misi un disco di Pavarotti accompagnato dalla New York Philarmonic, quindi mi infilai sotto la doccia e mi vestii, cercando di entrare in uno stato mentale adeguato. La festa non sarebbe iniziata prima delle sette, perciò avevo tutto il tempo di fare un salto da Susan per lasciarle il regalo e magari scambiare quattro chiacchiere.

Fu lei a rispondere al telefono, e ciò mi sorprese, ma quando le chiesi se potevo passare a farle gli auguri si fece riluttante.

«Jason è fuori» disse, come se importasse qualcosa. «È andato al centro commerciale.»

«Be', avevo un paio di cose per te» spiegai.

«Quali cose?»

«Regali di Natale. Più tardi mi aspettano a una festa, quindi non mi tratterrò a lungo. Allora, d'accordo?»

«Direi di sì. Insomma, è carino da parte tua.»

Mi ero dimenticata che viveva nel Southside, dove andavo raramente e in genere mi perdevo. Il traffico era più intenso di quanto avessi previsto, le vie intasate dai compratori dell'ultimo minuto, pronti a buttarti fuori strada per raggiungere la meta e inaugurare così le loro felici vacanze. I posteggi rigurgitavano di macchine, i negozi e i centri commerciali di luci accecanti. La zona in cui abitava Susan, invece, era piuttosto buia e per due volte dovetti accostare e accendere la luce di cortesia per riuscire a leggere le indicazioni che mi aveva dato. Dopo alcuni giri a vuoto, finalmente individuai la sua minuscola casetta, infilata fra altre due perfettamente identiche.

«Ehilà» mi annunciai, guardandola tra le foglie della Stella di Natale che le avevo comprato.

Susan richiuse nervosamente la porta a chiave e mi fece accomodare in sala, sgombrò il tavolino dalle riviste e vi appoggiò la pianta.

«Come stai?» le chiesi.

«Meglio. Gradisci qualcosa da bere? Dammi pure il cappotto.»

«Grazie. No, non voglio niente, resto solo un minuto.» Le porsi un pacchettino. «Una cosetta che ti ho comprato quest'estate, a San Francisco.» Mi sedetti sul divano.

«Be', tu sì che cominci presto a pensare ai regali di Natale.» Si rannicchiò in una poltrona, evitando di incrociare il mio sguardo. «Devo aprirlo adesso?»

«Come preferisci.»

Incise delicatamente l'adesivo con l'unghia del pollice, facendo scivolare via il nastro di satin senza scioglierlo. Quindi lisciò la carta, come se intendesse riciclarla, si sistemò la busta nera in grembo e la aprì.

«Oh» mormorò, spiegando il foulard di seta rossa.

«Ho pensato che sarebbe stato bene sul tuo cappotto nero» dissi. «Non so tu, ma io detesto la lana a contatto diretto con la pelle.»

«È bellissimo. Sei stata veramente gentile. Nessuno mi aveva mai portato un regalo da San Francisco.»

L'espressione sul suo viso mi fece stringere il cuore, e all'improvviso misi a fuoco l'ambiente in cui mi trovavo. Susan indossava un accappatoio di spugna gialla sfilacciato ai polsi e un paio di calze nere che probabilmente appartenevano al marito. Il mobilio era segnato e di bassa qualità, le fodere delle sedie ormai lucide per l'usura. L'albero artificiale accanto al piccolo televisore ostentava povere decorazioni e alcuni moncherini al posto dei rami. Alla base erano disposti pochi regali. Appoggiata a una parete, una culla pieghevole chiaramente di seconda mano.

Susan si accorse delle mie occhiate e parve a disagio.

«È tutto così ordinato e pulito» dissi.

«Mi conosci, no? Sono ossessiva e compulsiva.»

«Grazie a Dio. Se c'è un obitorio che fa schifo anche tirato a lucido, è proprio il nostro.»

Ripiegò con cura il foulard, rimettendolo nella custodia rigida. Quindi si strinse ulteriormente nell'accappatoio e osservò la Stella di Natale in silenzio.

«Susan» ripresi in tono gentile, «ti va di parlare un po' di quello che sta succedendo?»

Non mi guardò.

«Non è da te agitarti come l'altra mattina. Così come non è da te mancare al lavoro e poi licenziarti senza nemmeno darmi un colpo di telefono.»

Inspirò profondamente. «Mi dispiace tanto, credimi. Solo che in questi giorni mi sembra di aver perso il controllo della situazione. Basta un nonnulla a farmi scattare, è successo anche con la storia di Judy.»

«Be', immagino che la morte di tua sorella sia stata un'esperienza terribile per te.»

«Eravamo gemelle. Non identiche. Judy era molto più carina di me, e qui stava parte del problema: Doreen era gelosa di lei.»

«Doreen era la ragazza che diceva di essere una strega?»

«Sì. Scusami, ma non voglio avere a che fare con cose del genere. Specialmente adesso.»

«Forse ti aiuterebbe sapere che ho chiamato la chiesa di zona e che mi hanno detto che il campanile è illuminato da luci ai vapori di sodio. Hanno cominciato a non funzionare bene alcuni mesi fa. A quanto pare nessuno si era accorto che le lampadine non erano state riparate come si deve. Ecco perché si accendevano e spegnevano in quello strano modo.»

«Nella congregazione della nostra chiesa, quando ero ragazzina» disse, «c'erano alcuni pentecostali che credevano nel trance e negli esorcismi. Ricordo un uomo che venne a cena da noi e raccontò di avere avuto un incontro coi demoni. Disse che una notte era a letto e aveva sentito qualcosa respirare nel buio, poi i libri si erano messi a volar giù dagli scaffali e sbattevano in giro per la stanza. Io ero terrorizzata da quelle cose, quando uscì *L'esorcista* non riuscii assolutamente ad andare a vederlo.»

«Capisco, Susan, ma sul lavoro dobbiamo restare lucide e obiettive. Non possiamo permettere alle nostre fobie, al nostro passato o a strane credenze di interferire con ciò che facciamo.»

«Si vede che non sei figlia di un pastore.»

«Comunque sono cattolica» risposi.

«Non importa. Tu non hai idea di cosa significhi essere figlia di un fondamentalista» insisté, ricacciando indietro le lacrime.

Non volli discutere.

«Ogni volta credo di essermi liberata di certe cose e invece risaltano fuori di colpo, pronte a strangolarmi» proseguì con una certa difficoltà. «È come se dentro di me ci fosse un'altra persona che mi combina dei guai.»

«Che genere di guai?»

«Mi ha rovinato delle cose.»

Aspettai che si spiegasse meglio, ma non lo fece. Si guardò le mani, gli occhi colmi di tristezza. «Insomma, sono troppo sotto pressione» bisbigliò.

«In che senso, Susan?»
«Al lavoro.»
«Ma perché? Cos'è cambiato, rispetto al solito?» Pensavo che mi avrebbe risposto che aspettare un figlio cambiava tutto.
«Jason pensa che non sia tanto salutare. L'ha sempre pensato.»
«Ah.»
«Quando rincaso, la sera, e gli racconto com'è stata la mia giornata, lui fa molta fatica a capire. "Non ti rendi conto che è terribile?" mi dice. "Ti farà male, per forza." Ha ragione. E adesso non riesco più a scrollarmelo di dosso. Sono stufa di avere a che fare con cadaveri decomposti e vittime di stupri, gente violentata, tagliata, uccisa a colpi di pistola. Sono stufa marcia di bambini morti e di gente che si sfracella in macchina. Non ce la faccio più, troppa violenza.» Mi guardò. Le tremava il labbro inferiore. «Troppa morte.»
Pensai a quanto sarebbe stato difficile sostituirla. Con un nuovo assistente, i giorni sarebbero stati interminabili. Occorreva tempo per imparare. E ancora peggio era fare colloqui e scartare gli aspiranti motivati da interessi morbosi: non tutti coloro che desiderano lavorare in obitorio sono quel che si dice persone normali. Susan mi piaceva, e il fatto che se ne andasse mi addolorava e preoccupava. Non me la stava raccontando giusta.
«Non c'è altro che vorresti dirmi?» chiesi, guardandola diritta in faccia.
Anche lei mi guardò, e nei suoi occhi lessi la paura. «No, non mi viene in mente nient'altro.»
In quel momento sentii sbattere la portiera di una macchina.
«È arrivato Jason» sussurrò.
La nostra conversazione era giunta al termine, e mentre mi alzavo le dissi in tono tranquillo: «Chiamami, se hai bisogno di qualcosa, Susan. Di qualunque cosa, se hai bisogno di referenze, o anche solo per fare due chiacchiere. Sai dove trovarmi».
Uscendo, scambiai due parole anche con il marito. Era un uomo alto e di bell'aspetto, con i capelli ricci castani e gli occhi distanziati. Nonostante i modi gentili, capii che trovarmi in casa sua non gli aveva fatto piacere. Mentre ripercorrevo in

macchina il ponte sul fiume, rimasi colpita dall'immagine che la giovane e modesta coppia doveva avere di me: ero il boss con il completo firmato che si presentava a bordo della sua Mercedes a consegnare regalini la sera della Vigilia di Natale. Quel tradimento da parte di Susan mi faceva sentire tremendamente insicura. All'improvviso dubitavo delle mie relazioni e del modo in cui venivo percepita dall'esterno. Dopo la morte di Mark temevo di non avere superato qualche esame, come se la mia reazione a quel lutto costituisse la risposta a una domanda che assillava i miei cari. In fondo, ero la persona che più di ogni altra avrebbe dovuto saper affrontare la morte. La dottoressa Kay Scarpetta, l'esperta. Invece mi ero chiusa come un riccio, e sapevo che, a dispetto di tutti i tentativi di mostrarmi premurosa e gentile, gli altri sentivano il gelo che creavo intorno a me. Avevo perso la cieca fiducia dei miei colleghi e adesso, come se non bastasse, qualcuno aveva violato la sicurezza della nostra rete informatica, e Susan si era licenziata.

Imboccai l'uscita di Cary Street e svoltai a sinistra, rientrando nella mia zona. Ero attesa da Bruce Carter, un giudice distrettuale che abitava in Sulgrave, ad alcuni isolati da casa mia. Di colpo mi sentii come quando, da bambina, osservavo con gli occhi sgranati quelle che allora mi apparivano le enormi residenze di Miami. Ricordai i giorni trascorsi a girare di porta in porta con un carrettino di cedri, sapendo che le mani eleganti che mi allungavano qualche spicciolo appartenevano a persone socialmente irraggiungibili, mosse da un senso di pietà nei miei confronti. Ricordai quando tornavo a casa con le tasche piene di monetine da un penny e sentivo l'odore della morte aleggiare nella stanza dove mio padre si stava spegnendo.

La zona di Windsor Farms era ricca e tranquilla, con le sue case georgiane e Tudor ordinatamente disposte lungo vie dai nomi inglesi, e le proprietà ombreggiate da alberi e circondate da muretti in mattoni. Le guardie di sicurezza vegliavano sui privilegiati, per i quali gli allarmi erano già allora qualcosa di familiare come gli innaffiatoi. I taciti accordi intimidivano quasi più di quelli scritti: mai offendere i propri vicini disponendo fili per stendere il bucato, o presentarsi in visita senza essersi regolarmente preannunciati. Avere una Jaguar non era indispensabile, ma se il mezzo di locomozione era un furgoncino arrugginito o un carro funebre, meglio tenerlo nascosto in garage.

Alle sette e un quarto parcheggiai in coda a una lunga fila di macchine, di fronte a una casa in mattoni bianchi col tetto di ardesia. Tra i rami dei bossi e degli abeti occhieggiavano, brillanti come minuscole stelle, miriadi di lucine bianche, e sulla porta d'ingresso rossa era appesa una corona natalizia che profumava ancora di fresco. Nancy Carter accolse il mio arrivo sorridendo e tendendomi le braccia per prendere il cappotto. Iniziò subito a parlare, al di sopra dell'indecifrabile brusio della folla di invitati, mentre la sua lunga gonna di paillettes rossa emanava brevi ma fulgidi bagliori. La moglie del giudice era sulla cinquantina, una donna che il denaro aveva trasformato in una discreta opera d'arte. Sospettavo infatti che in gioventù non dovesse essere stata particolarmente carina.

«Bruce dev'essere da qualche parte...» Si guardò intorno. «Il bar è laggiù.»

Mi fece strada verso il salone, dove gli abiti colorati e festosi degli ospiti si intonavano splendidamente con un grande tappeto persiano che, da solo, doveva essere costato più della casa da cui ero appena uscita, sulla riva opposta del fiume. Scorsi il giudice impegnato in una conversazione con un uomo che non conoscevo, quindi passai in rassegna le facce dei presenti individuando alcuni medici e avvocati, un famoso lobbista e il capo dello staff del governatore. Senza sapere come, a un certo punto mi ritrovai in mano uno scotch and soda, mentre un tizio mai visto prima mi toccava il braccio.

«Dottoressa Scarpetta? Frank Donahue» si presentò a voce alta. «Buon Natale.»

«Altrettanto a lei» risposi.

Il direttore, ufficialmente malato il giorno in cui Marino e io avevamo visitato il penitenziario, era un uomo di bassa statura, con i lineamenti grossolani e folti capelli grigi. Indossava una sorta di buffo frac rosso con le code lunghe, una camicia bianca con sparato di pizzo e un papillon rosso tempestato di minuscole lucine elettriche. Un bicchiere di whiskey liscio pericolosamente inclinato gli teneva impegnata una mano, mentre l'altra si tendeva verso di me.

Si avvicinò al mio orecchio. «Mi è davvero spiaciuto non averle potuto fare da cicerone, l'altro giorno.»

«Oh, non si preoccupi. Ci ha pensato uno dei suoi collaboratori. Grazie lo stesso.»

«Immagino che sia stato Roberts.»

«Credo si chiamasse così, sì.»

«Be', è un peccato che abbiate dovuto prendervi il disturbo.» I suoi occhi frugarono la stanza, ammiccando in direzione di qualcuno alle mie spalle. «Bella schifezza è stata, quella. Sa, in passato Waddell aveva già sofferto occasionalmente di epistassi e pressione alta. Ne aveva sempre una: se non era il mal di testa, era l'insonnia.»

Inclinai la testa, sforzandomi di ascoltare.

«Vede, un braccio della morte pullula sempre di gente che riuscirebbe a vendere la Statua della Libertà al primo turista che passa per strada, e in tutta sincerità secondo me Waddell era uno dei più abili in questo senso.»

«Non lo sapevo» dissi, guardandolo.

«Eh, questo è il problema, dottoressa: nessuno sa mai niente. Qualunque cosa si dica, nessuno sa veramente, tranne chi, come noi, trascorre le proprie giornate insieme a quella gente.»

«Certo, capisco.»

«Prenda un po' la cosiddetta metamorfosi di Waddell: era diventato così mite, vero? Ma un giorno le racconterò di come trattava i compagni di cella, o di cosa fece a quella povera Naismith. Si credeva un vero galletto perché aveva fatto fuori una celebrità.»

Nella sala mancava l'aria e faceva troppo caldo. Sentii gli occhi del direttore frugarmi da capo a piedi.

«D'altronde, immagino che lei non sia tipo da lasciarsi impressionare o sorprendere più di tanto» aggiunse.

«Infatti, signor Donahue. Nulla riesce più a sorprendermi.»

«In tutta sincerità, non so come faccia a fare quel lavoro. Soprattutto in questo periodo dell'anno, con tutta la gente che si ammazza, come quella povera donna che si è uccisa in garage, dopo aver aperto i regali di Natale...»

Quella frase mi colpì come una gomitata nelle costole. È vero che il mattino successivo i giornali avevano riportato la notizia della morte di Jennifer Deighton, specificando tra l'altro che la donna aveva aperto in anticipo i regali. Ma, se questo bastava a far pensare a un suicidio, nessuno lo aveva dichiarato apertamente.

«Di chi sta parlando, scusi?» chiesi.

«Oh, mi sfugge il nome.» Donahue bevve un sorso del suo drink, con il volto arrossato e gli occhi lucidi in costante movimento. «Che tristezza. Be', comunque deve venire a trovarci anche nella nostra nuova sede, uno di questi giorni.» Mi fece un sorriso, quindi si congedò e raggiunse una prosperosa matrona vestita di nero. La baciò sulla bocca e scoppiarono tutti e due a ridere.

Tornai a casa appena mi fu possibile. Lucy era sdraiata a leggere sul divano, di fronte al camino scoppiettante. Notai parecchi regali nuovi sotto l'albero.

«Com'è andata?» si informò con uno sbadiglio.

«Hai fatto bene a restare a casa» risposi. «Marino ha chiamato?»

«No.»

Provai ancora a telefonargli, e al quarto squillo mi rispose con voce irritata.

«Spero che non sia troppo tardi» mi scusai.

«Lo spero anch'io. Che c'è ancora?»

«Be', tanto per cominciare stasera a una festa ho incontrato il tuo amico Donahue.»

«Uhm, eccitante.»

«Sinceramente non mi ha fatto una buona impressione. Forse sono un po' paranoica, ma mi è parso strano che si mettesse a parlare della morte di Jennifer Deighton.»

Silenzio.

«E poi» continuai, «pare che il famoso fax della signora in questione sia stato inviato a Nicholas Grueman. Ho la sensazione che lui la volesse incontrare, e Jennifer Deighton gli ha proposto di venire a Richmond.»

Marino taceva.

«Ci sei ancora?» verificai.

«Sì, sto pensando.»

«Felice di sentirtelo dire. Ma forse sarebbe meglio se pensassimo insieme, no? Allora, sei proprio sicuro di non poter venire a pranzo, domani?»

Inspirò profondamente. «Senti, capo, mi piacerebbe, ma...»

«In che cassetto è?» chiese in quel momento una voce femminile sullo sfondo.

Sentii che Marino copriva la cornetta con una mano e mormorava qualcosa. Quando si rivolse nuovamente a me, si schiarì la gola.

«Scusa» dissi. «Non sapevo che avessi compagnia.»

«Sì.» Fece una pausa.

«Comunque mi farebbe piacere anche se veniste insieme, tu e la tua amica.»

«Allo Sheraton hanno organizzato un buffet, sai, e noi... noi pensavamo di andare lì.»

«Va bene. Comunque sotto l'albero c'è qualcosa per te. Se mai cambiassi idea, dammi un colpo di telefono domattina.»

«Non ci posso credere, capo: hai ceduto e ti sei comprata l'albero? Ci scommetto che non sta nemmeno in piedi.»

«Tutta invidia» risposi. «Augurale buon Natale da parte mia.»

7

Il mattino dopo mi svegliai al suono delle campane della chiesa e per la luce che inondava la stanza nonostante le tende tirate. Sebbene la sera avessi bevuto molto poco, avvertivo i tipici sintomi dei postumi di una sbornia. Rimasi a letto, e dopo un po' mi riaddormentai. Sognai Mark.

Quando finalmente mi alzai, in cucina fui accolta da un profumo di arance e vaniglia. Lucy stava macinando il caffè.

«Ragazza, tu mi vizi. Come farò quando partirai? Buon Natale.» La baciai sulla testa, mentre i miei occhi si posavano su uno strano sacchetto di cereali appoggiato su un ripiano. «E quello cos'è?»

«Muesli del Cheshire, una vera leccornia. Mi sono portata dietro la mia scorta personale. Il modo migliore per gustarlo è con lo yogurt, ma non ne hai. Quindi ci adatteremo mettendoci latte scremato e banane. La colazione prosegue con spremuta fresca di arance e caffè decaffeinato alla vaniglia, miscela francese. Penso che dovremmo telefonare alla mamma e alla nonna.»

Mentre componevo il numero di mia madre dal telefono della cucina, Lucy andò a sollevare la cornetta dell'apparecchio nello studio. Mia sorella era già arrivata, e ben presto ci ritrovammo tutte e quattro in linea, con mia madre che si lamentava a più non posso del cattivo tempo. A Miami c'era burrasca, disse. La sera prima si era alzato un vento terribile accompagnato da piogge torrenziali, e quel mattino si erano svegliate in mezzo a una sarabanda di fulmini.

«Non dovreste stare al telefono durante un temporale del genere» dissi. «Ci risentiamo dopo.»

«Oh, Kay, sei così paranoica» mi riprese Dorothy. «Tu vedi una cosa e subito pensi che potrebbe uccidere qualcuno.»

«Dimmi dei regali, Lucy» intervenne mia madre.

«Non li abbiamo ancora aperti, nonna.»

«Ehi! Questo era vicinissimo» esclamò Dorothy al di sopra di un violento tuono. «Le luci hanno tremolato.»

«Spero che tu non avessi il computer aperto su qualche file, mamma» disse Lucy, «perché in quel caso ti si sarà cancellato tutto.»

«Dorothy, ti sei ricordata di portare il burro?» chiese mia madre.

«Accidenti. Lo sapevo che c'era qualcosa...»

«Ma se te l'avrò detto almeno tre volte, ieri sera.»

«E io quante volte devo ripeterti che se mi chiami mentre sto scrivendo non ricordo niente?»

«Eh, be', certo: la Vigilia di Natale mica viene in chiesa con me, la signora. No, se ne sta a casa a lavorare al suo libro, e il giorno dopo si dimentica di portare il burro.»

«Uscirò a comprarlo.»

«Perché, credi di trovare aperto qualcosa, la mattina di Natale?»

«Magari sì.»

Sollevai lo sguardo mentre Lucy rientrava in cucina.

«Non posso crederci» mi sussurrò, intanto che mia sorella e mia madre continuavano a battibeccare.

Dopo aver riappeso, Lucy e io andammo in sala e finalmente ritrovammo la pace di un mattino d'inverno in Virginia. Fuori, gli alberi erano spogli e la neve giaceva intatta come una soffice coltre. Non sarei più stata capace di vivere a Miami. Il cambio delle stagioni era per me come l'avvicendarsi delle fasi lunari, una forza irresistibile che ogni volta mi trascinava modificando i miei punti di vista. Avevo bisogno della pienezza così come delle sfumature, e persino dei giorni freddi e corti che mi permettevano di assaporare meglio la primavera.

Il regalo della nonna per Lucy era un assegno di cinquanta dollari. Anche Dorothy le aveva regalato dei soldi, così provai un senso di vergogna quando mia nipote aprì la terza busta e aggiunse il mio assegno ai primi due.

«I soldi sono così impersonali» mi scusai.

«Per me no, perché sono quello che voglio. In questo modo hai finanziato un altro pezzetto di memoria per il mio computer.» Mi porse un pacchetto piccolo ma pesante, avvolto in carta rossa e argentata, e nello scorgere l'espressione sul mio viso quando aprii la scatola e tolsi i fogli di carta velina, non riuscì a nascondere la propria gioia.

«Ho pensato che potevi segnarci le tue udienze in tribunale» disse. «E poi sta bene con la tua giacca da motociclista.»

«Oh, Lucy, è bellissima.» Accarezzai la copertina in pelle nera che rivestiva la mia nuova agenda, e sfogliai le pagine color crema. Pensai al giorno in cui Lucy era arrivata, allo spavento che mi aveva fatto prendere restando fuori fino a tardi in macchina: niente di più facile che fosse andata a comprarmi il regalo.

«E questi sono i fogli di ricambio per gli indirizzi e il calendario nuovo.» Mi depose un secondo pacchettino in grembo, mentre il telefono si metteva a squillare.

Era Marino, che mi augurava buon Natale e chiedeva se poteva fare un salto per lasciarmi un "regalo".

«Di' a Lucy di coprirsi bene, ma di non mettersi cose troppo strette» disse in tono vagamente stizzito.

«Ehi, cosa stai dicendo?» risposi.

«Niente jeans aderenti, o non riuscirà a infilare e sfilare le cartucce dalle tasche. Hai detto che voleva imparare a sparare, no? Be', la prima lezione è stamattina, prima di pranzo. Se mancherà, peggio per lei. A che ora si mangia?»

«Fra l'una e mezzo e le due. Pensavo che avessi da fare.»

«Be', diciamo che mi sono liberato. Sarò lì fra una ventina di minuti. Di' al rospo che fuori fa un freddo schifoso. Vieni anche tu?»

«No, non questa volta. Starò qui a preparare da mangiare.»

Quando Marino arrivò, il suo umore non era affatto migliorato; per controllare la mia pistola di scorta, una Ruger .38 con guancette di gomma, inscenò una specie di interminabile commedia. Premuto il perno, aprì il tamburo e lo fece girare lentamente, controllando ogni singola camera. Quindi tirò indietro il cane, esaminò la canna e infine provò il grilletto. Mentre Lucy lo osservava in divertito silenzio, Marino pontificò sulla presenza di residui lasciati dal solvente che usavo, informandomi che la mia Ruger probabilmente aveva alcune "creste" che sarebbe stato necessario limare. Dopodiché caricò Lucy sulla sua Ford e se ne andarono insieme.

Quando tornarono, alcune ore più tardi, i loro volti erano arrossati dal freddo e Lucy ostentava con orgoglio una vescica sanguinolenta sul dito del grilletto.

«Allora, come se l'è cavata?» chiesi, asciugandomi le mani nel grembiule.

«Non male» rispose Marino, senza guardarmi. «Uhm, sbaglio o sento odore di pollo fritto?»

«Sbagli» risposi, aiutandoli a levarsi i cappotti. «Questo è profumo di cotoletta di tacchino alla bolognese.»

«Me la sono cavata meglio di un semplice "non male"» puntualizzò Lucy. «Ho mancato il bersaglio solo due volte.»

«Continua a sparare a salve finché la smetterai di dare botte al grilletto. E ricordati sempre di tirare indietro il cane.»

«Ho più fuliggine addosso io di Babbo Natale dopo che è sceso per la cappa del camino» commentò Lucy allegramente. «Vado a farmi la doccia.»

Preparai il caffè, mentre Marino ispezionava il ripiano dov'erano appoggiati il Marsala, del parmigiano grattugiato, prosciutto, tartufi bianchi, filetti di tacchino rosolati e altri ingredienti assortiti che avrebbero completato il nostro pranzo. Ci spostammo in sala, dove il fuoco crepitava nel camino.

«È stato molto gentile da parte tua» dissi. «Non saprai mai quanto ti sono grata per quello che hai fatto.»

«Una lezione non basta. Magari prima che torni in Florida riusciamo a vederci ancora un paio di volte.»

«Grazie, Marino. Spero comunque che tu non abbia dovuto fare i salti mortali per cambiare i tuoi programmi.»

«Non erano niente di speciale» tagliò corto.

«Visto che hai deciso di rinunciare allo Sheraton» azzardai, «avresti potuto invitare anche la tua amica a pranzare con noi.»

«C'è stato un contrattempo.»

«Ha un nome?»

«Tanda.»

«Uhm, originale.»
Marino arrossì violentemente.
«E che tipo è?» insistei.
«Se proprio ci tieni a saperlo, un tipo di cui non vale la pena di parlare.» Si alzò di scatto e andò nel bagno in fondo al corridoio.
Ero sempre stata molto cauta nel porgli domande sulla sua vita privata, e in genere evitavo di farlo se proprio non era lui a offrirmi lo spunto. Ma questa volta fu più forte di me.
«E come vi siete conosciuti?» ripresi, quando fu di ritorno.
«Al ballo della polizia.»
«Mi sembra magnifico che tu abbia cominciato a uscire e a vedere gente.»
«A me invece fa schifo, comunque... Erano trent'anni che non davo un appuntamento a qualcuno. È come quando Rip Van Wrinkle si sveglia in un altro secolo: le donne non sono più quelle di una volta.»
«Ah, no?» Cercai di non sorridere. Era chiaro che per Marino la cosa non era affatto divertente.
«No, non sono più semplici come un tempo.»
«Semplici?»
«Ma sì, come la mia Doris. La nostra non era una storia complicata. Poi, dopo trent'anni, all'improvviso lei se ne va e io devo ricominciare daccapo. Sono andato a quel maledetto ballo solo perché mi ci hanno trascinato. Sono lì che penso ai fatti miei, quando Tanda arriva al mio tavolo, e due birre più tardi mi chiede il numero di telefono: ci crederesti?»
«E tu gliel'hai dato?»
«Io allora le dico: "Ehi, se vuoi che ci vediamo, dammelo tu, il tuo numero. Ti chiamerò io". Lei mi chiede da quale zoo sono scappato, poi mi invita a giocare a bowling. Hai capito com'è cominciata? La fine invece è stata che l'altro giorno mi dice di avere tamponato un tizio, e per giunta di essersi beccata una multa per guida pericolosa: voleva che le sistemassi la cosa.»
«Mi dispiace.» Presi il suo regalo da sotto l'albero e glielo porsi. «Non so se questo ti aiuterà a migliorare la tua vita sociale.»
Scartò un paio di bretelle rosso natalizio e una cravatta di seta in tinta.

«Cristo santo, sono bellissime, capo.» Poi, borbottando in tono scocciato «Maledetti diuretici», si rialzò e si diresse ancora una volta in bagno. Dopo qualche minuto era di nuovo al suo posto, vicino al camino.

«Quand'è che hai fatto gli ultimi controlli?» mi informai.

«Un paio di settimane fa.»

«E..?»

«Indovina.»

«C'è poco da indovinare: pressione alta?»

«Brutta roba.»

«Ma cosa ti ha detto il dottore, esattamente?» insistei.

«La pressione è centocinquanta su centodieci, e ho la prostata ingrossata. Così mi ha dato queste dannate pastiglie diuretiche. Continuo a correre in bagno, e poi la metà delle volte non riesco nemmeno a farla. Se le cose non migliorano, mi farà il lavoretto.»

Per "lavoretto" intendeva la resezione transuretrale della prostata. Niente di grave, ma certamente neanche uno scherzo. In realtà, a preoccuparmi era la pressione alta, che lo esponeva al rischio d'infarto e di problemi cardiaci in generale.

«In più, mi si gonfiano le caviglie» proseguì. «Mi fanno male i piedi e ho questi terribili mal di testa. Dovrei smettere di fumare, di bere caffè, perdere venti chili e stressarmi di meno.»

«Vero, dovresti proprio provarci» confermai. «Solo che mi pare che tu non stia facendo nessuna di queste cose.»

«Be', certo, in fondo stiamo solo parlando di cambiare tutta la mia vita. E senti da che pulpito viene la predica.»

«Io non soffro di pressione alta e ho smesso di fumare esattamente due mesi e cinque giorni fa. Se poi perdessi venti chili, sparirei dalla faccia della terra.»

Marino fissava il fuoco.

«Senti» ripresi. «Perché non ci proviamo insieme? Tagliamo i caffè e ci mettiamo d'impegno per fare un po' di esercizio fisico.»

«Sì, ti ci vedo a fare aerobica» rispose lui, caustico.

«Veramente giocherò a tennis. Se vuoi, l'aerobica puoi farla tu.»

«Guarda, se mi vedo anche solo una calzamaglia intorno, faccio una strage.»

«Ho capito: non hai voglia di collaborare.»

A quel punto, ormai impaziente, cambiò argomento. «Hai una copia del fax cui mi accennavi?»

Andai in studio e tornai con la mia valigetta portadocumenti. La aprii e gli tesi la stampata del messaggio che Vander aveva individuato con il programma di elaborazione delle immagini.

«Dunque, questo è ciò che si vedeva sul foglio di carta bianca ritrovato sul letto di Jennifer Deighton, giusto?» chiese.

«Giusto.»

«Non riesco ancora a immaginare per quale motivo l'abbia messo proprio lì, con sopra un cristallo. Cosa ci faceva?»

«Non lo so» risposi. «E a proposito dei messaggi sulla segreteria telefonica? Qualche novità?»

«Stiamo ancora studiandoli. Abbiamo un sacco di persone da interrogare.» Dal taschino della camicia tirò fuori un pacchetto di Marlboro ed emise un sonoro respiro. «Porcaccia la miseria» brontolò, lanciando il pacchetto sul tavolo. «Adesso me la farai pesare ogni volta che ne accenderò una, è così?»

«No, mi limiterò a guardarla. Ma non dirò una parola.»

«Ricordi quell'intervista che hai rilasciato alla PBS un paio di mesi fa?»

«Vagamente.»

«Be', Jennifer Deighton l'ha registrata. La cassetta era nel videoregistratore, e quando l'abbiamo acceso sei venuta fuori tu.»

«Cosa?» Ero allibita.

«Naturalmente non è che ci fossi soltanto tu, in quel programma. C'era anche una stronzata su un certo scavo archeologico e su un film hollywoodiano girato da queste parti.»

«Ma perché ha registrato proprio me?»

«Un altro fatto inspiegabile nella cornice del rompicapo. La cosa però è collegata alle telefonate a vuoto che ti faceva. A quanto pare, prima di essere assassinata Jennifer Deighton stava pensando a te.»

«Cos'altro avete scoperto sul suo conto?»

«Senti, io ho bisogno di fumare. Vuoi che esca?»

«Ma figurati.»

«Ecco, le cose si fanno complicate. Perquisendo l'ufficio, ci siamo imbattuti in una sentenza di divorzio. Si era sposata nel 1961, due anni più tardi si separò e tornò a chiamarsi Deighton. Quindi si trasferì dalla Florida a Richmond. Il suo ex si chiama Willie Travers, è uno di quei pazzi salutisti... hai presente, benessere totale e cose del genere. Cristo, perché non mi viene il nome?»

«Medicina olistica?»

«Brava. Vive ancora in Florida, a Fort Myers Beach. L'ho contattato telefonicamente. Un po' reticente, ma alla fine sono riuscito a tirargli fuori un paio di cosette. Dice che lui e la Deighton erano rimasti in rapporti amichevoli anche dopo la separazione e, infatti, continuavano a vedersi.»

«Vuoi dire che è venuto anche qui?»

«Pare che lei andasse a trovarlo in Florida. Dice che si vedevano "in onore dei vecchi tempi". L'ultima volta lo aveva raggiunto in novembre, per la festa del Ringraziamento. Gli ho anche spremuto qualcosina sul conto del fratello e della sorella di lei. La sorella è molto più giovane, sposata, vive all'Ovest. Il fratello è il più vecchio, sui cinquantacinque, e ha una drogheria. Un paio d'anni fa gli è venuto un cancro alla gola e gli hanno fatto una tracheotomia.»

«Ehi, un momento» lo interruppi.

«Sì, certo, so che sai cosa significa: che uno diventa afono. Chiunque ti abbia telefonato in ufficio, quindi, non era John Deighton. Qualcuno interessato per ragioni personali a conoscere i risultati dell'autopsia, questo sì; qualcuno che sapeva il nome del fratello e abbastanza informato da dire che chiamava dal South Carolina. Ma non conosceva i problemi di salute del vero John Deighton, e quindi non sapeva che è obbligato a parlare attraverso una macchinetta.»

«Travers sa che in realtà la sua ex moglie è stata assassinata?»

«Gli ho solo detto che il medico legale stava ancora compiendo degli accertamenti.»

«E lui era in Florida, al momento della morte?»

«A quanto pare, sì. Invece, mi piacerebbe proprio sapere dov'era il tuo amico Nicholas Grueman, quando Jennifer Deighton veniva assassinata.»

«Non è mai stato mio amico» dissi. «Come farai a chiederglielo?»

«Per adesso mi limiterò a temporeggiare. Con uno come lui, hai solo un colpo in canna. Quanti anni ha?»

«Circa sessanta.»

«Ben piazzato?»

«Non lo vedo dai tempi della scuola di legge.» Mi alzai per andare ad attizzare il fuoco. «Ma allora era piuttosto snello, come costituzione. E di altezza media.»

Marino non disse nulla.

«Jennifer Deighton pesava ottantun chili» gli ricordai. «Pare che il killer l'abbia soffocata e poi abbia trascinato il cadavere fino alla macchina.»

«Okay. Quindi Grueman magari non era solo. Vuoi uno scenario plausibile? Eccotelo. Grueman rappresentava Ronnie Waddell, che non era esattamente uno stinco di santo – o forse dovremmo dire che *non è* esattamente uno stinco di santo. In casa della Deighton troviamo un'impronta di Waddell: forse quando Grueman è andato a trovarla si era portato compagnia.»

Guardai il fuoco.

«Comunque non ho trovato potenziali fonti della famosa piuma, in casa sua. Ricordi? Mi avevi detto di dare un'occhiata.»

In quel preciso istante, il suo cercapersone si mise a suonare. Lo tolse dalla cintura e socchiuse gli occhi, scrutando il piccolo display.

«Maledizione» sbottò, dirigendosi al telefono della cucina.

«Cosa diavolo sta succe... Cosa?» lo udii dire poco dopo. «Oh, Cristo! Sei sicuro?» Una breve pausa. Poi, con voce tesa allo spasmo: «Non ti preoccupare: è qui di fianco a me».

Marino passò con il semaforo rosso, si diresse verso West Cary e Windsor Way, quindi puntò a est. Nella Ford LTD bianca brillavano le spie intermittenti dello scanner mentre la radio gracchiava imperterrita i suoi codici cifrati. Immaginai Susan rannicchiata nella poltrona, l'accappatoio di spugna legato stretto intorno al corpo per allontanare un freddo che non aveva nulla a che fare con la temperatura della stanza. Ricordai la velocità con cui il suo volto continuava a mutare espressione, come un cielo solcato dalle nuvole, gli occhi impenetrabili.

Tremavo e mi mancava il respiro, il cuore mi pulsava in gola. La polizia aveva trovato la sua auto in un vialetto vicino a Strawberry Street. Susan era seduta al posto di guida, morta. Nessuno sapeva cosa ci facesse da quelle parti, né quale potesse essere stato il movente del suo assassino.

«Cos'altro ti aveva detto, ieri sera?» chiese Marino.

Non mi veniva in mente nulla di significativo. «Era tesa. Qualcosa la preoccupava.»

«Sì, ma cosa? Hai qualche idea?»

«Non lo so.» Le mie mani verificarono in preda ai tremiti il contenuto della valigetta medica: macchina fotografica, guanti e tutto il necessario. Se mai avessero cercato di adescarla o violentarla, avrebbero prima dovuto ucciderla, mi aveva confidato una volta.

Spesso ci era capitato di restare sole in ufficio il pomeriggio tardi, a pulire l'obitorio o a riempire moduli e referti. E spesso avevamo parlato di cosa significava essere donne e amare gli uomini, e di come sarebbe stato diventare madri. Una volta in cui avevamo toccato l'argomento morte, mi aveva confessato di esserne molto spaventata.

«Non intendo cose come l'inferno, il fuoco e le fiamme di cui predica mio padre. No, non è di quello che ho paura» aveva dichiarato in tono fermo. «Ciò che mi fa paura è che tutto finisca.»

«Ma non è così.»

«E tu come fai a saperlo?»

«Certo, qualcosa se ne va. Guardi la faccia di un morto, e te ne accorgi: l'energia se n'è andata. Ma lo spirito non è morto. Solo il corpo muore.»

«Sì, ma come fai a saperlo?» aveva ripetuto.

Rallentando, Marino svoltò in Strawberry Street. Lanciai un'occhiata nel mio specchietto retrovisore esterno: alle spalle avevamo un'altra auto della polizia, con la barra luminosa rossa e blu che lampeggiava. Superammo alcuni ristoranti e una piccola drogheria. Era tutto chiuso, e le poche macchine in circolazione si scansarono per lasciarci passare. All'altezza dello Strawberry Street Café, la strada era affollata di pattuglie e di unità in borghese, e un'ambulanza bloccava l'accesso alla viuzza. Due furgoni della tv erano parcheggiati poco più avanti, e i reporter si muovevano nervosamente lungo il perimetro cordonato dal nastro adesivo giallo. Marino posteggiò, e le nostre portiere si spalancarono contemporaneamente. Subito le telecamere si puntarono verso di noi.

Seguii Marino, guardando dove metteva i piedi lui. Ronzio di pellicole, microfoni sollevati. Le lunghe falcate di Marino non esitarono un istante. Non rispose a nessuna domanda, e io voltai la faccia dall'altra parte. Finalmente, aggirata l'ambulanza, chinammo la testa e passammo sotto il nastro giallo. La vecchia Toyota color rosso borgogna era ferma a metà di un breve tratto di acciottolato, sulla neve sporca e calpestata. Ai due lati della macchina incombevano squallide pareti in mattoni che bloccavano i raggi obliqui del sole. Gli agenti scattavano fotografie, parlavano e si guardavano intorno. Dai tetti e dalle scale antincendio arrugginite piovevano gocce lente e pesanti. Un puzzo di immondizie aleggiava nell'aria umida e fredda.

Notai di sfuggita un giovane agente dall'aspetto latino che avevo conosciuto di recente. Tom Lucero ci guardò blaterando qualcosa, poi spense la radio. Dal punto in cui mi trovavo, tutto quello che riuscivo a scorgere attraverso la portiera aperta del guidatore era un braccio e un'anca sinistra. Il vero shock lo ebbi quando riconobbi il cappotto di lana nero, la fede d'oro satinato e l'orologio da polso in plastica nera. Schiacciato fra cruscotto e parabrezza, c'era il distintivo rosso di medico legale di Susan.

«La targa è intestata a Jason Story. Immagino che si tratti del marito» disse Lucero a Marino. «Aveva i documenti nella borsetta. Il nome sulla patente è Susan Dawson Story, ventott'anni, razza bianca.»

«Denaro?»

«Undici dollari nel portafoglio e un paio di carte di credito. Nulla che faccia pensare a una rapina. La riconoscete?»

Marino si chinò in avanti per guardare meglio. I muscoli della mascella gli si irrigidirono. «Sì, la riconosco. L'auto è stata ritrovata così?»

«No, abbiamo aperto la portiera del conducente» spiegò Lucero, infilandosi la radio in tasca.

«Il motore era spento, le portiere senza sicura?»

«Esatto. Come le ho già detto per telefono, Fritz ha notato la macchina mentre era di pattuglia. Erano circa le tre, e si è subito accorto del distintivo di medico legale sotto il parabrezza.» Mi lanciò un'occhiata. «Se fa il giro, dalla parte del passeggero vedrà del sangue vicino all'orecchio destro. Un lavoretto veramente pulito.»

Marino indietreggiò di qualche passo, studiando la neve calpestata. «Mi sa che le impronte possiamo anche scordarcele.»

«Purtroppo è un macello, la neve si sta sciogliendo. Era già così quando siamo arrivati noi.»

«Avete trovato bossoli?»

«Negativo.»

«La famiglia è stata informata?»

«Non ancora. Pensavo che avreste preferito occuparvene voi» rispose Lucero.

«Faccia assolutamente in modo che la sua identità e professione non arrivino ai media prima che sia stata avvisata la famiglia. Cristo.» Marino si girò verso di me. «Cosa pensi di fare?»

«Non voglio toccare niente all'interno della macchina» mormorai, scrutando la zona circostante mentre estraevo la macchina fotografica. Ero perfettamente lucida, ma le mie mani non smettevano di tremare. «Datemi un attimo di tempo, poi la trasferiamo sulla barella.»

«Voi siete pronti?» chiese Marino a Lucero.

«A vostra disposizione.»

Susan indossava jeans sbiaditi e vecchi stivaletti con le stringhe, più il cappotto di lana nero abbottonato fino al collo. Ebbi un tuffo al cuore nel notare un lembo del foulard di seta rosso che spuntava dal colletto. Portava occhiali da sole ed era riversa sul sedile di guida, in posizione rilassata, quasi stesse dormendo. Sul rivestimento grigio perla sotto il collo si intravedeva una macchia rossastra. Feci il giro della macchina, e dall'altro lato vidi il sangue di cui parlava Lucero. Stavo per iniziare a scattare le foto, quando mi fermai e mi chinai sul suo viso, dove avvertii il sentore tipico di un'acqua di colonia maschile. Notai anche che la cintura di sicurezza era slacciata.

Non le toccai la testa finché non furono arrivati gli infermieri. Poi il corpo di Susan venne trasportato in barella sull'autoambulanza, allora salii a mia volta e trascorsi alcuni minuti in cerca di ferite da arma da fuoco. Ne trovai una alla tempia destra e un'altra alla base del cranio, appena sotto l'attaccatura dei capelli. Passai una mano inguantata nella sua chioma castana, cercando invano altre tracce di sangue.

Marino mi raggiunse. «Quante volte le hanno sparato?» chiese.

«Ho trovato due fori d'entrata. Nessuno di uscita, però, anche se al tatto sento una pallottola sotto la pelle dell'osso temporale sinistro.»

Guardò preoccupato l'orologio. «I Dawson non vivono lontano da qui. Stanno a Glenburnie.»

«I Dawson?» Mi tolsi i guanti.

«Sì, i genitori. Devo andare a parlargli. Adesso. Prima che qualche deficiente si lasci sfuggire qualcosa e la notizia finisca alla radio o in tv. Dirò a una pattuglia di riaccompagnarti a casa.»

«No» dissi. «Vengo con te. Mi sembra il minimo.»

Mentre ci allontanavamo, lungo le vie cominciavano ad accendersi i lampioni. Marino fissava la strada davanti a sé, il volto pericolosamente paonazzo.

«Maledizione!» sbottò, picchiando un pugno sul volante. «Maledizione maledizione e ancora maledizione! Le hanno sparato alla testa. *A una donna incinta!*»

Continuai a guardar fuori dal finestrino, i pensieri mi si affollavano nella mente interrotti da frammenti di immagini distorte.

Mi schiarii la gola. «Il marito è già stato rintracciato?»

«A casa non risponde nessuno. Probabilmente sarà dai genitori. Cristo, odio queste cose. Non voglio farlo. Perché? Perché? Buon fottutissimo Natale! Ti arrivo alla porta e, zac, ti frego per sempre dicendoti una cosa che ti rovinerà il resto della vita.»

«Tu non hai fregato né rovinato la vita di nessuno, Marino.»

«Esatto, non ancora, capo. Ma preparati, perché presto lo farò.»

Svoltò in Albermarle. Bidoni della spazzatura aggiuntivi

erano stati sistemati sul bordo della strada e giacevano circondati da sacchetti pieni di rifiuti natalizi. Le finestre delle case emettevano caldi bagliori, le luci colorate degli alberi riflesse sui vetri. Lungo il marciapiede, un giovane padre trainava il figlioletto su una slitta sculettante; entrambi ci sorrisero e salutarono con la mano. Glenburnie era un quartiere abitato da famigliole borghesi e giovani professionisti single, sposati o gay. Nei mesi più caldi, la gente se ne stava in veranda e cucinava in giardino, organizzava feste e si salutava dalla strada.

La modesta abitazione dei Dawson era in stile Tudor, riparata sul davanti da una curatissima siepe di sempreverde. Le luci erano accese sui due piani della casa, una vecchia stationwagon sostava vicino al marciapiede.

Suonammo il campanello.

«Chi è?» chiese una voce di donna al di là della porta.

«Signora Dawson?»

«Sì?»

«Agente speciale Marino, della polizia di Richmond. Devo parlarle» scandì Marino a voce alta, mettendo il distintivo davanti allo spioncino.

La serratura scattò, mentre il cuore mi batteva sempre più forte. Mi era già capitato altre volte di trovarmi di fronte a genitori disperati che urlavano chiedendo pietà, e ogni volta, mentre si aggrappavano alle mie mani, li avevo rabboniti con frasi di circostanza: «Ce la farete. Sono momenti che si superano». Avevo mormorato mille "Mi dispiace" ad altrettanti innamorati straziati dal dolore, in povere stanze dove mancava l'aria e dove persino i ministri del culto si sentivano persi. Ma non avevo mai portato la morte in una casa il giorno di Natale.

L'unica somiglianza che rilevai fra la signora Dawson e sua figlia fu la mascella pronunciata. La madre aveva lineamenti appuntiti e capelli corti e bianchi, non superava i quarantacinque chili di peso e mi faceva venire in mente un uccellino spaurito. Quando Marino mi presentò, vidi il panico traboccarle dagli occhi.

«Cos'è successo?» sussurrò.

«Sono dolente di portarle cattive notizie, signora Dawson» disse Marino. «Si tratta di sua figlia Susan. È stata uccisa.»

Da una stanza adiacente provenne un suono di passi leggeri, e poco dopo una bambinetta apparve sulla soglia di una porta alla nostra destra. Si fermò, osservandoci con grandi occhi azzurri.

«Hailey, dov'è il nonno?» chiese la signora Dawson con voce tremante, il viso terreo.

«Di sopra.» Hailey era una specie di maschiaccio in miniatura, in blue jeans e scarpe da tennis di pelle nuove di zecca. I capelli biondi brillavano come oro, e portava occhiali da vista per correggere un lieve strabismo. Doveva avere al massimo otto anni.

«Vai a dirgli di scendere» riprese la nonna. «E tu e Charlie restate di sopra finché non vengo io.»

La bimba esitò un attimo, infilandosi due dita in bocca e lanciandoci un'occhiata ostile.

«Sbrigati, Hailey!»

Hailey scattò, con un'improvvisa esplosione di energia.

Andammo a sederci in cucina, insieme alla madre di Susan. Non si appoggiò allo schienale della sedia, né pianse, finché il marito non l'ebbe raggiunta qualche istante più tardi.

«Oh, Mack» disse allora con un fil di voce. «Oh, Mack.» E cominciò a singhiozzare.

Le passò un braccio intorno alle spalle, attirandola a sé. Anche il suo viso impallidì, e le labbra si strinsero, quando Marino spiegò l'accaduto.

«Sì, conosco Strawberry Street» disse il padre di Susan. «Ma non ho proprio idea del perché ci fosse andata. Che io sappia, non è una zona che frequentava. E poi, oggi è tutto chiuso. Non so. Non so.»

«Sapete dove si trova il marito, Jason Story?» chiese Marino.

«È qui.»

«Qui?» Si guardò intorno.

«Di sopra. Dorme. Non si sente bene.»

«Di chi sono i bambini?»

«Di Tom e Marie. Tom è nostro figlio. Sono venuti per le feste, ma oggi pomeriggio presto sono andati a Tidewater, a trovare degli amici. Dovrebbero rientrare da un momento all'altro.» Prese la mano della moglie. «Millie, queste persone avranno certo molte domande da farci. È meglio che tu vada a svegliare Jason.»

«Senta» intervenne Marino, «preferirei parlargli un attimo da solo. Le spiacerebbe portare me da lui?»

La signora Dawson annuì, nascondendosi il viso fra le mani.

«Poi stai con Charlie e Hailey» le disse il marito. «E prova a chiamare tua sorella: magari può venire qui.»

I suoi pallidi occhi azzurri seguirono la moglie e Marino fuori dalla cucina. Il padre di Susan era un uomo alto, dall'ossatura sottile e folti capelli castano scuro, con rade striature grigie. Susan gli assomigliava, probabilmente anche come carattere.

«La sua macchina era vecchia. Non possedeva oggetti di valore e so per certo che non aveva niente a che fare con la droga o cose del genere.» Mi scrutò con aria indagatrice.

«Non sappiamo perché sia successo, reverendo Dawson.»

«Aspettava un bambino» disse poi, mentre la voce gli si affievoliva in gola. «Come hanno potuto?»

«Non lo so. Non lo so davvero» ripetei.

Tossì. «Non aveva armi.»

Per un attimo non capii cosa intendeva, ma poi lo rassicurai. «No. No, la polizia non ha trovato nessuna arma. Nulla fa pensare che si sia sparata.»

«La polizia. Non è lei, la polizia?»

«No. Io sono il capo medico legale. Kay Scarpetta.»

Mi fissò imbambolato.

«Sua figlia lavorava per me.»

«Oh, ma certo. Mi scusi.»

«Non so come consolarla» dissi, in preda a una certa difficoltà. «Devo ancora capacitarmene io stessa. Ma le garantisco che farò tutto il possibile per scoprire cos'è successo. Ci tengo che lo sappia fin da ora.»

«Susan parlava di lei. Aveva sempre desiderato diventare medico.» Distolse lo sguardo, ricacciando indietro le lacrime.

«L'ho vista ieri sera. Brevemente, a casa sua.» Esitai, incapace di scavare nella carne viva delle loro vite private. «Mi è sembrata preoccupata. E ultimamente non era più venuta al lavoro.»

Il padre deglutì, incrociando saldamente le dita sul tavolo. Aveva le nocche completamente bianche.

«Dobbiamo pregare. Vuole pregare con me, dottoressa Scarpetta?» Mi tese una mano. «Per favore.»

Mentre le sue dita si stringevano intorno alle mie, non potei fare a meno di ripensare all'evidente disprezzo che Susan aveva nutrito nei riguardi del padre, così come alla sfiducia verso ciò che egli rappresentava. I fondamentalisti spaventavano anche me. Chiudere gli occhi e lasciarmi stringere la mano dal reverendo Mack Dawson mi dava l'ansia. Lo sentii ringraziare Dio per una pietà che sinceramente non vedevo da nessuna parte, e alludere a promesse che nemmeno il Signore avrebbe più potuto mantenere. Riaprii gli occhi e ritirai la mano. Per un terribile istante temetti che il padre di Susan avesse percepito il mio scetticismo e intendesse interrogarmi sulla mia fede. Ma, fortunatamente, in quel momento lo stato in cui versava la mia anima non era il primo dei suoi pensieri.

Dal piano superiore udii una voce protestare, ma non riuscii a distinguere le parole. Poi una sedia grattò sul pavimento. Il telefono prese a squillare, e la voce tornò a sollevarsi in un primordiale urlo di rabbia e dolore. Il signor Dawson chiuse gli occhi e mormorò qualcosa di strano. Mi parve di sentirlo dire: «Resta in camera».

«Jason è sempre stato qui» disse poi. Vidi le vene che gli pulsavano alle tempie. «Immagino che possa benissimo difendersi da solo, ma volevo dirglielo io.»

«Poco fa mi accennava che non si è sentito bene.»

«Si è svegliato con un principio di raffreddore. Dopo pranzo Susan gli ha misurato la febbre, e gli ha detto di mettersi a letto. Non avrebbe mai fatto del male... Oh, insomma.» Un altro colpo di tosse. «So che la polizia deve fare anche queste domande, deve considerare la situazione domestica. Comunque, non era il loro caso.»

«Reverendo Dawson, a che ora è uscita Susan, oggi, e dove ha detto di essere diretta?»

«Dopo pranzo, quando ormai Jason era a letto. Credo fosse l'una e mezzo, forse le due. Ha detto che andava da un'amica.»

«La conosce?»

Il suo sguardo vagava oltre le mie spalle. «Era una compagna di liceo. Si chiama Dianne Lee.»

«E dove abita questa Dianne?»

«Nel Northside, vicino al seminario.»

«Ma l'auto di Susan è stata ritrovata in una laterale di Strawberry Street, non nel Northside.»

«Be', immagino che se qualcuno... potrebbe essere finita ovunque.»

«Sarebbe utile scoprire se è mai arrivata a casa di Dianne, e da chi è partita l'idea di incontrarsi oggi» dissi.

Il padre di Susan si alzò e cominciò ad aprire vari cassetti di cucina. Al quarto tentativo trovò le guide del telefono. Le mani gli tremavano, mentre sfogliava le pagine e componeva un numero. Dopo essersi ripetutamente schiarito la voce, chiese di parlare con Dianne.

«Capisco. Di cosa si trattava?» Rimase in ascolto per un attimo. «No, no.» La voce ebbe un tremito. «No, non va tutto bene.»

Restai seduta in silenzio mentre lui spiegava, e intanto cercai di immaginarlo in un giorno di molti anni prima, sempre al telefono, mentre parlava della morte dell'altra figlia, Judy. Quando tornò al tavolo, confermò ciò che già temevo. Quel pomeriggio Susan non era andata a trovare l'amica, né avevano mai preso accordi in tal senso: Dianne era fuori città.

«È dai genitori del marito, nel North Carolina» spiegò il reverendo. «Sono partiti qualche giorno fa. Perché mai Susan ha mentito? Non ce n'era alcun bisogno. Le ho sempre insegnato che la menzogna non è mai necessaria, qualunque cosa si debba dire.»

«Evidentemente non voleva che nessuno sapesse dov'era diretta, né chi stava andando a trovare. So che questo dà adito a spiacevoli supposizioni, ma non possiamo tralasciare nulla» risposi in tono accomodante.

L'uomo si guardò le mani.

«Lei e Jason andavano d'accordo?»

«Non so.» Fece forza su se stesso per darsi un contegno. «Oh, Signore, perché ancora?» Di nuovo, lo vidi sussurrare in maniera curiosa. «Vai nella tua stanza, per favore. Per favore.» Poi mi fissò con gli occhi iniettati di sangue. «Aveva una sorella gemella. Judy morì quando erano al liceo.»

«In un incidente d'auto. Lo so, Susan me l'ha raccontato. Mi dispiace tantissimo.»

«Non si è mai ripresa dallo shock. Dava la colpa a Dio. E anche a me.»

«Personalmente non ho avuto questa impressione» obiettai. «Se mai dava la colpa a qualcuno, era a una ragazza di nome Doreen.»

Il signor Dawson estrasse un fazzoletto e si soffiò silenziosamente il naso. «A chi?» domandò poi.

«Una compagna di scuola, quella che dicevano fosse una strega.»

Scosse la testa.

«Dicevano anche che avesse lanciato una maledizione contro Judy» ripresi, ma mi accorsi che era fatica sprecata: Dawson non sapeva nemmeno di cosa stavo parlando. L'arrivo di Hailey ci fece voltare. Indossava un guantone da baseball, e aveva gli occhi spaventati.

«Cos'hai, tesoro? Me lo fai vedere?» dissi, sforzandomi di sorridere.

La bimba si avvicinò. Sentii l'odore del cuoio nuovo. Il guanto era legato con un laccio, e nell'incavo della mano c'era nascosta una palla, come una grande perla in un'ostrica.

«Me l'ha regalato zia Susan» spiegò. «Ma deve prendere la forma. Zia Susan ha detto che devo tenerlo sotto il materasso per una settimana.»

Il nonno allungò le braccia e la sollevò facendola sedere in grembo. Poi le sprofondò il viso fra i capelli, stringendola forte. «Piccola mia, il nonno vuole che tu vada nella tua stanza e che ci resti un pochino. Vuoi fargli questo piacere, intanto che lui mette a posto certe cose? Solo per un pochino, tesoro.»

Hailey annuì, senza mai distogliere gli occhi da me.

«Cosa stanno facendo la nonna e Charlie?»

«Non lo so.» Scivolò giù dalle ginocchia del nonno e, riluttante, uscì dalla cucina.

«Gliel'aveva detto anche prima» notai.

Il reverendo aveva lo sguardo perso.

«Intendo che gliel'aveva detto anche prima, di andare in camera» spiegai. «L'ho sentita, poco fa. Stava bisbigliando a qualcuno di restare in camera. Con chi parlava?»

Abbassò gli occhi. «Per un bambino esiste solo l'io. L'io sente intensamente, piange, non sa controllare le emozioni. Allora a volte è meglio mandarlo nella sua stanza, così come ho fatto adesso con Hailey. È un piccolo trucco che ho imparato da bambino. Era indispensabile: mio padre non sopportava che piangessi.»

«Piangere è un diritto, reverendo Dawson.»

I suoi occhi si colmarono di lacrime. In quel momento udii i passi di Marino sulle scale. Poco dopo entrò in cucina, e il signor Dawson riprese a sussurrare, in preda all'angoscia.

Marino lo guardò senza capire. «Credo che sia arrivato suo figlio» annunciò.

Allora il padre di Susan scoppiò in un pianto disperato. Nell'oscurità del pomeriggio invernale, due portiere sbatterono e uno scroscio di risate risuonò sulla veranda.

Il pranzo di Natale finì nella pattumiera. Trascorsi la serata attaccata al telefono e camminando irrequieta per tutta la casa, mentre Lucy rimase chiusa nel mio studio. Occorreva organizzarsi. L'omicidio aveva gettato l'ufficio in uno stato di profonda crisi. Il caso andava chiuso e dovevo fare in modo che le foto scattate non finissero in mano ad amici e colleghi. La polizia avrebbe dovuto perquisire il suo ufficio e l'armadietto personale nello spogliatoio, e interrogare i membri del mio staff.

«Non me la sento» disse Fielding, il mio vice.

«Capisco» risposi con un nodo in gola. «Non mi aspetto, né pretendo che nessuno ci vada.»

«E tu?»

«Io devo farlo.»

«Cristo. Non posso crederci. Non posso veramente crederci.»

Il dottor Wright, mio vice a Norfolk, acconsentì gentilmente a raggiungermi a Richmond il mattino dopo. Essendo domenica, in tutto lo stabile c'era solo Vander, venuto per darci una mano con il Luma-Lite. Se anche fossi stata emotivamente in grado di eseguire l'autopsia su Susan, avrei rifiutato: la cosa peggiore che potessi fare per lei era gettare il suo caso in pasto a una difesa che avrebbe messo in discussione l'oggettività e il giudizio di un esperto testimone che purtroppo era stato anche suo diretto superiore. Così mi sedetti a una scrivania dell'obitorio. Di quando in quando Wright faceva qualche commento a voce alta, al di sopra del tintinnio degli strumenti d'acciaio e del rumore dell'acqua corrente, mentre io fissavo il muro di cemento. Non sfiorai un solo foglio di carta al quale Susan stesse lavorando, né etichettai una sola provetta destinata al laboratorio di analisi. Non mi girai nemmeno per guardare.

A un certo punto gli chiesi: «Le senti addosso qualche odore particolare, o magari sui vestiti? Un'acqua di colonia?».

Wright smise di trafficare, e udii i suoi passi sul pavimento. «Sì. È molto forte, soprattutto attorno al colletto del cappotto e sul foulard.»

«Secondo te potrebbe essere una colonia da uomo?»

«Uhm. Sì, credo di sì. Sì, mi sembra una fragranza maschile. Magari era quella del marito.» Wright era prossimo al pensionamento, un uomo panciuto e affetto da calvizie incipiente, con un marcato accento della Virginia occidentale. Era un ottimo patologo forense, e sapeva esattamente cosa stavo cercando.

«Buona supposizione» commentai. «Dirò a Marino di verificare. Ma ieri il marito era ammalato: dopo pranzo è andato a letto, quindi non credo avesse addosso acqua di colonia. Ciò non esclude che l'avessero usata il fratello o il padre, e che un po' del profumo le fosse rimasto sul colletto quando li ha abbracciati prima di uscire.»

«La pistola era di piccolo calibro. Nessun foro d'uscita.»

Chiusi gli occhi e rimasi in ascolto.

«La ferita alla tempia destra misura meno di mezzo centimetro di diametro, zero e quarantasette, per la precisione, e presenta una zona annerita di un centimetro virgola due. L'immagine non è chiara: un po' di alone e di polvere, ma la maggior parte si è persa nei capelli. Tracce di polvere anche nel muscolo temporale. Niente di rilevante nelle ossa e nella duramadre.»

«La traiettoria?» chiesi.

«Il proiettile attraversa il lato posteriore del lobo frontale destro, quindi dall'anteriore raggiunge i gangli della base e colpisce l'osso temporale sinistro, per conficcarsi nel muscolo sotto la cute. E stiamo parlando di un normale proiettile di piombo: con rivestimento in rame, ma non incapsulato.»

«E non è andato in frantumi?»

«No. Poi abbiamo la seconda ferita, alla base del cranio. Margine nero, bruciato e abraso, con l'impronta della bocca della canna. Una piccola lacerazione, di circa zero virgola sedici, ai bordi. Molta polvere nei muscoli occipitali.»

«Un colpo sparato a bruciapelo?»

«Sì. A mio parere, le ha premuto la canna contro il collo. Il proiettile penetra nella giunzione tra il forame magno e la prima cervicale, sbuca in corrispondenza della giunzione cervico-midollare e risale nel ponte.»

«Che angolazione ha?»

«Piuttosto pronunciata. Quindi, se al momento in cui è stata ferita sedeva in macchina, vuol dire che era già accasciata in avanti o che aveva la testa chinata.»

«Ma non è così che l'hanno trovata» dissi. «Anzi, stava appoggiata all'indietro, sul sedile.»

«Allora immagino che sia stato l'assassino a metterla in quella posizione» commentò Wright. «Dopo averle sparato. E direi anche che il proiettile che le ha attraversato il ponte è stato esploso per ultimo. Secondo me la vittima era già menomata, e forse al secondo colpo si è accasciata.»

In certi momenti riuscivo anche ad affrontare la cosa, come se non riguardasse nessuno di mia conoscenza. Poi, all'improvviso, mi coglieva un tremore e sentivo salirmi le lacrime agli occhi. Due volte dovetti uscire a prendere una boccata d'aria fresca nel parcheggio. Quando Wright arrivò al feto di dieci settimane che Susan aveva nell'utero, il feto di una bambina, mi ritirai nel mio ufficio al piano di sopra. Secondo le leggi della Virginia, il figlio non ancora nato non era considerato una persona, dunque non era stato assassinato in quanto non si possono assassinare delle non-persone.

«Due in un colpo» disse tristemente Marino quel pomeriggio, per telefono.

«Sì, lo so» risposi, pescando una boccetta di aspirina dalla borsa.

«Al processo, la giuria non verrà nemmeno messa al corrente della gravidanza. Un fatto inammissibile, non importa se l'assassino ha ucciso una donna incinta.»

«Lo so, lo so» ripetei. «Wright ha quasi finito. Durante l'esame esterno non è emerso nulla di significativo. Nessuna traccia, niente. E le tue ricerche, come procedono?»

«Susan stava sicuramente passando un momentaccio.»

«Problemi con il marito?»

«Stando a quanto dice lui, problemi con te. Sostiene che la stavi importunando, che continuavi a chiamarla a casa, e che spesso, quando tornava dal lavoro, si comportava in maniera strana, come se fosse terrorizzata da qualcosa.»

«Susan e io non avevamo nessun problema.» Ingoiai tre aspirine con un sorso di caffè freddo.

«Ti sto solo riferendo ciò che sostiene lui. Ma una cosa penso che la troverai interessante: a quanto pare abbiamo un'altra piuma. Con questo non intendo dire che ci siano dei legami con il caso Deighton, capo, ma insomma... Forse abbiamo a che fare con qualcuno che indossa un piumino, o guanti imbottiti. Non so, però è un fatto insolito. L'unica altra volta in cui abbiamo trovato piume in giro è stata quando quel tizio ha sfondato la finestra per entrare in una casa e si è tagliato la giacca a vento.»

Il mal di testa era così forte da darmi la nausea.

«Nella macchina di Susan abbiamo trovato una piuma piccolissima» proseguì. «Era attaccata al rivestimento interno della portiera del passeggero, in basso, cinque o sei centimetri sotto il poggiagomito.»

«Me la potresti portare?» chiesi.

«Sì. Come intendi procedere, adesso?»

«Chiamerò Benton.»

«Ci ho già provato anch'io, ma purtroppo è fuori città.»

«Devo sapere se posso rivolgermi a Minor Downey, del laboratorio analisi peli e fibre dell'Fbi. È specializzato nell'esame delle piume.»

«Capisco» disse Marino.

8

All'Unità di scienze comportamentali dell'Fbi, nei meandri sotterranei dell'Accademia di Quantico, il telefonò squillò a lungo. Immaginai il labirinto tetro e disorientante di corridoi e uffici che ospitavano le reliquie di antichi guerrieri come Benton Wesley, in quel momento in montagna a sciare.

«Sono rimasto solo io» confermò in tono garbato l'agente che infine rispose.

«Parla la dottoressa Scarpetta, devo contattarlo con la massima urgenza.»

Benton Wesley mi ritelefonò di lì a poco.

«Benton, dove sei?» urlai per superare le interferenze telefoniche della linea disturbatissima.

«In macchina» rispose. «Connie e io abbiamo trascorso il Natale con i suoi, a Charlottesville. Adesso ci stiamo dirigendo a Hot Springs. Senti, ho già saputo di Susan Story, sono veramente costernato. Ti avrei chiamato stasera.»

«Sta andando via la linea, Benton. Non ti sento più.»

«Aspetta.»

Aspettai per un minuto buono. Finalmente tornò a farsi sentire.

«Adesso va meglio. Siamo in un'area bassa. Dimmi qual è il problema.»

«Mi serve l'aiuto del Bureau per fare analizzare alcune piume.»

«Sta bene. Avviserò Downey.»

«Ho bisogno di parlarti, Benton» aggiunsi con grande riluttanza, perché sapevo di metterlo alle strette. «Non credo che la cosa possa aspettare.»

«Un attimo.»

Questa volta la pausa non era dovuta a disturbi elettrostatici: stava consultandosi con la moglie.

«Scii?» chiese dopo un po'.

«Dici a me?»

«Senti, Connie e io staremo all'Homestead per un paio di giorni. Potremmo vederci lì. Riesci a liberarti?»

«Sono pronta a smuovere mari e monti. Porterò anche Lucy.»

«Splendido. Lei e Connie potranno tenersi compagnia mentre io e te parliamo. Ti prenoterò una stanza appena arriviamo. Pensi di riuscire a portarmi un po' di materiale?»

«Certo.»

«Compreso tutto quello che hai sul caso Robyn Naismith. Vorrei poter spaziare liberamente.»

«Grazie, Benton» dissi, riconoscente. «E, per favore, ringrazia anche Connie da parte mia.»

Decisi di tornare subito a casa, ma in ufficio fornii meno spiegazioni possibile.

«Ti farà bene» commentò Rose, prendendo nota del numero dell'Homestead: peccato non avesse capito che non stavo andando in vacanza. Per un attimo, quando le dissi di comunicare a Marino il mio recapito qualora avesse voluto contattarmi per eventuali sviluppi nelle indagini relative a Susan, i suoi occhi si riempirono di lacrime.

«Ma non farne parola con nessun altro» aggiunsi.

«Negli ultimi venti minuti hanno telefonato tre giornalisti» disse. «Compreso uno del "Washington Post".»

«Per il momento non ho alcuna intenzione di parlare del caso di Susan. Regolati come al solito, di' che stiamo ancora aspettando i risultati delle analisi. E che sono fuori città, irraggiungibile.»

Una ridda di immagini mi accompagnò nel viaggio verso ovest, in direzione delle montagne. Rividi Susan in camice e morbidi pantaloni da lavoro, poi le facce dei genitori mentre Marino dava loro la cattiva notizia.

«Ti senti bene?» chiese Lucy. Da quando eravamo partite da casa, non aveva smesso un attimo di osservarmi.

«Sono solo un po' preoccupata» risposi, concentrandomi sulla guida. «Vedrai, sciare ti piacerà. Secondo me è uno sport che ti è congeniale.»

Guardò fuori dal finestrino, senza replicare. Il cielo era di un azzurro slavato e le montagne all'orizzonte apparivano spolverate di neve.

«Mi dispiace» aggiunsi. «Sembra proprio che ogni volta che vieni a trovarmi succeda qualcosa per cui non posso dedicarti tutta la mia attenzione.»

«Non ho bisogno di tutta la tua attenzione.»

«Un giorno capirai.»

«Forse anch'io sarò così sul lavoro. Sai, credo di avere preso da te, e spero di arrivare ad avere altrettanto successo.»

Mi sentivo l'anima pesante come il piombo. Fortunatamente avevo messo gli occhiali da sole, perché l'ultima cosa che desideravo al mondo era farmi vedere da Lucy in quello stato.

«So che mi vuoi bene, e questo è l'importante. E so anche che mia madre invece non mi ama» riprese.

«Dorothy ama te quanto è in grado di amare chiunque.»

«Hai ragione: quanto è in grado, il che significa molto poco, visto che non sono un uomo. Lei ama solo gli uomini.»

«No, Lucy, ti sbagli. Tua madre non li ama veramente. Non sono che un sintomo della sua ricerca ossessiva di una persona che la faccia sentire intera. Non ha ancora capito che ognuno deve completarsi da solo.»

«Il fatto è che ogni volta trova dei deficienti.»

«Sono d'accordo con te che effettivamente la sua media non è molto elevata.»

«Io non farò come lei. Io non voglio assomigliarle in niente.»

«Non le assomigli, piccola. Non sei come tua madre.»

«Ho letto sul depliant che nel posto dove stiamo andando c'è anche il tiro al piattello.»

«Sì, c'è un po' di tutto.»

«Hai portato le tue pistole?»

«Mica spari con una pistola, a un piattello.»

«Se sei di Miami, sì.»

«Se non la pianti di sbadigliare, mi farai venir sonno.»

«Perché non hai portato un'arma?» insisté.

La Ruger era in valigia, ma non avevo nessuna intenzione di dirglielo. «E tu perché ti preoccupi tanto di sapere se sono armata o no?» replicai.

«Perché vorrei diventare brava a sparare. Così brava da colpire ogni volta le dodici spaccate» rispose con aria insonnolita.

Prese la giacca e la appallottolò, infilandosela sotto la testa a mo' di cuscino. Avevo il cuore gonfio. Si accoccolò di fianco a me, la sommità della sua testa mi sfiorava la coscia. Non aveva idea di quanto grande fosse la tentazione di rispedirla subito a Miami, ma di sicuro aveva percepito la mia paura.

L'Homestead sorgeva in un'area di quindicimila acri di bosco e corsi d'acqua, sui monti Allegheny, e davanti al corpo principale dell'edificio in mattoni scuri si stagliava un colonnato bianco. Su ciascuna delle quattro facciate della candida cupola c'era un orologio, sempre esatto e leggibile anche a chilometri di distanza. In quel momento, i campi da tennis e da golf giacevano sotto una coltre di neve ancora intonsa.

«Sei fortunata» dissi a Lucy, mentre premurosi fattorini in uniforme grigia ci venivano incontro. «Le piste saranno in condizioni perfette.»

Benton Wesley era riuscito a prenotarci una camera doppia con porte finestre scorrevoli che si aprivano su un balcone affacciato sul casinò. Al centro del tavolo spiccava un vaso con un mazzo di fiori da parte sua e di Connie. "Ci vediamo sulle piste" diceva il biglietto d'accompagnamento. "Abbiamo prenotato una lezione per Lucy alle tre e mezzo."

«Dobbiamo sbrigarci» le dissi, aprendo le valigie. «Fra quaranta minuti esatti ti aspetta la prima lezione di sci. Provati questi.» Le tirai sul letto un paio di pantaloni rossi, seguiti da una giacca a vento, calze, muffole e maglione. «Non dimenticare il marsupio. Qualunque altra cosa ti serva, la compreremo dopo.»

«Sono senza occhiali» disse, infilandosi un maglione a collo alto blu elettrico. «Il riverbero mi accecherà.»

«Intanto puoi usare i miei. Comunque il sole tramonterà presto.»

Ora che prendemmo la funivia, noleggiammo l'equipaggiamento per Lucy e contattammo l'istruttore allo skilift, erano già le tre e ventinove. Gli sciatori erano delle macchie sgargianti che scivolavano verso valle e solo all'ultimo momento si trasformavano in persone. Mi piegai in avanti, le lamine degli sci ben incuneate nella neve, e mi riparai gli occhi con una mano scrutando attentamente code e seggiovie. Il sole aveva raggiunto la sommità degli alberi e faceva brillare i candidi fianchi delle montagne, mentre le ombre iniziavano ad allungarsi e la temperatura calava rapidamente.

Li riconobbi solo perché sciavano con una grazia tutta particolare: i bastoncini sollevati come due piume, scendevano senza quasi sollevare un fiocco di neve, composti e leggeri. Sventolai una mano. Dopo essersi girato verso Connie per gridarle qualcosa che non sentii, Benton Wesley si lanciò a tutta velocità puntando diritto verso di me. I suoi sci erano così uniti che non ci sarebbe passato nemmeno un foglio di carta.

Quando frenò in mezzo a un'impalpabile nuvola di neve e sollevò gli occhiali mi resi conto che, anche se non l'avessi conosciuto, mi sarei comunque fermata a guardarlo. I pantaloni da sci neri gli fasciavano le gambe perfettamente muscolose che mai e poi mai avrei immaginato nascondersi sotto i calzoni dei suoi formalissimi completi, e la giacca che indossava mi fece venire in mente un tramonto a Key West. Aveva gli occhi e il viso arrossati dal freddo, il che rendeva i suoi lineamenti spigolosi ancora più taglienti. Poco dopo, Connie si fermò al suo fianco.

«È magnifico che tu sia qui» disse Wesley. La sua voce e il suo aspetto non mancavano mai di ricordarmi Mark. Erano stati colleghi e grandi amici, e li si sarebbe potuti tranquillamente scambiare per fratelli.

«E Lucy?» si informò Connie.

«In questo momento sta conquistando il suo primo skilift» risposi, indicandola.

«Spero che non se la sia presa a male, se le abbiamo prenotato una lezione.»

«Prendersela a male? Non so come ringraziarvi: è al settimo cielo dalla gioia.»

«Credo che farò una piccola pausa» disse Connie. «Resterò qui a guardarla, poi andremo a bere qualcosa di caldo: sono certa che presto anche Lucy ne sentirà il bisogno. Tu invece hai sempre l'aria fresca e riposata, caro.»

«Ti vanno un paio di discese veloci?» mi propose Wesley.

Mentre eravamo in coda parlammo del più e del meno, quindi aspettammo in silenzio che la seggiovia a due posti doppiasse il pilone e ci sedemmo. Wesley abbassò la sbarra, mentre il cavo ci trascinava lentamente verso la cima della montagna. L'aria era così tersa da dare le vertigini, rotta solo dal tenue fruscio o da qualche colpo sordo degli sci sul fondo compatto. In mezzo agli alberi si intravedevano le cascate di neve artificiale sparata dai cannoni.

«Ho parlato con Downey» riprese Wesley. «Ti aspetta al quartier generale appena torni.»

«Splendido» commentai. «Allora, cosa sai, Benton?»

«Marino e io ci siamo parlati un paio di volte. A quanto pare, in questo momento ti trovi davanti a una serie di casi non necessariamente collegati fra loro da prove, ma da una strana coincidenza temporale.»

«Non la definirei una semplice coincidenza. Immagino che ti abbiano detto dell'impronta di Ronnie Waddell trovata in casa di Jennifer Deighton.»

«Sì.» Il suo sguardo si posò su una macchia di sempreverdi, dietro ai quali brillava il sole. «Come ho già detto a Marino, spero che esista una spiegazione logica a questo fatto.»

«La spiegazione logica potrebbe essere che, a un certo punto, Waddell è andato in quella casa.»

«Allora ci troveremmo di fronte a una situazione veramente assurda, Kay: un prigioniero del braccio della morte che torna a uccidere per le strade della città. Non solo, ma dobbiamo anche pensare che qualcun altro è stato giustiziato al suo posto la notte del tredici dicembre. E dubito che ci siano molti volontari per un'impresa del genere.»

«Poco ma sicuro» dissi.

«Cosa sai dei precedenti di Waddell?»

«Quasi niente.»

«Io ebbi un colloquio con lui, anni fa, a Mecklenburg.»

Lo guardai con interesse.

«Ci tengo a premettere che in quell'occasione non si dimostrò particolarmente incline a collaborare, nel senso che non volle parlare del caso di Robyn Naismith. Disse che, se l'aveva uccisa, non se lo ricordava. Affermazione piuttosto comune, peraltro: la maggior parte dei criminali violenti con cui ho parlato o dice di soffrire di cattiva memoria, o nega addirittura di avere commesso i delitti in questione. Prima che arrivassi tu mi sono fatto spedire via fax una copia della scheda di valutazione di Waddell. Ne discuteremo dopo cena.»

«Sono contenta di essere venuta, Benton.»

Guardava diritto davanti a sé, le nostre spalle si sfioravano appena. La pista sotto di noi si faceva sempre più ripida, e noi continuavamo a salire in silenzio. «Come stai, Kay?» riprese dopo un po'.

«Meglio. Ogni tanto ho ancora qualche momentaccio, ma poi passa.»

«Lo so. Capiteranno sempre, ma sempre più di rado, spero. Finché arriveranno giorni in cui non ci penserai affatto.»

«Sì» ammisi. «Ogni tanto capita già.»

«Stiamo seguendo una buona pista. Pensiamo di sapere chi ha piazzato la bomba.»

Sollevammo le punte degli sci e ci sporgemmo in avanti, mentre la seggiovia ci depositava a terra sospingendoci come due uccellini in partenza dal nido per il loro primo volo. Avevo le gambe rigide e congelate, e all'ombra degli alberi la neve si era solidificata in pericolose lastre di ghiaccio. I lunghi sci bianchi di Benton Wesley si mimetizzarono subito con il fondo, restituendo gli stessi accecanti bagliori. Lo vidi danzare giù per la discesa avvolto in una nube argentea; di quando in quando si fermava e si girava a controllare, mentre io sventolavo una racchetta continuando nella mia languida andatura da slalom gigante. A metà della pista mi ero già riscaldata, ero sciolta e rilassata e i miei pensieri volavano liberi.

In albergo trovai un messaggio da parte di Marino: sarebbe rimasto in centrale fino alle cinque e mezzo, potevo richiamarlo.

«Cosa succede?» chiesi, quando rispose.

«Purtroppo, niente che ti aiuterà a dormire meglio stanotte. Tanto per cominciare, Jason Story sparla di te con chiunque abbia la pazienza di starlo ad ascoltare, giornalisti inclusi.»

«Deve pur sfogare la sua rabbia da qualche parte» commentai, rannuvolandomi all'istante.

«Be', in ogni caso non è questo il problema principale. Non riusciamo a trovare le schede con le impronte di Waddell.»

«Proprio da nessuna parte?»

«Nossignora. Abbiamo controllato sia i dossier del Dipartimento della polizia di stato di Richmond sia quelli dell'Fbi, vale a dire delle due giurisdizioni competenti: niente da fare. Allora ho contattato Donahue al penitenziario, per vedere se riusciva a rintracciarmi gli effetti personali di Waddell: libri, lettere, lo spazzolino da denti, la spazzola, qualunque cosa potesse recare impronte recenti. E, prova un po' a dire? Donahue sostiene che le uniche cose chieste indietro dalla madre sono state l'orologio e l'anello. Il resto è stato distrutto dal Dipartimento carcerario.»

Mi lasciai cadere pesantemente sul bordo del letto.

«Aspetta, capo, il meglio deve ancora venire. Quelli del laboratorio di balistica hanno scoperto una cosa, ma non so se ci crederai: i proiettili recuperati dai corpi di Eddie Heath e Susan Story sono stati sparati dalla stessa arma, una calibro ventidue.»

«Oh, mio Dio» mormorai.

Nel club dell'albergo un'orchestrina suonava musica jazz, ma il pubblico era scarso e il volume sufficientemente basso da consentire lo svolgersi di una normale conversazione. Connie aveva portato Lucy al cinema, lasciando me e Wesley a un tavolo sistemato in un angolo deserto della pista da ballo. Avevamo ordinato due cognac. Benton non sembrava particolarmente stanco, ma sul suo viso era tornata a leggersi la tensione.

Si girò e allungando un braccio prese da un tavolo libero una candela che unì alle due che già si trovavano sul nostro. Adesso la luce, per quanto tremolante, era sufficiente per riuscire a vedersi in faccia, e subito attirammo brevi sguardi indiscreti da parte degli altri clienti. Certo era uno strano posto dove mettersi a lavorare, ma l'atrio e la sala da pranzo non garantivano abbastanza privacy, e Wesley era troppo discreto per suggerire di incontrarci in camera mia o sua.

«Direi che ci troviamo di fronte a parecchi elementi contrastanti» esordì. «Tuttavia, il comportamento umano non sottostà a leggi fisse. Waddell è rimasto in prigione per dieci anni, e non sappiamo quanto possa essere cambiato in questo lasso di tempo. Ora, io definirei l'omicidio di Eddie Heath un delitto a sfondo sessuale mentre, a prima vista, quello di Susan Story assomiglia più a un'esecuzione.»

«Come se gli autori fossero due persone diverse» commentai, facendo roteare il cognac nel bicchiere.

Si sporse in avanti, sfogliando pigramente le pagine del dossier di Robyn Naismith. «Interessante» disse poi, senza sollevare lo sguardo. «Si parla tanto di modus operandi, come se fosse la firma dell'assassino. Sceglie sempre un certo tipo di vittima, un certo scenario, magari preferisce i coltelli, e via dicendo. Ma le cose non sempre funzionano così. Né è sempre chiaro che cosa spinge al singolo delitto. Come ho detto, *a prima vista* l'omicidio di Susan non sembrerebbe avere moventi di natura sessuale. Eppure, più ci rifletto, più mi convinco che la componente sessuale c'è. Secondo me, il killer è affetto da *piquerism*, cioè è uno che lavora di punta e di coltello.»

«Robyn Naismith è stata accoltellata più volte» dissi.

«Sì. Direi che il suo caso è un esempio da manuale. Nessun segno di stupro, sebbene ciò non significhi che non ci sia stato, comunque niente liquido seminale. Le numerose coltellate all'addome, alle natiche e ai seni potrebbero però tranquillamente sostituire l'atto della penetrazione sessuale. Una chiara forma di *piquerism*. I morsi sono già meno evidenti, come indizio, ma secondo me non sono collegati alle componenti orali del rapporto, bensì, ancora una volta, sostituirebbero la penetrazione. Pensa ai denti che affondano nella carne, al cannibalismo, pensa a quello che John Joubert fece al garzone dei giornali assassinato nel Nebraska. E poi ci sono i proiettili. Difficile associare dei colpi d'arma da fuoco al *piquerism*, ma anche in questo caso basta rifletterci un attimo, ed ecco che la dinamica appare evidente: siamo sempre in presenza di qualcosa che penetra la carne.»

«E per quanto riguarda la morte di Jennifer Deighton? Dove lo vedi, il *piquerism*?»

«Giusto. Questo ci riporta a quanto dicevo prima. Non sempre il disegno è chiaro. Certo non in questo caso, eppure un elemento comune agli omicidii di Eddie Heath, Jennifer Deighton e Susan Story esiste. Li definirei tutti crimini organizzati.»

«Uhm, nel caso della Deighton, non so fino a che punto» obiettai. «L'assassino ha tentato di camuffare l'omicidio da suicidio, però senza riuscirci. O forse non intendeva affatto ucciderla, ma l'esito di una stretta al collo si è rivelato fatale.»

«Sì, probabilmente non aveva pensato di ucciderla, prima di trasportarla in macchina» convenne Wesley. «Ma il fatto è che un piano sembrava esserci. La canna da giardino agganciata al tubo di scappamento è stata tranciata con un attrezzo affilato mai rinvenuto, Kay: o il killer l'aveva con sé, o l'ha trovato in casa e poi se n'è disfatto. E questo si chiama comportamento organizzato. Ma, per evitare che questa teoria ci porti troppo lontano, diciamo pure anche un'altra cosa: nessun proiettile calibro ventidue, né altri indizi concreti collegano l'omicidio di Jennifer Deighton a quelli di Heath e di Susan.»

«Perché no, Benton? Abbiamo l'impronta di Ronnie Waddell trovata su una sedia del tinello.»

«Sì, ma non sappiamo se è stato Waddell a sparare agli altri due.»

«Il corpo di Eddie Heath è stato rinvenuto in una posizione assolutamente analoga a quella del caso Naismith. Inoltre, il ragazzo è stato ucciso la sera dell'esecuzione di Waddell. Non credi che ci sia qualche strano collegamento?»

«Mettiamola così» disse Benton, «non ho nessuna voglia di crederlo».

«Nessuno di noi ne ha, Benton. Allora, cosa ti dice il tuo sesto senso?»

Fece segno alla cameriera di portarci un altro cognac, mentre la luce delle candele gli illuminava il mento e il profilo squadrato dello zigomo sinistro.

«Cosa mi dice il mio sesto senso? Be', ho un brutto presentimento, Kay. Penso che Ronnie Waddell sia il comune denominatore di tutti i casi, ma non ne so di più. Una sua impronta pare che sia stata recentemente trovata sulla scena di un delitto, ma non riusciamo a scovare le sue schede digitali né qualsiasi altro effetto personale che possa aiutarci nell'identificazione. Inoltre, all'obitorio non gli sono state rilevate le impronte, e la persona che ufficialmente ha dimenticato di occuparsene nel frattempo è stata assassinata con la stessa arma usata per uccidere Eddie Heath. Il legale di Waddell, Nick Grueman, pare che conoscesse Jennifer Deighton, e infatti sembra che lei, pochi giorni prima di finire ammazzata, gli abbia inviato un fax. Infine c'è una sottile ma particolarissima analogia fra le morti di Eddie Heath e di Robyn Naismith. Francamente non posso fare a meno di chiedermi se l'aggressione al ragazzo non avesse piuttosto un valore simbolico.»

Attese che ci venissero serviti i cognac, quindi aprì una busta di carta grezza allegata al caso Naismith: un gesto che mi fece venire in mente qualcosa cui non avevo pensato.

«Accidenti, dovevo prendere le foto dell'Archivio» dissi.

Wesley mi lanciò uno sguardo interrogativo, infilandosi gli occhiali.

«In casi così vecchi la documentazione cartacea viene trasferita su microfilm, comunque tu hai già gli stampati nel tuo dossier. Le copie originali vengono distrutte, ma gli originali delle foto no: quelli vanno in Archivio» spiegai.

«Che in pratica cosa sarebbe? Una stanza nel vostro edificio?»

«No, Benton. Si tratta di un magazzino nei pressi della biblioteca di stato. È lo stesso posto in cui il Bureau scientifico forense conserva le prove relative ai casi ormai chiusi.»

«E Vander non è ancora riuscito a trovare la foto dell'impronta di sangue lasciata da Waddell in casa di Robyn Naismith?»

«No» risposi, mentre i nostri sguardi si incrociavano: sapevamo entrambi che non l'avrebbe mai trovata.

«Cristo» sbottò Wesley. «Chi è andato a ritirarti le foto di Robyn Naismith?»

«Il mio amministratore, Ben Stevens. Ha fatto un salto in Archivio una settimana prima dell'esecuzione di Waddell.»

«Come mai?»

«Nelle fasi finali del processo d'appello vengono sempre poste un sacco di domande, quindi preferisco avere a disposizione tutto il materiale relativo al caso o ai casi interessati. In questo senso è assolutamente normale fare un salto in Archivio. La cosa strana, nella fattispecie, è che quella volta non ho avuto nemmeno bisogno di chiedere a Stevens di procurarmi le foto: si è offerto spontaneamente di farlo lui.»

«E ciò ti pare strano?»

«Sì. Col senno di poi, sì.»

«Dunque» concluse Wesley, «il tuo amministratore avrebbe potuto offrirsi volontario perché in realtà gli interessava il file di Waddell... O, più precisamente, la fotografia dell'impronta di sangue che in teoria il dossier avrebbe dovuto contenere.»

«L'unica cosa che posso affermare con certezza è che se Stevens avesse voluto mettere le mani su un file dell'Archivio, be', non avrebbe potuto farlo a meno di non trovare delle ottime ragioni per recarvisi. Se per caso avessi scoperto che era andato in Archivio senza l'esplicita richiesta di un patologo, la cosa sarebbe apparsa subito molto strana, capisci?»

A quel punto raccontai a Wesley dei problemi di sicurezza della nostra rete informatica, spiegandogli che i due terminali in ufficio erano il mio e quello di Stevens. Mentre parlavo prese alcuni appunti, e quando ebbi finito sollevò la testa e mi guardò.

«Insomma, a quanto pare non hanno trovato quello che volevano» disse.

«Così credo.»

«Il che ci porta alla domanda più ovvia: cosa stavano cercando?»

Dondolai pigramente il mio bicchiere di cognac. Alla luce delle candele il liquido acquistava calde sfumature ambrate, e ogni sorso mi bruciava deliziosamente in gola.

«Forse qualcosa che aveva a che fare con la morte di Eddie Heath. In quei giorni stavo analizzando altri casi in cui le vittime avevano riportato segni di morsi o ferite di possibile natura cannibalistica, quindi avevo copiato un certo file nella mia directory. Ma, a parte questo, non so proprio cosa immaginare.»

«E in questa directory tieni anche qualche promemoria interdipartimentale?»

«In una subdirectory del word processing.»

«E la password è la stessa?»

«Sì.»

«Quindi, in questa subdirectory registri anche i referti delle autopsie e altre informazioni relative ai casi?»

«Sì. Ma nel periodo in questione non ricordo di avere avuto nulla di particolarmente delicato in memoria.»

«Certo. Ma, chiunque fosse, non è detto che lo sapesse.»

«Naturale» ammisi.

«E i risultati dell'autopsia eseguita su Ronnie Waddell erano già stati inseriti nel computer?»

«Credo di sì. È stato giustiziato lunedì tredici dicembre. La manomissione risale al tardo pomeriggio di giovedì sedici, mentre ero in obitorio a esaminare il cadavere di Eddie Heath e Susan era nella mia stanza, ufficialmente a riposarsi dopo lo spavento preso con la formalina.»

«Sono perplesso.» Wesley si accigliò. «Anche ammettendo che a entrare nella tua directory sia stata Susan, per quale motivo era tanto interessata al referto dell'autopsia di Waddell? Naturalmente se, e ripeto se, si trattava di questo. Insomma, lei stessa era presente al momento del post mortem: cosa sperava di trovare nel referto che già non sapesse?»

«Proprio non riesco a immaginarlo.»

«Mettiamola in un altro modo, allora. Cosa non avrebbe potuto apprendere riguardo all'autopsia pur essendo presente la notte in cui il corpo di Waddell è stato portato in obitorio? O forse farei meglio a dire, la notte in cui *un corpo* è stato portato in obitorio, visto che non siamo nemmeno più certi della sua identità» aggiunse cupamente.

«Non avrebbe avuto accesso ai risultati degli esami di laboratorio» dissi. «Ma a dire il vero non erano neanche pronti il giorno in cui qualcuno è entrato nella mia subdirectory. Per le ricerche tossicologiche o il test dell'HIV, per esempio, occorrono settimane.»

«E Susan lo sapeva.»

«Certo.»

«Lo stesso discorso vale per il tuo amministratore.»

«Senza ombra di dubbio.»

«Allora dev'esserci qualcos'altro.»

C'era, infatti, ma anche quando mi venne in mente non riuscii a comprenderne il significato. «Waddell, o chiunque fosse il prigioniero, aveva nella tasca posteriore dei jeans una busta che avrebbe voluto fosse sepolta con sé. Fielding deve averla aperta solo dopo l'autopsia, quando è risalito in ufficio a compilare i vari documenti.»

«Quindi quella sera, finché era in obitorio, Susan non poteva sapere cosa c'era dentro?» chiese Wesley con grande interesse.

«Esatto.»

«E il contenuto si è effettivamente rivelato importante o significativo?»

«Nella busta c'erano solo delle ricevute di pedaggi e scontrini.»

Wesley tornò a incupirsi. «Ricevute» ripeté. «A cosa diavolo gli servivano? Per caso le hai qui con te?»

«Sì, sono nel dossier.» Estrassi le fotocopie. «La data è sempre la stessa: trenta novembre.»

«Vale a dire che risalgono più o meno al periodo in cui Waddell venne trasferito da Mecklenburg a Richmond.»

«Proprio così. Lo trasferirono quindici giorni prima dell'esecuzione» confermai.

«Dobbiamo decifrare i codici e vedere dove sono state emesse queste ricevute. Potremmo scoprire qualcosa di importante. Di molto importante.»

«Intendi dire che Waddell potrebbe essere ancora vivo?»

«Sì, potrebbe esserci stato uno scambio di persona e Waddell potrebbe dunque trovarsi in libertà. Magari l'uomo che è finito sulla sedia elettrica ha voluto tenersi le ricevute in tasca proprio nella speranza di comunicarci qualcosa.»

«Ma dove se le sarebbe procurate?»

«Probabilmente durante il viaggio da Mecklenburg a Richmond. Poteva essere il momento ideale, no?» rispose Wesley. «Magari i prigionieri trasferiti erano due: Waddell e qualcun altro.»

«Vuoi dire che potrebbero essersi fermati per mangiare?»

«Quando trasferiscono dei condannati a morte, gli agenti hanno il dovere di non fermarsi per nessuna ragione. Ma se ci troviamo di fronte a una cospirazione, tutto diventa possibile. Forse si sono fermati e sono scesi a comprare qualcosa, e nel frattempo Waddell è stato liberato. Quindi l'altro detenuto è stato portato a Richmond e chiuso in cella al suo posto. Prova a pensarci: come potevano le guardie o chiunque altro a

Spring Street accorgersi che il prigioniero tradotto non era veramente Waddell?»

«Magari lui prova anche a dirlo, ma di sicuro nessuno lo ascolta...»

«Esatto. Purtroppo non credo che gli avrebbero dato retta.»

«Ma, e sua madre?» chiesi. «A quanto pare era andata a trovarlo qualche ora prima dell'esecuzione. Lei sì che lo avrebbe riconosciuto.»

«Giusto, ma non sappiamo ancora se la visita è avvenuta, se si sono visti di persona. Comunque sia, la signora Waddell avrebbe certamente avuto tutto da guadagnare a collaborare: non credo che si augurasse la morte di suo figlio.»

«Insomma, sei convinto che abbiano giustiziato l'uomo sbagliato» conclusi con una certa riluttanza, perché fra tutte le ipotesi possibili lo scambio era quella che più mi ripugnava.

Per tutta risposta, Wesley aprì la busta contenente le foto di Robyn Naismith ed estrasse uno spesso plico di stampe a colori che, per quanto le conoscessi ormai a memoria, mi scioccavano sempre profondamente. Con grande lentezza, passò in rassegna la documentazione di quell'orribile morte.

«Comunque vogliamo considerare i tre recenti omicidi, il profilo di Waddell non calza» disse alla fine.

«Cosa vuoi dire, Benton? Che dopo dieci anni di prigione la sua personalità sarebbe cambiata?»

«L'unica cosa che ti posso dire è che ho sentito parlare di assassini dal comportamento organizzato che iniziano a disgregare e cadono a pezzi. Dopo un po' commettono qualche errore. Prendi Bundy, tanto per fare un esempio: verso la fine è diventato un pazzo delirante. Invece non capita di vedere il contrario: individui disorganizzati che diventano razionali, metodici, organizzati.»

Quando Wesley buttava lì i nomi dei vari Bundy o Figli-di-Qualche-Setta lo faceva in maniera astratta e impersonale, quasi le sue analisi e teorie fossero formulate sulla base di fonti secondarie. Vantarsi non era nel suo stile. Non si faceva bello con i nomi grossi, né ostentava una conoscenza personale dei criminali in questione. Il suo atteggiamento, dunque, era deliberatamente fuorviante.

Perché, in realtà, Wesley aveva trascorso lunghe ore in intima compagnia degli omologhi di Theodore Bundy, David Berkowitz, Sirhan Sirhan, Richard Speck e Charles Manson, oltre che al fianco di buchi neri molto meno famosi, che però avevano contribuito a sottrarre altrettanta luce al pianeta Terra. Una volta Marino mi aveva raccontato che, quando Wesley rientrava dai suoi pellegrinaggi nei penitenziari di massima sicurezza, era pallido e completamente esausto. Assorbire il veleno sprigionato da quegli uomini e sopportare il legame che inevitabilmente finivano per sviluppare nei suoi confronti lo ammorbava fisicamente. Alcuni fra i peggiori sadici della storia recente mantenevano con lui un regolare contatto epistolare, gli spedivano gli auguri per Natale e chiedevano notizie della sua famiglia. Nessuna sorpresa, dunque, se Benton Wesley aveva l'aria di un uomo oberato da un gravoso fardello, e se spesso appariva silenzioso. In cambio di informazioni, faceva l'unica cosa al mondo che nessuno di noi avrebbe mai accettato di fare: stabilire un reale contatto con il mostro.

«Siamo sicuri che Waddell fosse uno psicotico?» chiesi.

«No, quello di cui siamo sicuri è che al momento dell'omicidio di Robyn Naismith era in possesso delle sue facoltà mentali.» Wesley tirò fuori una fotografia e la fece scivolare dalla mia parte del tavolo. «Ma, francamente, io non ci ho mai creduto.»

Era la foto che fra tutte ricordavo con maggiore chiarezza, e mentre tornavo a studiarla pensai a quale shock doveva essere stato per una persona ignara piombare all'improvviso sulla scena di un simile delitto.

La sala di Robyn Naismith non aveva molti mobili. Qualche sedia con lo schienale avvolgente e dei cuscini verde scuro, più un divano in pelle color testa di moro; un piccolo tappeto Bukhara sistemato al centro del pavimento in parquet, e pareti a pannelli di legno su cui era stato passato un mordente tinta mogano o ciliegio. Di fronte alla porta d'ingresso, contro il muro all'estremità del salotto, c'era il mobile-tv che aveva fatto da sfondo all'efferato capolavoro di Ronnie Waddell.

Quello che l'amica di Robyn si era trovata davanti aprendo la porta di casa era stato un corpo nudo seduto per terra con la schiena appoggiata al televisore e così ricoperto di sangue rappreso da impedire l'individuazione delle ferite. Infatti gli inquirenti avevano dovuto attendere il trasporto in obitorio. Nella foto, le pozze di sangue quasi coagulato su cui poggiavano le natiche di Robyn sembravano catrame dipinto di rosso, e tutt'intorno erano sparsi asciugamani insanguinati. L'arma del delitto non venne mai rinvenuta, sebbene la polizia avesse accertato che da un set appeso in cucina mancava un coltello da carne in acciaio inossidabile, di marca tedesca, la cui lama presentava caratteristiche corrispondenti a quelle delle ferite.

Benton aprì la cartelletta relativa al caso di Eddie Heath e prese lo schema della scena del delitto eseguito dall'agente di Henrico che aveva scoperto il corpo gravemente ferito del ragazzo dietro il negozio deserto. Appoggiò lo schema accanto alla foto di Robyn Naismith. Per un attimo nessuno di noi parlò, mentre i nostri occhi si spostavano da un'immagine all'altra. Le analogie erano ancora più marcate di quanto non avessi immaginato, la posizione dei corpi identica, a partire dalle braccia lungo i fianchi, per finire con i mucchietti di vestiti tra i piedi nudi.

«Devo ammettere che tutto ciò è veramente sinistro» fu il commento di Wesley. «La scena di Eddie Heath è praticamente speculare a questa.» Indicò la foto di Robyn Naismith. «I corpi sembrano bambole di pezza, appoggiati a dei sostegni in fondo simili a delle scatole: un mobile porta-televisore e un cassonetto delle immondizie.» Sparpagliò tutte le fotografie sul tavolo e ne scelse un'altra. Questa volta si trattava di un primo piano del cadavere della donna scattato in obitorio, i cerchi slabbrati dei morsi che risaltavano sul seno sinistro e all'interno della coscia sinistra.

«Di nuovo, un'incredibile analogia» disse. «Segni di morsi qui e qui, molto prossimi alle aree in cui mancano pezzi di carne sulla spalla e sulla coscia di Eddie Heath. In altre parole» si tolse gli occhiali e mi guardò «il ragazzo è stato probabilmente morsicato, quindi la carne è stata recisa e asportata per nascondere le prove.»

«Il che significa che l'assassino ha qualche conoscenza in materia di patologia legale» notai.

«Chiunque sia stato in prigione se ne intende un po' di certe cose. Se ai tempi della Naismith era uno sprovveduto, oggi Waddell sa che anche i denti lasciano impronte utili per l'identificazione.»

«Parli come se fossi sicuro che l'assassino è proprio lui» rimarcai. «Ma un attimo fa avevi detto che il profilo psicologico non calza.»

«Quello che volevo dire è che non calzava dieci anni fa. Tutto qui.»

«Be', hai la sua scheda di valutazione, no? Perché non ne parliamo?»

«Naturalmente.»

La scheda, in realtà, era composta da quaranta pagine di un questionario dell'Fbi compilate nel corso di un faccia a faccia con un detenuto violento.

«Guardalo con calma» disse Wesley, mettendomi il plico sotto il naso. «Vorrei sapere cosa ne pensi senza che ti dia alcuna imbeccata.»

Il colloquio con Ronnie Waddell era avvenuto sei anni prima nel braccio della morte del penitenziario della contea di Mecklenburg. La scheda iniziava con i soliti dati descrittivi: comportamento, stato emotivo, manierismi e tono della conversazione indicavano che il soggetto era agitato e confuso. Poi, quando Wesley gli aveva dato la possibilità di fare delle domande, si era limitato a chiedere: «Passando vicino alla finestra ho visto dei piccoli fiocchi bianchi: nevica o sono le ceneri dell'inceneritore?».

La scheda di valutazione era datata agosto.

Alla domanda se il delitto avrebbe potuto essere evitato, non c'era stata risposta. Waddell avrebbe ucciso la sua vittima in una zona densamente popolata? Avrebbe ucciso se fossero stati presenti dei testimoni? Cosa avrebbe potuto impedirgli di assassinarla? Pensava che la pena capitale funzionasse come deterrente? Waddell sosteneva di non ricordare di aver mai ucciso "la signora della tv". E non sapeva cosa avrebbe potuto impedirgli di commettere un atto di cui non ricordava nulla. L'unico ricordo che aveva era di essersi sentito "appiccicoso". Come quando ci si sveglia da un sogno erotico, aveva detto. Ma la sensazione di appiccicosità impressa nella sua memoria non era legata allo sperma, bensì al sangue di Robyn Naismith.

«La lista dei suoi problemi personali mi sembra piuttosto comune» riflettei a voce alta. «Emicranie, estrema timidezza, fantasie a occhi aperti e il fatto che se ne sia andato di casa all'età di diciannove anni. Non vedo nessun segnale d'allarme, nessun atto di crudeltà verso animali, piromania, aggressioni o cose simili.»

«Va' avanti» mi incitò Wesley.

Lessi qualche altra pagina. «Droghe e alcol» osservai.

«Se non lo avessero messo dentro, sarebbe morto di overdose o si sarebbe beccato una pallottola per strada» commentò Wesley. «Ma la cosa interessante è che l'abuso di sostanze varie cominciò solo in età relativamente adulta. Ricordo che mi disse di essere arrivato a vent'anni senza assaggiare una goccia d'alcol. La prima volta che lo fece, se n'era già andato di casa.»

«È cresciuto in una fattoria?»

«Nel Suffolk. Un'azienda piuttosto grande. La sua famiglia viveva coltivando noccioline, grano e soia per conto dei proprietari. Erano quattro fratelli, Ronnie Joe era il minore. La madre era una donna molto religiosa, tutte le domeniche portava i figli in chiesa. Niente alcol, né sigarette, né parolacce. Un'infanzia molto protetta. Prima della morte del padre si può dire che non aveva mai messo piede fuori dalla fattoria, e a quel punto decise di andarsene. Prese il pullman per Richmond e, vista la sua forza fisica, trovare lavoro non gli fu difficile. Rompeva l'asfalto con il martello pneumatico, sollevava carichi pesanti, cose del genere. Secondo me, una volta davanti alla tentazione, credo che semplicemente non riuscì a resistere: prima la birra e il vino, poi la marijuana. Nel giro di un anno era passato alla coca e all'eroina, spacciava e rubava tutto quello su cui riusciva a mettere le mani.

«Quando gli chiesi quante azioni criminose avesse commesso per le quali non era mai stato arrestato, rispose che non riusciva nemmeno a contarle. Confessò rapine, furti d'auto, in altre parole crimini nei confronti della proprietà privata. Finché non si introduce in casa di Robyn Naismith e la poveretta ha la sfortuna di rientrare proprio in quel momento.»

«Ma non viene descritto come un soggetto violento, Benton» gli feci notare.

«Infatti. Non ha mai avuto il classico profilo del criminale violento. La difesa sostenne la tesi dell'infermità temporanea dovuta all'alcol e alla droga. Onestamente, credo che fosse esatta. Non molto tempo prima dell'omicidio aveva cominciato a farsi di eroina sintetica. È possibile che al momento dell'incontro con Robyn Naismith fosse completamente fuori di sé, e che in seguito non abbia conservato alcuna memoria dell'accaduto.»

«Per caso ricordi se rubò qualcosa, e cosa?» domandai. «Mi stavo chiedendo se c'erano chiari indizi a sostegno della tesi del furto.»

«La casa era stata frugata da cima a fondo, e sappiamo che mancavano alcuni gioielli. L'armadietto dei medicinali era stato ripulito e il portafoglio svuotato. Per il resto è difficile dire, dato che viveva sola.»

«Nessuna relazione significativa?»

«Ecco, questo è un punto interessante.» Wesley stava osservando un'anziana coppia che ballava sulle note soporifere di un sax. «Da un lenzuolo e dal coprimaterasso furono recuperate delle tracce di liquido seminale. La macchia sul lenzuolo doveva essere abbastanza recente, e comunque lo sperma non apparteneva a Waddell. Il gruppo sanguigno era diverso.»

«Nessuno degli amici e conoscenti ha mai accennato all'esistenza di un amante?»

«No, nessuno. Ovviamente l'identità di questa persona destò grande curiosità e interesse, ma poiché non si presentò mai alla polizia, si pensò che la Naismith avesse una relazione con un uomo sposato, magari un collega o un informatore.»

«Può darsi, ma non era lui l'assassino.»

«No. L'assassino era Ronnie Joe Waddell. Okay, diamo un'occhiata.»

Aprii il dossier di Waddell e mostrai a Wesley le foto del prigioniero giustiziato su cui avevo eseguito l'autopsia il tredici dicembre. «È questo l'uomo con cui parlasti sei anni fa?»

Wesley studiò le foto una a una, impassibile. Guardò i primi piani del viso e della nuca ed esaminò alcune inquadrature delle mani e della parte superiore del corpo. Quindi staccò una foto segnaletica dalla scheda di valutazione di Waddell e iniziò a fare dei confronti.

«Io noto una certa somiglianza» dissi.

«Peccato che non si possa dire di più» replicò. «Questa foto segnaletica è di dieci anni fa. All'epoca Waddell aveva barba e baffi ed era muscoloso ma asciutto. Anche la faccia era asciutta. Questo tizio qui» indicò una delle foto dell'obitorio «è rasato e decisamente più pesante. Ha la faccia piena. Dovendomi basare esclusivamente su queste, non potrei affermare che si tratti della stessa persona.»

Non potevo affermarlo nemmeno io. Anzi, ricordavo alcune mie foto di dieci anni prima dove nessuno mi avrebbe riconosciuta.

«Qualche idea su come procedere per risolvere l'enigma?» chiesi.

«Ti butterò lì un paio di proposte» disse, raccogliendo le fotografie e pareggiandone i bordi contro il tavolo. «Il tuo vecchio amico Nick Grueman deve avere un ruolo chiave in tutta la faccenda e stavo pensando a come potremmo trattare con lui senza esporci troppo. Se Marino o io andiamo a parlargli, intuirà immediatamente qualcosa.»

Avevo già capito dove stava andando a parare, quindi cercai di interromperlo, ma non me lo permise. «Marino mi ha parlato dei tuoi problemi con quell'uomo, so che ti sballotta di qua e di là come una marionetta. Senza contare gli anni di scuola a Georgetown, naturalmente. Ma credo che dovresti occupartene tu, Kay.»

«Non ho nessuna intenzione di farlo, Benton.»

«Senti, probabilmente Grueman è in possesso di fotografie, lettere o altri documenti di Waddell. Cose su cui potrebbero esserci le sue impronte. O magari potrebbe lasciarsi sfuggire una rivelazione importante nel corso del colloquio. Il punto è che tu sei in grado di contattarlo nell'esercizio delle tue normali funzioni, se vuoi, mentre noi non possiamo. E poi devi già andare a Washington per incontrarti con Downey.»

«No» ripetei.

«Okay. Era solo un'idea.» Wesley distolse lo sguardo e fece segno alla cameriera di portare il conto. «Quanto tempo si fermerà Lucy?»

«La scuola riapre il sette gennaio» risposi.

«Ricordo che è una specie di genio del computer.»

«Puoi dirlo forte.»

Wesley accennò un sorriso. «Marino mi ha parlato anche di questo. Dice che secondo lui potrebbe darci una mano con l'AFIS.»

«Sono certa che ne sarebbe felice.» Di colpo tornai a sentirmi protettiva e dilaniata da desideri contrastanti: una parte di me avrebbe voluto rispedirla subito a Miami, e un'altra parte non lo voleva assolutamente.

«Forse non te ne ricordi, ma Michelle lavora per il Dipartimento servizi della giustizia criminale che assiste la polizia di stato nella gestione dell'AFIS» disse.

«Immagino che la cosa ti preoccupi.» Finii il mio brandy.

«Non passa giorno senza che qualcosa mi preoccupi, Kay» rispose.

Il mattino seguente, mentre Lucy e io indossavamo le nostre tute da sci quasi fosforescenti, la neve tornò a cadere bianca e leggera.

«Mi sembra di essere un cartello stradale» disse mia nipote, osservando il proprio riflesso arancione nello specchio.

«Meglio così: se esci dalla pista e ti perdi, non sarà difficile ritrovarti.» Buttai giù qualche vitamina e due aspirine, insieme a un bicchiere di minerale presa dal minibar.

Lucy lanciò un'occhiata al mio completo e scosse la testa: «Per una persona di gusti classici come i tuoi, mi sembra un po' eccessivo».

«Be', ogni tanto mi va di non confondermi con la massa. Hai fame?»

«Sì, sto morendo.»

«Dovremmo trovarci con Benton alle otto e mezzo per fare colazione, ma se non resisti possiamo anche scendere subito.»

«Io sono pronta. Connie non mangia con noi?»

«La troveremo sulle piste. Prima Benton voleva scambiare due chiacchiere di lavoro.»

«Secondo me le dispiace essere sempre tenuta fuori» osservò Lucy. «Ogni volta che lui deve parlare con qualcuno, lei non viene mai invitata.»

Chiusi a chiave la porta della camera e ci avviammo lungo il corridoio silenzioso.

«Secondo me, invece, Connie non ha nessuna voglia di essere coinvolta in certe cose» sussurrai. «Conoscere ogni dettaglio dell'attività del marito sarebbe un peso enorme, per lei.»

«E allora lui viene a parlarne con te?»

«Be', discutiamo dei casi, certo.»

«Quindi di lavoro. E per voi due il lavoro è la cosa più importante del mondo.»

«Indubbiamente ha un grosso ruolo nella nostra vita.»

«Tu e il signor Wesley avrete una relazione?»

«No, andremo solo a fare colazione insieme, mia cara» risposi sorridendo.

Il buffet dell'Homestead era un vero tripudio: lunghi tavoli carichi di affettati, uova cucinate in tutti i modi, paste e sformati, mille tipi di pane e di frittelle. Lucy, che appariva immune a qualsiasi tentazione, puntò decisa verso i cereali e la frutta fresca e io, costretta alla morigeratezza dal suo buon esempio, così come dal recente predicozzo che avevo fatto a Marino, evitai a mia volta tutto ciò che in realtà avrei più desiderato, caffè compreso.

«Ti stanno guardando tutti, zia Kay» mi sussurrò Lucy.

Immaginai che fosse per via degli eccentrici completi che indossavamo, ma quando aprii l'edizione del mattino del "Washington Post" rimasi sconvolta nel ritrovare la mia faccia sbattuta in prima pagina. Il titolo strillava "OMICIDIO ALL'OBITORIO" e l'articolo forniva un esauriente resoconto dell'assassinio di Susan, accompagnato da una foto scattata sul luogo del delitto in cui apparivo molto tesa. La fonte principale del giornalista era, inutile dire, il marito disperato di Susan, Jason. Dalle sue dichiarazioni risultava che, una settimana prima della morte, la moglie aveva abbandonato il lavoro in circostanze quantomeno strane, per non dire sospette.

Si affermava, per esempio, che fra noi c'era stato un certo attrito perché volevo citarla come testimone nel caso di un giovane ragazzo assassinato, sebbene Susan non avesse presenziato all'autopsia. Quando poi "in seguito a una fuga di formalina" si era ammalata e per alcuni giorni non era tornata al lavoro, le avevo telefonato a casa con tale insistenza da impaurirla, e alla fine mi ero presentata alla sua porta con una Stella di Natale e vaghe offerte di favori.

"Rincasando dopo gli ultimi acquisti natalizi, mi trovai davanti il capo medico legale" veniva letteralmente citato il marito di Susan. "[La dottoressa Scarpetta] se ne andò subito, e appena la porta si richiuse Susan scoppiò a piangere. Era terrorizzata, ma non ha voluto dirmi perché."

Per quanto sconvolgenti fossero le dichiarazioni rilasciate da Jason Story, mi sembrò ancora più sconvolgente il resoconto delle operazioni finanziarie recentemente eseguite da Susan. Due settimane prima della morte aveva speso oltre tremila dollari con carte di credito, dopo averne depositati tremilacinquecento sul proprio conto corrente. L'improvvisa pioggia di denaro non trovava alcuna spiegazione plausibile: il marito, ex agente di commercio, era infatti stato licenziato in autunno, e Susan guadagnava meno di ventimila dollari l'anno.

«È arrivato il signor Wesley» disse Lucy, strappandomi il giornale di mano.

Benton indossava un maglione a collo alto e dei pantaloni da sci neri, e aveva una giacca a vento rossa infilata sotto il braccio. Dall'espressione del suo viso, dalla mascella rigidamente serrata, capii che era già al corrente di tutto.

«Il "Post" ha cercato di mettersi in contatto con te?» chiese, prendendo una sedia. «Non posso credere che abbiano pubblicato questa roba senza darti una possibilità di ribattere.»

«Un reporter aveva telefonato in ufficio poco prima che me ne andassi, ieri» risposi. «Voleva farmi alcune domande sull'omicidio di Susan, ma ho preferito non parlargli. Probabilmente ho perso la mia occasione.»

«Quindi non ne sapevi niente, non avevi idea che avrebbero pubblicato quell'articolo?»

«No, finché non ho aperto il giornale di stamattina.»

«Ne parlano dappertutto, Kay.» I nostri sguardi si incontrarono. «Hanno dato la notizia anche in tv. Mi ha chiamato Marino: la stampa di Richmond è in grande subbuglio. Naturalmente speculano sull'ipotesi che l'omicidio di Susan possa essere legato all'ufficio del medico legale, che tu sia coinvolta e che per questo ti sia improvvisamente allontanata dalla città.»

«Ma è una follia.»

«Quanto c'è di vero in quell'articolo?» chiese.

«I fatti sono assolutamente distorti. È vero che quando Susan ha smesso di venire al lavoro le ho telefonato a casa, ma volevo solo accertarmi che stesse bene e sapere se si ricordava di aver preso le impronte di Waddell. E la sera della Vigilia sono andata effettivamente a trovarla, ma solo per darle un regalo e la Stella di Natale. Allora mi disse che si sarebbe licenziata, così le risposi di farmi sapere se aveva bisogno di referenze: credo che siano queste le promesse di favori cui si allude.»

«E cos'è questa storia che non voleva comparire come testimone nel caso di Eddie Heath?»

«È successo il pomeriggio in cui ruppe le bottiglie di formalina e andò a stendersi nel mio ufficio. Segnalare gli assistenti di sala o i tecnici come testimoni è la prassi, quando sono presenti a un post mortem. Susan aveva partecipato solo all'esame superficiale e non voleva assolutamente che il suo nome comparisse sul referto dell'autopsia di Eddie Heath. Io pensai che si stava comportando in maniera un po' strana, ma da allora non abbiamo più avuto modo di riparlarne.»

«Da questo articolo sembra quasi che tu la volessi corrompere o comprare in qualche modo» disse Lucy. «Perlomeno è quello che penserei se non ti conoscessi.»

«Non stavo facendo niente del genere, ma di sicuro qualcun altro ci ha provato» risposi.

«In questo modo, però, le cose quadrano un po' di più» intervenne Wesley. «Se le informazioni sui suoi movimenti in banca sono esatte, significa che Susan aveva ricevuto una consistente somma di denaro in cambio di qualche favore. Più o meno nel periodo in cui la sicurezza del tuo computer viene violata, ecco che lei comincia a comportarsi in maniera strana: diventa nervosa e inaffidabile, e ti evita il più possibile. Secondo me non riusciva più a guardarti in faccia perché ti stava tradendo, Kay.»

Annuii, sforzandomi di mantenere un contegno. Susan si era ficcata in qualche pasticcio da cui non era riuscita a tirarsi fuori, e forse era quella l'unica vera spiegazione del perché si fosse allontanata in occasione delle autopsie di Eddie Heath e di Jennifer Deighton. I suoi improvvisi cedimenti emotivi non avevano nulla a che spartire con le storie di streghe o con le vertigini provocate dalle esalazioni della formalina. Susan era in preda al panico e non aveva intenzione di testimoniare in nessuno dei due casi, ecco tutto.

«Interessante» disse Wesley, quando gli ebbi esposto la mia teoria. «Se vuoi sapere che tipo di merce vendeva, la risposta è: informazioni. Quindi, mancando alle due autopsie non avrebbe avuto informazioni da vendere. E, chiunque intendesse comprarle, mi pare molto probabile che fosse la stessa persona che ha incontrato il giorno di Natale.»

«Ma quale informazione potrebbe essere così preziosa da valere migliaia di dollari e da indurre un uomo ad assassinare una donna incinta?» chiese Lucy in tono aspro.

Non lo sapevamo, ma un'idea cominciava a farsi strada e, ancora una volta, il denominatore comune sembrava essere Ronnie Joe Waddell.

«Susan non si è affatto scordata di prendere le impronte di Waddell, o di chiunque fosse il detenuto giustiziato» dichiarai. «La sua è stata una deliberata dimenticanza.»

«Così sembrano stare le cose» convenne Wesley. «Qualcuno doveva averle suggerito di "scordarsene", o di "smarrire" le schede nel caso che tu o un altro membro dello staff aveste provveduto a rilevare le impronte.»

Pensai a Ben Stevens. Quel bastardo.

«Il che ci riporta alle conclusioni di ieri sera, Kay» continuò Benton. «Dobbiamo risalire alla notte dell'esecuzione e capire chi diavolo era l'uomo legato a quella sedia. E il posto da cui partire con le ricerche è l'AFIS: dobbiamo scoprire se sono stati manomessi dei file e quali» disse rivolgendosi a Lucy. «Se sei disposta ad aiutarci, ho già sistemato le cose in modo che tu possa controllare tutte le registrazioni dello schedario modifiche.»

«Sono pronta» rispose Lucy. «Quando volete che cominci?»

«Quando vuoi tu, visto che per fare la prima mossa ti basterà prendere il telefono. Devi chiamare Michelle, è un'analista di sistemi del Dipartimento servizi penali e lavora per il quartier generale della polizia di stato. Ha a che fare con l'AFIS, quindi ci penserà lei a istruirti su tutti i dettagli necessari. Monterà anche i nastri con le registrazioni, in modo che tu abbia il libero accesso.»

«E non le dispiace che sia io a occuparmene?» volle sapere Lucy.

«Al contrario, ne è felice. Queste registrazioni non sono altro che archivi in cui vengono riportate tutte le modifiche effettuate nel data base dell'AFIS. In altre parole, non sono leggibili. Credo che Michelle le chiami "hex dumps", ammesso che ti dica qualcosa.»

«Sistema esadecimale, o a base sedici. Geroglifici, insomma» commentò Lucy. «Significa che dovrò decifrare i dati e scrivere un programma che cerchi qualunque cosa abbia tentato di violare i numeri identificativi delle registrazioni che cerchiamo.»

«E sei in grado di farlo?» chiese Wesley.

«Be', una volta trovato il codice e la struttura della registrazione, sì. Ma perché non ci pensa direttamente la vostra analista?»

«Perché desideriamo agire in maniera discreta. Se Michelle abbandonasse improvvisamente i suoi normali impegni per immergersi a tempo pieno in questo lavoro, attirerebbe di sicuro l'attenzione. Tu invece potrai restare invisibile e lavorare al computer di tua zia. Ti basterà collegarti per mezzo di una linea diagnostica.»

«Sì, a patto che da questo collegamento non si possa risalire fino a casa mia» intervenni io.

«Niente paura» mi rassicurò Wesley.

«E sei certo che comunque nessuno si accorgerà che dall'esterno qualcuno si collega al computer della polizia di stato per andare a frugare nello schedario modifiche?» insistei.

«Michelle dice di poter fare in modo che non se ne accorga nessuno.» Wesley slacciò la cerniera di una tasca della giacca ed estrasse un biglietto che consegnò a Lucy. «Eccoti i numeri di telefono di casa e ufficio di Michelle.»

«Come fate a sapere che ci si può fidare di lei?» chiese a quel punto mia nipote. «Se già ci sono state interferenze e manomissioni, come potete escludere a priori un suo coinvolgimento?»

«Michelle non è mai stata brava a mentire. Anche da bambina, abbassava lo sguardo e arrossiva fino alle orecchie.»

«La conoscevi già da bambina?» Lucy parve stupita.

«Oh, se è per questo la conoscevo ancora prima» rispose Wesley. «È la mia figlia maggiore.»

9

Al termine di una lunga discussione, arrivammo a formulare quello che ci sembrò un piano ragionevole: Lucy sarebbe rimasta in montagna con i Wesley fino a mercoledì, concedendomi un breve riposo per concentrare la mia attenzione su alcuni problemi senza dovermi preoccupare di lei. Mi misi in macchina subito dopo colazione, e quando arrivai a Richmond la neve si era ormai trasformata in pioggia.

Ora di sera ero già passata in ufficio e dai laboratori, avevo parlato con Fielding e alcuni esperti scientifici forensi, e avevo accuratamente evitato Ben Stevens. Non risposi ad alcuna telefonata dei giornalisti e ignorai la posta elettronica, poiché se il commissario socio-sanitario mi aveva spedito una comunicazione, preferivo non sapere di cosa si trattava. Alle quattro e mezzo stavo facendo il pieno a una stazione Exxon in Grove Avenue, quando una Ford LTD bianca si fermò alle mie spalle. Vidi Marino scendere, sistemarsi la cintura dei pantaloni e puntare verso i bagni degli uomini. Quando poco dopo tornò, si guardò frettolosamente intorno come per controllare che nessuno l'avesse notato, poi mi venne incontro.

«Ti ho vista mentre passavo» esordì, affondando le mani nelle tasche del blazer blu.

«Dove hai lasciato il cappotto?» risposi, cominciando a pulire il parabrezza.

«In macchina. Mi impiccia.» Sollevò le spalle a ripararsi dall'aria fredda e pungente. «Senti, se non ci hai già pensato da sola, ti consiglio di mettere a tacere queste voci.»

Rimisi la spugna lavavetri nel secchio pieno di sapone.

«Ah, sì? E cosa dovrei fare? Telefonare a Jason Story per dirgli che mi dispiace tanto che sua moglie e la sua bambina siano morte, ma che preferirei sfogasse altrove la sua rabbia e il suo dolore?»

«Ma, capo, quello sta dando la colpa a te.»

«Dopo aver letto le sue dichiarazioni sul "Post", certo non sarà l'unico in questo paese a darmi la colpa. È riuscito a farmi passare per una specie di strega machiavellica.»

«Hai fame?»

«No.»

«Be', invece sembrerebbe proprio di sì.»

Lo guardai come se fosse improvvisamente uscito di senno.

«E se qualcosa mi sembra in un certo modo, è mio preciso dovere verificare. Quindi ti offro una possibilità, capo: andiamo a prenderci un paio di snack e una lattina di minerale alle macchinette laggiù, e poi possiamo anche continuare a starcene qui a gelarci le chiappe e a impedire ad altri poveri disgraziati di fare benzina. Oppure possiamo fare un salto da Phil's. Decidi tu, per me è lo stesso.»

Dieci minuti più tardi sedevamo in un séparé d'angolo e consultavamo menu plastificati e illustrati che proponevano di tutto un po', dagli spaghetti al pesce fritto. Marino era rivolto verso la porta d'ingresso, mentre io godevo di una magnifica vista sulle toilette. Fumava, come del resto la maggioranza degli avventori intorno a noi, e per l'ennesima volta mi resi conto di quanto fosse difficile smettere. Date le circostanze, comunque, non avrebbe potuto scegliere ristorante migliore. Il Philip's Continental Lounge era una vecchia istituzione di quartiere dove i clienti abituali continuavano a ritrovarsi anno dopo anno per riempirsi la pancia e trangugiare qualche bottiglia di birra. Il cliente tipo era un bonaccione di natura socievole, la classica persona che mai e poi mai mi avrebbe riconosciuta, a meno che il mio ritratto non fosse comparso per settimane sulle pagine sportive dei giornali.

«Le cose stanno così» disse Marino dopo aver richiuso il menu. «Jason Story è convinto che Susan sarebbe ancora viva se non avesse fatto il lavoro che faceva. E fin qui probabilmente ha ragione. Ma è anche un perdente, uno di quegli imbecilli egocentrici che pensano sempre che sia colpa degli altri. La verità è che secondo me il più colpevole di tutti è proprio lui.»

«Non vorrai dire che è stato lui a ucciderla?»

In quel momento arrivò la cameriera. Ordinammo pollo alla griglia con riso per Marino, e un hot dog kosher con chilli per me, più due minerali.

«No, non sto dicendo che è stato il marito» riprese. «Ma di sicuro l'ha messa in condizione di lasciarsi coinvolgere in qualche brutta faccenda che poi è degenerata in omicidio. A pagare i conti alla fine del mese era Susan, e ti garantisco che la loro situazione finanziaria era piuttosto grama.»

«Non mi stupisce» interloquii. «Suo marito aveva perso il lavoro.»

«Peccato però che non avesse perso il vizio di spendere. Vestiva solo firmato, cravatte rigorosamente di seta, capisci? Un paio di settimane dopo che lo silurano, il cretino esce e va a comprarsi settecento dollari di tenuta da sci, poi parte per un weekend a Wintergreen. Prima di quelli ne aveva spesi duecento per una giacca di pelle e quattrocento per una bici. Intanto Susan se ne sta sepolta in obitorio a sgobbare come un mulo, e quando torna a casa si trova davanti a conti che il suo stipendio non copre nemmeno per metà.»

«Cribbio, questo proprio non me lo immaginavo» dissi, colpita dall'improvvisa e dolorosa visione di Susan china sulla scrivania. Per lei era un rituale trascorrere l'ora di pausa in ufficio, e ogni tanto la raggiungevo per scambiare quattro chiacchiere. Mi tornarono in mente gli anonimi sacchetti di popcorn e le lattine con le offerte del supermercato che si portava da casa. Non ricordavo di averla mai vista andare a mangiare fuori.

«Le mani bucate di quel tipo» riprese Marino «sono all'origine dei tuoi problemi attuali. Va in giro a dirne di cotte e di crude perché sei una specie di grande capo che guida una Mercedes e vive in una bella casa a Windsor Farms. Secondo me è convinto di riuscire a compensare un po' del suo senso di colpa scaricando le responsabilità su di te.»

«Per me può provarci fino a farsi scoppiare le vene del collo» commentai.

«Infatti succederà così.»

Le nostre minerali arrivarono, e io cambiai argomento. «Domattina mi incontrerò con Downey.»

Gli occhi di Marino si spostarono sul televisore che si trovava sopra il bar.

«Lucy comincerà a lavorare sull'AFIS, e poi dovrò trovare il modo di sistemare anche Stevens.»

«La cosa migliore sarebbe che te ne sbarazzassi.»

«Hai idea di quanto sia difficile licenziare un dipendente statale?»

«Sì, dicono che sia più facile licenziare Gesù Cristo» rispose Marino. «Comunque dovresti trovare il modo di liberarti di quel bastardo.»

«Gli hai parlato?»

«Oh, sì. Secondo lui sei una persona arrogante, ambiziosa e strana. Una vera scocciatura, dover lavorare per te.»

«Ha veramente detto così?» chiesi, incredula.

«Il tono era quello.»

«Spero che qualcuno gli controlli il conto in banca. Sarebbe interessante sapere se ultimamente ha fatto versamenti sostanziosi. Susan non si era ficcata nei guai da sola.»

«Sono d'accordo con te. Credo che Stevens sappia parecchie cose, e che stia affannosamente cercando di coprire le proprie tracce. A proposito, ho verificato presso la banca di Susan: uno dei cassieri ricorda che eseguì il versamento dei tremilacinquecento dollari *in contanti*. Pezzi da venti, da cinquanta e da cento. Li teneva in borsetta.»

«E cos'ha detto Stevens, di Susan?»

«Sostiene di non averla mai conosciuta bene, ma che anche secondo lui fra voi due c'era qualche problema. In altre parole, convalida le malignità diffuse dai giornali.»

Arrivarono le pietanze, ma ormai ero così contrariata che non riuscii a ingoiare neppure un boccone di carne.

«E Fielding?» lo incalzai. «Anche lui pensa che sia terribile dover lavorare per me?»

Marino distolse nuovamente lo sguardo. «Dice che sei un po' fanatica, ma che non è mai riuscito a inquadrarti bene come persona.»

«Be', non l'ho certo assunto perché mi inquadrasse. E, comunque, in confronto a lui è poco ma sicuro che sembro una fanatica. Fielding non si interessa più di medicina legale già da diversi anni, e dedica la maggior parte delle sue energie alla palestra.»

«Ehi, capo.» Marino mi guardò negli occhi. «Tu sei un po' fanatica in confronto a chiunque, sul lavoro, e pochi riescono a inquadrarti come persona. Non sei certo una che mostra le proprie emozioni, anzi, sembri così dura e insensibile, Cristo santo, che è difficile capirti, e chi non ti conosce a volte pensa che non provi un accidenti di niente. Tutti mi chiedono di te, sai? Avvocati, colleghi... Vogliono sapere come sei in realtà, come fai a fare quello che fai, e a farlo ogni giorno. Vogliono sapere dove sta il trucco. Ti vedono come una che non si avvicina mai a nessuno.»

«E tu cosa gli rispondi, quando te lo chiedono?»

«Non gli rispondo proprio un bel niente.»

«Hai finito di psicanalizzarmi, Marino?»

Si accese una sigaretta. «Senti, adesso ti dirò una cosa che non ti piacerà. Sei sempre stata molto riservata e professionale, una che ci mette un sacco a fare entrare qualcuno nella propria vita, ma quando poi lo lascia entrare ce lo tiene anche. Sei un'amica per sempre, e sei disposta a fare qualunque cosa per le persone che ami. Però, in quest'ultimo anno sei cambiata. Da quando Mark è stato ucciso, hai tirato su non so quanti muri, e per chi ti sta intorno è come vivere in una stanza dove la temperatura è scesa di colpo da venticinque a dieci gradi, capisci? Non so nemmeno se te ne rendi conto.

«Insomma, adesso come adesso sono pochi quelli che provano attaccamento per te. Forse addirittura sono un po' risentiti perché si sentono ignorati o snobbati. Magari non gli sei mai piaciuta, o forse sono solo indifferenti. Il fatto è che, per la gente, non è importante che tu sieda su un trono o sui carboni ardenti: l'essenziale è poter sfruttare la tua posizione. E se fra te e chi ti circonda non c'è nessun legame, per loro diventa ancora più facile cercare di arraffare il più possibile senza preoccuparsi minimamente di quello che ne sarà di te. Ecco in che situazione sei. C'erano un mucchio di persone che aspettavano da anni di veder passare il tuo cadavere lungo il fiume.»

«Non ho alcuna intenzione di trasformarmi in cadavere» dissi, allontanando il piatto.

«Capo?» Emise una boccata di fumo. «Capo, stai già cominciando a sanguinare, e il buonsenso mi dice che se sanguini e ti ritrovi in mezzo a un banco di squali, la cosa migliore è uscire di corsa dall'acqua.»

«Ti spiacerebbe parlare un minuto o due senza usare troppe metafore?»

«Senti, potrei ripetertelo in portoghese o in cinese, tanto non mi ascolteresti lo stesso.»

«No, Marino, giuro che se me lo dici in portoghese o in cinese ti ascolto, invece. Anzi, ti ascolterò anche se avrai la bontà di parlare la mia umile lingua.»

«Con queste battutine non ti rendi certo più simpatica. È proprio quello che cercavo di dirti.»

«Sì, ma io sorrido, mentre dico una battuta.»

«Se è per quello ti ho visto anche squartare cadaveri, con il sorriso sulle labbra.»

«Balle. I cadaveri li squarto con il bisturi.»

«A volte la differenza non è poi così grande. I tuoi sorrisi provocano emorragie anche agli avvocati della difesa, capo.»

«Senti un po', se sono un essere tanto repellente, com'è che noi due siamo amici?»

«Perché io ho intorno più muri di te. Il fatto è che le acque pullulano di pescecani, e tutti vogliono sbranarci.»

«Mi sembri un po' paranoico, Marino.»

«Hai ragione, capo, ed è per questo che vorrei che te ne stessi per un po' tranquilla. Dico sul serio.»

«Non posso.»

«Se vuoi saperla tutta, se continui a occuparti di questi casi prima o poi finirà per sembrare la storia di un conflitto d'interessi. E non ne uscirai bene.»

«Susan è morta» dissi. «Eddie Heath è morto. Jennifer Deighton è morta. Nel mio ufficio è arrivata la corruzione, e non sappiamo neanche chi è finito sulla sedia elettrica la settimana scorsa. Stai forse proponendomi di prendere una vacanza finché tutte queste cose si aggiusteranno magicamente da sole?»

Marino allungò una mano verso il sale, ma io lo battei sul tempo. «No. Niente sale. Se proprio vuoi, usa il pepe» sentenziai, avvicinandogli il pepino.

«Ecco cosa mi ucciderà, capo: tutte 'ste balle salutiste. Vedrai che fra qualche giorno ne avrò così piene le scatole, che in una volta sola farò tutto quello che non devo. Cinque sigarette in un colpo, un bourbon in una mano e una tazza di caffè nell'altra, carne e patate arrosto sepolte sotto una montagna di burro e di sale. Così farò saltare tutti i circuiti, e chi s'è visto s'è visto.»

«No, non lo farai» risposi. «Anzi, ti tratterai bene e vivrai almeno finché vivrò io.»

Per un attimo continuammo a mangiare in silenzio.

«Senza offesa, capo, ma cosa ti illudi di scoprire su quelle maledette piume?»

«La loro provenienza, spero.»

«Allora ti risparmio un po' di fatica. Vengono dagli uccelli» disse.

Salutai Marino verso le sette, e tornai in centro. La temperatura superava i cinque gradi sopra lo zero, la notte era scura e riversava sulle nostre teste sferzate di pioggia abbastanza violente da paralizzare il traffico. Alle spalle dell'obitorio, i lampioni ai vapori di sodio sembravano indistinte macchie giallognole; il portone dell'area di carico era chiuso, il parcheggio deserto. All'interno, mentre oltrepassavo la sala autopsie dirigendomi verso l'ufficio di Susan, il cuore prese a battermi all'impazzata.

Girai la chiave nella serratura. Non sapevo ancora cosa mi aspettavo di trovare, ma il suo schedario e i cassetti della scrivania, i suoi libri e persino i vecchi messaggi telefonici, tutto là dentro mi attirava irresistibilmente. La stanza non era cambiata: Marino aveva l'incredibile capacità di frugare anche negli angoli più privati e nascosti di una persona senza alterare minimamente il naturale disordine delle cose. Il telefono era ancora appoggiato di traverso su un angolo del tavolo, il filo arricciato come la coda di un maialino. Un paio di forbici e due matite con la punta rotta giacevano su un foglio di carta assorbente verde, il camice da laboratorio era sempre appeso alla spalliera della sedia. Sul monitor del computer era incollato un vecchio promemoria di un appuntamento con un medico, e mentre osservavo le timide curve e la delicata inclinazione della sua bella calligrafia mi colse una sorta di tremore interno. Quand'era cominciato tutto? Il giorno in cui aveva sposato Jason Story? O la sua tragica fine aveva radici ancor più lontane, che affondavano nel passato della giovane figlia di un meticoloso reverendo, la ragazzina cui era morta una sorella gemella?

Seduta sulla sua sedia, mi avvicinai allo schedario e iniziai a estrarre una cartelletta dopo l'altra, verificandone il contenuto. Nella maggioranza dei casi si trattava di brochure e altro materiale informativo relativo a forniture chirurgiche e ad articoli vari di largo consumo per l'obitorio. Nulla colpì la mia curiosità fin quando non mi accorsi che Susan aveva conservato praticamente tutti i promemoria ricevuti da Fielding, ma nessuno mio o di Ben Stevens. Sapevo infatti per certo che entrambi le lasciavamo spesso comunicazioni scritte, eppure da un'ulteriore ricerca fra i libri e nei cassetti non emerse alcun file intestato a noi. Fu allora che capii che qualcuno doveva averli rubati.

Il primo pensiero fu che li avesse presi Marino. Ma un'altra ipotesi mi balenò in mente di lì a poco, facendomi correre di sopra. Aprii la porta del mio ufficio e puntai diritta al cassetto in cui conservavo fogli e foglietti di ordinaria amministrazione, i promemoria delle telefonate, appunti sparsi, stampate di comunicazioni della posta elettronica e schizzi di proposte di budget o di progetti a lungo termine. Il raccoglitore che cercavo era etichettato semplicemente "Memo", e conservavo lì la copia di tutte le comunicazioni scritte consegnate nel corso degli anni ai miei collaboratori o al personale di altre agenzie. Frugai ogni angolo dell'ufficio di Rose, poi tornai nel mio: il classificatore era sparito.

«Brutto figlio di puttana» sibilai, mentre ripercorrevo il corridoio. «Maledetto figlio di puttana!»

La stanza di Ben Stevens era così lustra e ordinata da sembrare la vetrina di un negozio d'arredamento per uffici. C'erano una scrivania in stile, con lucidi manici d'ottone e impiallacciatura in mogano, e un paio di lampade a stelo, sempre in ottone, con paralumi verde scuro. Il pavimento era coperto da un tappeto persiano tessuto a macchina, le pareti decorate da grandi stampe di sciatori, di giocatori di polo in sella a cavalli scalpitanti e di skipper in lotta contro poderose onde. Iniziai controllando il dossier di Susan, che comprendeva un elenco delle qualifiche professionali, un curriculum vitae e altri documenti. Ciò che mancava erano invece parecchie note d'encomio scritte di mio pugno dal giorno della sua assunzione, e che io stessa avevo aggiunto al file. Aprii i cassetti della scrivania, e in uno di essi trovai un astuccio di plastica marrone contenente spazzolino da denti, dentifricio, rasoio, crema da barba e una piccola boccetta di colonia Red.

Forse fu lo spostamento d'aria quasi impercettibile provocato dalla silenziosa apertura della porta, o forse l'improvvisa percezione animale di una presenza nella stanza. Quando sollevai la testa dalla scrivania, dove stavo riavvitando il tappo della colonia, vidi Ben Stevens fermo sulla soglia. Per un lungo, gelido istante i nostri occhi si incontrarono e nessuno fiatò. Non provavo alcun senso di paura. Il fatto di essere stata colta con le mani nel sacco non mi destava la minima preoccupazione. Dentro di me si agitava solo rabbia.

«È molto tardi, Ben.» Richiusi l'astuccio e lo rimisi nel cassetto, quindi incrociai le mani sulla scrivania. Mi ero mossa e avevo parlato con lentezza e deliberazione.

«La cosa che mi è sempre piaciuta degli straordinari» ripresi «è che si lavora quando ormai non c'è più nessuno intorno. Niente distrazioni. Nessun rischio che qualcuno arrivi a disturbare o a interrompere ciò che stai facendo. Niente occhi né orecchie indiscreti. Non un rumore, tranne in rare occasioni, quando passa la guardia per il giro di controllo. E sappiamo che ciò accade di rado, solo quando qualcosa attira la sua attenzione, perché di regola odia entrare in obitorio. Non ho mai conosciuto una sola guardia di sicurezza a cui piacesse aggirarsi per questo edificio. Lo stesso vale per il personale delle pulizie, naturalmente. Di sotto non si avventurano, e qui danno solo una passatina veloce. E poi, comunque, alle sette e mezzo sono già fuori, mentre adesso sono quasi le nove, no?

«La cosa che più mi stupisce è di non averci pensato prima. Non mi era mai passato per la testa. Forse questo la dice lunga sul mio stato di disagio. Hai raccontato alla polizia di non conoscere Susan personalmente, eppure le davi spesso passaggi da e fino a casa, come per esempio il giorno in cui nevicava e io eseguii l'autopsia su Jennifer Deighton. Ricordo che Susan era veramente strana. Dimenticò la barella con il cadavere in mezzo al corridoio, e quando entrai in sala autopsie la vidi riagganciare affannosamente la cornetta. Non credo che fosse una telefonata di lavoro: erano le sette e mezzo di mattina e quasi tutti sarebbero rimasti barricati in casa per colpa del maltempo. Nemmeno qui c'era nessuno. L'unico già arrivato eri tu. Se stava telefonando a te, perché mai avrebbe dovuto nascondermelo? A meno che per lei tu non fossi qualcosa di più di un semplice amministratore.

«Certo, anche i rapporti fra me e te sono altrettanto singolari. Siamo sempre andati d'amore e d'accordo, ed ecco che all'improvviso te ne vieni fuori a dire che sono il peggior capufficio del mondo. Sai che mi viene quasi il dubbio che Jason Story non sia l'unica persona ad avere parlato con i giornalisti? È davvero strano ritrovarsi appiccicata addosso questa immagine. La tiranna. La nevrotica. La fanatica. La responsabile della morte violenta di un'assistente. Susan e io avevamo un rapporto molto cordiale e, fino a poco tempo fa, lo avevamo anche io e te, Ben. Ma adesso è la mia parola contro la tua, visto che anche l'ultimo pezzo di carta in grado di documentare ciò che dico è provvidenzialmente scomparso. E, se non immagino male, avrai già opportunamente commentato questa sparizione in presenza di qualcuno, la qual cosa lascia sottintendere una più che probabile responsabilità da parte mia. Quando una cartelletta o degli appunti spariscono, si può raccontare ciò che si vuole in merito al loro contenuto, vero?»

«Non so di cosa stai parlando» rispose Stevens. Si spostò dalla porta, senza tuttavia avvicinarsi alla scrivania o prendere una sedia. Era arrossito, il suo sguardo appariva duro e carico d'odio. «Non so nulla di cartellette o appunti scomparsi, ma se è vero certo non potrò nascondere il fatto alle autorità, così come non potrò nascondere di essere venuto qui stasera a prendere una cosa che avevo dimenticato e di averti trovato a frugare nei miei cassetti.»

«E cosa avresti dimenticato, Ben?»

«Non sono tenuto a risponderti.»

«Sì, invece. Tu lavori per me, e se vieni qui a tarda ora e io vengo a saperlo, ho tutto il diritto di chiederti spiegazioni.»

«Benissimo, allora. Vai fino in fondo e licenziami. Provaci. Sono certo che gioverà alla tua immagine.»

«Assomigli a un calamaro, Ben.»

Spalancò gli occhi, umettandosi le labbra.

«I tuoi tentativi di sabotaggio sono l'inchiostro che espelli perché hai paura e desideri solo distogliere l'attenzione da te. Sei stato tu a uccidere Susan?»

«Ti sta dando di volta il cervello» disse, la voce tremante.

«È uscita di casa nel primo pomeriggio, il giorno di Natale, ufficialmente diretta da un'amica. Ma in realtà la persona che doveva incontrare eri tu, giusto? Sapevi che quando è stata ritrovata, in macchina, il collo del suo cappotto e il foulard profumavano di acqua di colonia? Una colonia da uomo, proprio come quella che tieni nel cassetto della scrivania per rinfrescarti prima di uscire di qui e fiondarti nei localini sulla Slip.»

«Non so di cosa stai parlando» ripeté.

«Chi la pagava?»

«Magari tu.»

«Ridicolo» risposi in tono calmo. «Tu e Susan eravate coinvolti in qualche strano giro di soldi, e secondo me sei stato proprio tu a tirarla dentro, sapendo in che acque navigava negli ultimi tempi. Probabilmente aveva riposto in te ogni speranza. Tu sapevi come convincerla, e avevi altrettanto bisogno di denaro. I conti dei locali che frequentavi sarebbero bastati a mandarti in bancarotta, vero, Ben? Eh, fare la bella vita costa, ma io so quanto guadagni.»

«Non sai un bel niente.»

«Ben.» Abbassai la voce. «Escine finché sei ancora in tempo. Tirati fuori e dimmi chi c'è dietro.»

Distolse lo sguardo.

«La posta diventa troppo alta, quando cominciano a esserci di mezzo dei morti. Se sei stato tu a uccidere Susan, pensi davvero di potertela cavare?»

Non rispose.

«E se invece a ucciderla è stato qualcun altro, pensi che goda di una speciale immunità, o che la stessa cosa non possa succedere anche a te?»

«Queste sono minacce.»

«Non dire scemenze.»

«Non puoi dimostrare che la colonia che hai sentito sugli abiti di Susan era mia. Non esistono test per una cosa del genere. Non puoi infilare un odore in provetta, non puoi conservarlo» si difese.

«Ti chiedo di andartene immediatamente, Ben.»

Si girò e uscì dall'ufficio. Quando udii le porte dell'ascensore chiudersi, percorsi il corridoio e andai a spiare da una finestra che dava sul parcheggio. Non osai dirigermi verso la mia macchina finché Stevens non fu ripartito.

La sede dell'Fbi è una fortezza di cemento armato fra la Nona e la Pennsylvania Avenue, nel cuore di Washington. Quando vi giunsi, il mattino seguente, mi ritrovai immersa in una rumorosa scolaresca di almeno cento ragazzini. Mentre si precipitavano su per le scale, correvano verso le panche e si spostavano in massa di aiuola in aiuola, mi tornò in mente quando Lucy aveva la loro età. Quanto le sarebbe piaciuto fare il giro dei laboratori! Improvvisamente fui colta da una forte nostalgia.

Il baccano di voci giovani e acute svanì come portato dal vento, e io mi diressi a passo spedito lungo un percorso che ormai conoscevo bene. Puntai al centro della costruzione, quindi superai il cortile e un parcheggio riservato con relativo custode, raggiungendo una porta a vetri. All'interno si apriva un atrio arredato con mobili scuri, specchi e bandiere. Una fotografia del presidente sorrideva da una delle pareti, mentre su un'altra era appesa una galleria di ritratti dei dieci fuggitivi più ricercati del paese.

Al banco della reception esibii la mia patente a un giovane agente dai modi tristi e bigi quanto il vestito che indossava.

«Sono la dottoressa Scarpetta, capo medico legale della Virginia.»

«Con chi ha appuntamento?»

Glielo dissi.

Studiò prima me, poi la fotografia, verificò che non fossi armata, chiamò qualcuno per telefono e infine mi consegnò un distintivo. Diversamente dall'Accademia di Quantico, nel quartier generale dell'Fbi regnava un'atmosfera che irrigidiva lo spirito e paralizzava la spina dorsale a chiunque.

Non avevo mai conosciuto di persona l'agente speciale Minor Downey, ma dal nome me l'ero immaginato come un tipo fragile e privo di nerbo, coperto di peli biondi e chiari dal collo fino ai piedi, ma con la testa calva. Dotato di occhi inespressivi e di carnagione lattiginosa, ero sicura si trattasse di uno di quegli individui che non destano mai la minima attenzione. Naturalmente, mi sbagliavo. Quando un tizio dal fisico atletico mi si presentò in maniche di camicia guardandomi diritto negli occhi, balzai in piedi dalla sedia.

«Il signor Downey, suppongo.»

«E lei dev'essere la dottoressa Scarpetta.» Mi strinse la mano. «Mi chiami pure Minor.»

Aveva quarant'anni al massimo e sfoggiava un'aria da studioso piuttosto attraente, con occhiali senza montatura, capelli castani corti e ordinati e una cravatta a righe blu e marroni. Trasudava pregiudizi e un'intensità intellettuale immediatamente riconoscibili da chiunque abbia affrontato faticosi anni di istruzione post-universitaria, e di fatto non ricordavo un solo professore di Georgetown o della John Hopkins che non facesse gruppo a parte o che legasse con i comuni mortali.

«Come mai proprio le piume?» chiesi, mentre salivamo in ascensore.

«Ho un'amica ornitologa allo Smithsonian's Museum di storia naturale» rispose. «Quando i funzionari governativi dell'Aviazione cominciarono a chiedere il suo aiuto per identificare gli uccelli rimasti uccisi, mi ci appassionai anch'io. Vede, gli uccelli vengono spesso risucchiati dai motori dei velivoli, e quando si esaminano i resti di un aereo precipitato si trovano frammenti di piume che occorre esaminare per capire quale specie ha causato il problema. In altre parole, ciò che finisce risucchiato viene anche masticato per bene. Lo sa che un banale gabbiano può abbattere un bombardiere B-1? E se un aereo zeppo di passeggeri incrocia un uccello, rischia di perdere un motore e di cacciarsi in brutti guai. Prenda il caso di quello svasso che sfondò il parabrezza di un Lear, decapitando il pilota. Insomma, studiare il fenomeno del risucchio degli uccelli fa parte del mio lavoro. Per testare le turbine e le pale ci infiliamo dei polli: riuscirà l'aereo a resistere a uno o due polli?

«Lei non ha idea del numero di situazioni in cui entrano in gioco gli uccelli. Tracce di piuma di piccione negli escrementi pestati dalla scarpa di un indiziato: l'uomo si trovava effettivamente nella strada in cui il cadavere è stato rinvenuto? Oppure, prenda il tizio che nel corso di una rapina rubò un prezioso sacco a pelo d'alta montagna. Nel bagagliaio della macchina furono rinvenute delle piume provenienti proprio da quel sacco a pelo. Oppure la piuma trovata sul corpo di una donna violentata e uccisa. L'avevano infilata nella scatola d'imballaggio di una cassa stereo Panasonic, e quindi scaricata in un bidone delle immondizie. Sembrava in tutto e per tutto una piccola penna bianca di germano reale, e alla fine si rivelò identica a quelle che imbottivano la trapunta stesa sul letto dell'indiziato. Risolsero il caso grazie a una piuma e a due capelli.»

Il terzo piano, in pratica, era un intero isolato di laboratori in cui esperti analisti esaminavano esplosivi, scaglie di vernice, pollini, attrezzi, pneumatici e detriti vari utilizzati nei crimini o ritrovati sulle scene dei delitti. C'erano gascromatografi, microspettrofotometri e mainframe in funzione ventiquattr'ore su ventiquattro e sale di consultazione piene di campioni di vernici. Seguii Downey lungo bianchi corridoi e oltre i laboratori di analisi del Dna, quindi entrammo nell'Unità peli e fibre, dove lui lavorava. Il suo ufficio funzionava anche da laboratorio, e i mobili e gli scaffali in legno scuro si contendevano lo spazio con banchi asettici e microscopi. Le pareti e la moquette erano color nocciola chiaro, e alcuni disegni a pastello appesi a un pannello per le comunicazioni interne mi dissero che questo luminare di fama internazionale era anche un padre.

Aprii una busta di carta grezza e ne estrassi altre tre buste più piccole, di plastica trasparente. Due contenevano le piume relative agli omicidi di Jennifer Deighton e Susan Story, la terza un vetrino con il residuo gommoso prelevato dai polsi di Eddie Heath.

«Questa mi sembra la migliore» dissi, indicando il reperto proveniente dalla camicia da notte della Deighton.

Downey la tirò fuori dalla busta e subito commentò: «Certo, questa è una piuma, dorsale o pettorale. Bene, il ciuffo è corposo: più penna abbiamo, meglio è». Con una pinzetta spogliò entrambi i lati del rachide di alcune barbe, quindi andò al microscopio stereoscopico e le dispose su una sottile pellicola di xilene che ricopriva un vetrino. In questo modo era possibile separare e lisciare le minuscole strutture, e quando alla fine sembrò soddisfatto della perfetta disposizione di ogni singola barba, Downey accostò un angolo di carta asciugante allo xilene, assorbendone l'eccesso. Aggiunse quindi un supporto di Flo-texx, sovrappose un altro vetrino e mise il tutto sotto il microscopio collegato a una telecamera.

«Comincerò col dire che le penne di tutti gli uccelli hanno una struttura base praticamente identica» esordì. «Ci sono lo stelo rigido centrale, le barbe che poi si separano in barbule lanuginose, e una base allargata in cima alla quale si trova un poro chiamato *umbilicus superior*. Le barbe sono quei filamenti che danno alla penna il caratteristico aspetto... piumoso, se permette il gioco di parole. Se ingrandite, vedrà infatti che assomigliano a loro volta a micropenne impiantate nel rachide.» Si girò dalla parte del monitor. «Ecco, questa è una barba.»

«Sembra una felce» dissi.

«Sì, in molti casi si assomigliano, è vero. Adesso la ingrandiremo ancora un po' per poter osservare meglio le barbule, poiché proprio queste ultime ci consentono di effettuare l'identificazione. Nella fattispecie, quello che maggiormente ci interessa sono i nodi.»

«Un attimo, scusi, vediamo se ho capito bene» dissi. «I nodi sono una caratteristica delle barbule, le barbule una caratteristica delle barbe, le barbe delle piume e le piume degli uccelli.»

«Esatto. E ogni famiglia di uccelli ha piume caratterizzate da una struttura specifica particolare.»

Ciò che ora vidi sul monitor sembrava il disegno stilizzato di una spiga o di una zampa d'insetto. Le linee erano collegate in segmenti da strutture triangolari tridimensionali che Downey indicò come nodi.

«Gli elementi chiave sono la dimensione, la forma, il numero e la pigmentazione dei nodi e la loro disposizione lungo le barbule» spiegò in tono paziente. «Nel caso di nodi a stella, per esempio, abbiamo sicuramente a che fare con i piccioni, mentre quelli ad anello sono tipici di polli e tacchini, e, ancora, flange ingrossate con rigonfiamenti prenodali ci riportano ai cucù. Questi» indicò lo schermo «sono chiaramente triangolari, ragion per cui posso dirle già che si tratta sicuramente di una piuma d'oca o di anatra. Non che questo mi sorprenda, peraltro. In genere le piume collegate a omicidi, stupri o rapine provengono da cuscini, trapunte, giacche a vento e guanti. Tutti articoli dove l'imbottitura comprende spesso un triturato di penne e piume d'oca o d'anatra, o anche di gallina, in quelli meno di lusso.

«Tuttavia, in questo caso possiamo assolutamente escludere l'ultima ipotesi. E oserei persino dire che la sua piuma non proviene nemmeno da un'oca.»

«Perché?» chiesi.

«Be', sarebbe semplice spiegare la differenza se disponessimo di una piuma intera. Purtroppo, così è più difficile. Comunque sia, stando a ciò che vedo mi pare di contare troppo pochi nodi. Inoltre, non sono distribuiti uniformemente lungo tutta la barbula ma hanno un carattere prevalentemente distale, vale a dire periferico rispetto alla base della barbula stessa. E questa è proprio una caratteristica della penna d'anatra.»

Aprì un armadietto ed estrasse alcuni cassetti portavetrini.

«Uhm, vediamo. Qui ci sono circa sessanta vetrini d'anatra, ma per andare sul sicuro li faremo passare tutti, eliminando ogni volta quelli che non ci interessano.»

Così, sistemò l'uno dopo l'altro i vetrini sotto il microscopio formato da due blocchi combinati in un'unica unità binoculare. Sul video del monitor appariva un cerchio luminoso diviso a metà da una linea sottilissima: Downey disponeva da una parte il campione noto, e dall'altra quello che ancora speravamo di identificare. Passammo in rapida rassegna piume di germano reale, d'anatra muschiata, di moretta arlecchino, di melanitta, di gobbo della Giamaica, di fischione americano e di altre decine di varietà. A Downey bastava dare una semplice occhiata a ogni esemplare per capire che non era quello giusto.

«È una mia idea, o questa è più delicata delle altre?» chiesi, riferendomi al reperto del caso Deighton.

«No, non è una sua idea. È davvero più delicata e più aerodinamica. Ha notato che le strutture triangolari, qui, non si allargano troppo?»

«Sì... Be', sì, adesso che me lo dice, effettivamente si vede.»
«Anche questo è un indizio importante. La natura non lascia mai nulla al caso, e secondo me il motivo di questa particolare conformazione ha a che fare con l'isolamento termico. Lo scopo della piuma è di trattenere l'aria. Quanto più sottili sono le barbule, tanto più aerodinamici e affusolati sono i nodi, e più distale la loro collocazione, tanto più alta è la capacità della piuma di bloccare l'aria. Non far passare l'aria è un po' come starsene in una piccola stanza isolata e priva di ventilazione: in poche parole, significa starsene al caldo.»
Sistemò un ennesimo vetrino sotto il microscopio, e questa volta anch'io mi resi conto che cominciavamo ad avvicinarci. Le barbule apparivano più delicate, i nodi affusolati e distali.
«Cos'è questa?»
«Ho tenuto le principali indiziate per ultime.» Downey aveva l'aria soddisfatta. «Anatre marine. E, primi della lista, gli edredoni. Passiamo a un ingrandimento a quattrocento.» Cambiò le lenti, regolò la messa a fuoco e proseguimmo con altri vetrini. «Adesso proviamo con l'edredone comune. Okay. La colorazione è simile» commentò, osservando intensamente lo schermo. «E abbiamo una media di due nodi collocati distalmente lungo le barbule. Più la linea aerodinamica per assicurare un isolamento extra. Be', certo è un dettaglio importante, se devi nuotare nell'oceano Artico. Credo di averla identificata... è la *Somateria mollissima*, molto comune in Islanda, Norvegia, Alaska e sulle coste della Siberia. Comunque voglio controllare anche con il SEM» concluse, alludendo al microscopio elettronico a scansione.
«E cosa sta cercando?»
«Cristalli di sale.»
«Certo» dissi, affascinata. «Perché gli edredoni sono uccelli marini.»
«Esattamente. E anche molto interessanti, direi un notevole esempio di sfruttamento economico. In Islanda e Norvegia, le colonie d'allevamento vengono protette dai predatori e da altre possibili interferenze in modo tale da poter raccogliere le piume con cui le femmine imbottiscono i nidi e ricoprono le uova. Il piumaggio viene poi lavato e rivenduto alle industrie.»
«Industrie di che genere?»

«Quelle che producono sacchi a pelo e trapunte.» Mentre parlava, dispose su un altro vetrino alcune barbe lanuginose della piuma ritrovata nella macchina di Susan.

«Jennifer Deighton non aveva niente di simile in casa» riflettei. «Nulla che fosse imbottito di piuma.»

«Allora probabilmente sono avvenuti vari passaggi, durante i quali la piuma si è attaccata prima all'assassino, quindi alla sua vittima. È molto interessante.»

In quel momento sul monitor comparve il nuovo esemplare da analizzare.

«Ancora edredone» dissi.

«Così pare. Adesso proviamo il suo vetrino. È quello relativo al ragazzo?»

«Sì. Un residuo di adesivo che ho prelevato dai polsi di Eddie Heath» spiegai.

«Che Dio mi fulmini.»

I microscopici detriti evidenziati dal monitor formavano una affascinante girandola di colori, forme e fibre, nella quale spiccavano chiaramente gli ormai familiari nodi triangolari e le barbule.

«Be', questo apre una bella falla nella mia teoria personale» disse Downey. «Sempre che si stia parlando di tre omicidi avvenuti in tre luoghi diversi e in tre tempi diversi.»

«Infatti, è così.»

«Be', se solo una di queste piume fosse stata di edredone, avrei preso in considerazione la possibilità di un agente contaminante. Ha presente le etichette dei vestiti in cui c'è scritto cento per cento acrilico e in realtà poi è novanta per cento acrilico e dieci per cento nylon. Le etichette mentono. Il fatto è che, se il lotto di indumenti prodotti prima di una partita di maglioni acrilici era composto, poniamo, da giacche di nylon, allora i primissimi maglioni che usciranno verranno contaminati dal nylon. Dopo un po', però, l'agente contaminante si disperde.»

«In altre parole» tradussi, «se una persona indossa una giacca oppure ha una trapunta che in fabbrica è venuta a contatto con piume di edredone, la probabilità che questa giacca o questa trapunta perdano solo gli agenti contaminanti è praticamente inesistente.»

«Proprio così. Dunque dobbiamo pensare che l'articolo in questione sia imbottito di pura piuma di edredone. Be', vede, è un fatto curioso, perché in genere di qui passano cose da grandi magazzini: giubbotti, guanti o trapunte imbottiti con piume di gallina, al massimo d'oca. La piuma di edredone invece è molto ricercata, da negozio esclusivo e specializzato. Una giacca, una trapunta o un sacco a pelo imbottiti con piumino di edredone hanno certamente un'ottima tenuta, articoli curatissimi nella fattura e dal prezzo proibitivo.»

«Le è mai capitata una prova di reato come questa?»

«No, è la prima volta.»

«E come mai queste piume sono tanto preziose?»

«Per le prerogative termiche che le ho già descritto. E anche per questioni estetiche: la piuma di edredone è candida, mentre la maggioranza delle piume da imbottitura ha sempre un colore alonato, sporchiccio.»

«Se io comprassi un articolo particolare in piuma di edredone, saprei che si tratta di questo piumino bianco candido, o l'etichetta si limiterebbe a dichiarare "piuma d'oca"?»

«Uhm, sono quasi certo che sull'etichetta sarebbe indicato qualcosa tipo "puro piumino di edredone", visto che in qualche modo il prezzo va giustificato» rispose.

«Potrebbe chiedere al computer una lista di fornitori che trattano questa piuma?»

«Certo. Ma naturalmente nessun distributore le potrà mai dire se la piuma che ha trovato proveniva da un loro articolo, a meno di sottoporgliela insieme all'articolo in questione. Purtroppo, una piuma da sola non basta.»

«Chissà» mormorai. «Magari invece sì.»

A mezzogiorno in punto avevo raggiunto di nuovo la macchina che avevo parcheggiato a due isolati di distanza. Salii e misi il riscaldamento al massimo. New Jersey Avenue era così vicina da attirarmi a sé come la luna attira le maree. Allacciai la cintura di sicurezza, trafficai un po' con la radio e per due volte allungai la mano verso il cellulare, cambiando idea all'ultimo momento. Il solo pensiero di contattare Nicholas Grueman era una follia.

E poi, comunque, non lo avrei certo trovato in ufficio, mi dissi sollevando la cornetta e componendo il numero.

«Grueman» rispose la voce.

«Sono la dottoressa Scarpetta.» Alzai la voce per sovrastare il ruggito della ventola del riscaldamento.

«Oh, buongiorno. Leggevo giusto di lei, ieri. Mi sta chiamando dal telefono della macchina, vero? Si sente il rumore.»

«Infatti. Sono qui a Washington.»

«Be', mi lusinga sapere che un breve transito nella mia umile città la induce subito a pensare a me.»

«La sua città non ha proprio niente di umile, signor Grueman, e questa non è una telefonata di piacere. Stavo pensando che lei e io dovremmo discutere un po' meglio di Ronnie Joe Waddell.»

«Capisco. È molto distante dal Law Center?»

«A dieci minuti circa.»

«Bene. Non ho ancora pranzato e penso nemmeno lei. Le va se ordino qualche sandwich e mangiamo qui, nel mio ufficio?»

«Perfetto» risposi.

Il Law Center si trovava a trentacinque isolati dal corpo principale dell'università, e ricordavo ancora la delusione provata molti anni prima nell'apprendere che studiare legge non avrebbe significato percorrere le vecchie e ombrose vie delle Heights, né sedere nelle aule degli splendidi edifici in mattoni del diciottesimo secolo. Al contrario, avrei trascorso tre lunghi anni in una sede nuova di zecca e priva del benché minimo fascino, in una zona rumorosa e frenetica della città. Delusione che, tuttavia, non durò a lungo. Studiare all'ombra del Campidoglio dava un certo brivido, e certo era molto comodo. Ma, forse, la cosa più importante di tutte era che dopo qualche mese avevo conosciuto Mark.

Quello che ricordavo meglio dei primi incontri con Mark James, durante il primo semestre del primo anno, era l'attrazione fisica che aveva esercitato su di me. Inizialmente la sua vista bastava già a turbarmi, anche se non capivo ancora il perché; poi, quando avevamo cominciato a frequentarci, il turbamento passeggero si era trasformato in un'ininterrotta scarica di adrenalina. Ogni volta che lo vedevo il cuore mi batteva all'impazzata, e di colpo mi ritrovavo dolorosamente consapevole di ogni suo minimo gesto. Per intere settimane le nostre conversazioni si erano svolte in una sorta di stato di trance che durava dalla sera al mattino, mentre le parole si sfioravano non come normali elementi di comunicazione, bensì come le note di un segreto e inevitabile crescendo. Crescendo che, una notte, culminò con la forza imprevedibile e scioccante di un incidente.

Da allora il Law Center si era notevolmente trasformato e ingrandito. La divisione penale si trovava al quarto piano, e quando uscii dall'ascensore non vidi nessuno né in corridoio né negli uffici. In effetti era ancora periodo di vacanze, e soltanto i disperati o gli implacabili potevano aver voglia di lavorare. La porta della stanza 418 era aperta, la scrivania della segretaria deserta, la porta d'ingresso dell'ufficio di Grueman socchiusa.

Per non spaventarlo, mentre mi avvicinavo chiamai il suo nome a voce alta. Non rispose.

«Signor Grueman? È permesso?» ripetei, spingendo la porta.

La sua scrivania era sommersa da un mare di disordine che galleggiava attorno al computer, e i classificatori e i fogli di trascrizioni erano ammassati ai piedi delle librerie stracariche. Su un tavolo alla sinistra della scrivania c'era un tavolino con sopra una stampante e un fax, in quel momento in fase di trasmissione. Mentre mi guardavo tranquillamente intorno, il telefono fece tre squilli, poi tacque. Alle spalle della scrivania le veneziane erano abbassate, forse per eliminare il riverbero del video, e appoggiata al davanzale c'era una borsa portadocumenti in pelle marrone, scura e dall'aria vissuta.

«Chiedo scusa,» disse una voce alle mie spalle, facendomi drizzare i capelli in testa. «Sono uscito un attimo, ma speravo di riuscire a precederla.»

Nicholas Grueman non mi tese la mano, né mi rivolse un saluto personale di qualunque altro genere. La sua unica preoccupazione era arrivare alla sedia, cosa che fece molto lentamente e con l'aiuto di un bastone dall'impugnatura d'argento.

«Le offrirei volentieri un caffè, ma quando manca Evelyn, nessuno lo fa» disse, sedendosi sulla sua poltrona da giudice. «In ogni caso, il negozio di delicatessen che ci porterà da mangiare tra poco provvederà anche alle bevande. Mi auguro che lei possa aspettare e... Ma prego, si accomodi, dottoressa Scarpetta. Avere davanti una donna che mi guarda dall'alto in basso mi rende nervoso.»

Avvicinai una sedia alla scrivania, colpita dal fatto che il Grueman in carne e ossa non fosse il mostro che ricordavo dai tempi della scuola di legge. Tanto per cominciare, sembrava rimpicciolito, anche se sospettavo di essere stata io, con la mia immaginazione, ad averlo ingigantito oltre misura. L'uomo che avevo di fronte era delicato, con i capelli bianchi, e il suo viso appariva scolpito dagli anni in una sorta di strana caricatura. Indossava sempre panciotto e cravattino a farfalla, fumava ancora la pipa e, quando i suoi occhi grigi si posarono su di me, lo sguardo era tagliente come un bisturi. Tuttavia, non li trovai più così freddi: erano semplicemente degli occhi impassibili, come del resto erano spesso anche i miei.

«Come mai zoppica?» domandai coraggiosamente.

«Gotta. La malattia dei despoti» rispose lui, senza sorridere. «Ogni tanto ho una crisi, ma per cortesia mi risparmi i buoni consigli. Voi dottori mi dilaniate ogni volta, con i vostri pareri non sempre richiesti. Siete capaci di pontificare su qualunque cosa, dalle sedie elettriche che funzionano male agli alimenti che dovrei escludere dalla mia già triste dieta.»

«La sedia elettrica non ha funzionato male» dissi. «Non nel caso cui sono certa stia alludendo lei.»

«Non so come faccia a sapere a cosa alludo, ma se non ricordo male, in passato ho già avuto modo di ammonirla più volte circa la sua propensione a fare ipotesi. Purtroppo vedo che non mi ha ascoltato. E così continua a speculare e a supporre, sebbene nella fattispecie la sua ipotesi di poc'anzi fosse corretta.»

«Signor Grueman, mi lusinga constatare che si ricorda di me quand'ero studente, ma non sono venuta per parlare delle miserevoli ore trascorse in classe con lei. Né sono qui per accettare nuove sfide mentali, arte che vedo le piace ancora molto coltivare. A titolo di cronaca, le dirò anzi che lei è stato il docente in assoluto più misogino e arrogante che abbia mai incontrato nei miei trent'anni di istruzione. E devo ringraziarla per avermi insegnato così bene a trattare con i bastardi, perché il mondo ne è pieno e purtroppo io ho a che fare con loro ogni giorno.»

«Non ho dubbi in proposito, dottoressa, ma se ci sa fare o meno, questo ancora non lo so.»

«La sua opinione in merito non mi interessa. Preferirei invece che mi parlasse di Ronnie Joe Waddell.»

«E cosa vorrebbe sapere, a parte il fatto assolutamente ovvio che l'esito finale è stato improprio e scorretto? Le piacerebbe che la politica avesse potere di vita e di morte su di lei? Prendiamo quello che le sta accadendo in questi giorni. Le diffamazioni da parte della stampa non sono forse almeno parzialmente motivate dal punto di vista politico? Ognuna delle parti in causa ha qualcosa da guadagnarci. Sono calunnie estranee a qualsiasi verità o senso di giustizia. Provi quindi a immaginare come si sentirebbe se le stesse persone che oggi la diffamano in pubblico avessero il potere di privarla della sua libertà, o addirittura della vita.

«Ronnie è stato fatto a pezzi da un sistema irrazionale e ingiusto. Il richiamo a eventuali precedenti non ha alcuna importanza, né importa quali ricorsi sono stati presentati nel riesame di prima o seconda istanza. Così come non importa quale questione sollevai, perché in questo specifico caso, nella sua amata Virginia, l'habeas non è servito come deterrente teso a garantire che il processo di stato e i giudici d'appello cercassero coscienziosamente di osservare le procedure previste dai principi costituzionali. Dio non voglia che il più piccolo interesse a violare la costituzione abbia condizionato il nostro pensiero in alcuni settori della legge. Considerando quello che ho ottenuto in tre anni di lotta al fianco di Ronnie, avrei anche potuto darmi all'ippica.»

«A quali violazioni costituzionali si riferisce?» chiesi.

«Quanto tempo ha a disposizione? Be', cominciamo dall'ovvio ricorso a sfide perentorie e discriminanti da parte dell'accusa. I diritti di Ronnie salvaguardati dal principio di eguaglianza davanti alla legge sono stati violati dall'inizio alla fine, e l'indegno comportamento dell'accusa ha spudoratamente infranto il diritto, previsto dal Sesto Emendamento, a una giuria composta da persone rappresentative di tutta la popolazione. Non credo che lei abbia assistito al processo o che ne conosca i particolari, visto che nove anni fa non era nemmeno in Virginia. Il caso ebbe un'enorme eco a livello locale, eppure non fu cambiata la sede processuale. La giuria era composta da otto donne e quattro uomini. Sei donne e due uomini bianchi. Gli altri quattro membri di colore erano un venditore d'auto, un'impiegata di banca, un'infermiera e un docente universitario. I membri bianchi andavano da uno scambista delle ferrovie in pensione, per il quale gli uomini di colore si chiamavano "negri", a una ricca signora di professione casalinga, i cui unici contatti con la gente di colore avvenivano quando guardava il telegiornale e scopriva che nei quartieri popolari c'era stata un'altra sparatoria. Con una giuria così composta, Ronnie non aveva la minima possibilità di venire equamente giudicato.»

«E lei pensa che questa scorrettezza costituzionale, o qualsiasi altra ingiustizia perpetrata ai danni di Waddell, avesse una motivazione politica? Sinceramente non riesco a capire cosa c'entri la politica con la sua condanna a morte.»

D'un tratto Grueman lanciò un'occhiata in direzione della porta. «Se l'udito non m'inganna, è arrivato il nostro pranzo.»

Un attimo dopo sentii un rapido scalpiccio di piedi accompagnato da uno scricchiolio di carta, e una voce che diceva: «Ehi, Nick. Sei lì dentro?».

«Vieni, vieni, Joe» rispose Grueman, senza alzarsi dalla scrivania.

Un giovane e aitante nero in blue jeans e scarpe da tennis comparve e appoggiò due sacchetti di fronte all'avvocato.

«In questo ci sono le bevande, e qui ho messo i due panini, insalata di patate e sottaceti. In tutto fanno quindici e quaranta.»

«Tieni il resto. E grazie mille, Joe. Ma non ti lasciano mai andare in vacanza?»

«La gente mica smette di mangiare, no? Bisogna continuare a correre.»

Grueman distribuì il pranzo e i tovagliolini, mentre io cercavo disperatamente di capire come dovevo comportarmi. Mi sentivo sempre più disorientata dal suo atteggiamento e dai suoi discorsi, e la cosa più strana era che non avvertivo alcuna falsità o forzatura in lui, nulla che mi colpisse per insincerità.

«Allora, quali sarebbero le motivazioni politiche?» ripetei, estraendo il mio panino dal tovagliolo in cui era avvolto.

Grueman stappò una bottiglietta di ginger ale e aprì il contenitore con l'insalata di patate. «Alcune settimane fa ero ancora certo di poter trovare una risposta a questa domanda» disse. «Ma poi, all'improvviso, la persona che avrebbe potuto aiutarmi è stata trovata morta nella sua auto. E sono sicuro che lei sa di chi sto parlando, dottoressa Scarpetta. Jennifer Deighton è uno dei suoi casi, e sebbene la tesi del suicidio debba ancora essere pubblicamente confermata, è quello che finora si è tentato di far credere. Tuttavia, trovo che il tempismo di questa morte sia impressionante, e dico impressionante per non dire agghiacciante.»

«Devo arguirne che conosceva Jennifer Deighton?» chiesi, nel tono più neutro possibile.

«Sì e no. Non l'avevo mai incontrata di persona, e le nostre conversazioni telefoniche, le poche intercorse, intendo, furono molto brevi. Dalla morte di Ronnie non ci eravamo più sentiti.»

«Il che mi induce a pensare che Jennifer Deighton conosceva Waddell.»

Grueman addentò il panino, quindi sollevò la bottiglietta. «La signora e Ronnie si conoscevano, sì» confermò. «Come lei saprà, Jennifer Deighton gestiva un servizio di oroscopi, si interessava di parapsicologia e cose del genere. Ebbene, otto anni fa, quando Ronnie si trovava nel braccio della morte, a Mecklenburg, lesse una pubblicità su qualche rivista. Così le scrisse, in un primo momento sperando che lei potesse consultare la sua sfera di cristallo e predirgli il futuro, se capisce cosa intendo. In particolare credo che volesse sapere se sarebbe morto sulla sedia elettrica, e non pensi che sia una cosa rara, anzi. Molti detenuti si rivolgono a medium e chiromanti per conoscere il futuro che li attende, così come altri chiedono che si preghi per loro durante le funzioni religiose. La cosa un po' meno comune, nel caso di Ronnie, è che a quanto pare lui e la signorina Deighton diedero inizio a un fitto e intimo scambio epistolare, durato fino a pochi mesi prima della sua morte. Poi, all'improvviso, le lettere della donna smisero di arrivare.»

«Pensa che potrebbero essere state in qualche modo intercettate?»

«Senza dubbio. Quando le parlai, per telefono, la Deighton

mi assicurò che aveva continuato a scrivere a Ronnie. Disse anche che negli ultimi sette mesi lui non le aveva mai risposto, il che mi fa pensare che anche le lettere di Ronnie venissero intercettate.»

«E come mai aspettò fin dopo l'esecuzione per contattarla?» chiesi.

«Perché prima di allora non ero al corrente della sua esistenza. Ronnie me ne parlò solo durante il nostro ultimo colloquio, il più strano che abbia mai avuto con qualsiasi detenuto mi sia capitato di difendere fino a oggi.» Per un attimo parve giocherellare con il suo panino, poi lo allontanò da sé e prese la pipa. «Non so se se ne rende conto, dottoressa Scarpetta, ma Ronnie mi aveva messo alla porta.»

«Non capisco cosa significhi.»

«L'ultima volta che parlai con lui fu una settimana prima del trasferimento da Mecklenburg a Richmond. A quell'epoca disse che, sapendo di essere ormai destinato alla sedia elettrica, non c'era più nulla che potessi fare per lui. Disse che quello che gli sarebbe successo era la conseguenza di un processo iniziato molto tempo prima, e che aveva ormai accettato l'inevitabilità della morte. Disse che non vedeva l'ora di andarsene, e che preferiva che io smettessi di lottare per l'habeas corpus nell'intento di dargli un po' di sollievo. Così mi chiese formalmente di non contattarlo più, né di andare più a trovarlo.»

«Be', questo però non significa che la licenziò.»

Grueman accese la fiamma dell'accendino nel fornello della pipa di radica. «No, non mi licenziò. Semplicemente rifiutò di parlarmi e di vedermi ancora.»

«Mi pare quindi che ci fossero gli estremi necessari a garantire una sospensione dell'esecuzione in attesa dell'esito del ricorso» commentai.

«Infatti mi buttai proprio in quella direzione. Citai di tutto, da *Hays contro Murphy* alle preghiere all'Onnipotente. La corte deliberò brillantemente che Ronnie non aveva chiesto di essere giustiziato: aveva solo detto di non vedere l'ora di andarsene. L'istanza, pertanto, venne respinta.»

«Ma se nelle settimane precedenti l'esecuzione lei non ebbe alcun contatto con Waddell, come venne a sapere di Jennifer Deighton?»

«Nel corso del nostro ultimo colloquio, Ronnie aveva espresso tre desideri: il primo era che provvedessi affinché una sua meditazione venisse pubblicata dai giornali qualche giorno prima della sua morte. Me la consegnò, e io presi accordi con il "Richmond Times-Dispatch".»

«L'ho letta, infatti.»

«La seconda richiesta, e cito letteralmente, fu: "Faccia in modo che non succeda niente alla mia amica". Quando gli domandai di chi si trattava, lui rispose, e cito ancora: "Avvocato, se lei è davvero una brava persona, la prego, abbia cura di quella donna. Non ha mai fatto del male a nessuno". Mi diede il suo nome e mi chiese di non contattarla prima dell'esecuzione. Dopodiché avrei dovuto chiamarla e dirle quanto era stata importante per lui. Be', naturalmente non esaudii questo desiderio proprio alla lettera e cercai di contattarla subito: sapevo che stavo perdendo Ronnie e sentivo che c'era qualcosa che non andava. Speravo che da questa amica potesse venirgli qualche aiuto. Se avevano mantenuto un contatto epistolare, magari avrebbe potuto rivelarmi qualcosa di illuminante.»

«E la raggiunse?» chiesi. Marino aveva detto che, nel periodo della festa del Ringraziamento, Jennifer Deighton aveva trascorso due settimane in Florida.

«No, al telefono non rispondeva mai nessuno» rispose Grueman. «Provai a chiamarla per alcune settimane, ma alla fine, un po' per problemi di tempo, un po' per questioni di salute legati all'andamento del processo, alle vacanze e a un tremendo attacco di questa gotta, per esser franco me ne dimenticai. Non ci pensai più fino al giorno in cui Ronnie venne giustiziato, quando dovetti contattarla per riferirle il suo messaggio d'affetto, come espressamente richiesto dal mio assistito.»

«E all'epoca in cui cercò inutilmente di telefonarle, le lasciò per caso dei messaggi sulla segreteria?»

«No, era disinserita. Il che, visto con il senno di poi, ha senso. Non aveva alcun bisogno di tornare dalle vacanze per trovarsi cinquecento messaggi da parte di persone incapaci di prendere una decisione senza conoscere il proprio oroscopo del giorno. E, d'altro canto, se avesse lasciato detto in segreteria che si sarebbe trattenuta fuori città per due settimane, sarebbe stato un invito a nozze per i ladri.»

«E poi, cosa accadde quando finalmente riuscì a parlarle?»

«Fu in quell'occasione che mi disse di essere rimasta in contatto epistolare con Ronnie per otto anni. Si amavano. Disse "la verità non verrà mai a galla", ma quando le chiesi cosa intendesse con quella frase, lei non rispose e riattaccò. Alla fine le scrissi una lettera implorandola di incontrarci.»

«Quando gliela scrisse?» volli sapere.

«Dunque, mi faccia riflettere un momento. Sì, credo fosse il quattordici dicembre, il giorno dopo l'esecuzione.»

«E lei rispose?»

«Sì, per fax. Strano, eh? Non sapevo che avesse un apparecchio fax, invece il mio numero di fax era stampato sulla carta intestata. Se le interessa, ho qui una copia della sua risposta.»

Frugò tra alcune cartellette rigonfie e varie pile di carta ammucchiate sulla scrivania. Una volta trovato il classificatore che cercava, prese a sfogliarne le pagine e alla fine estrasse il fax, che riconobbi immediatamente. "D'accordo, collaborerò" diceva. "Ma è troppo tardi, troppo troppo tardi. Meglio che venga qui. Che brutto pasticcio!" Mi chiesi come avrebbe reagito Grueman se avesse saputo che quella comunicazione era già stata ricostruita grazie al processo di raffinazione delle immagini nel laboratorio di Neils Vander.

«E sa di cosa parlava? A cosa si riferiva quando diceva che era troppo tardi? E qual era il brutto pasticcio?»

«Be', ovviamente era troppo tardi per impedire l'esecuzione di Ronnie, visto che era avvenuta quattro giorni prima. Per quanto riguarda il pasticcio, invece, non so cosa intendesse. Vede, dottoressa Scarpetta, da molto tempo ho la sensazione che nel caso di Ronnie fosse presente una componente strana, negativa. Tra noi non si stabilì mai un vero dialogo, e già questo è insolito. Normalmente con il proprio difensore si instaura un rapporto di grande confidenza. Sono l'unico pronto a sostenerti in un sistema che ti vuole morto: l'unico a lavorare per te in un sistema che trama contro di te. Invece Ronnie era un tipo così distaccato che il suo primo avvocato gettò la spugna e abbandonò il caso. In seguito, quando subentrai io, Ronnie non cambiò atteggiamento, cosa estremamente frustrante, le garantisco. Ogni volta che credevo stesse cominciando ad accordarmi la sua fiducia, all'improvviso innalzava un muro, sprofondava nel silenzio e cominciava a sudare.»

«Le sembrava spaventato?»

«Spaventato, depresso, a volte rabbioso.»

«Sta forse insinuando che potrebbe esserci stata una cospirazione e che Waddell potrebbe averne parlato alla sua amica, magari in una delle prime lettere?»

«Non so di cosa fosse al corrente Jennifer Deighton, ma secondo me qualcosa sapeva.»

«Per caso Waddell la chiamava "Jenny"?»

Grueman prese di nuovo l'accendino per la pipa. «Sì.»

«E le aveva mai parlato di un romanzo intitolato *Paris Trout*?»

«Interessante» fu la sua risposta. Sembrava sorpreso. «È un po' di tempo che non ci pensavo, ma nel corso di una delle prime sedute con Ronnie, alcuni anni fa, parlammo di libri e della sua poesia. Amava leggere, e mi consigliò di procurarmi *Paris Trout*. Gli dissi che l'avevo già letto, ma ero curioso di sapere come mai gli fosse venuto in mente di propormelo. "Perché è così che funzionano le cose, signor Grueman" mi rispose lui. "E non c'è verso di farle cambiare." All'epoca pensai si riferisse al fatto che lui era un nero del sud alle prese con il sistema dei bianchi, e che nessun habeas federale, nessuna magia avessi invocato per lui nel corso della revisione del processo, sarebbero mai serviti a cambiare il suo destino.»

«E la pensa ancora oggi così?»

Il suo sguardo pensieroso si posò su una nube di fumo aromatico. «Sì, è l'interpretazione che ancora oggi do a quella frase. Ma a cosa si deve il suo interesse nei confronti delle letture preferite di Ronnie?» I suoi occhi incontrarono i miei.

«Jennifer Deighton teneva una copia di quel libro sul comodino. Dentro c'era una poesia che immagino Waddell avesse scritto per lei. Nulla di importante, come vede, una semplice curiosità.»

«Una curiosità importante, però, altrimenti non ne avrebbe fatto parola. Forse pensa che Ronnie abbia consigliato *Paris Trout* alla sua amica per la stessa ragione per cui lo consigliò a me. Probabilmente sentiva che la storia narrata dal romanzo era un po' la sua storia. E questo ci riporta alla domanda fondamentale: fino a che punto si era confidato con la signorina Deighton? In altre parole, quale segreto che lo riguardava si è portata nella tomba?»

«Lei cosa ne pensa, signor Grueman?»

«Io credo ci sia di mezzo qualche indiscrezione di cui Ronnie era venuto inspiegabilmente a conoscenza. Forse si trattava di fatti interni alla prigione, magari di corruzione del sistema carcerario. No so, ma vorrei tanto scoprirlo.»

«Quello che non capisco è a cosa serva nascondere qualcosa quando si è comunque condannati a morte. Perché non affrontare le possibili conseguenze e parlare?»

«Certo, questa sarebbe la cosa più razionale da fare. Ma ora che ho pazientemente e generosamente risposto alle sue domande, dottoressa Scarpetta, forse anche lei comprenderà meglio per quale motivo ci tenevo tanto ad appurare se, prima dell'esecuzione, Ronnie era stato vittima di qualche abuso. Così come forse comprenderà meglio la mia strenua opposizione alla pena di morte, che ritengo un eccesso di crudeltà. E, mi creda, per renderla tale non occorrono né lividi, né abrasioni, né emorragie al naso.»

«Non ho riscontrato alcun segno di violenza fisica» dissi. «Né è stata rilevata traccia di droghe. Ha avuto il mio reperto, se non sbaglio.»

«Lei è evasiva» ribatté Grueman, picchiando la pipa sul tavolo per farne uscire il tabacco. «Oggi è venuta qui perché voleva qualcosa da me, e io le ho dato molto attraverso un dialogo che non ero affatto tenuto a instaurare. Se mi ha trovato disponibile è perché, a dispetto di certe apparenze, ciò che sempre e comunque perseguo sono verità e giustizia. E le dirò di più: sono stato disponibile perché una mia ex studentessa si trovava in difficoltà.»

«Se è a me che si riferisce, mi consenta di ricordarle il suo stesso consiglio: niente ipotesi e speculazioni.»

«Non credo di stare ipotizzando proprio nulla.»

«Allora le confesso che questo atteggiamento improvvisamente caritatevole nei confronti di una sua ex studentessa mi suscita una grande curiosità. Perché, vede, signor Grueman, mai e poi mai avrei associato il concetto di carità alla sua persona.»

«Il che significa probabilmente che non conosce il vero significato del termine. Si tratta di un gesto o di un sentimento di buona volontà che porta sollievo ai bisognosi. Carità significa dare a qualcuno ciò di cui ha bisogno, invece di dargli ciò che gli si vorrebbe dare. Io le ho sempre dato ciò di cui lei aveva bisogno, sia ai tempi in cui era mia studentessa, sia oggi, nonostante le modalità dei gesti appaiano differenti, perché sono differenti i bisogni.

«Oggi sono un uomo anziano, dottoressa Scarpetta, e magari lei pensa io non ricordi molto dei suoi anni a Georgetown. Ma forse la sorprenderà sapere che mi ricordo benissimo di lei, perché era fra gli studenti più promettenti a cui mi sia mai capitato di insegnare. Ciò che lei non aveva affatto bisogno di ricevere da me erano applausi e carezze. Il pericolo che correva non era certo quello di perdere la fiducia in sé e nelle eccellenti qualità della sua mente, ma di perdere se stessa. Punto. Crede forse ch'io non sapessi cosa la tormentava nei giorni in cui appariva stanca e disperata? Crede che non fossi consapevole del suo totale coinvolgimento con Mark James, il quale, tra parentesi, rispetto a lei era certo un mediocre? E se le sembravo duro e impietoso con lei, era perché desideravo la sua attenzione, la sua completa attenzione. Volevo farla impazzire. Volevo farla sentire viva, invece di vederla solo innamorata, viva nel mondo dei suoi studi, della legge. Temevo che per colpa dei suoi ormoni e delle sue emozioni avrebbe gettato alle ortiche una splendida occasione. Vede, arriva sempre il giorno in cui ci si sveglia pentiti di aver preso certe decisioni. Apriamo gli occhi e ci ritroviamo in un letto vuoto, con i giorni che ci si srotolano davanti e nulla a cui guardare se non settimane, mesi e anni altrettanto vuoti. Ero deciso a impedirle di sprecare la sua forza e il suo talento.»

Lo guardai sbalordita, sentendomi avvampare.

«Le mie offese, così come la mancanza di cavalleria nei suoi riguardi, non sono mai state sincere» proseguì con la stessa pacata intensità e precisione che lo rendevano tanto spaventoso in tribunale. «Non era che una tattica. Noi avvocati siamo famosi, per la nostra tattica. È l'effetto che sappiamo imprimere alla palla, l'angolazione e la velocità che riteniamo necessari al conseguimento di certi risultati. Alla base di tutto per me c'è il desiderio sincero e appassionato di rendere forti i miei studenti perché un giorno possano fare qualcosa per questo mondo triste e rappezzato in cui viviamo. E lei non mi ha deluso, dottoressa. La considero, anzi, una delle mie stelle più luminose.»

«Perché mi sta dicendo tutto questo?» chiesi.

«Perché, a questo punto della sua vita, è giusto che lei lo sappia. Come ho già detto, si trova in difficoltà, solo che è troppo orgogliosa per ammetterlo.»

Rimasi in silenzio, mille pensieri mi si affollavano nella mente.

«Se me lo permette, io la aiuterò.»

E se le sue parole erano sincere, non potevo che ricambiarlo con altrettanta sincerità. Lanciai un'occhiata verso la porta aperta dell'ufficio: nessuno avrebbe avuto problemi a entrare. Nessuno avrebbe avuto problemi ad affrontarlo mentre si recava zoppicando verso la macchina.

«Se i giornali continueranno a dare spazio a queste calunnie, per esempio, dovrà assolutamente elaborare qualche strategia per...»

«Signor Grueman» lo interruppi, «quand'è stata l'ultima volta che ha visto Ronnie Joe Waddell?»

Fece una pausa, volgendo lo sguardo al soffitto. «L'ultima volta che mi sono trovato fisicamente con lui è stata almeno un anno fa. In genere le nostre conversazioni avvenivano per telefono. Ma, se me lo avesse concesso, sarei rimasto al suo fianco fino all'ultimo.»

«Dunque non vi siete visti nel periodo in cui, teoricamente, era recluso a Spring Street in attesa d'esecuzione?»

«Teoricamente, dice? Strana scelta linguistica, dottoressa Scarpetta.»

«Purtroppo non siamo in grado di dimostrare che la notte del tredici dicembre sia stato effettivamente giustiziato proprio Ronnie Waddell.»

«Sta scherzando, spero.» Aveva un'espressione incredula.

Gli raccontai ciò che sapevamo, compreso il fatto che quello di Jennifer Deighton era stato un omicidio e che su una sedia in casa sua era stata rinvenuta un'impronta di Waddell. Gli dissi di Eddie Heath e di Susan, e delle prove che qualcuno aveva inquinato nell'AFIS. Quando terminai, Grueman sedeva immobile sulla poltrona, gli occhi fissi su di me.

«Cristo santo» mormorò.

«La lettera che lei ha scritto a Jennifer Deighton non è stata trovata» ripresi. «La polizia non ha trovato né quella, né la copia originale del fax che le aveva inviato. Forse l'assassino le ha bruciate entrambe nel caminetto, la sera dell'omicidio. O forse fu lei stessa a disfarsene, perché aveva paura. Credo che sia stata assassinata per ciò che sapeva.»

«E anche Susan Story sarebbe morta per la stessa ragione? Perché sapeva qualcosa?»

«Lo ritengo senz'altro possibile» risposi. «Il punto dove voglio arrivare è che due persone in qualche modo legate a Ronnie Waddell sono già state uccise: se la ragione è che sapevano molte cose su di lui, allora anche lei si trova ai primi posti nella lista.»

«In poche parole, potrei essere il prossimo» concluse con un sorriso che era più una smorfia. «Sa, il risentimento più grosso che covo nei confronti dell'Onnipotente è forse che così spesso la differenza fra la vita e la morte dipende da semplici fattori temporali. Mi considero preavvisato, dottoressa Scarpetta, ma non sono così stupido da pensare che, se qualcuno intende davvero uccidermi, questo basterà a salvarmi la pelle.»

«Be', potrebbe almeno provare a evitarlo» dissi. «A prendere qualche precauzione.»

«Lo farò.»

«Forse lei e sua moglie potreste partire per una vacanza, andarvene per un po' dalla città.»

«Beverly è morta tre anni fa» rispose.

«Oh, sono desolata.»

«Non stava bene da molto tempo. Anzi, non è mai stata bene. E adesso che non devo più occuparmi di nessuno, mi sono dato completamente alle mie inclinazioni naturali. Sono un inguaribile lavoro-dipendente che spera ancora di poter cambiare il mondo.»

«Se mai esistesse qualcuno in grado di farlo anche solo un po', questa persona sarebbe lei.»

«Opinione che purtroppo non si basa su nulla di concreto, ma di cui le sono comunque grato. E desidero anche esprimerle tutta la mia tristezza per la morte di Mark. Non lo conoscevo bene, ma mi sembrava una persona a posto.»

«Grazie.» Mi alzai e infilai il cappotto. Mi occorse qualche istante per trovare le chiavi della macchina.

Anche lui si alzò. «E adesso come procederemo, dottoressa Scarpetta?»

«Immagino che lei non abbia lettere o oggetti di altro genere appartenuti a Ronnie Joe Waddell che potremmo esaminare nella speranza di recuperare una sua impronta?»

«Non ho lettere, no, e qualunque documento abbia firmato, è poi passato in mano a un gran numero di persone. Comunque se vuole tentare, sono a sua disposizione.»

«Se non troveremo alternative, glielo farò sapere. Volevo chiederle un'ultima cosa.» Ci fermammo sulla soglia. Grueman si appoggiò al bastone. «Ha detto che durante il vostro ultimo colloquio Waddell espresse tre desideri. Uno riguardava la pubblicazione della meditazione e un altro la telefonata a Jennifer Deighton. Qual era il terzo?»

«Voleva che invitassi Norring all'esecuzione.»

«E l'ha fatto?»

«Naturalmente» rispose. «Ma il vostro eccellente governatore non ha avuto nemmeno la buona creanza di rispondere.»

10

Quando chiamai Rose era ormai tardo pomeriggio, e il profilo di Richmond si stagliava già all'orizzonte.

«Ah, da dove chiami?» mi rispose la mia segretaria, in tono stranamente ansioso. «Sei in macchina?»

«Sì. Fra cinque minuti arriverò in città.»

«Bene. Allora prosegui dritto e non venire qui.»

«Cosa?»

«Il tenente Marino sta cercando di mettersi in contatto con te. Ha detto di dirti di non prendere iniziative prima di aver sentito lui. È molto molto urgente.»

«Sono stata a Washington tutto il giorno. Ma cos'è successo?»

«Frank Donahue è stato trovato morto nelle prime ore del pomeriggio.»

«Frank Donahue? Il direttore del carcere?»

«Proprio lui.»

Le mie mani si irrigidirono sul volante. «Come è successo?»

«Gli hanno sparato. L'hanno trovato un paio d'ore fa in macchina. Come Susan.»

«Sto arrivando» dissi, scivolando in corsia di sorpasso e premendo l'acceleratore.

«Se fossi in te non lo farei, ci sta già pensando Fielding. Chiama Marino, invece, per favore. Dovresti leggere l'edizione della sera: hanno saputo dei proiettili.»

«Chi?»

«I giornalisti. Sanno dei proiettili che collegherebbero l'omicidio di Eddie Heath a quello di Susan.»

Composi il numero del cercapersone di Marino e gli lasciai

detto che ero diretta a casa; poi mi fermai a un distributore automatico e comprai il giornale della sera.

In prima pagina c'era una foto di Frank Donahue sorridente. Il titolo diceva: UCCISO IL DIRETTORE DEL PENITENZIARIO DI STATO. Sotto il primo articolo, ce n'era un secondo accompagnato dalla foto di un altro funzionario di stato: la sottoscritta. In sintesi, si affermava che i proiettili recuperati dai corpi di Heath e di Susan erano stati esplosi dalla medesima arma, e che una quantità di bizzarre coincidenze sembravano ricondurre i due omicidi fino a me. Quindi, oltre alle stesse voci diffamanti riportate dal "Post", comparivano alcune informazioni dal tono piuttosto sinistro.

Le mie impronte digitali, ecco cosa lessi, erano state rinvenute in casa di Susan Story su una busta contenente del denaro. Il fatto poi che fossi comparsa all'Henrico Doctor's Hospital per esaminare le ferite di Eddie Heath prima che il ragazzo morisse, denunciava un mio "anormale interesse" nei confronti del caso. In seguito avevo eseguito la sua autopsia, e proprio allora Susan aveva rifiutato di figurare in qualità di testimone ed era fuggita dall'obitorio. Quando, meno di due settimane più tardi, era stata assassinata, ero stata ancora io ad apparire sulla scena del delitto, a recarmi senza preavviso in casa dei genitori per rivolgere loro alcune domande, e infine a insistere per presenziare all'autopsia della mia ex assistente.

Sebbene non mi si accusasse apertamente di avere nutrito sentimenti d'astio nei riguardi di qualcuno, i sottintesi legati ai commenti sul caso Susan Story mi fecero da un lato infuriare, e dall'altro mi lasciarono perplessa. Ultimamente avevo commesso qualche errore sul lavoro, proseguiva l'articolo; avevo dimenticato di rilevare le impronte digitali di Ronnie Joe Waddell quando il corpo era arrivato in obitorio, subito dopo l'esecuzione, e avevo abbandonato il cadavere di una vittima d'omicidio su una barella in mezzo a un corridoio, rischiando così di compromettere le prove. In poche parole, venivo descritta come una persona imprevedibile e distratta, che i colleghi ritenevano cambiata da quando il mio amante, Mark James, aveva perso la vita. Forse Susan, mia stretta collaboratrice, era stata in possesso di informazioni che avrebbero potuto rovinarmi dal punto di vista professionale: forse mi ricattava, e io ero stata costretta a comprare il suo silenzio.

«*Le mie impronte digitali?*» esclamai nell'istante in cui Marino comparve alla mia porta. «Cosa diavolo è questa storia, adesso?»

«Stai calma, capo.»

«Col cavolo! Questa volta potrei sporgere denuncia. Ci sono andati un po' troppo pesanti.»

«Non credo che tu abbia voglia di metterti in gioco con una denuncia proprio in questo momento» obiettò lui, estraendo le sigarette mentre mi seguiva in cucina, dove c'era il giornale ancora aperto sul tavolo.

«Lo sai chi c'è dietro? Ben Stevens.»

«Capo, credo davvero che faresti meglio ad ascoltare quello che ho da dirti.»

«Non può essere stato che lui. Chi altri sapeva il particolare dei proiettili...»

«Cristo, capo! Taci un momento!»

Mi sedetti.

«Anch'io ci sono dentro fino al collo» riprese. «Mi sto occupando di questi casi con te, e improvvisamente diventi un'indiziata. Sì, è vero, abbiamo trovato una busta a casa di Susan. Era in un cassetto, sotto a dei vestiti. Dentro c'erano tre banconote da cento dollari. Vander l'ha analizzata e sono venute fuori parecchie impronte. Due sono tue. Tu sai che le tue impronte digitali, così come le mie e quelle di un sacco di altri investigatori, sono negli archivi dell'AFIS per facilitare le operazioni di esclusione, se mai facessimo la stronzata di lasciarle sulla scena di un delitto a cui stiamo lavorando.»

«Io non ho mai lasciato impronte su nessuna scena. Dev'esserci una spiegazione logica. Forse la busta proveniva dall'ufficio, o dall'obitorio, e a un certo punto l'ho presa in mano anch'io, prima che Susan la portasse a casa.»

«No, non è una busta delle nostre, capo» disse Marino. «È grande circa il doppio di una busta per uso legale e confezionata con una carta nera, rigida e lucida. Sopra non c'è scritto niente.»

Lo guardai incredula, fulminata dall'improvvisa consapevolezza. «Il foulard che le ho regalato.»

«Che foulard?»

«Il regalo di Natale che avevo fatto a Susan era un foulard di seta comprato a San Francisco. Quella che hai appena descritto è la busta in cui era infilato, una grossa busta in cartoncino nero lucido. Il lembo era fermato da un piccolo sigillo dorato. Avevo preparato io stessa il pacchetto, quindi è ovvio che ci siano sopra le mie impronte.»

«E i trecento dollari?» chiese, evitando di incrociare il mio sguardo.

«No, senti, dei soldi non so proprio niente.»

«Sto dicendo, per quale motivo li ha messi in quella busta?»

«Forse perché voleva nascondere i liquidi da qualche parte. Una busta così poteva tornare comoda. O forse non voleva buttarla via e quello era un modo per riciclarla. Insomma, non lo so. Non potevo mica sapere che uso ne avrebbe fatto.»

«C'era qualcuno quando le consegnasti il regalo?»

«No. Il marito era fuori, quando lei aprì il pacchetto.»

«Sì, be', lui dice addirittura di non saperne niente di regali tuoi, a parte una Stella di Natale. Sostiene che Susan non gli ha fatto parola del foulard.»

«Cristo, ma quando le hanno sparato ce l'aveva addosso!»

«Sì, però questo non ci dice da dove arrivava, no?»

«Fra due minuti passerai alle accuse?» chiesi, stizzita.

«Non ti voglio accusare di niente, capo. Ma non capisci? È così che funziona, maledizione. Vuoi che ti faccia pat pat sulla schiena? Che ti tratti come una bimba? E che lasci via libera a qualche altro poliziotto perché venga qui a importunarti con domande anche peggiori?»

Improvvisamente silenzioso, prese a camminare su e giù per la cucina, con le mani in tasca e gli occhi fissi al pavimento.

«Dimmi di Donahue» ripresi, più tranquilla.

«Gli hanno sparato in macchina, probabilmente stamattina presto. Secondo la moglie, sarebbe uscito di casa verso le sei e un quarto. Alle tredici e trenta la sua Thunderbird è stata trovata parcheggiata al terminal di Deep Water, con lui ancora a bordo.»

«Sì, questo l'ho letto anche sul giornale.»

«Senti, meno ne parliamo, meglio è.»

«E per quale ragione, scusa? Forse i giornalisti sono già pronti a sottintendere che avrei ucciso anche lui?»

«Dov'eri stamattina alle sei e quindici, capo?»

«Mi stavo preparando per uscire e andare a Washington.»

«Qualche testimone che potrebbe confermare che non ti trovavi dalle parti del terminal di Deep Water? Non è molto lontano dal tuo ufficio, lo sai, vero? Meno di due minuti.»

«Ma è assurdo.»

«Dovrai abituarti. Questo non è che l'inizio. Aspetta che Patterson affondi i denti nella tua carne.»

Prima di candidarsi come procuratore di stato, Roy Patterson era stato uno dei penalisti più egocentrici e combattivi della città. Qualunque cosa dicessi all'epoca non gli andava bene, dato che nella maggioranza dei casi la testimonianza dei medici legali non accresce le simpatie dei giurati nei riguardi della difesa.

«Ti ho mai detto quanto odia il tuo coraggio?» insisté Marino. «Ai tempi in cui esercitava come difensore gli hai procurato parecchio imbarazzo. Te ne stavi seduta con l'aria sicura e distaccata di un felino, e gli facevi fare la figura dell'idiota.»

«La figura dell'idiota la faceva da solo. Io mi limitavo a rispondere alle sue domande.»

«Per non parlare del tuo vecchio boyfriend Bill Boltz. Era uno dei suoi migliori amici... Ma soprassediamo.»

«Infatti. Meglio stendere un pietoso velo.»

«Insomma, so solo che Roy Patterson te la farà pagare. Merda, chissà come si starà fregando le mani in questo momento.»

«Marino, sei rosso come una barbaietola: per favore, non farti venire un infarto proprio qui.»

«Torniamo al foulard che sostieni di aver regalato a Susan.»

«Che *sostengo di aver regalato* a Susan?»

«Come si chiama il negozio di San Francisco dove l'hai comprato?» insisté.

«Non era un negozio.»

Mi lanciò un'occhiata severa, continuando a passeggiare per la stanza.

«Era un mercatino. C'erano un sacco di banchetti che vendevano oggetti artistici e cose fatte a mano. Un po' come a Covent Garden» spiegai.

«Hai lo scontrino?»

«Non vedo perché avrei dovuto conservarlo.»

«Dunque non sai nulla di quel posto. E non c'è niente che potrebbe servire a verificare se il tizio che te l'ha venduto usava effettivamente buste di carta rigida nera e lucida.»

«No. Niente.»

Marino fece qualche altro passo e si fermò davanti alla finestra. Le nuvole correvano nascondendo l'ovale della luna, e le sagome scure degli alberi ondeggiavano al vento. Mi alzai a chiudere le veneziane.

Marino si fermò. «Capo, ho bisogno di controllare i tuoi movimenti in banca.»

Non risposi.

«Devo verificare che negli ultimi mesi tu non abbia effettuato consistenti prelievi di denaro.»

Continuai a non rispondere.

«Non ne hai fatti, vero, capo?»

Mi alzai di nuovo, il cuore mi batteva forte.

«Puoi rivolgerti al mio avvocato.»

Quando Marino se ne fu andato, andai di sopra e aprii l'armadietto in legno di cedro dove conservavo la mia documentazione privata. Tirai fuori gli estratti conto della banca, i tagliandi di rimborso delle tasse e altre registrazioni di natura varia. Pensai a tutti gli avvocati della difesa di Richmond che probabilmente avrebbero esultato nel vedermi in prigione o esiliata a vita.

Stavo prendendo appunti su un blocchetto di carta, in cucina, quando suonò il campanello della porta. Erano Benton Wesley e Lucy. Dal loro silenzio, seppi subito che non c'era bisogno di spiegare nulla.

«Dov'è Connie?» chiesi stancamente.

«Passerà il Capodanno con i suoi, a Charlottesville.»

«Io vado nel tuo studio, zia» annunciò Lucy, senza accennare né un sorriso, né un abbraccio. Prese la valigia e s'incamminò.

«Marino vuole controllare la mia documentazione finanziaria» dissi a Wesley, mentre mi seguiva in salotto. «Ben Stevens mi sta incastrando. Dall'ufficio mancano dossier relativi al personale e copie di documenti vari: spera di poter far sembrare che li abbia presi io. E, stando a Marino, in questo momento Roy Patterson è un uomo felice. Ecco, queste sono le notizie dell'ultima ora.»

«Dove tieni lo scotch?»

«Le bottiglie migliori sono là dentro, in quello sportello. I bicchieri li trovi nel mobile bar.»

«Non ho intenzione di aprire le bottiglie migliori.»

«Be', io sì.» Cominciai a preparare il fuoco.

«Mentre venivo qui ho telefonato al tuo vice. Gli esperti di balistica hanno già dato un'occhiata alle pallottole recuperate dal cervello di Donahue. Winchester, grano da uno e cinquanta di piombo, non rivestito, calibro ventidue. Due proiettili. Uno gli è entrato dalla guancia sinistra e ha viaggiato fino al cervello, l'altro è stato un colpo sparato a bruciapelo alla base del cranio.»

«Stessa arma con cui sono stati uccisi gli altri due?»

«Sì. Vuoi del ghiaccio?»

«Grazie.» Accostai il paravento e rimisi a posto l'attizzatoio. «Immagino non siano state trovate in giro piume, e nemmeno sul cadavere.»

«Non che io sappia. È chiaro che l'aggressore si trovava fuori dalla macchina e gli ha sparato attraverso il finestrino aperto dalla parte del conducente. Il che non esclude il fatto che in precedenza potrebbe anche essere salito a bordo, ma non lo ritengo probabile. Secondo me, Donahue doveva incontrarsi con qualcuno nel parcheggio del terminal di Deep Water. Quando questo qualcuno arriva, Donahue abbassa il finestrino ed è fatta. E tu? Hai scoperto qualcosa con Downey?» Mi porse un bicchiere e sedette sul divano.

«Si direbbe che l'origine delle piume e dei frammenti recuperati da tutti e tre gli altri casi sia un'anatra: l'edredone.»

«Un'anatra marina?» Wesley corrucciò la fronte. «Le sue piume vengono usate per imbottire giacche a vento e guanti, no?»

«Sì, ma raramente. Sono piume molto costose. L'uomo medio è difficile che si compri qualcosa del genere.»

Lo informai sugli avvenimenti della giornata, senza risparmiare alcun dettaglio delle ore trascorse con Nicholas Grueman. Gli dissi anche che non lo ritenevo coinvolto in alcuna trama.

«Sono felice che tu ci sia andata» commentò Wesley. «Speravo che lo facessi.»

«E sei sorpreso dalle rivelazioni?»

«No. Anzi, tutto sommato mi sembra molto logico. In fondo, la condizione in cui si trova Grueman assomiglia alla tua: lui riceve uno strano fax da Jennifer Deighton, e tu lasci impronte su una busta ritrovata in un cassetto di Susan Story. Il fatto è che quando la violenza ti sfiora, sporca anche te.»

«Be', io mi sento più che sporca, in questo caso. A dire il vero mi sembra di affogare.»

«In effetti così parrebbe. Ma forse dovresti parlarne con Grueman.»

Non risposi.

«Lo voglio dalla mia parte.»

«Non sapevo che lo conoscessi» commentai.

I cubetti di ghiaccio tintinnarono adagio, mentre Wesley sorseggiava lo scotch. Il paravento di ottone mandava bagliori di fuoco e la legna scoppiettava lanciando scintille saettanti su per la cappa.

«So qualcosa di lui» riprese Benton. «Che si laureò a pieni voti alla Scuola di legge di Harvard, che è stato caporedattore della "Law Review" e che, sempre a Harvard, gli offrirono una cattedra, ma dovette rifiutare. Una rinuncia pesante: la moglie, Beverly, non voleva allontanarsi dal Distretto di Columbia. A quanto pare aveva parecchi problemi, non ultimo una figlia avuta da un precedente matrimonio che venne internata al Saint Elizabeth lo stesso anno in cui lei e Grueman si conobbero. Grueman si trasferì a Washington, e la figlia morì alcuni anni dopo.»

«Vedo che hai preso accurate informazioni.»

«Diciamo così.»

«E da quando ti interessa tanto?»

«Da quando ho saputo che ha ricevuto un fax da Jennifer Deighton. Anche se era al di sopra di ogni sospetto, qualcuno doveva comunque andare a parlarci.»

«Questa però non è l'unica ragione per cui mi hai mandato da lui, vero?»

«Diciamo che è una ragione importante, ma non l'unica, no.

Ritenevo che dovessi in qualche modo ripristinare un contatto con lui.»

Inspirai profondamente. «Grazie, Benton. Sei un brav'uomo, e sei sempre mosso dalle migliori intenzioni.»

Si portò il bicchiere alla bocca e guardò il fuoco.

«Ma, per favore, non mi ostacolare» aggiunsi.

«Non è nel mio stile.»

«Certo che lo è. Anzi, sei un vero professionista. Se vuoi prendere in mano il timone, dare una spintarella alla barca o spostare qualche attore da dietro le quinte, hai degli ottimi sistemi per farlo. Sei un tale maestro nell'erigere ostacoli e nel far saltare ponti, che una come me dovrebbe ringraziare il cielo se riesce ancora a trovare la via di casa.»

«Marino e io siamo profondamente coinvolti in questa faccenda, Kay. C'è dentro tutto il Dipartimento di polizia di Richmond. C'è dentro perfino il Bureau. O siamo veramente alle prese con uno psicopatico che doveva finire sulla sedia elettrica, oppure abbiamo a che fare con qualcun altro che pare intenzionato a farci credere che là fuori impazza uno psicopatico che doveva finire sulla sedia elettrica. Chiaro?»

«Marino vorrebbe che io ne restassi fuori» dissi.

«Si trova in una situazione insostenibile. È l'investigatore capo della Omicidi, nonché membro del VICAP, e al tempo stesso è tuo amico e collega. È tenuto a scoprire tutto il possibile sul tuo conto e su ciò che sta accadendo nel tuo ufficio, ma la sua inclinazione naturale sarebbe quella di proteggerti. Prova un po' a metterti nei suoi panni.»

«Ci proverò. Ma anche lui dovrebbe mettersi nei miei.»

«Mi sembra giusto.»

«Ogni volta che apre bocca sembra che mezzo mondo mi abbia giurato vendetta e non aspetti altro che vedermi saltare in aria.»

«Mezzo mondo forse no, ma di sicuro Ben Stevens non è l'unico che vorrebbe darti fuoco.»

«A chi stai alludendo?»

«I nomi, purtroppo, non li so. E non sto nemmeno dicendo che rovinarti sul piano professionale sia lo scopo principale di chiunque ci sia dietro a tutto questo. Però sospetto che costituisca una parte fondamentale del piano, non fosse altro per il fatto che, se saltasse fuori che il tuo ufficio ha inquinato le prove, i casi risulterebbero irrimediabilmente compromessi. E in questo modo lo stato perderebbe tra l'altro una delle sue testimoni più capaci e autorevoli.» Mi guardò negli occhi. «Fermati un attimo e considera quanto valore avrebbe la tua testimonianza in questo preciso istante. Se fossi chiamata a deporre, adesso, subito, credi che il tuo contributo aiuterebbe o danneggerebbe Eddie Heath?»

Considerazione effettivamente dolorosa.

«No, in questo preciso momento non gli sarei granché d'aiuto. Ma se mollo, come potrò più aiutare lui o chiunque altro?»

«Ottima domanda, Kay. Pensa solo che Marino non vuole vederti più compromessa di quanto tu non sia già.»

«Allora potresti tentare di dirgli che l'unica reazione sensata in una situazione così folle è che io permetta a lui di continuare a fare il suo lavoro, e che lui permetta a me di continuare a fare il mio.»

«Un bis?» Wesley si alzò e tornò con la bottiglia. Questa volta senza ghiaccio.

«Parliamo dell'assassino, Benton. Dopo quello che è successo a Donahue, cosa ne pensi?»

Appoggiò la bottiglia e andò ad attizzare il fuoco. Per un attimo rimase in piedi davanti al camino, dandomi le spalle, le mani infilate in tasca. Quindi sedette sul bordo in pietra, gli avambracci appoggiati alle ginocchia. Era molto tempo che non lo vedevo così agitato.

«Se vuoi sapere la verità, Kay, quell'animale mi terrorizza.»

«In cosa è diverso dagli altri killer di cui ti sei occupato?»

«Nel fatto che ha cominciato ad agire seguendo certe regole e poi, d'un tratto, ha deciso di cambiarle.»

«Regole che si è dato da solo, oppure imposte da qualcuno?»

«In prima istanza non credo che fossero sue, no. Chiunque tirasse i fili della cospirazione per liberare Waddell, deve anche avere stabilito le regole. Ma adesso il nostro uomo le regole se le fa da solo. È cauto e astuto. Per il momento, ha la situazione in pugno.»

«E il movente?» chiesi.

«Per quanto riguarda il movente, mi è difficile pronunciarmi. Forse sarebbe meglio parlare in termini di missione, o di elezione. Sospetto che ci sia anche del metodo, nella sua follia, ma è proprio la follia a far scattare il meccanismo: si eccita a giocare con la mente delle persone. Waddell è in carcere da dieci anni, ed ecco che all'improvviso qualcuno rivisita l'incubo del suo antico crimine. La sera dell'esecuzione un ragazzo viene assassinato; la modalità sadica e sessualmente connotata dell'omicidio è tale da rievocare il caso di Robyn Naismith. Poi, altre persone cominciano a morire, e tutte sono in qualche modo legate a Waddell. Jennifer Deighton era la sua amica. La stessa Susan era, a quanto pare, almeno marginalmente coinvolta nella cospirazione. E Frank Donahue era il direttore del penitenziario, quindi la sera del tredici dicembre deve aver presenziato all'esecuzione in qualità di supervisore. E sugli altri giocatori, o meglio sulle altre pedine, che effetto fa tutto ciò?»

«Mi verrebbe da rispondere che, chiunque abbia avuto a che fare con Ronnie Waddell, in maniera più o meno legittima, a questo punto deve sentirsi minacciato» dissi.

«Esatto. Se un massacratore di poliziotti se ne va in giro a piede libero e tu sei un poliziotto, sai che potresti essere il prossimo. Io stesso potrei uscire di qui, stasera, e passare davanti al mio assassino che mi aspetta nascosto nell'ombra, pronto a spararmi. In questo momento potrebbe essere là fuori, in macchina, che cerca Marino o la mia casa. O magari sta accarezzando l'idea di andare a stanare Grueman.»

«O me.»

Wesley si alzò e attizzò di nuovo il fuoco.

«Credi che sarebbe meglio se rimandassi Lucy a Miami?» chiesi.

«Cristo, Kay, cosa vuoi che ti risponda? Lei non ha nessuna voglia di tornarci, questo mi pare fin troppo chiaro. Certo, se stasera montasse su un aereo diretto a Miami, tu ti sentiresti meglio. Ma allora anch'io mi sentirei meglio se tu partissi con lei. Anzi, guarda, tutti – Marino, tu, Grueman, Vander, Connie, Michelle e io – probabilmente ci sentiremmo meglio se partissimo in massa. Ma, a quel punto, chi resterebbe?»

«L'assassino, chiunque egli sia» dissi.

Wesley lanciò un'occhiata all'orologio e appoggiò il bicchiere sul tavolino. «No» riprese, «il fatto è che nessuno di noi deve ostacolare gli altri. Non possiamo permettercelo.»

«Benton, devo assolutamente riabilitare la mia immagine.»

«È quello che farei anch'io al posto tuo. Da dove vuoi cominciare?»

«Da una piuma.»

«Spiegati.»

«È possibile che il nostro uomo abbia acquistato un capo imbottito di piumino di edredone, ma direi che forse è ancor più probabile che l'abbia rubato.»

«Mi sembra una teoria plausibile.»

«Non possiamo risalire all'articolo in questione a meno di non avere un'etichetta o un altro indizio in grado di condurci fino al produttore. Però possiamo procedere diversamente. Pensavo a un pezzo sul giornale.»

«Non credo che sia utile far sapere al killer che si è lasciato dietro una scia di piume. Di sicuro si sbarazzerà subito del capo in questione.»

«Sono d'accordo, ma questo non ti impedisce di incaricare uno dei tuoi amici giornalisti di pubblicare un articolo-civetta sui capi in piumino di edredone e su come il loro alto costo abbia attirato l'attenzione dei ladri. Non so, potrebbe comparire vicino a qualche reportage sulla stagione sciistica, cose del genere.»

«Nella speranza che qualcuno telefoni per dire che gli hanno sfondato i finestrini della macchina per rubargli la giacca a vento di piuma?»

«Perché no? Se il giornalista citasse il nome di un investigatore incaricato di occuparsi di questi casi, i lettori avrebbero qualcuno a cui rivolgersi. Hai presente, uno legge un articolo e dice "Oh, la stessa cosa è successa a me" e il primo impulso è quello di rendersi utili. Facciamo leva sul bisogno che la gente ha di sentirsi importante, e vedrai che qualcuno solleverà la cornetta.»

«Uhm, devo pensarci su, Kay.»

«Be', naturalmente è un colpo a lunga gittata.»

Ci avviammo alla porta.

«Prima di partire dall'Homestead ho parlato brevemente

con Michelle» disse Wesley. «Lei e Lucy hanno già preso contatti. Michelle dice che tua nipote le fa paura.»

«Dal giorno in cui è nata, non ha fatto altro che incutere un sacro terrore a tutti quanti.»

Sorrise. «No, non intendeva in quel senso. A farle paura è la sua intelligenza.»

«A volte temo che siano un po' troppi watt, per una luce ancora così fragile.»

«Non credo che sia tanto fragile, Kay. Ho trascorso con lei non più di due giorni ma sono rimasto molto colpito, e per un gran numero di ragioni.»

«Non cercare di reclutarla per il Bureau.»

«Aspetterò che abbia terminato gli studi. Quanto le manca, ancora? Un anno?»

Lucy non riemerse dal mio studio finché Wesley non se ne fu andato.

«Ti sei divertita?» le chiesi allora, riportando i bicchieri in cucina.

«Certo.»

«Be', ho saputo che ti sei trovata bene con i Wesley.» Chiusi il rubinetto e sedetti al tavolo, dove avevo lasciato il blocco.

«Sono simpatici.»

«Ho idea che anche tu sia simpatica a loro.»

Aprì la porta del frigorifero e restò a contemplare i ripiani soprappensiero.

«Come mai Pete è venuto qui, prima?»

Sentirla chiamare Marino per nome mi parve strano, ma forse il mattino in cui erano andati a sparare insieme erano passati dallo stato di guerra fredda alla distensione.

«Cosa ti fa pensare che sia stato qui?» risposi.

«Entrando ho sentito odore di sigaretta, quindi, a meno che tu non abbia ripreso, dev'essere passato lui.» Chiuse la porta del frigorifero e si avvicinò al tavolo.

«No, non ho ripreso a fumare, e Marino ha effettivamente fatto un salto qui.»

«Come mai?»

«Voleva farmi delle domande.»

«A proposito di che?»

«Ti servono proprio, i particolari?»

Il suo sguardo vagò dal mio viso al mucchio di cartellette, poi alla pila di fogli ricoperti dalla mia indecifrabile calligrafia. «No, non importa, visto che a quanto pare non hai voglia di parlarne.»

«È una faccenda complicata, Lucy.»

«Tu dici sempre che le cose sono complicate quando vuoi tenermi fuori» fu il suo commento, mentre si girava e se ne andava.

Avevo la sensazione che il mio mondo stesse crollando e che le persone che lo popolavano si stessero disperdendo come semi portati dal vento. Ogni volta che osservavo un genitore alle prese con un figlio, mi stupivo della naturalezza aggraziata con cui le due parti interagivano, e segretamente temevo di essere sprovvista di un istinto che non è possibile acquisire.

Trovai mia nipote nello studio, seduta davanti al computer. Colonne di numeri combinati a lettere dell'alfabeto riempivano lo schermo, e incastonati qua e là scorgevo frammenti di quello che immaginai essere i dati. Stava facendo dei conti a matita su un foglio di carta millimetrata, e quando mi avvicinai non sollevò nemmeno la testa.

«Lucy, so che in casa di tua madre entrano ed escono molti uomini, e so anche come ti fa sentire tutto ciò. Ma questa non è casa tua e io non sono tua madre. Non è necessario che tu ti senta minacciata dalla presenza dei miei amici e colleghi maschi. Non hai nessun bisogno di cercare continue prove del passaggio di un uomo, e soprattutto non hai ragione di pensare che tra me e Marino o tra me e Wesley ci sia nulla.»

Non rispose.

Le appoggiai una mano sulla spalla. «Forse nella tua vita non sono la presenza sicura che vorresti, ma desidero lo stesso dirti quanto sei importante per me.»

Cancellando un numero e spazzando via dal foglio i residui di gomma consumata, chiese: «Ti accuseranno di qualche crimine?».

«Certo che no. Non ho commesso nessun crimine, io.» Mi abbassai verso il monitor.

«Quello che vedi è un hex dump» annunciò.

«Avevi ragione, sembrano proprio dei geroglifici.»

Lucy portò le mani sulla tastiera e, muovendo il cursore, iniziò a spiegare. «Sto cercando di individuare l'esatta posizione del numero SID. Si tratta del numero di identificazione statale. Ogni persona inserita nel sistema ha un numero SID, te compresa, visto che nell'AFIS sono depositate anche le tue impronte digitali. Con un linguaggio di quarta generazione, come l'SQL, potrei di fatto chiedere al programma di operare una ricerca per nomi di colonne. Ma il linguaggio esadecimale è tecnico e matematico, quindi non ci sono nomi di colonne ma solo posizioni all'interno della struttura del documento. In altre parole, se volessi andare a Miami, in SQL basterebbe che dicessi al computer che voglio andare a Miami. Con l'esadecimale, invece, dovrei dire che voglio andare in una certa località situata a tot gradi a nord dell'Equatore e a tot gradi a est di un certo meridiano.

«Quindi, tanto per restare nella metafora geografica, adesso sto cercando di scoprire longitudine e latitudine del numero SID e del numero che indica il tipo di registrazione effettuata. A quel punto potrò scrivere un programma con cui cercare qualsiasi numero SID legato a una registrazione di tipo due, vale a dire una cancellazione, o di tipo tre, vale a dire un aggiornamento. E con questo programma potrò esaminare tutti gli archivi modifiche.»

«Stai dicendo che, se un file è stato manomesso, quello che risulta cambiato è il suo numero SID?» chiesi.

«Diciamo semplicemente che sarebbe molto più facile manipolare il numero SID che non le immagini delle impronte registrate su disco ottico. E di fatto è tutto quel che c'è nell'AFIS: numeri SID e impronte corrispondenti. Il nome, il curriculum vitae e altre informazioni riguardanti ogni singola persona si trovano nel CCH, l'archivio criminale computerizzato, a sua volta inserito nella CCRE, la centrale di scambio dati criminali.»

«Quindi, se ho capito bene, i dati della CCRE sono accoppiati per mezzo dei numeri SID alle impronte contenute nell'AFIS.»

«Esatto.»

Quando me ne andai a letto, Lucy stava ancora lavorando. Mi addormentai all'istante, ma solo per risvegliarmi alle due, e fino alle cinque non riuscii a riprendere sonno. Un'ora più tardi squillò la sveglia. Saltai in macchina che era ancora buio, e accesi la radio per ascoltare le ultime notizie. Il cronista disse che la polizia mi aveva interrogata e che avevo rifiutato di fornire informazioni circa i miei ultimi movimenti finanziari. Come certamente tutti ricordavano, proseguiva, non più tardi di due settimane prima della morte, Susan Story aveva depositato sul proprio conto tremilacinquecento dollari.

In ufficio feci appena in tempo a togliermi il cappotto, che chiamò Marino.

«Quel maggiore non riesce proprio a tenere la bocca chiusa» esordì.

«Naturalmente.»

«Oh, merda. Scusami, capo.»

«Non è colpa tua. So che sei tenuto a fargli rapporto.»

Ebbe un'esitazione. «Senti, devo farti qualche domanda sulle tue armi. Non hai una calibro ventidue, vero?»

«Marino, sai tutto delle mie pistole. Ho una Ruger e una Smith & Wesson, e se lo riferirai al maggiore Cunningham sono certa che fra un'ora lo sentirò annunciare anche alla radio.»

«Vuole che tu le faccia analizzare dal laboratorio di balistica, capo.»

Per un attimo pensai che stesse scherzando.

«Dice che dovresti essere disponibile a collaborare» aggiunse. «Sostiene che sarebbe un'ottima idea dimostrare subito che i proiettili recuperati dai corpi di Susan, Eddie Heath e Donahue non sono stati sparati dalle tue pistole.»

«Per caso hai già detto al maggiore che le mie armi sono calibro trentotto?» chiesi, infuriata.

«Sì.»

«E lui sa che i proiettili ritrovati sono calibro ventidue?»

«Sì, capo, gliel'ho ripetuto mille volte.»

«Bene. Allora chiedigli da parte mia se è al corrente dell'esistenza di un adattatore capace di far utilizzare cartucce da ventidue a un'arma calibro trentotto. Se sì, digli che al prossimo convegno dell'American Academy potrebbe presentarsi con un'esauriente relazione sull'argomento.»

«Spero che tu non voglia davvero che gli dica una cosa simile.»

«Marino, questa è solo politica, tattica pubblicitaria. Ti pare forse razionale?»

Si astenne dal fare qualsiasi commento.

«Senti» ripresi in tono più pacato, «io non ho infranto nessuna legge. Quindi, a meno di non ricevere un mandato ufficiale, non sottoporrò all'esame di nessuno né la mia documentazione finanziaria né le mie armi. Capisco che tu debba fare il tuo lavoro, e voglio che tu lo faccia, ma a mia volta desidero essere lasciata in pace per poter fare il mio. Ho tre casi che mi aspettano in obitorio, e oggi Fielding è in tribunale.»

Ma, purtroppo, non sarei stata lasciata in pace, e la cosa mi fu chiara quando Marino e io ci salutammo e Rose entrò nel mio ufficio. Aveva la faccia pallida e gli occhi spaventati.

«Il governatore vuole vederti» annunciò.

«Quando?» chiesi, con un tuffo al cuore.

«Alle nove.»

Erano le otto e quaranta.

«Cosa vuole, Rose?»

«La persona che ha telefonato non me l'ha detto.»

Afferrai cappotto e ombrello e uscii sotto un'acquerugiola invernale che iniziava a trasformarsi in ghiaccio. Mentre mi dirigevo a passo spedito verso la Quattordicesima, cercai di ricordare l'ultima volta in cui avevo parlato con il governatore Joe Norring. Doveva essere stato quasi un anno prima, a un ricevimento di gala al Virginia Museum. Norring era repubblicano, episcopaliano e si era laureato in legge alla University of Virginia. Io ero italiana, cattolica, nata a Miami e avevo frequentato le scuole del nord. Ed ero democratica.

Il palazzo del Congresso sorge sulla Shockhoe Hill ed è circondato da uno steccato ornamentale in ferro, eretto all'inizio del diciannovesimo secolo allo scopo di impedire l'accesso al bestiame. L'edificio in mattoni bianchi è un tipico esempio di architettura jeffersoniana, una perfetta simmetria di cornicioni e lisce colonne sovrastate da capitelli ionici ispirati a un tempio romano. Lungo la scalinata in granito sono allineate alcune panchine, e mentre avanzavo sotto la pioggia gelida e insistente pensai a quante volte, ogni primavera, mi ero ripromessa di uscire per venire a trascorrere l'ora di pausa qui, al sole e all'aria aperta. Non l'avevo mai fatto. Da tempo avevo perso il conto dei giorni sprecati in spazi angusti, privi di finestre e illuminati solo dalla luce artificiale, luoghi che sfidavano ogni regola di buon gusto architettonico.

All'interno dell'edificio cercai una toilette per signore e tentai di riconquistare un po' di fiducia in me stessa attraverso una frettolosa opera di restauro. Nonostante i miei sforzi con rossetto e fard, tuttavia, lo specchio non sembrava avere nulla di rassicurante da dirmi. Fradicia di pioggia e agitata, presi l'ascensore fino in cima alla Rotunda, dove i ritratti a olio dei governatori del passato osservano con sguardo severo il visitatore, tre piani al di sopra della statua di George Washington scolpita nel marmo da Houdon. A metà del corridoio sud stazionavano numerosi giornalisti armati di bloc-notes, macchine fotografiche e microfoni. Non mi resi conto di essere la loro preda finché, quando ormai ero vicina, le telecamere furono issate in spalla ai cameraman, una fila di microfoni mi si parò davanti come altrettante spade e gli otturatori cominciarono a schioccare con la rapidità delle mitragliatrici automatiche.

«Perché non ha voluto sottoporre a esame la sua situazione finanziaria?»

«Dottoressa Scarpetta...»

«È stata lei a consegnare il denaro a Susan Story?»

«Che tipo di arma possiede?»

«Dottor...»

«È vero che dal suo ufficio sono scomparsi documenti ufficiali?»

Attraversai quel mare agitato di domande e accuse guardando fissa davanti a me, i pensieri come paralizzati. I microfoni mi pungevano il mento, altri corpi mi sfioravano e si accalcavano intorno a me, lampi di luce mi esplodevano in faccia. Mi parve di impiegare ore per raggiungere la pesante porta di mogano e rifugiarmi infine nella delicata tranquillità da essa custodita.

«Buongiorno» disse la receptionist dalla sua fortezza in finissimo legno, al di sotto di un ritratto di John Tyler.

Dalla parte opposta della stanza, a una scrivania davanti a una finestra, sedeva un agente dell'Unità Protezione Funzionari che mi guardò con occhi imperscrutabili.

«La stampa era stata informata del mio arrivo?» chiesi alla receptionist.

«Come, prego?» Era una donna di mezza età, e indossava un tailleur di tweed.

«Ho chiesto come facevano a sapere che stamattina avrei incontrato il governatore.»

«Non so proprio, mi dispiace.»

Mi accomodai su un divanetto azzurro pallido. Le pareti della stanza erano coperte da una tappezzeria dello stesso colore, i mobili erano antichi e sulle fodere delle sedie c'era ricamato l'emblema dello stato. Trascorsero dieci, lunghissimi minuti. Poi una porta si aprì e un giovane che riconobbi come l'addetto stampa di Norring entrò e mi sorrise.

«Il governatore è pronto a riceverla» disse. Aveva il fisico asciutto, capelli biondi, e indossava un completo blu scuro con bretelle gialle.

«Mi dispiace averla fatta aspettare. C'è un tempo davvero inclemente, in questi giorni. Pare che stanotte la temperatura scenderà parecchio sotto lo zero. Domattina cammineremo su lastroni di vetro.»

Mi accompagnò attraverso una successione di eleganti uffici, con impeccabili segretarie al computer e assistenti che si aggiravano con passo silenzioso ma determinato. Dopo aver bussato a una porta maestosa, l'addetto stampa abbassò la maniglia d'ottone e si fece da parte, sfiorandomi cavallerescamente la schiena mentre lo precedevo nello spazio privato dell'uomo più potente della Virginia. Il governatore Norring non accennò ad alzarsi dalla sua poltrona in pelle imbottita, al di là della lucida scrivania in noce levigato. Dalla parte opposta c'erano due sedie, e mentre il mio ospite continuava imperterrito a leggere un documento venni fatta accomodare su una di esse.

«Gradisce qualcosa da bere?» mi chiese l'addetto stampa.

«No, grazie.»

Il giovane se ne andò chiudendo la porta.

Soltanto allora il governatore posò il documento sulla scrivania e si appoggiò allo schienale della poltrona. Era un uomo distinto con i lineamenti irregolari quanto bastava a conferirgli un'aria di grande serietà, una di quelle persone che, quando entrano in una stanza, tutti si voltano a guardare. Come George Washington, che in un'epoca di uomini bassi poteva vantare un metro e ottantotto di altezza, Norring era di statura decisamente superiore alla media e sfoggiava capelli folti e scuri a un'età in cui solitamente gli uomini si arrendono al grigio e alla calvizie.

«Dottoressa, mi domandavo se esiste un modo per estinguere questo fuoco di controversie prima che ce ne sfugga il controllo» esordì con la suadente cadenza della parlata della Virginia.

«Mi auguro di sì, governatore Norring.»

«Allora, la prego, mi aiuti a capire per quale ragione non vuole collaborare con la polizia.»

«Vorrei avvalermi dell'assistenza di un legale, ma purtroppo non mi è stata data la possibilità di farlo. Personalmente non la considero una mancanza di collaborazione.»

«Senza dubbio lei ha il diritto di non autoincriminarsi» disse lentamente. «Ma il solo fatto di appellarsi al Quinto Emendamento non fa che addensare le nubi di sospetto che già la circondano. Sono certo che se ne renderà conto.»

«Mi rendo conto che, con ogni probabilità, in qualsiasi modo agissi adesso verrei criticata. Quindi ritengo ragionevole e prudente volermi proteggere.»

«Ha eseguito dei pagamenti a favore della sua assistente di sala, Susan Story?»

«No, signor governatore, non ho eseguito alcun pagamento. Non ho fatto nulla di sbagliato.»

«Dottoressa Scarpetta.» Si sporse in avanti, intrecciando le mani sulla scrivania. «Mi è parso di capire che lei non è disposta a collaborare esibendo documenti in grado di comprovare le sue affermazioni.»

«Non sono ancora stata informata di essere indiziata in qualche crimine, né mi è stata data lettura dei miei diritti, cui non ho affatto rinunciato. Non ho avuto l'opportunità di rivolgermi a un avvocato, e in questo momento non ho alcuna intenzione di permettere alla polizia o a chiunque altro l'accesso a file riguardanti la mia vita privata o professionale.»

«In poche parole, rifiuta di collaborare» riassunse il governatore.

Quando un funzionario di stato viene accusato di conflitto di interessi o di qualunque altro comportamento in contrasto con l'etica professionale, esistono solo due forme di difesa: collaborare o rassegnare le dimissioni. Quest'ultima possibilità mi si spalancava davanti come un abisso, ed era chiaro che nelle intenzioni del governatore c'era quella di spingermi fino all'orlo del baratro.

«Lei è un patologo di levatura nazionale, nonché capo medico legale di questo stato» proseguì. «La sua è stata una brillante carriera, e all'interno dell'apparato giudiziario si è costruita un'impeccabile reputazione. Ma, nella fattispecie, il suo atteggiamento tradisce una certa miopia. Lei non si sta certo prodigando per dissipare i dubbi sulla sua correttezza.»

«So di prodigarmi abbastanza, signor governatore, e so di non avere fatto nulla di sbagliato» ripetei. «I fatti lo dimostreranno, ma non ho intenzione di discuterne ancora prima di essermi consultata con un legale. Così come non collaborerò in mancanza di un avvocato o se non sarò convocata davanti a un giudice in un'udienza a porte chiuse.»

«Udienza a porte chiuse?» Socchiuse gli occhi.

«Si dà il caso che alcuni dettagli della mia vita privata coinvolgano altre persone che mi sono vicine.»

«E chi? Suo marito? I suoi figli? Un amante? Se non sono stato male informato, dottoressa, lei vive sola e, per usare un cliché, ha sposato il suo lavoro. Chi vorrebbe proteggere?»

«Governatore Norring, lei mi sta tendendo delle esche.»

«No, signora: sto semplicemente cercando qualcosa in grado di suffragare le sue affermazioni. Dice di avere a cuore la protezione di qualcuno, e io le chiedo di chi si tratta. Certo non di suoi pazienti, visto che sono tutti morti.»

«Lei non mi pare né giusto né imparziale» dissi, consapevole del tono distaccato che stavo usando. «Nulla in questo colloquio lo è stato, fin dall'inizio. Vengo convocata con un preavviso di soli venti minuti, senza nemmeno sapere di cosa...»

«Strano, dottoressa, pensavo che avesse intuito da sola qual era l'ordine del giorno» mi interruppe.

«Così come avrei dovuto intuire che si trattava di un evento di risonanza pubblica.»

«Mi è stato riferito che sono arrivati alcuni giornalisti.» Il governatore rimase impassibile.

«E io gradirei sapere com'è successo» ribattei, infervorata.

«Se mi sta chiedendo se è stato il nostro ufficio a informare la stampa di questo incontro, la mia risposta è no.»

Rimasi zitta.

«Dottoressa, non sono affatto certo che lei capisca che, in quanto funzionari di stato, dobbiamo agire seguendo regole diverse. In un certo senso ci viene negato il diritto a una vita privata, o forse sarebbe meglio dire che se la nostra etica o il nostro giudizio vengono messi in discussione, l'opinione pubblica ha a sua volta il diritto di esaminare, in certi casi, anche gli aspetti più intimi della nostra esistenza. Prima di prendere qualsiasi iniziativa, anche solo di staccare un assegno, ho il dovere di chiedermi se ciò che sto per fare reggerebbe l'esame più attento e minuzioso da parte dei miei concittadini.»

Notai che parlava quasi senza gesticolare, e che il tessuto e il taglio del completo e della cravatta che indossava erano una sorta di monumento alla stravaganza frustrata. La mia attenzione saltava di particolare in particolare, mentre il governatore continuava nella sua filippica e io sapevo perfettamente che nulla di quanto avessi fatto o detto avrebbe mai potuto salvarmi davvero. Sebbene a incaricarmi ufficialmente fosse stato il commissario ai servizi socio-sanitari, non avrei mai potuto aspirare a quel posto, né conservarlo a lungo, senza l'indiretto sostegno del governatore. Il modo più veloce che avevo per perderlo era causargli imbarazzo o provocare un conflitto, due cose che peraltro avevo già provveduto a fare. Lui aveva il potere di costringermi a rassegnare le dimissioni; io quello di temporeggiare ancora un po', minacciandolo di aumentare il suo imbarazzo.

«Dottoressa, le spiacerebbe dirmi come si comporterebbe lei al mio posto?»

Oltre la finestra, la pioggia si stava trasformando in nevischio e i grandi palazzi delle banche si ergevano tetri sullo sfondo di un deprimente cielo color grigio peltro. Fissai il governatore in silenzio, poi ripresi a parlare con voce calma.

«Governatore Norring, penso che non convocherei il capo medico legale nel mio ufficio solo per insultarla gratuitamente, sia sul piano professionale sia sul piano personale, e poi chiederle di rinunciare ai diritti universalmente garantiti dalla nostra Costituzione.

«Inoltre, penso che riterrei questa persona innocente fino a prova contraria, e che non comprometterei la sua etica e il patto ippocratico cui ha prestato giuramento chiedendole di sottoporre a pubblico esame documenti a carattere altamente confidenziale, rischiando in questo modo di danneggiare se stessa e altre persone. Mi piacerebbe pensare, governatore Norring, che non lascerei una persona che ha finora servito fedelmente lo stato senza altra scelta che quella di rassegnare le proprie dimissioni.»

Il governatore sollevò distrattamente una stilografica d'argento, soppesando le mie parole. Dimettermi al termine di un incontro con lui avrebbe implicato per tutti i giornalisti in agguato dietro la porta che Norring mi aveva chiesto di agire in un modo che reputavo contrario alla mia etica.

«Non ho alcun interesse che lei si dimetta proprio ora» disse infine, in tono gelido. «Anzi, non accetterei nemmeno le sue dimissioni. Io sono un uomo giusto, dottoressa Scarpetta, e spero anche saggio. E la saggezza mi suggerisce che non posso permettere a una persona direttamente o indirettamente implicata in un caso di omicidio di eseguire autopsie legali sui corpi di altre vittime di omicidio. Ritengo dunque opportuno sollevarla temporaneamente dal suo incarico, fino alla risoluzione dei casi.» Detto ciò, prese il telefono. «John, saresti così gentile da riaccompagnare il capo medico legale all'uscita?»

L'addetto stampa ricomparve quasi all'istante.

Appena emersi dagli uffici del governatore, mi ritrovai letteralmente assediata dai giornalisti. La tempesta dei flash tornò ad accecarmi ed ebbi la sensazione che tutti mi gridassero nelle orecchie. Da quel momento la notizia del giorno fu che il governatore mi aveva temporaneamente sospeso dall'incarico affinché potessi scagionarmi da ogni accusa. Un editoriale arrivò a sostenere che Norring si era in tal modo dimostrato un vero gentiluomo, e che se io fossi stata una vera signora avrei spontaneamente rinunciato al mio posto.

11

Venerdì rimasi a casa, davanti al camino, immersa nella tediosa e frustrante occupazione di ricostruire attraverso prove documentarie tutti gli spostamenti compiuti nelle ultime settimane. Sfortunatamente, all'ora in cui la polizia riteneva che Eddie Heath fosse stato adescato all'uscita del negozio io mi trovavo in macchina, diretta a casa dopo una giornata di lavoro. Quando Susan era stata assassinata invece ero già a casa, da sola perché Marino aveva portato Lucy a sparare. Ed ero sola anche il mattino presto in cui avevano sparato a Frank Donahue. In altre parole, non avevo alcun testimone in grado di deporre a mio favore.

Il movente e il modus operandi sarebbero naturalmente stati i punti più difficili da sostenere davanti alla giuria: l'esecuzione infatti è una modalità estremamente inconsueta per un'assassina donna, senza contare la totale mancanza di moventi nel caso di Eddie Heath, a meno che non fossi una sadica perversa.

Ero ancora immersa nei miei pensieri, quando Lucy mi chiamò. «Zia, vieni. Ho trovato qualcosa.»

Era seduta davanti al computer, la sedia girata di lato, i piedi appoggiati su uno sgabello. Aveva in grembo una quantità di fogli, e sulla destra della tastiera c'era appoggiata la mia Smith & Wesson calibro trentotto.

«Cosa ci fa qui la mia pistola?» chiesi, turbata.

«Pete mi ha consigliato di esercitarmi sparando a salve ogni volta che ne avevo la possibilità. Così ho fatto un po' di allenamento mentre il programma esaminava i vari archivi delle modifiche.»

Presi la pistola, premetti il perno e aprii il tamburo per controllare le camere di caricamento.

«Mi mancano poche registrazioni ancora, ma credo di avere già trovato quello che cercavamo» disse.

Accostai una sedia alla scrivania, sentendomi sopraffare da un'ondata di ottimismo.

«L'archivio su nastro del nove dicembre indica tre interessanti TU.»

«TU?» chiesi.

«Tenprint Updates» spiegò Lucy. «Aggiornamenti impronte. Stiamo parlando di ben tre registrazioni, zia. Una è stata completamente cancellata. Il numero SID di un'altra è stato alterato, e poi abbiamo una terza registrazione completamente nuova, inserita più o meno contemporaneamente alla cancellazione e modifica delle altre due. Allora sono andata nella CCRE e ho digitato i numeri SID delle prime, e quella ritoccata riguardava Ronnie Joe Waddell.»

«E cosa mi dici di quella nuova?»

«Uhm, brutta storia. Non c'è nessun curriculum. Ho inserito cinque volte il numero SID, ma continuava a darmi solo il messaggio "nessuna registrazione". Capisci cosa significa?»

«Be', che senza un file corrispondente nella CCRE, non possiamo scoprire chi sia questa persona.»

Lucy annuì. «Proprio così. Nell'AFIS trovi le impronte di qualcuno e anche il suo numero SID, ma non ci sono nomi né altri elementi di identificazione. Il che mi fa pensare che qualcuno abbia fatto sparire la registrazione dalla CCRE. In altre parole, che anche la CCRE sia stata manomessa.»

«Torniamo a Ronnie Waddell» dissi. «Sei in grado di stabilire cos'è accaduto al suo file?»

«Ho una teoria. Innanzi tutto devi sapere che il numero SID è un codice unico fornito da un indice altrettanto unico, nel senso che il sistema non ti permette di inserire due codici uguali su cui lavorare. Se, quindi, io volessi scambiare il mio numero SID con il tuo, dovrei prima cancellarne uno, poi modificare l'altro in quello precedente e infine riprendere il primo e reinserirlo modificato.»

«E questo è ciò che pensi sia successo?» chiesi.

«Be', un movimento del genere spiegherebbe gli aggiornamenti impronte che ho trovato nell'archivio del nove dicembre.»

Quattro giorni prima dell'esecuzione di Waddell, pensai.

«Ma c'è dell'altro» aggiunse Lucy. «Il sedici dicembre, la documentazione relativa a Waddell è stata cancellata dall'AFIS.»

«Cosa?» Ero sbigottita. «Ma se poco più di una settimana fa l'analisi di un'impronta trovata a casa di Jennifer Deighton ci ha fatto risalire a lui proprio tramite l'AFIS?»

«Il sedici dicembre, alle dieci e cinquanta, esattamente novantotto minuti dopo la cancellazione del file di Waddell, l'AFIS ha subito un crash. Il data base è stato ripristinato insieme all'archivio degli aggiornamenti, ma non devi dimenticare che il backup viene fatto solo una volta al giorno, nel tardo pomeriggio. Perciò qualunque modifica effettuata nel data base la mattina del sedici dicembre, al momento dell'incidente non era ancora stata registrata nel backup. E quando il data base è tornato in funzione, lo stesso è accaduto al file di Waddell.»

«Vuoi dire che qualcuno ha alterato il numero SID di Waddell quattro giorni prima della sua esecuzione? E che tre giorni dopo l'esecuzione, qualcuno ne ha cancellato il file dall'AFIS?»

«Così sembrerebbe» disse Lucy. «Quello che però non capisco è perché chi l'ha fatto non ha semplicemente cancellato il file fin dall'inizio. Insomma, per quale motivo sobbarcarsi la fatica e il rischio di cambiare il numero SID, se poi alla fine il file lo cancelli comunque?»

Quando gli telefonai, pochi minuti dopo, Neils Vander aveva la risposta pronta.

«Non è raro che dopo la morte di un detenuto le sue impronte vengano cancellate dall'AFIS» spiegò. «Anzi, l'unica occasione in cui il file di un prigioniero deceduto non viene cancellato è quando si suppone che le sue impronte possano tornare fuori in qualche caso ancora irrisolto. Ma Waddell era in carcere da nove o dieci anni, un'assenza così lunga dalle scene da rendere inutile la conservazione delle sue impronte in archivio.»

«Quindi» dissi, «la cancellazione del suo file il sedici dicembre sarebbe stata normale routine.»

«Esatto. Invece non è stato affatto di routine cancellarlo il nove dicembre, giorno in cui secondo Lucy il suo numero SID sarebbe stato alterato, perché in quella data Waddell era ancora vivo.»

«Tu cosa ne pensi, Neils?»

«Quando cambi il numero SID di una persona, Kay, di fatto cambi la sua identità. Magari io sto esaminando davvero le sue impronte, ma nel momento in cui inserisco il numero SID corrispondente nella CCRE, non ottengo più il suo curriculum. Cioè o non ne ottengo niente, oppure ottengo dati relativi a qualcun altro.»

«Tu avevi un'impronta lasciata in casa di Jennifer Deighton» riassunsi. «Hai digitato il corrispondente numero SID nella CCRE e ti è uscito il nome di Ronnie Waddell. Adesso però abbiamo motivo di sospettare che il suo numero SID originale sia stato alterato. Perciò a questo punto non sappiamo più di chi fosse davvero l'impronta trovata sulla sedia, giusto?»

«Giusto. E a quanto pare qualcuno si è dato una gran pena affinché noi non potessimo mai scoprirlo. Non si può dimostrare che non si trattasse di Waddell, ma non si può nemmeno dimostrare che fosse lui.»

Mentre parlava, una serie di immagini mi colpì come un flash.

«Per poter affermare con sicurezza che a lasciare quell'impronta in casa di Jennifer Deighton non è stato Ronnie Waddell, mi occorrerebbe un'altra sua impronta, vecchia e affidabile, che nessuno abbia potuto manomettere. Il problema è che non so dove andarla a cercare.»

Mi tornarono alla mente scure pareti e pavimenti di legno, e delle macchie di sangue rappreso color granata.

«In quella casa» mormorai.

«Quale casa?» chiese Vander.

«La casa di Robyn Naismith.»

Dieci anni prima, all'epoca in cui l'abitazione di Robyn Naismith era stata esaminata dalla polizia, il Luma-Lite e le strumentazioni laser ancora non esistevano, così come non esistevano le tecniche di mappaggio del Dna. In Virginia non era ancora stato introdotto alcun sistema automatizzato per l'identificazione delle impronte digitali, né altri strumenti informatici in grado di rilevare e ingrandire una parziale insanguinata lasciata su un muro o su qualsiasi altra superficie. Sebbene le innovazioni tecnologiche di regola siano ininfluenti in casi da lungo tempo archiviati, ci sono alcune eccezioni. A mio parere l'omicidio di Robyn Naismith era una di queste.

Irrorando la sua casa con i nuovi prodotti chimici a nostra disposizione, forse avremmo letteralmente risuscitato la scena del delitto facendo riapparire grumi, gocce, macchie, schizzi di sangue. Il sangue cola nelle fessure, penetra nei buchi, si infila sotto pavimenti e cuscini, e, anche se negli anni le tracce possono svanire, non scompaiono mai del tutto. Così come lo scritto fantasma di Jennifer Deighton era invisibile sulla pagina bianca, allo stesso modo nelle stanze in cui Robyn Naismith era stata raggiunta e assassinata si celavano ancora tracce di sangue invisibili a occhio nudo. Nel corso delle prime indagini la polizia aveva rilevato, senza l'aiuto della tecnologia, un'impronta insanguinata. Forse Waddell se n'era lasciate dietro altre. Forse erano ancora lì.

Neils Vander, Benton Wesley e io ci mettemmo in viaggio per raggiungere l'università di Richmond, una splendida raccolta di edifici in stile georgiano che circondavano un lago fra Three Chopt e River Road. Era lì che Robyn Naismith si era laureata con lode molti anni prima, e il suo amore per quella zona era stato tale da indurla ad acquistare una casa proprio a due isolati dal campus.

La sua vecchia abitazione in mattoni, con il tetto a mansarda, sorgeva su mezzo ettaro di terreno. Appena la vidi pensai subito che era il posto ideale per uno scassinatore: il giardino era alberato e sul retro della casa troneggiavano tre imponenti magnolie che non lasciavano filtrare nemmeno la luce del sole. Difficilmente i vicini di Robyn Naismith avrebbero potuto vedere o sentire qualcosa, anche ammesso che fossero stati in casa, e quel mattino erano tutti al lavoro.

A causa delle incresciose circostanze, la casa era stata messa in vendita dieci anni prima a un prezzo decisamente basso per la zona. Scoprimmo che era stata acquistata dall'università come alloggio per il personale docente, e che aveva conservato gran parte dell'arredamento originale. Robyn era nubile, figlia unica, e i genitori, residenti nel nord della Virginia, non avevano voluto indietro i mobili, probabilmente perché non sarebbero stati in grado di tollerarne neppure la vista. La casa era stata affittata al germanista Sam Potter, uno scapolo.

La porta sul retro si aprì mentre stavamo ancora estraendo dal bagagliaio della macchina l'equipaggiamento fotografico, il set di prodotti chimici e la restante strumentazione tecnica. Un uomo dall'aria malaticcia ci salutò con uno svogliato buongiorno.

«Serve una mano?» Sam Potter scese i gradini scostandosi dalla fronte i capelli neri, lunghi e radi e fumando una sigaretta stretta fra le labbra. Era basso e tozzo, con larghi fianchi quasi femminili.

«Se vuole prendere questa scatola» rispose Vander.

Potter lasciò cadere la sigaretta, senza preoccuparsi di spegnerla con il piede. Salimmo dietro a lui i tre scalini che portavano in una piccola cucina color verde oliva, dov'erano ammassate decine di piatti sporchi e vecchi elettrodomestici. Ci condusse nella sala da pranzo, il tavolo sepolto sotto una montagna di roba da stirare, e di lì in salotto, sul davanti della casa. Posai a terra il mio carico e cercai di nascondere lo shock che ebbi nel riconoscere il vecchio televisore ancora collegato a una presa cavo nel muro, le tendine, il divano in pelle marrone, il pavimento di parquet ora segnato e opaco come il fango. Tutt'intorno erano disseminati libri e fogli, e mentre li raccoglieva senza particolare riguardo, Potter riprese a parlare.

«Come potete vedere, non sono quel che si dice un uomo di casa» esordì nel suo chiaro accento tedesco. «Per adesso metterò questa roba sul tavolo in sala da pranzo. Volete che sposti qualcos'altro?» Dal taschino della camicia bianca estrasse un pacchetto di Camel, e dai jeans sbiaditi pescò una scatola di fiammiferi. Un orologio da taschino pendeva da una striscia di cuoio attaccata a un passante della cintura, e mentre lo sfilava per controllare l'ora e si accendeva la sigaretta notai alcuni particolari. Gli tremavano le mani, aveva le dita gonfie e gli zigomi e il naso erano percorsi da una fitta rete di capillari rotti. Non aveva svuotato i portacenere, ma certo si era premurato di far sparire le bottiglie e di portare fuori la spazzatura.

«Va bene così, non c'è bisogno che sposti altro» disse Wesley. «Se mai lo faremo noi, e poi rimetteremo a posto.»

«Dicevate che questa roba chimica non danneggia nulla e non è tossica per gli esseri umani?»

«Esatto. Non sono sostanze pericolose. Lasciano solo dei residui cristallini, come quando l'acqua salata evapora» gli spiegai. «Poi cercheremo di ripulire tutto quanto.»

«Preferisco non restare qui mentre voi lavorate» disse Potter, aspirando nervosamente dalla sigaretta. «Avete idea di quanto vi ci vorrà, più o meno?»

«Spero non più di due ore» rispose Wesley. Si stava guardando intorno e, anche se il suo volto era impassibile, riuscivo a immaginare perfettamente cosa gli passava per la testa in quel momento.

Mi tolsi il cappotto, senza sapere dove metterlo, mentre Vander toglieva il cellophane a una videocassetta.

«Se finiste prima del mio ritorno, tirate bene la porta e assicuratevi che sia veramente chiusa. Non ho sistemi d'allarme.» Potter uscì passando di nuovo dalla cucina, e quando mise in moto, più che una macchina sembrava di sentir partire un camion.

«Un vero peccato» commentò Vander, estraendo due bottiglie di sostanze chimiche da una scatola. «Sarebbe potuta essere una bella casetta, invece sembra un tugurio. Avete notato le uova strapazzate nella padella appoggiata sul gas? Allora, cos'altro volete spostare?» chiese poi, inginocchiandosi sul pavimento. «Aspetto a preparare la miscela finché non sarà tutto pronto.»

«Secondo me dovremmo svuotare la stanza il più possibile. Hai le foto, Kay?» disse Wesley.

Tirai fuori le fotografie scattate sulla scena del delitto. «Avete notato che il nostro professore ha conservato i mobili della Naismith?» dissi.

«Bene, allora li lasceremo qui» rispose Vander, come se fosse normale che l'arredamento di dieci anni si trovasse ancora al suo posto. «Però dobbiamo eliminare il tappeto. Quello non è stato senz'altro venduto con i muri.»

«Perché?» Wesley fissò il tappeto rosso e blu intrecciato: era sudicio e arricciolato ai bordi.

«Se lo solleva, sotto vedrà che il pavimento è segnato e opaco come nel resto della stanza, quindi non può essere qui da molto tempo. E poi non ha l'aria di essere di buona fattura: non credo che sarebbe durato tanto.»

Disposi alcune fotografie per terra, ruotandole fino a ottenere la giusta prospettiva, e in base a esse decidemmo cosa eliminare dalla sala. La disposizione dei mobili era stata modificata, quindi cercammo di riprodurla il più fedelmente possibile per ricreare la scena del delitto.

«Okay, il ficus beniaminus va là» dissi, come un direttore di scena. «Ecco. Però sposta indietro il divano di circa mezzo metro, Neils. E giralo un po' di qui. La pianta si trovava a circa dieci centimetri dal bracciolo sinistro. Un po' più vicina. Perfetto.»

«No, non può essere. In questo modo i rami finiscono sul divano.»

«Sì, ma nel frattempo sono anche cresciuti.»

«Non riesco a credere che sia ancora vivo. Sembra impossibile che intorno al professore possa resistere qualcosa, tranne forse una coltura di funghi o batteri.»

«Allora, togliamo il tappeto?» chiese Wesley, sfilandosi la giacca.

«Sì, la Naismith aveva una piccola passatoia davanti alla porta d'ingresso e un tappetino orientale sotto il tavolo basso. Per il resto, il pavimento era quasi tutto scoperto.»

Wesley si mise in ginocchiò e cominciò ad arrotolare il tappeto.

Mi diressi verso il televisore, ed esaminai il videoregistratore e i relativi cavi di collegamento.

«Questo dovrebbe andare contro la parete di fronte al divano e alla porta d'ingresso. Ve ne intendete di cavi e di collegamenti vari?»

«No» risposero contemporaneamente i miei due uomini.

«Ottimo. Allora ci penserò io.»

Scollegai cavo e videoregistratore, poi staccai la spina della tv e trascinai lentamente l'apparecchio sul pavimento impolverato. Ricontrollai le foto e lo spostai ancora di qualche centimetro, fino a piazzarlo esattamente davanti alla porta d'ingresso. Quindi esaminai le pareti. A quanto pareva il signor Potter era un appassionato di quadri, e in particolare collezionava le opere di un pittore dalla firma illeggibile ma a occhio e croce francese. Si trattava di schizzi a carboncino, studi di nudo femminile con abbondanti curve, chiazze rosee e triangoli vari. Li tirai giù uno per uno, appoggiandoli contro il muro della sala da pranzo. A quel punto, la stanza era praticamente vuota e io mi sentivo prudere dappertutto a causa della polvere.

Wesley si asciugò la fronte con il dorso del braccio. «Allora, ci siamo quasi?» Mi guardò.

«Direi di sì. Naturalmente non è tutto come allora: là in fondo, per esempio, c'rano tre sedie con lo schienale alto.» Indicai il punto.

«Sono nelle camere da letto» annunciò Vander. «Due in una, e una nell'altra. Devo andare a prenderle?»

«Già che ci siamo.»

Uscì dalla sala seguito da Wesley.

«Su quel muro c'era un quadro» aggiunsi. «E un altro era appeso a destra della porta del tinello. Una natura morta e un paesaggio inglese. Insomma, il nostro Potter non ha gli stessi gusti artistici di Robyn Naismith, ma per il resto gli andava bene quasi tutto.»

«Dobbiamo fare il giro della casa e chiudere tutte le veneziane e le tende» disse Vander. «Se entra ancora troppa luce, prendete un po' di quello» indicò un rotolo di cartoncino marrone appoggiato sul pavimento «e sigillate le finestre.»

Nei quindici minuti successivi la casa risuonò di passi, schiocchi, fruscii di veneziane srotolate e sibili di forbici che fendevano la carta. Di quando in quando si udiva un'imprecazione: una striscia tagliata troppo corta o il nastro adesivo che si arricciava incollandosi a se stesso. Io rimasi in sala e mi occupai dei vetri della porta d'ingresso e delle due finestre che davano sulla strada. Quando tutti e tre fummo di nuovo insieme e spegnemmo le luci, la casa risultò finalmente immersa nella completa oscurità. Non riuscivo più a vedere nemmeno la mia mano.

«Perfetto» approvò Vander, mentre riaccendevamo.

Si infilò i guanti e appoggiò sul tavolino alcune boccette di acqua distillata, sostanze chimiche varie e due nebulizzatori. «Allora, procederemo in questo modo. Scarpetta, tu dovresti spruzzare mentre io riprendo con la cinepresa, e se per caso un'area reagisce, continua a irrorarla finché non ti dico di smettere.»

«E io cosa devo fare?» si informò Wesley.

«Non intralciare le operazioni.»

«Cosa c'è lì dentro?» insisté, mentre Vander svitava i tappi di alcuni barattoli contenenti delle polveri chimiche.

«Sei proprio sicuro di volerlo sapere?» dissi io.

«Suvvia, sono grande, ormai. Potete anche dirmelo.»

«Si tratta di un reagente a base di perborato di sodio, che adesso Neils mescolerà con acqua distillata, luminolo e carbonato di sodio» spiegai, estraendo un pacchetto di guanti dalla borsetta.

«E siete sicuri che funzionerà anche con delle macchie così vecchie?» chiese Wesley.

«In realtà il sangue vecchio e decomposto reagisce al luminolo meglio delle tracce più fresche, e questo perché il grado di ossidazione è più elevato.»

«Non credo che il legno di questa stanza sia stato trattato con il sale. Lei cosa ne pensa?» Vander si guardò intorno.

«Non credo.» Poi mi girai verso Wesley. «Il problema principale con il luminolo sono le false reazioni positive. Sostanze come il rame, il nickel e i sali di rame presenti nel legno trattato.»

«Il luminolo ama anche la ruggine, lo iodio, la candeggina e la formalina» aggiunse Vander. «Più le perossidasi delle banane, dell'anguria, del cedro e di molti altri vegetali. Persino del rafano.»

Wesley mi lanciò un sorriso.

Vander aprì una busta e ne estrasse due quadrati di carta filtrante macchiati di sangue rappreso e diluito. Poi aggiunse la miscela A alla miscela B e ordinò a Wesley di spegnere le luci. Un paio di rapide nebulizzazioni e sul tavolino apparve una luce azzurra fluorescente, che quasi altrettanto velocemente scomparve.

«Tieni» mi disse Vander.

Sentii la bottiglia di spray sfiorarmi il braccio. La presi. Una minuscola lucina rossa occhieggiò nel buio appena Vander schiacciò il pulsante POWER della cinepresa, poi accese anche la lampada per le riprese in notturna. La sua luce bianca si posava ovunque si posasse lo sguardo di Neils.

«Dove sei?» mi chiese Vander, dalla mia sinistra.

«Al centro della stanza. Sento il bordo del tavolino contro la gamba» dissi, come quando da bambina giocavo a nascondino al buio.

«Io mi tengo fuori dei piedi» annunciò Wesley dalla zona della sala da pranzo.

La luce bianca di Vander mi venne lentamente incontro. Lo toccai sulla spalla. «Tutto a posto?»

«Sto riprendendo. Tu comincia e vai avanti finché ti dico basta.»

Mentre irroravo il pavimento con lo spray, l'indice costantemente premuto, cominciò ad alzarsi una nebbiolina e forme e configurazioni geometriche presero corpo intorno ai miei piedi. Per un attimo fu come sorvolare nel buio la pianta illuminata di una città. Antiche particelle di sangue intrappolate nelle fessure del parquet emettevano un bagliore azzurrobiancastro che svaniva e riappariva a velocità incredibile. Continuai a spruzzare, senza rendermi bene conto di dove mi trovavo nella stanza, ma ovunque vedevo impronte di scarpe. Inciampai nel ficus, e sul poggiavaso comparvero sottili striature biancastre. Alla mia destra, alcune impronte di mani costellavano la parete.

«Luci» disse Vander.

Wesley accese il lampadario centrale, e Vander montò la cinepresa da trentacinque millimetri su un treppiede. L'unica fonte di luce in tutta la stanza, adesso, sarebbe stata quella del luminolo, e perché restasse impressionata sulla pellicola sarebbe occorso un tempo di esposizione molto lungo. Presi un nebulizzatore pieno e, quando le luci furono di nuovo spente, tornai a irrorare le impronte delle mani sulla parete, mentre l'obiettivo catturava una sequenza di immagini sinistre. Poi ci spostammo. Sul rivestimento in legno e sul pavimento apparirono ampie strisce luminose e, in corrispondenza delle cuciture, i profili squadrati dei cuscini del divano in pelle sembravano tracciati con mano discontinua da un pennello al neon.

«Puoi sollevarli?» chiese Vander.

Uno per uno feci scivolare i cuscini sul pavimento, irrorando l'intelaiatura dei sedili. Sullo schienale apparvero nuove strisce e macchie, mentre sul soffitto della stanza si accese una costellazione di minuscole stelline. I primi falsi positivi li ottenemmo dal televisore, quando le parti metalliche intorno ai pulsanti, allo schermo e agli spinotti si illuminarono di sfumature lattiginose. Il televisore in sé non rivelò nulla di eccezionale, tranne forse un paio di macchioline, ma il pavimento di fronte, là dove il corpo di Robyn era stato rinvenuto, parve letteralmente impazzire. Le tracce di sangue erano così abbondanti da evidenziare fedelmente i contorni e le venature delle assicelle di parquet. Un segno di trascinamento svaniva a poche decine di centimetri dal punto di massima concentrazione della luminescenza, e poco più in là si scorgeva uno strano motivo ad anelli tangenti lasciati da un oggetto dalla circonferenza leggermente inferiore a quella di una palla da pallacanestro.

Le nostre ricerche non si fermarono alla sala. Iniziammo a seguire le impronte delle scarpe. Di tanto in tanto eravamo costretti a riaccendere le luci per rinnovare la miscela di luminolo o spostare qualche oggetto che ci ingombrava il passaggio, soprattutto tra i cumuli di spazzatura linguistica in quella che un tempo era stata la camera da letto di Robyn Naismith, ora occupata dal professor Potter. Il pavimento era sepolto sotto una montagna di fogli, riviste, relazioni e decine di libri scritti in tedesco, francese e italiano. C'erano vestiti ovunque, come se un uragano avesse scardinato l'armadio, disseminando il contenuto dei cassetti al centro della stanza. Li raccogliemmo alla meglio, ammucchiandoli sul letto matrimoniale disfatto. Quindi tornammo alla scia di tracce di sangue lasciata da Waddell.

Portava in bagno, dove entrai seguita a ruota da Vander. Macchie e impronte di scarpe ricoprivano il pavimento, e accanto alla vasca da bagno c'erano gli stessi segni circolari trovati in sala. Quando iniziai a irrorare le pareti, due enormi impronte di mani apparvero all'improvviso ai due lati della toilette. La lucina della cinepresa ondeggiò nell'aria, avvicinandosi.

Poi la voce eccitata di Vander ordinò: «Luci».

Il bagno di Potter era, per dirla con parole gentili, altrettanto maltenuto del resto della casa. Vander appiccicò il naso alla parete, scrutando l'area in cui erano apparse le impronte.

«Le vedi?»

«Uhm. Forse, ma vagamente.» Inclinò la testa di lato, quindi dalla parte opposta, strabuzzando gli occhi. «Fantastico. La tappezzeria ha lo sfondo blu scuro, quindi a occhio nudo non si vede molto. Ed è plastificata, o di vinile, ottima superficie per le impronte.»

«Gesù» esclamò Wesley, fermo sulla soglia della porta. «Sembra che non abbia pulito neanche l'asse da quando è venuto ad abitare qui. L'ultima volta non ha nemmeno tirato l'acqua.»

«Anche se di tanto in tanto avesse dato una lavata, le tracce di sangue non si lasciano eliminare così facilmente» dissi. «Su un pavimento di linoleum come questo, per esempio, il residuo penetra nella superficie porosa e il luminolo lo evidenzia benissimo.»

«Vorresti dire che se fra altri dieci anni ripassassimo di qui, si vedrebbe ancora qualcosa?» chiese Wesley affascinato.

«L'unico modo per eliminare almeno la maggior parte del sangue sarebbe ridipingere tutto, rifare i pavimenti e cambiare i mobili» commentò Vander. «Sul serio, per essere sicuri, in un caso come questo, bisognerebbe buttare giù la casa e ricostruirla daccapo.»

Wesley lanciò un'occhiata all'orologio. «Siamo qui da tre ore e mezzo.»

«Sentite, facciamo così» intervenni. «Benton, tu e io possiamo ricominciare a mettere a posto le stanze, mentre Neils intanto finisce di esaminare quello che gli interessa.»

«D'accordo. Porterò qui il Luma-Lite. Voi incrociate le dita e pregate che riesca a evidenziare i dettagli dei solchi.»

Tornammo in sala. Mentre Vander trasferiva l'attrezzatura video e il Luma-Lite in bagno, Wesley e io ci guardammo intorno: il divano, il vecchio televisore e il pavimento vecchio e segnato. Eravamo entrambi increduli: con le luci accese non si scorgeva la minima traccia degli orrori cui avevamo assistito a luci spente. In quel soleggiato pomeriggio d'inverno eravamo tornati indietro nel tempo per vedere con i nostri occhi ciò che Ronnie Joe Waddell aveva fatto là dentro.

Wesley rimase immobile accanto alla finestra rivestita con il cartoncino. «Mi fa impressione sedermi da qualunque parte o appoggiarmi a qualunque cosa. Cristo, questa casa è piena di sangue.»

Mentre continuavo a guardarmi intorno, rividi la scena del delitto narrata dai flash bianchi che squarciavano l'oscurità. Lasciai scorrere lentamente lo sguardo dal divano, al pavimento e infine al televisore. I cuscini del divano erano ancora per terra, dove li avevo lasciati, così mi inginocchiai per controllare meglio. Il sangue filtrato nelle cuciture marroni era assolutamente invisibile, così come lo erano le strisce e le macchie sullo schienale di pelle. Tuttavia, un esame più attento mi rivelò qualcosa di importante, anche se non necessariamente sorprendente. Sul lato di uno dei cuscini rasenti lo schienale, trovai un taglio rettilineo lungo almeno due centimetri.

«Benton, per caso sai se Waddell era mancino?»

«Mi pare di sì.»

«All'epoca pensarono che l'avesse accoltellata e percossa sul pavimento, vicino al televisore, perché intorno al cadavere c'era un lago di sangue» dissi. «Invece no. La uccise qui, sul divano. E adesso scusa, ma ho proprio bisogno di uscire. Se questo posto non fosse una tale fogna, sarei tentata di rubare una sigaretta al professore.»

«Finora sei stata così brava» rispose Wesley. «Una Camel senza filtro ti stenderebbe come una fucilata. Esci a prendere una boccata d'aria, che qui dentro ci penso io.»

Uscii, mentre Benton cominciava a strappare via il cartoncino dalle finestre.

Quella notte iniziò il Capodanno più singolare che Wesley, Lucy e io avessimo mai vissuto. Forse solo per Neils Vander non si trattò di una novità assoluta. Gli avevo parlato alle sette del pomeriggio, ed era ancora in laboratorio, ma per un uomo la cui ragione d'essere sarebbe venuta meno qualora avesse scoperto che due persone avevano le impronte digitali uguali, fare così tardi l'ultimo dell'anno era una cosa normale.

Aveva riversato in varie cassette le riprese effettuate sulla scena del delitto, e me ne aveva subito fatta pervenire una copia. Wesley e io avevamo dunque trascorso le prime ore della serata incollati al televisore, prendendo appunti e schizzando schemi, con il telecomando del videoregistratore sempre in mano per fermare, rallentare, avanzare. Nel frattempo Lucy aveva preparato la cena, e di tanto in tanto ci raggiungeva in sala per dare una sbirciatina. Le immagini luminose sullo schermo scuro non sembravano turbarla affatto, ma forse nessuno spettatore ignaro avrebbe potuto coglierne il reale significato.

Alle otto e mezzo avevamo terminato di guardare le cassette e ultimato i nostri appunti. Pensavamo di avere ricostruito i movimenti del killer dall'attimo in cui Robyn Naismith era rientrata in casa fino a quando Waddell era uscito dalla porta della cucina. In tutta la mia carriera, era la prima volta che mi capitava di ricostruire retroattivamente la scena di un delitto considerato risolto ben dieci anni prima. Tuttavia, ciò che era emerso dalle nostre indagini era importante per almeno una ragione: dimostrava che la teoria espostami da Wesley all'Homestead era giusta: Ronnie Joe Waddell non si accordava con il profilo psicologico del mostro cui stavamo dando la caccia adesso.

Le macchie, gli schizzi e le strisce latenti che avevamo individuato e seguito in casa della vittima erano il replay più fedele cui mi fosse mai capitato di assistere nella ricostruzione della dinamica di un crimine. Molti tribunali avrebbero considerato alla stregua di semplici opinioni ciò che a noi appariva ormai sicuro, ma pazienza: l'unica cosa importante era la personalità di Waddell, e noi eravamo certi di averla compresa a fondo.

Dato che le tracce di sangue rinvenute nel resto della casa erano state lasciate da Waddell, era realistico affermare che l'aggressione vera e propria avesse avuto luogo nella sala, dove la vittima era infatti deceduta. Le porte d'ingresso principale e quella della cucina avevano delle serrature che non potevano essere aperte senza chiave. Dato che Waddell era entrato dalla finestra e se n'era andato dalla cucina, ne avevamo dedotto che Robyn fosse rincasata da quest'ultima parte. Forse non si era preoccupata di richiudere la porta, ma ancor più probabilmente non ne aveva avuto il tempo. L'ipotesi era che, mentre ancora stava frugando tra i suoi effetti personali,

Waddell avesse sentito la padrona di casa arrivare e parcheggiare sul retro. Allora era andato in cucina, dove aveva estratto un coltello dal set in acciaio appeso alla parete, e quando lei aveva aperto la porta, era già lì ad aspettarla al varco. L'ipotesi più verosimile era che l'avesse semplicemente afferrata e spinta in sala, dove forse le aveva anche detto qualcosa, o magari le aveva chiesto del denaro o gioielli. O magari si era intrattenuto con lei solo qualche secondo, prima che lo scontro diventasse fisico.

Quando le aveva inferto la prima coltellata, Robyn era vestita e seduta, o supina, a un'estremità del divano, vicino al ficus. Gli schizzi di sangue sullo schienale, sul coprivaso e sui pannelli di legno scuro lì vicino facevano pensare a un getto violento conseguente alla recisione di un'arteria. Lo zampillo che si produce, infatti, ricorda il tracciato di un elettrocardiogramma a causa delle fluttuazioni nella pressione arteriosa. E solo i vivi hanno una pressione arteriosa.

Dunque sapevamo per certo che, al primo assalto, Robyn Naismith era ancora viva e sul divano. Ma probabilmente non respirava più quando Waddell le aveva tolto gli abiti, che a un esame successivo avevano rivelato uno squarcio di circa due centimetri di lunghezza sul davanti della camicetta insanguinata, là dove il coltello le era penetrato nel torace ed era stato rigirato sino a tranciarle completamente l'aorta. Poi la donna era stata ripetutamente accoltellata, e anche morsicata, per cui era lecito concludere che il delirante attacco di *piquerism* di Waddell fosse avvenuto dopo la morte.

L'uomo che in seguito avrebbe dichiarato di non avere ucciso "la signora della tv" doveva quindi essersi improvvisamente "riavuto." Si era allontanato dal cadavere della vittima, provando forse orrore per l'accaduto. L'assenza di segni di trascinamento per terra indicava che doveva essersi caricato la donna sulle spalle, per poi depositarla sul pavimento dall'altra parte della stanza. L'aveva sistemata in posizione eretta, contro il televisore, quindi si era dato da fare per pulire. I cerchi sovrapposti rilevati dal luminolo dovevano essere stati lasciati dal fondo di un secchio che era stato portato avanti e indietro dalla sala alla vasca da bagno. Ogni volta che tornava per pulire meglio, o magari per controllare lo stato della vittima mentre finiva di saccheggiare la casa e beveva i suoi liquori, Waddell si insanguinava la suola delle scarpe, e ciò spiegava la profusione di impronte ritrovate in tutta la casa. Le azioni in sé, invece, ci rivelavano qualcos'altro: che il comportamento a posteriori di Waddell non era quello di un assassino privo di rimorsi.

«Eccolo qui, il nostro ragazzotto di campagna che arriva nella grande città tentacolare» spiegò Wesley. «Ruba per pagarsi la droga che gli consuma il cervello. Prima marijuana, poi eroina, cocaina e alla fine eroina sintetica. E un bel mattino, improvvisamente torna in sé e si scopre intento a brutalizzare il corpo di una sconosciuta.»

Il fuoco scoppiettò allegramente, mentre noi contemplavamo le grandi impronte che brillavano sullo schermo scuro.

«La polizia non ha mai trovato tracce di vomito nello scarico della toilette, o lì vicino» dissi.

«Probabilmente pulì anche quelle. Grazie a Dio però non pensò alla parete di fronte alla tazza. Chi vuoi che si appoggi a quel modo, se non uno che sta dando di stomaco?»

«Ma le impronte sono molto più in alto rispetto allo schienale della tazza» osservai. «Secondo me vomitò, e quando si rialzò gli venne un giramento di testa e sollevò le mani per appoggiarsi al muro appena in tempo per non picchiare la testa. Che ne dici? Fu proprio rimorso, o era solo suonato come una campana?»

Wesley mi guardò. «Consideriamo quello che fece con il corpo della vittima. Lo mise seduto, eretto, cercò di ripulirlo con degli asciugamani e quindi appoggiò i vestiti in un mucchietto quasi ordinato ai suoi piedi. Ora, si può vedere la cosa in due modi: o stava studiando qualche posizione oscena, e quindi intendeva mostrare il proprio disprezzo, oppure voleva esprimere in un certo senso la propria cura e preoccupazione nei confronti della vittima. Personalmente, ritengo più probabile la seconda ipotesi.»

«E la posizione in cui è stato ritrovato Eddie Heath?»

«Uhm, quella ha qualcosa di diverso. A prima vista, la posizione del secondo cadavere sembra rispecchiare quella del primo, ma c'è comunque qualcosa che non torna.»

Capii di cosa si trattava nel momento stesso in cui lo disse.

«Rispecchiare» ripetei. «Lo specchio restituisce l'immagine, ma rovesciata.»

Mi lanciò un'occhiata incuriosito.

«Ricordi quando abbiamo confrontato le foto di Robyn Naismith con il disegno che riproduceva la posizione del cadavere di Eddie Heath?»

«Me lo ricordo benissimo, sì.»

«Allora dicesti che ciò che avevano fatto al ragazzo, a partire dai segni dei morsi per arrivare al modo in cui era posizionato il cadavere e ai vestiti, rispecchiava esattamente quanto era stato fatto a Robyn. Ma le impronte dei denti all'interno della coscia e sul seno erano sulla parte sinistra del corpo, mentre le ferite di Eddie, quelle che riteniamo essere state le impronte dentarie, si trovavano a destra, interessavano la spalla e l'interno della coscia destra.»

«Okay.» Sembrava ancora perplesso.

«La fotografia cui si avvicina di più la scena del delitto di Eddie è quella che mostra il corpo nudo di Robyn appoggiato al televisore.»

«Esatto.»

«Ciò che sto dicendo è che forse l'assassino del ragazzo ha visto la stessa foto di Robyn che abbiamo visto noi. Ma la sua prospettiva si basa sulla propria destra e sinistra: la destra del killer era la sinistra di Robyn, e viceversa, perché nella foto lei sta ovviamente di fronte a chi guarda.»

«Non è un bel pensiero» disse Wesley, mentre squillò il telefono.

«Zia Kay?» mi chiamò Lucy dalla cucina. «È il signor Vander.»

«Abbiamo la conferma» disse Vander all'altro capo del filo.

«Cioè che è stato Waddell a lasciare l'impronta in casa di Jennifer Deighton?» chiesi.

«No, al contrario: non è stato sicuramente lui.»

12

Nei giorni seguenti inviai a Nicholas Grueman la mia documentazione finanziaria e altre informazioni da lui richieste, il commissario ai servizi socio-sanitari mi convocò nel suo ufficio consigliandomi di rassegnare le dimissioni, e la campagna diffamatoria non accennava a diminuire. Tuttavia, sapevo cose che una settimana prima non avrei nemmeno immaginato.

Sulla sedia elettrica, la notte del 13 dicembre, era morto proprio Ronnie Joe Waddell. Ma la sua identità era ancora viva, e seminava distruzione in giro per la città. Come avevamo potuto verificare, prima dell'esecuzione il numero SID di Waddell era stato sostituito con quello di qualcun altro. Poi, il numero SID dello sconosciuto era stato cancellato dalla CCRE, la centrale di scambio dei dati sui criminali. Ciò significava che un criminale violento se ne andava a spasso commettendo delitti per i quali non aveva nemmeno bisogno di infilarsi i guanti. Se avessimo analizzato le sue impronte attraverso il sistema AFIS, infatti saremmo risaliti a un uomo ufficialmente già morto. Sapevamo che questo efferato individuo si lasciava dietro una scia di piume e di particelle di vernice, ma fino al tre gennaio del nuovo anno non potemmo avanzare congetture più precise.

Quel giorno, l'edizione del mattino del "Richmond Times-Dispatch" pubblicò un articolo pilotato sull'alto costo del piumino di edredone e la sua attrattiva per i ladri. Alle ore tredici e quattordici, l'agente Tom Lucero, responsabile della falsa indagine, ricevette la terza segnalazione della giornata.

«Buongiorno, mi chiamo Hilton Sullivan» disse una voce maschile piuttosto squillante.

«Posso fare qualcosa per lei, signore?» rispose quella profonda di Lucero.

«Telefono per quei casi che state investigando. I capi in piumino che pare vadano letteralmente a ruba. C'era un articolo sul giornale di stamattina, no? Diceva che è lei a occuparsene.»

«Infatti.»

«Be', mi fa proprio girare i cosiddetti che la polizia sia così stupida. Il giornale diceva che dal giorno del Ringraziamento, nell'area metropolitana di Richmond, sono stati rubati articoli in piumino dalle macchine, dai negozi e dalle case. Tipo trapunte, sacchi a pelo, tre giacche a vento, bla bla bla. E il giornalista faceva anche dei nomi.»

«Dove vuole arrivare, signor Sullivan?»

«Insomma, quel giornalista ha chiaramente avuto i nomi dalla polizia, no? In altre parole, da lei.»

«Si tratta di un'informazione di dominio pubblico.»

«Non è questo il punto. Voglio solo sapere per quale motivo non avete citato anche *questa vittima*, cioè me! Scommetto che non si ricorda nemmeno il mio nome di battesimo...»

«Spiacente, signore, ma effettivamente non lo ricordo.»

«Naturale. Un figlio di buona donna entra nel mio condominio e mi deruba, e a parte sporcare tutto con la loro maledetta polverina nera – quel giorno ero vestito in cachemire bianco – a parte quello, dico, i poliziotti non fanno un bel niente. Be', io sono uno dei vostri dannati casi, ha capito?»

«A quando risale il furto?»

«Neanche questo ricorda, santo cielo? Sono quello che ha messo in piedi un can can per il giubbotto senza maniche, no? Non fosse stato per me, non avreste nemmeno sentito parlare di piume di edredone. Lo sa cosa mi rispose l'agente a cui dissi che quell'indumento mi era costato ben cinquecento dollari *in svendita*?»

«Non ne ho idea, signore.»

«Disse: "E con che cosa l'avevano imbottito? Cocaina?" E io: "No, caro il mio Sherlock: piuma di edredone". Ha capito? E lui non ti va mica a pensare che convivevo con uno che si chiamava Edredone? Insomma, una storia, guardi. Comunque...»

Wesley spense il registratore.

Eravamo seduti nella mia cucina. Lucy era andata di nuovo in palestra.

«Il furto con scasso di cui parla questo Hilton Sullivan venne effettivamente denunciato sabato undici dicembre. Pare che si trovasse fuori città, e al suo rientro, quel sabato pomeriggio, il signor Sullivan scoprì di avere avuto i ladri in casa» spiegò Wesley.

«Dove si trova il condominio?» chiesi.

«Nella zona commerciale, sulla West Franklin. È un vecchio palazzo in mattoni con affitti che vanno dai quindicimila dollari l'anno in su. Sullivan abita al primo piano. Il ladro entrò da una finestra che non era stata chiusa bene.»

«Impianto d'allarme?»

«Nessuno.»

«E cosa rubò?»

«Gioielli, denaro e una calibro ventidue. Naturalmente questo non significa che il revolver di Sullivan sia lo stesso che è stato usato per uccidere Eddie Heath, Susan e Donahue. Ma, secondo me, alla fine scopriremo che è proprio così, perché non c'è dubbio che il rapinatore fosse il nostro uomo.»

«Impronte digitali?»

«In quantità. Le hanno portate alla centrale, ma con tutti gli omicidi di questi giorni un caso di furto con scasso non ha certo avuto priorità assoluta. Le latenti erano state rilevate, ma dovevano ancora essere sottoposte ad analisi. Pete è riuscito a metterci le mani sopra subito dopo la telefonata ricevuta da Lucero. Vander le ha inserite nel programma, e in tre secondi esatti ha avuto la risposta.»

«Ancora Waddell.»

Wesley annuì.

«Quanto dista il condominio di Sullivan da Spring Street?»

«È a un tiro di schioppo. Mi pare che ormai sappiamo per certo da dove è scappato il nostro uomo.»

«Avete già controllato gli ultimi rilasci?»

«Sì, ma di sicuro non lo troveremo tra i fogli di congedo sulla scrivania di qualche impiegato. Il direttore era un uomo prudente. Peccato che sia anche morto. Probabilmente liberò un detenuto, che per prima cosa pensò bene di svaligiare un appartamento e magari di procurarsi quattro ruote.»

«Ma per quale motivo Donahue avrebbe dovuto liberare un prigioniero?»

«Secondo me aveva bisogno di un lavoretto sporco. Sceglie un detenuto che gli sembra adatto e lo mette in libertà, ma compie un errore tattico puntando sull'uomo sbagliato, perché di certo l'autore di simili delitti non è tipo da accettare il controllo da parte di nessuno. Non credo che Donahue volesse far fuori qualcuno, e quando Jennifer Deighton ci lascia la pelle, cade in preda al panico.»

«Allora forse è stato lui a chiamarmi in ufficio spacciandosi per John Deighton.»

«Probabilissimo. Nelle sue intenzioni doveva esserci una semplice razzia in casa della Deighton. Il colpevole, infatti, cercava qualcosa, forse comunicazioni di Waddell. Ma il nostro uomo non si accontentò di una rapina: a lui piaceva far male alla gente.»

Pensai alle piccole depressioni nella moquette del salotto di Jennifer Deighton, alle ferite riportate sul collo, all'impronta sulla sedia nel tinello.

«Forse la fece sedere sulla sedia, in sala, e la immobilizzò con un braccio da dietro mentre la interrogava.»

«Forse voleva sapere dove nascondeva quello che lui stava cercando. Però era anche un sadico, e magari fu proprio lui a farle aprire in anticipo i regali di Natale» commentò Wesley.

«Ma una persona del genere si darebbe la pena di camuffare l'omicidio da suicidio, portando il cadavere fino alla macchina?» chiesi.

«Perché no? Il nostro uomo conosce il sistema. Non ha nessuna voglia di essere beccato, e probabilmente muore dal desiderio di vedere quanti ne riuscirà a fregare. Elimina i segni dei morsi dal corpo di Eddie Heath, a casa di Jennifer Deighton fa sparire eventuali indizi di rapina, e l'unica prova che si lascia dietro nel caso di Susan è una piuma. Oltre alle pallottole calibro ventidue, naturalmente. Per non parlare di come ha modificato le registrazioni delle impronte digitali.»

«Pensi che l'idea sia stata sua?»

«Forse del direttore, e la scelta di Waddell fu del tutto casuale: un mero fatto di convenienza. Sarebbe finito sulla sedia elettrica di lì a poco. Anch'io sceglierei Waddell, se in un momento del genere volessi effettuare uno scambio di impronte. In questo modo le latenti del colpevole condurranno a una persona già morta, e dopo un po' il file di un morto viene eliminato dai computer della polizia, così anche se il mio piccolo aiutante combina un guaio e lascia in giro degli indizi, alla fine le piste non porteranno lo stesso da nessuna parte.»

Lo guardai allibita.

«Che c'è?» chiese Wesley, sorpreso.

«Ti rendi conto di quello che stiamo dicendo? Ce ne stiamo qui seduti a chiacchierare di registrazioni che sono state alterate prima che Waddell morisse. Parliamo di una rapina e dell'omicidio di un ragazzo commessi prima dell'esecuzione. In altre parole, l'aiutante del direttore venne liberato prima della morte di Waddell.»

«Questo mi sembra fuor di dubbio.»

«Sì, ma allora qualcuno dava per scontato che Waddell sarebbe finito sulla sedia elettrica» rimarcai.

«Cristo.» Wesley trasalì. «Com'è possibile una cosa del genere? Il governatore può intervenire anche all'ultimo secondo, concedendo la grazia.»

«Evidentemente qualcuno sapeva già che non l'avrebbe fatto.»

«E l'unica persona che poteva saperlo per certo era il governatore stesso» concluse Wesley rubandomi le parole di bocca.

Mi alzai e andai alla finestra della cucina. Un maschio di cardinale piluccava semi di girasole dal beccatoio. Improvvisamente si alzò in volo, spiegando le ali in una macchia color rosso sangue.

«Ma perché?» chiesi, senza voltarmi. «Che interesse poteva avere nei confronti di Waddell?»

«Non saprei proprio.»

«Comunque sia, se le cose stanno così di certo non ha nessuna voglia che l'assassino sia catturato. Chi viene preso prima o poi parla.»

Wesley era silenzioso.

«Nessuna delle persone coinvolte vorrà che quest'uomo venga preso. E nessuna delle persone coinvolte mi vorrà tra i piedi. Forse è meglio se do le dimissioni, o verrò licenziata – penso che cercheranno di inquinare i casi il più possibile. Patterson è molto legato a Norring.»

«Ancora non sappiamo due cose, Kay. Una è il movente. L'altra, le intenzioni del killer. Questo tizio sta perseguendo un suo personale obiettivo, e l'ha fatto a partire da Eddie Heath.»

Mi girai a guardarlo. «No. Secondo me è partito da Robyn Naismith. Secondo me questo mostro ha studiato le fotografie scattate sulla scena del delitto e, consciamente o inconsciamente, l'ha ricreata in occasione del primo omicidio, quando posizionò Eddie Heath contro il cassonetto delle immondizie.»

«Potrebbe benissimo essere» disse Wesley, distogliendo lo sguardo. «Ma come poteva un detenuto accedere alle foto del caso Naismith? Certo Waddell non le aveva con sé in prigione.»

«Secondo me è uno dei particolari su cui ci potrà aiutare Ben Stevens. Ricordi quando ti dissi che fu lui ad andare a ritirare le foto dall'Archivio? Magari ne fece delle copie. La vera domanda è: perché quelle foto erano così importanti? Perché Donahue o chi per lui le voleva?»

«Perché il detenuto le aveva chieste. Forse costituivano la ricompensa per i suoi servigi.»

«Il solo pensiero mi dà la nausea.» In realtà ero furiosa.

«È comprensibile.» Wesley mi guardò negli occhi. «Ma torniamo alle intenzioni dell'assassino, ai suoi bisogni e desideri. È senz'altro possibile che avesse seguito attentamente il caso di Robyn Naismith, e che sapesse molto di Waddell. Probabilmente pensare a quello che le aveva fatto lo eccitava. Fotografie del genere possono essere uno stimolo molto forte per una persona con un'intensa vita fantastica aggressiva, che coltiva pensieri sessualmente violenti. Non mi pare azzardato supporre che questo individuo abbia letteralmente introiettato una o più di queste foto nelle sue fantasie. Poi, ecco che all'improvviso si ritrova libero, e vede un ragazzo che al buio cammina verso un negozio. La fantasia diventa realtà, viene messa in pratica.»

«Ricrea la scena della morte di Robyn Naismith?»

«Sì.»

«Quali fantasie starà accarezzando in questo momento?»

«Fantasie di persecuzione.»

«E chi lo perseguita? Noi?»

«Diciamo gente come noi, sì. Magari pensa di essere più furbo di tutti, e che nessuno lo possa fermare. Si trastulla immaginando i tiri che potrebbe fare e gli omicidi che potrebbe compiere per rinforzare queste immagini che si è costruito. E, per lui, la fantasia non è un sostituto dell'azione, bensì una fase preparatoria.»

«Donahue non può avere orchestrato da solo il rilascio di un mostro simile, l'alterazione dei file e tutto il resto» dissi.

«Infatti sono sicuro che aveva a disposizione gente pronta a collaborare, qualcuno al quartier generale di polizia, magari un addetto degli Archivi, o persino del Bureau. Sai, non è difficile comprare una persona, se conosci il modo per ricattarla. E il denaro liquido è sempre molto allettante.»

«Come nel caso di Susan.»

«Non credo che fosse lei il personaggio chiave. Sono più incline a pensare che si trattasse di Ben Stevens. Ben frequenta locali, beve drink, va alle feste. Lo sai che ogni tanto tira anche di coca?»

«Nulla mi sorprende più, ormai.»

«Ho mandato un paio di ragazzi in giro a fare un po' di domande. Il tuo amministratore conduce una vita al di sopra delle sue possibilità. E quando finisci nel giro della droga, fai dei brutti incontri. I vizi di Stevens possono averlo reso un potenziale collaboratore, agli occhi di Donahue, che probabilmente mandò degli scagnozzi ad abbordarlo in qualche bar, offrendogli l'opportunità per fare il grande salto.»

«Quale opportunità, esattamente?»

«Credo che gli abbia chiesto di fare in modo che le impronte di Waddell non venissero rilevate in obitorio, e che la foto della ditata insanguinata sparisse dall'Archivio. Probabilmente fu quello l'inizio di tutto.»

«Quindi lui pensò bene di chiedere aiuto a Susan.»

«La quale, pur non avendo voglia di farsi immischiare, si trovava in difficoltà economiche.»

«Secondo te da chi erano pagati?»

«Forse dalla stessa persona che aveva avvicinato Stevens la

prima volta. Uno degli scagnozzi di Donahue, magari una delle guardie del carcere.»

Pensai a Roberts, il tizio che mi aveva fatto visitare il penitenziario insieme a Marino. Ricordai la freddezza del suo sguardo.

«Poniamo che il contatto fosse una guardia» dissi, «chi incontrava: Susan o Ben?»

«Secondo me incontrava Stevens. Stevens non si fidava a lasciare troppi soldi in mano a Susan e voleva essere il primo a toccare il contante. Come sai, i disonesti non credono mai nell'onestà altrui.»

«Dunque sarebbe lui a incontrarsi con il mediatore e a riscuotere il denaro. Dopodiché si vede con Susan e le dà la sua parte?»

«Probabilmente era questo lo scenario del giorno di Natale, quando Susan esce dalla casa dei genitori dicendo che va a trovare un'amica. In realtà stava andando da Stevens, ma il killer la intercetta prima.»

Pensai al profumo di colonia che avevo sentito sul suo colletto e sul foulard, e mi tornò in mente l'atteggiamento di Ben Stevens la sera in cui mi aveva sorpresa nel suo ufficio, mentre rovistavo la sua scrivania.

«No» dissi. «Le cose non sono andate così.»

Wesley si limitò a fissarmi in silenzio.

«Stevens ha una serie di difetti caratteriali di cui purtroppo Susan ha fatto le spese» spiegai. «Innanzi tutto pensa solo ed esclusivamente a se stesso. E poi è un codardo. Quando le cose si mettono male, non osa mettere il naso fuori dal guscio. Il suo primo impulso è far ricadere la colpa su qualcun altro.»

«Come ha fatto con te, diffamandoti e rubando i file di servizio.»

«Esempio che calza a meraviglia.»

«Ma Susan aveva depositato tremilacinquecento dollari all'inizio di dicembre, un paio di settimane prima della morte di Jennifer Deighton.»

«Vero» confermai.

«Allora torniamo indietro di qualche passo, Kay. Susan o Stevens, o magari entrambi, cercano di entrare nel tuo programma qualche giorno dopo l'esecuzione di Waddell. Abbiamo immaginato che cercassero qualcosa nel referto di quell'autopsia cui Susan non aveva potuto assistere in prima persona.»

«La busta con cui voleva essere seppellito.»

«Ah, questo è un punto tuttora rimasto oscuro. I codici riportati sulle ricevute non confermano le nostre ipotesi iniziali, e cioè che i ristoranti e le stazioni di pedaggio si trovassero tra Richmond e Mecklenburg e che risalissero al famoso trasferimento di Waddell, avvenuto due settimane prima dell'esecuzione. I tempi coincidono, le località invece no. Gli scontrini si riferiscono al tratto di I-95 fra Richmond e Petersburg.»

«Sai, Benton, in realtà la spiegazione delle ricevute potrebbe essere così semplice che non l'abbiamo mai nemmeno presa in considerazione.»

«Sono tutt'orecchi.»

«Immagino che quando vai da qualche parte per conto del Bureau tu segua la stessa procedura che seguo io quando viaggio per conto dello stato. Documenti ogni spesa e conservi tutte le ricevute, giusto? E se ti muovi spesso, tendi ad accumulare più viaggi per chiedere un unico rimborso. Nel frattempo, tieni da qualche parte le pezze giustificative.»

«Effettivamente questa sarebbe una spiegazione logica» commentò Wesley. «Poniamo che un membro del personale del carcere sia dovuto andare a Petersburg: ma come diavolo hanno fatto a finire in tasca a Waddell?»

Pensai alla busta su cui spiccava la richiesta di seppellimento nella tomba insieme a Waddell. Poi rammentai un dettaglio che mi sembrò tanto importante quanto banale: il pomeriggio del giorno dell'esecuzione, la madre di Waddell aveva ottenuto il permesso per una visita di due ore al figlio.

«Benton, hai per caso parlato con la madre di Waddell?»

«L'ha fatto Pete. Qualche giorno fa è andato a trovarla nel Suffolk. Non si è dimostrata né particolarmente amichevole né tanto meno disposta a collaborare. Ovviamente, ai suoi occhi noi siamo quelli che hanno spedito il figlio sulla sedia elettrica.»

«Dunque lei non aveva rivelato dettagli significativi sul comportamento di Waddell in quell'ultima occasione?»

«Be', stando a quel poco che ha detto, sembra che fosse molto silenzioso e spaventato. Una cosa interessante, però, è che

Pete le ha chiesto cosa ne è stato degli effetti personali del figlio, e lei ha risposto che quelli del carcere le avevano restituito l'orologio e l'anello, spiegando che i libri, le poesie e tutto il resto erano stati donati al NAACP, l'associazione nazionale per l'emancipazione delle persone di colore.»

«E lei non si oppose?»

«No. Le sembrava un'iniziativa giusta.»

«Come mai?»

«Perché lei è analfabeta. Ma il fatto è che le hanno mentito, così come hanno mentito a noi quando Vander cercò di procurarsi gli effetti personali di Waddell nella speranza di ricavarne qualche impronta latente. E all'origine di queste menzogne, credo ci fosse Donahue.»

«Waddell era senz'altro a conoscenza di qualcosa» commentai. «Se il direttore del carcere era così ansioso di intercettare tutto quello che scriveva o riceveva, evidentemente era perché aveva scoperto qualcosa che certe persone non volevano che si risapesse in giro.»

Di nuovo, Wesley si fece silenzioso.

Poi mi chiese: «Come hai detto che si chiama la colonia di Ben Stevens?».

«Red.»

«E sei certa che sia la stessa che hai annusato sul colletto e sul foulard di Susan?»

«Be', magari non lo potrei giurare in tribunale, però ha una fragranza piuttosto inconfondibile.»

«Credo che per me e Marino sia venuto il momento di un tête-à-tête con il tuo amministratore.»

«Perfetto. Se mi date tempo fino a domani a mezzogiorno, credo di poterverlo consegnare nel giusto stato mentale.»

«Cosa intendi fare?» chiese Wesley.

«Niente. Soltanto innervosirlo un po'.»

Quella sera stavo lavorando al tavolo della cucina, quando sentii Lucy parcheggiare la macchina in garage. Mi alzai per andare a salutarla. Indossava una tuta da ginnastica blu e una delle mie giacche a vento, e aveva con sé un borsone da palestra.

«Sono tutta sudata» annunciò sottraendosi al mio abbraccio, ma non abbastanza velocemente da impedirmi di sentire il puzzo di polvere da sparo bruciata che aveva tra i capelli. Guardai le sue mani: nella destra c'erano inequivocabili tracce di residui d'arma da fuoco.

«Aha» dissi, mentre si allontanava. «Dov'è?»

«Dov'è cosa?» chiese lei, con aria innocente.

«La mia pistola.»

A malincuore, estrasse la Smith & Wesson dalla tasca della giacca.

«Non sapevo che avessi una licenza per girare con armi nascoste» commentai, prendendole il revolver di mano e verificando che fosse scarico.

«Non ho alcun bisogno di licenze, se lo faccio in casa mia. E prima la tenevo sul sedile, bene in vista.»

«Così va meglio, ma non sono ancora soddisfatta» dissi con voce calma. «Vieni.»

Mi seguì senza fiatare fino al tavolo della cucina, dove ci sedemmo.

«Mi avevi detto che andavi a Westwood per allenarti un po'» dissi.

«Lo so, cos'avevo detto.»

«Dove sei stata, Lucy?»

«Al Firing Line di Midlothian Turnpike. È un poligono coperto.»

«So cos'è. E quante volte l'avevi già fatto?»

«Quattro.» Mi guardava diritta negli occhi.

«Cristo santo, Lucy!»

«Be', e cosa avrei dovuto fare? Tanto Pete non mi ci porterà più.»

«Il tenente Marino è molto, molto occupato in questi giorni» sentenziai, ma il mio commento suonò così condiscendente da provocarmi un certo imbarazzo. «Insomma, sai bene che problemi ci sono» aggiunsi.

«Certo che lo so. E so anche che adesso lui deve girarti alla larga. Quindi, se gira alla larga da te, gira alla larga anche da me. Sta dando la caccia a un assassino che se ne va in giro ad ammazzare la gente, com'è successo alla tua assistente e al direttore del carcere. Almeno Pete sa badare a se stesso. E io? Mi è stato mostrato come si spara solo una volta. Grazie mille, eh!

Un po' come offrirmi una lezione di tennis e poi iscrivermi a Wimbledon.»

«Mi sembra che la tua sia una reazione eccessiva.»

«No. Il problema è che tu non reagisci abbastanza.»

«Lucy...»

«Come ti sentiresti se ti dicessi che ogni volta che vengo a trovarti non posso evitare di pensare a quella sera?»

Sapevo esattamente a quale sera si riferiva, anche se negli anni avevamo imparato a comportarci come se nulla fosse mai accaduto.

«Non mi farebbe piacere, se sapessi che qualcosa che ha a che fare con me ti turba tanto» risposi.

«Qualcosa? E tu lo chiami solo qualcosa?»

«Non nel senso di una cosa qualsiasi, Lucy.»

«Certe volte mi sveglio sognando una pistola che spara. Poi me ne resto lì ad ascoltare quell'orribile silenzio, e mi ricordo di quando ero immobile a fissare il buio. Avevo così paura che non riuscivo nemmeno a muovermi, e mi sono fatta la pipì addosso. E poi tutte quelle sirene e le luci rosse, i vicini che uscivano sulle verande e che guardavano dalle finestre. Tu non mi lasciasti guardare finché non lo portarono via, e non volevi che andassi di sopra. Dio, come vorrei avere visto tutto, perché immaginare è stato senz'altro peggio.»

«Quell'uomo è morto, Lucy. Non può più fare del male a nessuno.»

«Sì, ma come lui ce ne sono altri, magari anche più cattivi.»

«Be', non posso negare la realtà.»

«Già, però intanto tu cosa fai?»

«Passo i miei giorni a raccogliere cocci di vite distrutte da gente cattiva. Cos'altro vorresti che facessi?»

«Se lascerai che ti succeda qualcosa di brutto, giuro che ti odierò per sempre» sbottò Lucy.

«Se mi succederà qualcosa di brutto, non credo che l'odio di qualcuno potrà più fare alcuna differenza. Ma non vorrei che tu odiassi nessuno, Lucy, perché nuoceresti solo a te stessa.»

«Be', ti odierò, puoi giurarci.»

«Voglio solo che tu prometta di non mentirmi più.»

Silenzio.

«Non voglio che tu senta più il bisogno di nascondermi qualcosa» ripetei.

«Perché, se ti avessi detto che volevo andare al poligono, tu mi avresti lasciato?»

«Non senza di me o senza Marino.»

«Senti, ma cosa succederà se Pete non riuscirà a prenderlo?»

«Marino non è l'unico agente che sta lavorando a questo caso» dissi, evitando di evadere una domanda per cui non avevo risposta.

«Be', mi dispiace per lui.»

«E perché?»

«Perché deve cercare di fermare quest'uomo, e per giunta senza il tuo aiuto.»

«Marino sa il fatto suo, Lucy. È un professionista.»

«Michelle non la pensa così.»

La guardai.

«Stamattina abbiamo chiacchierato un po'. Dice che l'altra sera Pete è andato da loro per parlare con suo padre. Ha detto che aveva un aspetto orribile, la faccia rossa come il fuoco e un umore pessimo. Il signor Wesley ha cercato di convincerlo a farsi vedere da un dottore o a prendersi una vacanza, ma lui non ha voluto saperne.»

Mi sentii sommergere da un'ondata di tristezza. Avrei voluto telefonargli subito, ma sapevo che non sarebbe stato giusto. Così cercai di cambiare argomento.

«E di cos'altro avete chiacchierato, tu e Michelle? Qualche novità sui computer della polizia?»

«Nulla di buono. Abbiamo provato di tutto per scoprire con quale numero SID è stato sostituito quello di Waddell, ma tutti i file cancellati sono stati ricoperti da tempo sul disco rigido. E chiunque sia responsabile della manomissione, è stato abbastanza rapido da far subito un backup generale, il che significa che non possiamo nemmeno confrontare i numeri SID attuali con qualche precedente versione della CCRE, in modo da vedere cosa salta fuori. In genere c'è sempre almeno un backup vecchio di tre o sei mesi, invece in questo caso no, neanche l'ombra.»

«Mi sembra un lavoro da talpe interne.»

In quel momento pensai a come mi sembrava normale essere lì a casa con Lucy. Non la vivevo più né come ospite né come una ragazzina irascibile. «Dobbiamo chiamare la mamma e la nonna» dissi.

«Stasera?»

«No. Però sarà bene che cominciamo a organizzare il tuo rientro a Miami.»

«Le lezioni non riprendono fino al sette, e anche se perdo i primi giorni non fa niente.»

«La scuola è una cosa importante, Lucy.»

«Anche molto facile.»

«Allora tu dovresti fare qualcosa per renderla più impegnativa.»

«Per esempio saltare qualche giorno» fu la sua prontissima risposta.

Il mattino seguente chiamai Rose alle otto e mezzo, quando sapevo che era in corso una riunione del personale e dunque ero certa che Ben Stevens non avrebbe appreso della mia telefonata.

«Come vanno le cose?» chiesi alla mia segretaria.

«Malissimo. Il dottor Wyatt non è riuscito a tornare da Roanoke perché in montagna ha nevicato e le strade sono brutte. Quindi ieri Fielding ha dovuto sbrigare quattro casi tutto da solo. In più è dovuto andare in tribunale, e alla fine è stato anche chiamato per un delitto. Gli hai già parlato?»

«Ci sentiamo non appena ha un minuto libero, poveretto. Comunque mi sembra che sarebbe il caso di contattare qualcuno dei nostri ex ricercatori e vedere se per caso possono venire a darci una mano. Jansen ha lo studio a Charlottesville. Prova a telefonargli e digli di richiamarmi, per favore.»

«Certo, buona idea.»

«E adesso dimmi di Stevens.»

«Be', non è che sia stato molto in ufficio. Quando esce saluta in modo così vago e sbrigativo che non si capisce mai che intenzioni abbia. Secondo me sta cercandosi un altro lavoro.»

«Ricordagli di non venirmi a chiedere delle referenze.»

«Se fossi al tuo posto invece lo raccomanderei, così ce lo togliamo dai piedi.»

«Senti, Rose, avrei bisogno che mi chiamassi i laboratori del

Dna e che chiedessi a Donna un favore da parte mia. Dovrebbe avere ricevuto una richiesta di analisi dei tessuti fetali del caso di Susan.»

Rose rimase in silenzio. Intuii il suo turbamento.

«Mi dispiace doverne parlare» dissi dolcemente.

Fece un respiro profondo. «E quando hai fatto questa richiesta di analisi?»

«In realtà l'ha fatta il dottor Wright, è stato lui a occuparsi dell'autopsia. Lui avrà sicuramente una copia della richiesta nel suo ufficio a Norfolk, insieme al resto della documentazione.»

«Ma tu non vuoi che telefoni a Norfolk per farmene mandare una copia, giusto?»

«Esatto, Rose. È una cosa che non può aspettare e non voglio che nessuno sappia che ne ho chiesta una copia. Vorrei che sembrasse che il nostro ufficio l'ha ricevuta per sbaglio. Per questo direi di rivolgersi direttamente a Donna. Dille di procurarsi la richiesta immediatamente, e vai a ritirarla di persona.»

«Dopodiché?»

«Dopodiché la infilerai bene in vista nella cassetta dove vengono lasciate tutte le altre copie di richieste e referti di laboratorio prima dello smistamento nei vari uffici.»

«Sei sicura di volerlo fare?»

«Sicurissima.»

Una volta riagganciato, presi un elenco telefonico e mi misi a sfogliarlo. Poco dopo, Lucy arrivò in cucina. Era a piedi nudi e indossava ancora la tuta in cui aveva dormito. Mi rivolse un assonnato buongiorno e andò a curiosare in frigorifero, mentre io scorrevo un dito lungo una colonna di nomi. C'erano almeno una quarantina di Grimes, ma nessuna Helen. Probabilmente, nel chiamarla "Helen l'Unna" Marino aveva semplicemente fatto dell'ironia, e la donna non si chiamava affatto Helen. Vidi che tre nominativi di abbonati riportavano solo una H come iniziale: in due casi si trattava di nomi di battesimo, nel terzo un nome intermedio o forse di un secondo cognome.

«Cosa stai facendo?» chiese Lucy, appoggiando un bicchiere di aranciata sul tavolo e accomodandosi su una sedia.

«Sto cercando qualcuno» dissi, prendendo il telefono.

Purtroppo non ebbi fortuna con nessuna delle Grimes.

«Magari è sposata» suggerì Lucy.

«Uhm, non credo.» Chiamai il servizio informazioni abbonati e mi feci dare i numeri del nuovo penitenziario di Greensville.

«E cosa te lo fa pensare?»

«Intuito.» Composi il primo numero. «Vorrei parlare con Helen Grimes» dissi alla donna che mi rispose.

«È una detenuta?»

«No, una guardia.»

«Resti in linea.»

«Watkins» borbottò poco dopo una voce maschile.

«Helen Grimes, per favore.»

«Chi?»

«L'agente Helen Grimes.»

«Non lavora più qui.»

«Le spiacerebbe dirmi dove posso contattarla, signor Watkins? È molto importante.»

«Un attimo.» La cornetta sbatté contro una superficie dura, forse di legno. In sottofondo si sentiva una canzone di Randy Travis.

Qualche istante più tardi, l'uomo tornò. «Spiacente, signora, ma non siamo autorizzati a dare questo genere di informazioni.»

«Capisco. Allora se per favore vuole dirmi il suo nome di battesimo, manderò lì questa roba e ci penserete voi a fargliela avere.»

Ci fu una pausa. «Questa roba cosa?»

«Abbiamo qui un ordine a suo nome. Volevo sapere se preferiva una normale spedizione postale o per corriere.»

«Un ordine di cosa?» insisté.

«Enciclopedia. In tutto sono sei casse da nove chili ciascuna.»

«Senta, guardi, non potete mica mandare un'enciclopedia qui.»

«Allora mi dica lei cosa devo fare, signor Watkins. La signora Grimes ha già effettuato il pagamento, e purtroppo l'unico recapito che ci ha lasciato è il vostro.»

«Porc... Aspetti un momento.»

Sentii un fruscio di fogli, poi il leggero ticchettio dei tasti di un computer.

«Senta» riprese l'uomo in tono sbrigativo, «il massimo che posso fare per lei è darle il numero di una casella postale. Mandi là tutto, ma per piacere non mi faccia arrivare qui niente.»

Mi dettò numero e recapito, quindi riagganciò. L'ufficio postale a cui Helen Grimes si appoggiava era nella contea di Goochland. Il passo successivo fu chiamare un messo giudiziario del tribunale di Goochland, un tizio con cui ero in buoni rapporti. Nel giro di un'ora aveva verificato sui registri l'indirizzo di Helen Grimes, ma il suo numero di telefono non figurava sull'elenco. Alle undici del mattino afferrai borsa e cappotto e andai a salutare Lucy nel mio studio.

«Devo uscire per qualche ora» dissi.

«Chiunque fosse al telefono, gli hai mentito» sentenziò lei, senza distogliere lo sguardo dal video. «Non hai nessunissima enciclopedia da consegnare.»

«Hai ragione. Ho mentito.»

«Quindi significa che in alcuni casi è giusto mentire, e in altri no.»

«Non è mai veramente giusto, Lucy.»

La lasciai alla mia scrivania, con le luci del modem che lampeggiavano, vari manuali sparpagliati sul piano di lavoro e per terra. Sul video il cursore che pulsava velocemente. Attesi di essere fuori dal campo visivo di mia nipote, quindi feci scivolare la Ruger in borsetta. Sebbene avessi una licenza per portare armi nascoste, lo facevo raramente. Inserii l'allarme e uscii dal garage. Dopo essermi immessa in Cary Street, imboccai River Road. Il cielo sembrava marmo grigio screziato. Mi aspettavo di ricevere una chiamata di Grueman da un momento all'altro, sebbene, considerata la bomba nascosta fra i documenti che gli avevo consegnato, non fossi affatto ansiosa di sentirlo.

Helen Grimes viveva in una via fangosa nei pressi del ristorante North Pole, ai confini con una fattoria. La casa assomigliava a una piccola stalla, con qualche albero su un minuscolo fazzoletto di terra e delle cassette di fiori morti che un tempo dovevano essere stati gerani sul davanzale. Non c'erano targhe a indicare chi vivesse lì dentro, ma la vecchia Chrysler parcheggiata vicino alla veranda tradiva almeno una presenza.

Quando Helen Grimes aprì la porta, dal suo viso impassibile capii che sia io, sia la mia macchina tedesca le erano completamente estranee. Indossava un paio di jeans e una camicia di cotone: si piantò le mani sui fianchi poderosi senza muoversi di un centimetro dalla porta. Il freddo e le mie parole di presentazione non parvero turbarla affatto, e solo quando le rammentai la mia visita al penitenziario mi parve di cogliere un barlume di vita nei suoi occhi piccoli e penetranti.

«Chi le ha detto dove abito?» chiese, avvampando, e per un attimo temetti che volesse picchiarmi.

«Il suo indirizzo è registrato presso il tribunale della contea» spiegai.

«Be', non avrebbe dovuto cercarlo. Le piacerebbe se cercassi di procurarmi il suo, di indirizzo?»

«Se avesse bisogno del mio aiuto quanto io ho bisogno del suo, Helen, le garantisco che non mi dispiacerebbe.»

Si limitò a fissarmi. Notai che aveva i capelli umidi, e che il lobo di un orecchio era macchiato di tintura nera.

«L'uomo per cui lei lavorava è stato assassinato» ripresi. «Anche una mia collaboratrice è stata assassinata. E ci sono altre vittime. Sono certa che lei sia al corrente di quello che sta succedendo. Abbiamo motivo di credere che l'autore di questi omicidi sia un ex detenuto di Spring Street... Qualcuno che fu rilasciato più o meno nel periodo in cui Ronnie Joe Waddell finì sulla sedia elettrica.»

«Non so niente di nessun prigioniero rilasciato.» I suoi occhi si spostarono sulla strada deserta alle mie spalle.

«E non sa nulla nemmeno di un detenuto scomparso? Qualcuno che forse è stato liberato in maniera illegale? Considerato il suo lavoro, suppongo che fosse a conoscenza di chi entrava e usciva dal penitenziario.»

«Non ho mai sentito parlare di nessun detenuto scomparso.»

«Come mai non lavora più al carcere?» domandai.

«Motivi di salute.»

Dall'interno della casa provenne il rumore di uno sportello di credenza sbattuto.

Insistei. «Ricorda quando la madre di Ronnie Waddell venne a trovare il figlio, il pomeriggio dell'esecuzione?»

«Certo, ero di guardia io quando arrivò.»

«Dunque la perquisì, giusto?»

«Giusto.»

«Quello che sto cercando di capire è se la signora Waddell può avere portato al figlio qualcosa dall'esterno. Immagino che le regole del carcere non lo prevedano...»

«Si può ottenere un permesso. Lei ce l'aveva.»

«La signora Waddell aveva il permesso di portare qualcosa al figlio?»

«Helen, stai facendo entrare un sacco di freddo» disse una voce dolce alle sue spalle.

Due intensi occhi azzurri mi fissarono all'improvviso dallo spazio ritagliato fra la massiccia spalla sinistra di Helen Grimes e lo stipite della porta. Ebbi la visione fugace di una pallida guancia e di un naso aquilino, quindi lo spazio tornò a vuotarsi. I cardini scricchiolarono lentamente, e la porta si richiuse senza far rumore. Helen Grimes vi appoggiò la schiena, continuando a guardarmi. Ripetei la domanda.

«Aveva portato una cosa a Ronnie, ma niente di che. Chiamai il direttore per avere il permesso.»

«Cioè parlò con Frank Donahue?»

Annuì.

«E lui lo concesse, il permesso?»

«Come ho già detto, non si trattava di niente di che.»

«Cos'era, esattamente, signora Grimes?»

«Un'immaginetta di Cristo grande quanto una cartolina, con qualcosa scritto sul retro. Non ricordo di preciso. Una frase tipo: "Sarò con te in paradiso"» riferì Helen Grimes, il volto impassibile.

«Tutto qui?» chiesi. «È questo che voleva dare a suo figlio prima che morisse?»

«Le ho già detto che non era niente di speciale. Adesso, se non le spiace, devo rientrare. E la prego di non tornare mai più.» Appoggiò la mano sulla maniglia proprio nel momento in cui dal cielo cadevano le prime, pesanti gocce di pioggia disegnando sul cemento della veranda umide chiazze grandi come monete.

Più tardi, Wesley si presentò a casa mia con un giubbotto di pelle nera d'aviatore e un cappello blu scuro. Sorrideva.

«Che succede?» chiesi, mentre ci trasferivamo in cucina. Era diventato un po' il nostro punto di ritrovo, tanto che ormai lui sceglieva sempre la stessa sedia e lo stesso posto al tavolo.

«Stevens non è ancora crollato, ma di sicuro abbiamo aperto una bella breccia in lui. La mossa di mettere la richiesta d'analisi dove lui l'avrebbe trovata ha funzionato alla perfezione. Ha ottime ragioni per temere i risultati del test sul Dna eseguito sul tessuto fetale di Susan.»

«Dunque avevano una relazione» dissi, stupita di sentire che non avevo nulla da obiettare alla morale di Susan. Ciò che mi deludeva erano semmai i suoi gusti.

«Stevens l'ha ammesso, ma ha negato tutto il resto.»

«Vale a dire che non ha idea di dove Susan si fosse procurata i tremilacinquecento dollari?»

«Nega di sapere qualsiasi cosa. Ma c'è dell'altro. Uno degli informatori di Marino dice di aver visto una jeep nera con targa personalizzata nella zona in cui Susan è stata uccisa più o meno all'ora in cui pensiamo sia avvenuto l'omicidio. Ben Stevens ha una jeep nera targata "1 4 Me".»

«Non è stato lui a ucciderla, Benton.»

«No, non è stato lui. Credo solo che si sia spaventato a morte quando la persona con cui trattava gli ha chiesto delle informazioni sul caso di Jennifer Deighton.»

«Certo, perché a quel punto gli sarà sembrato tutto chiaro» dissi. «Avrà capito subito che la Deighton era stata uccisa.»

«E, da codardo qual è, decide che la prossima volta manderà Susan a riscuotere il pagamento. Naturalmente si sarebbero visti subito dopo, per dividere il gruzzolo.»

«Ma a quel punto Susan era già morta.»

Wesley annuì. «Penso che chiunque si sia incontrato con lei le abbia sparato e si sia tenuto i soldi. In seguito, forse fu questione solo di pochi minuti, Stevens arrivò sul luogo dell'appuntamento, la viuzza di fianco a Strawberry Street.»

«Il che spiegherebbe la posizione in cui è stato ritrovato il corpo nella macchina» commentai. «In realtà avrebbe dovuto essere accasciata in avanti, perché il killer le aveva sparato alla testa. Invece era appoggiata all'indietro, contro lo schienale.»

«Stevens l'aveva spostata.»

«Naturalmente. Arriva, e sulle prime non si rende conto di quel che è successo. Non la vede in faccia perché è abbandonata sul volante. Allora la solleva, per guardarla meglio.»

«A quel punto capisce, e se la dà a gambe.»

«Se prima di uscire di casa si era messo dell'acqua di colonia, aveva di certo il palmo delle mani ancora profumato. Per spostare Susan è venuto necessariamente a contatto con il suo cappotto. Ecco l'odore che sentii, quando arrivai sulla scena del delitto.»

«Vedrai che alla fine crollerà.»

«Sì, ma ora abbiamo cose più importanti a cui pensare, Benton.» Gli riferii della mia visita a Helen Grimes, e di quello che mi aveva detto a proposito dell'ultimo incontro fra la signora Waddell e il figlio.

«La mia teoria» continuai «è che Ronnie Waddell volesse seppellire con sé quell'immaginetta: ecco quale fu il suo ultimo desiderio. La infilò in una busta su cui scrisse: strettamente riservato, eccetera.»

«Non può aver fatto una cosa del genere senza il permesso di Donahue» obiettò Wesley. «Secondo le regole, l'ultimo desiderio del condannato deve essere comunicato al direttore del carcere.»

«Esatto. Ma, qualunque cosa sia stata riferita a Donahue, il punto è che lui ha troppa paura e non si fida a fare uscire il cadavere di Waddell dal penitenziario con una busta ancora sigillata in tasca. Quindi accorda il permesso al prigioniero, ma al tempo stesso escogita un modo semplicissimo per controllare il contenuto della busta senza dare troppo nell'occhio: la sostituisce con un'altra. Il tutto dopo la morte di Waddell, naturalmente, e a farlo provvede uno dei suoi scagnozzi. A questo punto entrano in gioco le ricevute e gli scontrini che abbiamo trovato.»

«Speravo che riuscissi a chiarire questo particolare» disse Wesley.

«Ma chiunque abbia effettuato lo scambio ha commesso un piccolo errore. Poniamo che sulla scrivania avesse una busta bianca, con alcune ricevute accumulate durante un recente viaggio di lavoro a Petersburg. Poniamo anche che prenda una busta uguale, vuota, ci metta dentro qualcosa di innocuo e poi scriva all'esterno le stesse cose che Waddell aveva scritto sull'originale.»

«Ma che, innavertitamente, confonda le due buste e che scriva su quella che contiene le ricevute.»

«Esatto.»

«Più tardi, cercando le ricevute, si accorge del disguido e nella busta si ritrova invece l'innocua immaginetta.»

«Bravo. Ed è qui che entra in gioco Susan. Se io fossi la guardia che ha commesso l'errore, sarei molto preoccupato. Mi assillerebbe la possibilità che qualcuno in obitorio possa aprire la busta, e addirittura mi verrebbe il dubbio di non averla sigillata. Ma se io, la guardia, fossi già in contatto con Ben Stevens, ossia con la persona pagata affinché provveda che le impronte di Waddell non vengano rilevate in sede di autopsia, allora saprei subito a chi rivolgermi per risolvere il problema» conclusi.

«Contatteresti Ben Stevens e gli chiederesti di verificare se la busta è stata aperta, e, in caso positivo, di capire se il contenuto ha sollevato perplessità tali da scatenare ulteriori indagini. In poche parole, vittima della propria paranoia, la guardia peggiorerebbe la situazione. Tuttavia, credo che per Stevens non sarebbe stato difficile rispondergli.»

«Invece sì» lo contraddissi. «Certo poteva chiedere a Susan, ma Susan non era presente al momento dell'apertura della busta. È stato Fielding ad aprirla, a fotocopiarne il contenuto e ad archiviare l'originale insieme agli altri effetti personali di Waddell.»

«Vuoi dire che Stevens non avrebbe potuto semplicemente dare un'occhiata al dossier e alla fotocopia?»

«No, a meno di rompere il lucchetto del mio armadio in ufficio» risposi.

«Quindi avrà pensato che l'unica alternativa fosse il computer.»

«Esatto. O, inutile dirlo, chiedere direttamente a me o a Fielding, ma nessuno di noi avrebbe divulgato un particolare tanto confidenziale né a lui né a Susan.»

«Stevens se ne intende abbastanza di computer da violare la sicurezza ed entrare nella tua directory?»

«Non che io sappia, Susan invece aveva frequentato vari corsi e in ufficio aveva dei manuali UNIX.»

Il telefono squillò, ma lasciai rispondere Lucy. Quando arrivò in cucina, sembrava a disagio.

«È il tuo avvocato, zia Kay.»

Mi avvicinò il telefono, e io sollevai la cornetta senza alzarmi dalla sedia. Nicholas Grueman non perse tempo in convenevoli e andò subito al punto.

«Dottoressa Scarpetta, il dodici novembre lei ha prelevato diecimila dollari con un assegno, di cui però non trovo riscontro in nessun estratto conto.»

«Infatti non depositai quel denaro altrove.»

«Vuole dirmi che è uscita dalla banca con diecimila dollari in contanti?»

«No. Ho fatto l'assegno alla Signet Bank in centro, per acquistare un assegno circolare in sterline inglesi.»

«E a chi era intestato l'assegno circolare?» chiese il mio ex professore, mentre Benton Wesley mi fissava intensamente.

«Signor Grueman, si tratta di una transazione di natura privata che non è in alcun modo legata alla mia attività professionale.»

«Suvvia, dottoressa, sa benissimo che una spiegazione del genere non è sufficiente.»

Inspirai profondamente.

«È chiaro che un'operazione simile solleverà molte domande, e si renderà conto che non fa una bella impressione scoprire che lei ha spiccato un assegno per una cifra enorme proprio qualche settimana prima che la sua collega deceduta depositasse a sua volta una somma piuttosto ingente.»

Chiusi gli occhi e mi passai una mano fra i capelli, mentre Wesley si alzava e si metteva dietro di me.

«Kay.» Le sue mani si appoggiarono dolcemente sulla mia testa. «Kay, per favore. Devi dirglielo.»

13

Se Grueman non fosse stato un professionista della legge, non mi sarei mai affidata a lui. Ma prima di dedicarsi all'insegnamento era stato un avvocato di chiara fama, e all'epoca di Robert Kennedy si occupava di diritti civili e dava la caccia ai malavitosi. Oggi rappresentava uomini privi di mezzi e condannati a morte. Apprezzavo la sua serietà e avevo bisogno delle sue critiche taglienti.

Negoziare o protestare la mia innocenza non gli interessava. Rifiutò di sottoporre a Marino o a chiunque altro la più piccola prova, né fece parola ad alcuno dell'assegno di diecimila dollari che sosteneva essere l'indizio più grave a mio carico. Mi tornò alla mente il modo in cui aveva esordito alla prima lezione di diritto penale: «*Negate. Negate. Negate*». E, in effetti, il mio ex professore si attenne a quella regola alla lettera, frustrando così ogni sforzo da parte di Roy Patterson.

Quindi, giovedì 6 gennaio Patterson mi telefonò a casa per convocarmi nel suo ufficio. Dovevamo parlare, disse.

«Sono certo che riusciremo a chiarire tutto, ma ho bisogno di rivolgerle un paio di domande.»

Il sottinteso era che, se avessi collaborato, avrei avuto vita più facile, e mi sorprese che uno come lui avesse potuto credere anche solo per un attimo che una manovra tanto logora e trasparente avrebbe funzionato con me. Quando il procuratore di stato ha voglia di scambiare due chiacchiere, in realtà sta effettuando una serissima battuta di caccia. Lo stesso vale per la polizia. Fedele agli insegnamenti del mio vecchio professore, risposi a Patterson con un no deciso, e il mattino seguente ricevetti un mandato di comparizione per il 20 gennaio davanti alla giuria d'accusa. Seguì una comunicazione del tribunale per l'acquisizione di una prova giudiziaria in relazione ai miei documenti contabili. Grueman reagì appellandosi al Quinto Emendamento, e in seguito inoltrò un'istanza per l'annullamento del mandato. Una settimana più tardi non ci restò altra scelta che adeguarci, pena una citazione per oltraggio alla corte. Nel frattempo, il governatore Norring nominò Fielding sostituto capo medico legale della Virginia.

«C'è un altro furgone della tv, zia. È appena passato» disse Lucy dalla sala da pranzo, dove stava guardando fuori dalla finestra.

«Forza, vieni a tavola a mangiare» le gridai dalla cucina. «La minestra si sta raffreddando.»

Silenzio.

«Zia Kay?» chiamò poi. Questa volta sembrava eccitata.

«Cosa c'è ancora?»

«Non indovinerai mai chi è arrivato.»

Dalla finestra sopra il lavandino scorsi la Ford LTD bianca che terminava la manovra di parcheggio. La portiera del conducente si aprì e ne scese Marino. Si tirò su i pantaloni, sistemò la cravatta e lanciò un'occhiata indagatrice a trecentosessanta gradi. Mentre lo guardavo risalire il marciapiede in direzione della mia porta, mi sentii invadere da un'ondata di profonda commozione.

«Non so se rallegrarmi della tua visita o meno» dissi, quando andai ad aprire.

«Ehi, non ti preoccupare, capo. Non sono venuto ad arrestarti.»

«Entra.»

«Ciao, Pete» esclamò Lucy in tono gaio.

«Ma tu non dovevi già essere a scuola?»

«No.»

«Figuriamoci! Non mi dirai che dalle vostre parti a gennaio vi regalano un mese di vacanza?»

«Esatto. Colpa del brutto tempo» rispose mia nipote. «Quando il termometro scende sotto i venti gradi, chiudono tutto.»

Marino sorrise. Non l'avevo mai visto ridotto così male.

Un quarto d'ora più tardi avevo acceso il fuoco in sala, e Lucy era uscita a fare un po' di spesa.

«Come te la passi?» gli chiesi.

«Vuoi che vada fuori a fumarmi una sigaretta?» replicò lui.

Gli avvicinai un portacenere.

«Marino, hai le borse sotto gli occhi, la faccia paonazza e ti garantisco che qui dentro non fa così caldo da dover sudare a quel modo.»

«Vedo che ti sono mancato.» Estrasse un fazzoletto malconcio dalla tasca posteriore dei pantaloni e si asciugò la fronte. Quindi accese una sigaretta e fissò il fuoco. «Patterson è un vero stronzo, capo. Vuole fregarti.»

«Lascia che ci provi.»

«Lo farà, ed è meglio che ti prepari.»

«Non ha nulla contro di me, Marino.»

«Un'impronta trovata su una busta in casa di Susan Story.»

«Posso spiegarne l'origine.»

«Sì, ma non puoi dimostrare niente, e poi lui ha un piccolo asso nella manica. Giuro che non dovrei parlartene, ma non posso farne a meno.»

«Quale asso nella manica?»

«Hai presente Tom Lucero?»

«Certo» risposi. «So chi è, ma non lo conosco.»

«Be', è un uomo affascinante, e anche un buon poliziotto, credimi. Salta fuori che è andato a fare una capatina alla Signet Bank, dove ha parlato con una cassiera che alla fine si è sbilanciata con qualche informazione su di te. Nota bene: lui non avrebbe dovuto chiedere, e lei non avrebbe dovuto rispondere. Ma sta di fatto che gli ha detto di averti effettivamente vista spiccare un grosso assegno, più o meno nel periodo della festa del Ringraziamento. Diecimila dollari, se non ricordava male.»

Lo guardai impietrita.

«Voglio dire, non puoi prendertela con Lucero, in fondo sta solo facendo il suo lavoro. Ma Patterson sa cosa andare a cercare, adesso che ha in mano la tua documentazione finanziaria. E quando comparirai davanti alla giuria d'accusa, picchierà duro, Kay.»

Non dissi una parola.

«Capo?» Si sporse in avanti, guardandomi negli occhi. «Non credi che dovresti parlarne?»

«No.»

Si alzò, andò al caminetto e lanciò il mozzicone nel fuoco.

«Cristo» mormorò. «Non voglio vederti in prigione.»

«Senti, è meglio se non beviamo caffè, ma in questo momento ho bisogno di prendere qualcosa. Ti va una cioccolata calda?»

«Preferisco il caffè.»

Andai a prepararlo, i pensieri mi ronzavano per la testa come mosconi intrappolati in una stanza. Non sapevo dove sfogare la mia rabbia. Preparai una caraffa di decaffeinato, sperando che Marino non notasse la differenza.

«Come va la pressione?» gli chiesi.

«Vuoi sapere la verità? Se fossi un bollitore, certi giorni fischierei in continuazione.»

«Non so proprio cosa fare con te.»

Si appollaiò al suo solito posto, sul bordo del camino. Il fuoco sibilava.

«Tanto per cominciare» esordii, «probabilmente non dovresti nemmeno essere qui. Non voglio che tu finisca nei guai.»

«Ehi, in culo il procuratore di stato, il governatore e tutti quanti» sbottò lui con ira improvvisa.

«Non possiamo cedere proprio adesso, Marino. Qualcuno sa chi è l'assassino. Hai parlato con il funzionario che ci fece visitare il carcere? Quel tale Roberts?»

«Sì. Una conversazione finita nel nulla.»

«Be', a me non è andata molto meglio con la tua amica Helen Grimes.»

«Uhm, quella delizia!»

«Lo sapevi che non lavora più al penitenziario?»

«Se è per quello, non ci ha mai lavorato veramente. Quella donna era di una pigrizia schifosa: si svegliava solo quando doveva perquisire qualche visitatrice. Allora sì, che diventava scrupolosa. A Donahue era simpatica, non chiedermi perché. Quando l'hanno fatto fuori è stata ritrasferita come guardia a Greensville, e all'improvviso le è venuto un problema a un ginocchio, o che accidenti.»

«Secondo me sa molte più cose di quanto non voglia ammettere. Soprattutto se era davvero così amica di Donahue.»

Marino sorseggiò il caffè, guardando fuori dalle porte finestre. La terra era bianca di ghiaccio, e i fiocchi di neve sembravano cadere sempre più rapidi. Ripensai alla notte in cui ero stata chiamata sulla scena del delitto a casa di Jennifer Deighton, e vidi una florida donna coi bigodini in testa seduta su una sedia al centro del salotto. Se l'assassino l'aveva interrogata, evidentemente c'era una ragione. Cosa era stato mandato a trovare?

«Credi che il killer cercasse delle lettere, a casa di Jennifer Deighton?» chiesi a Marino.

«Di sicuro voleva qualcosa che riguardava Waddell. Lettere, forse poesie. Cose che le aveva spedito nel corso degli anni.»

«E secondo te le ha trovate?»

«Diciamo che ha dato un'occhiata in giro, ma è stato così ligio nel rimettere tutto a posto, che è impossibile capirlo.»

«Be', io credo che non abbia trovato un bel niente» sentenziai.

Marino mi guardò con aria scettica, accendendosi un'altra sigaretta. «E cosa te lo fa pensare?»

«La scena del delitto. La Deighton indossava una camicia da notte e aveva i bigodini in testa. Sembra addirittura che fosse già a letto, e che stesse leggendo. Insomma, non aveva certo l'aria di una che aspettava visite.»

«Ti seguo.»

«All'improvviso, qualcuno le si presenta alla porta e lei lo fa entrare. Dico questo perché non abbiamo trovato segni di scasso né di colluttazione. Dopodiché, il visitatore le ordina di consegnargli ciò che sta cercando, ma lei oppone resistenza. Allora lui si arrabbia, prende una sedia dal tinello e la piazza al centro del salotto. Poi la fa sedere e comincia a torturarla con un terzo grado. Lei non risponde e lui aumenta la stretta al collo, sempre di più, sempre di più, finché ormai è troppo tardi. Allora la porta in garage e la carica in macchina.»

«Se l'assassino è entrato e uscito dalla cucina, effettivamente questo spiegherebbe come mai al nostro arrivo la porta non era chiusa a chiave» rifletté Marino.

«In poche parole, non credo che l'assassino avesse intenzione di ucciderla così cercò di mascherare l'accaduto e poi se ne andò in fretta e furia. Forse si spaventò, o semplicemente perse ogni interesse per lo scopo che l'aveva portato lì, comunque dubito che si sia fermato per frugare meglio la casa, e dubito anche che avrebbe trovato qualcosa nel caso in cui l'avesse fatto.»

«Quel che è sicuro, è che noi non abbiamo trovato un accidenti» borbottò Marino.

«Jennifer Deighton era in preda al panico» dissi. «Nel fax che spedì a Grueman accennava a qualche pasticcio o errore, e senz'altro si riferiva a Waddell. Sembra che abbia cercato di contattare anche me, forse dopo avermi vista in televisione, ma ogni volta trovava la segreteria e riappendeva senza lasciare messaggi.»

«Credi che fosse in possesso di documenti o di prove in grado di farci capire cosa diavolo stava succedendo?»

«Se è così, probabilmente sarà stata abbastanza spaventata da evitare di tenerseli in casa. Li avrà portati altrove, ti pare?»

«E dove?»

«Non so, ma forse il suo ex marito un posticino gliel'avrebbe trovato. Non era andata da lui, verso la fine di novembre?»

«Sì» mormorò Marino, palesemente colpito. «Infatti andò proprio da lui.»

Al telefono, quando finalmente lo raggiunsi al Pink Shell di Fort Myers Beach, Florida, Willie Travers aveva una voce piacevole ed energica. Tuttavia, appena iniziai a porgli delle domande, l'ex marito di Jennifer Deighton assunse un tono vago e indefinito.

«Signor Travers, cosa posso fare perché lei mi creda?» gli chiesi alla fine, disperata.

«Venga qui.»

«Purtroppo al momento mi è molto difficile.»

«Devo vederla.»

«Scusi?»

«Devo vederla: sono fatto così. Una volta che l'avrò davanti e potrò leggerla, capirò se posso davvero fidarmi di lei. Anche Jenny faceva così.»

«Quindi se verrò a Fort Myers Beach e le permetterò di "leggermi" mi aiuterà?»

«Dipende da quello che sentirò.»

Prenotai due posti sul volo delle sei e cinquanta per Miami del mattino dopo. Avrei riconsegnato Lucy a Dorothy e avrei proseguito in macchina fino a Fort Myers Beach, dove con ogni probabilità avrei trascorso la serata chiedendomi se ero definitivamente uscita di senno. Quel fanatico di medicina olistica, infatti, prometteva di essere solo un'enorme perdita di tempo.

Quando mi alzai, sabato mattina alle quattro, aveva smesso di nevicare. Andai a svegliare Lucy. Per un attimo restai ad ascoltare il suo respiro, poi le sfiorai la spalla sussurrando il suo nome nel buio. Si stirò, e si mise a sedere. Sull'aereo dormì fino a Charlotte, quindi sprofondò in uno dei suoi insopportabili umori per tutto il resto del viaggio.

«Preferisco prendere un taxi» disse, guardando fuori dal finestrino.

«Non puoi, Lucy. Tua madre e il suo amico ti cercheranno.»

«Benone. Che girino pure tutto il giorno intorno all'aeroporto. Perché non posso venire con te?»

«Devi tornare a casa, Lucy, e io devo ripartire immediatamente per Fort Myers Beach, da dove riprenderò un aereo per Richmond. Fidati, non sto andando a divertirmi.»

«Non è divertente neanche stare con la mamma e il suo idiota di turno.»

«Non sai se è un idiota o no, Lucy. Non l'hai mai visto. Perché non gli dai una chance?»

«Magari si beccasse l'Aids, la mamma.»

«Lucy! Non dire sciocchezze.»

«Se lo merita. Non capisco come faccia ad andare a letto con tutti i cretini disposti a portarla fuori a cena e al cinema. Non capisco come faccia a essere tua sorella.»

«Abbassa la voce» le sussurrai.

«Se davvero le mancassi così tanto, mi verrebbe a prendere da sola, senza bisogno della scorta.»

«Questo non è necessariamente vero» obiettai. «Quando ti innamorerai di qualcuno, lo capirai anche tu.»

«E cosa ti fa credere che non mi sia mai innamorata?» Mi guardò furiosa.

«Perché, se ti fosse capitato, sapresti che l'amore tira fuori sia i nostri lati migliori sia quelli peggiori. Un giorno siamo altruisti e generosi, e il giorno dopo non siamo pronti a concedere nemmeno tanto così. Vivi la vita passando da un estremo all'altro.»

«Be', mi piacerebbe almeno che la mamma si spicciasse ad andare in menopausa.»

Nel pomeriggio, mentre percorrevo il Tamiami Trail in un alternarsi di tratti ombrosi e soleggiati, cercai di rammendare gli strappi che il senso di colpa aveva aperto nella mia coscienza. Ogni volta che affrontavo la mia famiglia venivo colta dal fastidio e dall'irritazione, ma se rifiutavo di farlo mi sentivo come quando da piccola praticavo l'arte della fuga senza mai andarmene veramente. In un certo senso, dopo la morte di mio padre io avevo preso il suo posto. Ero la persona razionale che otteneva buoni voti a scuola, che sapeva cucinare e gestire le questioni economiche; ero quella che non piangeva quasi mai e che fronteggiava l'alto grado di esplosività di una drammatica situazione famigliare cercando di raffreddare gli umori e di disperderli come il vapore. Per questo motivo mia madre e mia sorella mi avevano sempre accusato di freddezza, e il risultato era che dentro di me albergavano ancora il dubbio e la vergogna di provarla davvero.

Arrivai a Fort Myers Beach con l'aria condizionata al massimo e il parasole abbassato. L'acqua e il cielo si univano in un tutt'uno azzurro intenso, e le palme sembravano brillanti piume verdi piantate su tronchi forti come zampe di struzzo. Il Pink Shell era, come dice il nome, rosa come l'interno di una conchiglia. Risaliva la costa fino a Estero Bay, e le sue balconate si spalancavano sul golfo del Messico. Willie Travers viveva in un cottage, ma avrei dovuto incontrarlo solo alle otto di quella sera. Affittai subito un miniappartamento, e mi spogliai degli abiti invernali, che formarono letteralmente una scia dietro di me sul pavimento, quindi estrassi dalla borsa un paio di pantaloncini corti e una camicetta leggera. Nel giro di sette minuti ero in spiaggia.

Non so per quanti chilometri camminai, perché alla fine persi la nozione del tempo; ogni tratto di spiaggia e di mare mi sembrava ugualmente magnifico. Guardai i pellicani che inghiottivano il pesce rovesciando indietro la testa, come fosse un bicchiere di bourbon, e a passo rapido superai alcune meduse arenate dalla testa bluastra. La maggior parte della gente che incontrai era anziana. Di quando in quando, la vocina acuta di un bimbo si levava al di sopra del clamore delle onde, come un coriandolo trasportato dal vento. Raccolsi alcuni gusci di ricci di mare levigati dall'acqua e conchiglie simili a caramelle succhiate. Pensai a Lucy e sentii una fitta di nostalgia.

Quando la spiaggia fu quasi completamente in ombra, tornai nella mia stanza, e dopo essermi fatta una doccia ed essermi cambiata presi la macchina e lentamente percorsi Estero Boulevard, finché la fame non mi condusse come una bacchetta magica nel posteggio dello Skipper's Galley. Mangiai pesce accompagnato da vino bianco, mentre l'orizzonte si spegneva in un azzurro sempre più cupo, le barche accesero le prime luci e nel frattempo la superficie dell'acqua era ormai indistinguibile.

Quando finalmente trovai il cottage numero 182, vicino al negozio di esche e al molo dei pescatori, ero rilassata come non mi capitava da tempo. Willie Travers venne ad aprirmi la porta, e sembrò quasi che fossimo amici di vecchia data.

«Il primo punto all'ordine del giorno è uno spuntino. Spero che lei non abbia già cenato» disse.

Con grande dispiacere gli comunicai il contrario.

«Allora non le resta che mangiare un'altra volta.»

«Non ce la farei mai.»

«Nel giro di un'ora le dimostrerò che aveva torto. È un menu leggerissimo. Sogliole al burro e succo di lime, con una generosa spolverata di pepe macinato. Quindi, pane ai sette cereali fatto in casa – le garantisco che non se lo scorderà per tutta la vita – e... ah, sì, insalata di cavoli marinati e birra messicana.»

Mentre parlava stappò due bottiglie di Dos Equis. L'ex marito di Jennifer Deighton doveva essere vicino all'ottantina, il volto cotto dal sole come la terra d'Africa, ma gli intensi occhi azzurri erano vitali come quelli di un ragazzo. Sorrideva spesso, e aveva un fisico asciutto e scattante. I suoi capelli mi ricordavano la fitta lanugine bianca che riveste le palle da tennis.

«Come mai è venuto a vivere qui?» chiesi, lanciando un'occhiata ai pesci imbalsamati appesi alle pareti e all'arredamento spartano.

«Un paio d'anni fa decisi di andare in pensione e di dedicarmi alla pesca, così strinsi una specie di accordo con il Pink Shell. Mi sarei occupato del loro negozio di esche, e in cambio mi avrebbero lasciato uno dei loro cottage a un prezzo ragionevole.»

«E cosa faceva, prima di andare in pensione?»

«Quel che faccio adesso.» Sorrise. «Pratico la medicina olistica. Non si può abbandonare una cosa del genere, capisce, così come non si abbandona una religione. La differenza è che adesso lavoro solo con le persone con cui ho voglia di lavorare, e non ho più uno studio in città.»

«Come definirebbe la medicina olistica?»

«Una medicina che si occupa della persona nella sua integrità, tutto qui. Lo scopo è ristabilire l'equilibrio del paziente.» Mi lanciò un'occhiata da intenditore, appoggiò la birra sul tavolo e si avvicinò alla mia sedia. «Le spiacerebbe alzarsi un momento?»

Ero animata da spirito di collaborazione.

«Adesso, stenda un braccio. Non importa quale, basta che lo tenga dritto e parallelo a terra. Ecco, così va bene. Adesso le farò una domanda, e mentre lei risponde cercherò di spingerle il braccio verso il basso. Lei resista, mi raccomando. Pronta? Si considera l'eroina di famiglia?»

«No.» Istantaneamente, il mio braccio cedette alla pressione abbassandosi come un ponte levatoio.

«Ho capito, si considera l'eroina di famiglia. Il che mi dice che è una persona molto dura con se stessa, e che lo è stata dal giorno in cui ha imparato a camminare. Bene. Adesso sollevi di nuovo il braccio e le farò un'altra domanda. È brava nella sua professione?»

«Sì.»

«Vede? Sto spingendo con tutte le mie forze, ma il suo braccio sembra d'acciaio. Quindi vuol dire che lei è veramente brava in quello che fa.»

Tornò al divano, e anch'io mi risedetti.

«Devo confessare che la mia formazione medica mi rende un po' scettica» dissi con un sorriso.

«Be', non dovrebbe, perché i miei principi non sono affatto diversi da quelli su cui si basa lei ogni giorno. Qual è la morale? Che il corpo non mente mai. Qualunque cosa ci raccontiamo, il nostro livello energetico risponde solo a ciò che è vero. Se la nostra testa dice che non siamo gli eroi di famiglia o che ci amiamo quando non è così, le nostre energie calano, si indeboliscono. Non le pare assolutamente logico?»

«Sì.»

«Uno dei motivi per cui Jenny veniva qui un paio di volte l'anno, era perché l'aiutavo a ritrovare il suo equilibrio. E l'ultima volta che la vidi, nel periodo della festa del Ringraziamento, era così sbilanciata che dovetti lavorare su di lei diverse ore al giorno.»

«Per caso le disse qual era il problema?»

«Erano molti, i problemi. Si era appena trasferita e i vicini non le piacevano, soprattutto quelli di fronte, dall'altra parte della strada.»

«I Clary» dissi.

«Sì, mi pare si chiamino così. Lei è una gran ficcanaso e lui un dongiovanni, o almeno lo è stato fino al giorno in cui gli è venuto l'infarto. E poi c'erano le previsioni e gli oroscopi: troppi clienti, quel lavoro la consumava.»

«Lei cosa ne pensava dell'attività della sua ex moglie?»

«Jenny era dotata, ma sprecava le sue qualità.»

«La definirebbe una medium?»

«No, no. Anzi, non la definirei proprio. Jenny si interessava a moltissime cose.»

Improvvisamente rividi il foglio di carta bianca ancorato dal cristallo sul letto, e chiesi a Travers se aveva idea di cosa potesse significare, se poteva celare un significato.

«Sì. Vuol dire che si stava concentrando.»

«Concentrando? Su cosa?»

«Quando Jenny meditava, prendeva un foglio di carta bianca e ci metteva sopra un cristallo. Poi sedeva in silenzio e faceva ruotare il cristallo lentamente, molto lentamente, osservando la luce riflessa dalle sue sfaccettature sulla superficie bianca della carta. È un po' lo stesso effetto che fa a me guardare l'acqua.»

«E, quando venne a trovarla, c'era nient'altro che la preoccupasse, signor Travers?»

«Mi chiami pure Willie. Sì, e lei sa già cosa sto per dire. Era preoccupata per quel detenuto in attesa d'esecuzione. Ronnie Waddell. Jenny e Ronnie si scrivevano da molti anni, e lei non riusciva ad accettare il fatto che lo avrebbero ucciso.»

«Sa se Waddell le aveva rivelato qualcosa che avrebbe potuto metterla in pericolo?»

«Be', più che altro diciamo che le diede qualcosa.»

Presi la birra, senza staccargli gli occhi di dosso.

«Quando venne, l'ultima volta, portò con sé tutte le lettere che le aveva scritto e le cose che le aveva inviato nel corso degli anni. Voleva che gliele conservassi io.»

«Perché?»

«Perché qui sarebbero state al sicuro.»

«Temeva che qualcuno volesse portargliele via?»

«So soltanto che era spaventata. Mi disse che durante la prima settimana dello scorso novembre, Waddell le aveva fatto una telefonata a carico del destinatario per dirle che era pronto a morire e che non intendeva più combattere. A quanto pare, era convinto che nulla potesse più salvarlo e le chiese di andare da sua madre, nel Suffolk, per farsi consegnare tutto ciò che gli apparteneva. Disse che desiderava fosse lei la custode, e di non preoccuparsi perché sua madre avrebbe compreso.»

«E di che effetti personali si trattava?» insistei.

«Oh, di una cosa sola.» Si alzò. «Non sono sicuro di quello che significhi, e non sono nemmeno sicuro di voler essere sicuro. Quindi lo darò a lei, dottoressa Scarpetta, perché lo riporti con sé in Virginia. Lo mostri alla polizia. Ne faccia ciò che crede.»

«E a cosa è dovuta questa improvvisa disponibilità, signor Travers? Come mai non ci ha pensato prima?»

«Nessuno si è preso il disturbo di venirmi a trovare» rispose lui dall'altra stanza. «Come le ho già detto, io non tratto con la gente se prima non la vedo in faccia.»

Quando tornò, posò ai miei piedi una valigetta portadocumenti nera: la serratura in ottone era forzata, la pelle graffiata.

«La verità è che portandosi via questa roba mi renderà un enorme favore» disse Willie Travers, e si vedeva che parlava sul serio. «Il solo pensiero di tenerla qui rovinava la mia energia.»

Le decine di lettere che Ronnie Waddell aveva scritto a Jennifer Deighton dal braccio della morte erano ordinate cronologicamente e raggruppate in pacchettini fermati da elastici. Quella notte, nella mia camera, ne passai in rassegna alcune. La loro importanza, invece di diminuire, aumentò alla luce degli altri ritrovamenti.

Nella borsa c'erano blocchi di carta zeppi di appunti di difficile interpretazione. Si riferivano a casi e dibattimenti tenutisi nelle corti di stato più di dieci anni prima. C'erano penne e matite, una cartina della Virginia, una scatola in metallo di caramelle balsamiche, uno stick inalante Vick's e un tubetto di Chapstik. In un astuccio giallo ancora intatto trovai un'EpiPen, una siringa contenente tre milligrammi di epinefrina, il classico rimedio salvavita per tutte le persone allergiche alle punture d'ape o a particolari alimenti. L'etichetta con la prescrizione, battuta a macchina, recava il nome del paziente, la data e l'informazione che quell'EpiPen apparteneva a un set composto da cinque ricariche. Waddell aveva rubato la borsa dalla casa di Robyn Naismith, nell'ormai lontano mattino dell'omicidio. Probabilmente non si era nemmeno reso conto dell'identità del proprietario, finché non aveva forzato la serratura scoprendo di avere assassinato una celebrità locale il cui amante, Joe Norring, era all'epoca procuratore generale della Virginia.

«Waddell non ha mai avuto chance di cavarsela» dissi. «Non che meritasse necessariamente clemenza, considerata l'efferatezza del suo crimine, ma dal momento del suo arresto Norring non si è dato pace. Sapeva di avere lasciato la valigetta portadocumenti a casa di Robyn, e sapeva che la polizia non l'aveva trovata.»

Per quale motivo avesse lasciato la borsa dall'amante, non era chiaro, a meno che non l'avesse semplicemente dimenticata dopo una notte che nessuno dei due sapeva destinata a essere l'ultima.

«Non riesco a immaginare la reazione di Norring quando seppe cos'era successo» commentai.

Wesley mi lanciò un'occhiata al di sopra degli occhiali, riprendendo subito l'esame dei documenti. «E come potresti?

Doveva essere già abbastanza assillato dalla paura che il mondo scoprisse la loro relazione: quando Robyn fu assassinata, un collegamento simile lo avrebbe certo reso il principale indiziato d'omicidio.»

«In un certo senso» si intromise Marino, «gli è andata di lusso che a prendere la valigetta sia stato proprio Waddell.»

«Non so, secondo me non se ne è reso neanche conto. Se la borsa fosse stata trovata sul luogo del delitto, sarebbe finito nei guai. Se invece era stata rubata, così come è effettivamente successo, c'era sempre il rischio che prima o poi saltasse fuori.»

Marino prese la caraffa e riempì di nuovo le tazze di caffè. «Qualcuno deve avere comprato il silenzio di Waddell.»

«Forse.» Wesley allungò la mano verso la panna. «O forse Waddell non ha mai aperto bocca. Io credo che il fatto di essersi ritrovato fra i piedi quella borsa lo abbia messo subito sul chi va là. Certo, avrebbe potuto servire come arma, ma chi avrebbe finito per distruggere? Norring o se stesso? Poteva fidarsi abbastanza del sistema da screditare il governatore, cioè l'unica persona in grado di salvargli la vita?»

«Insomma Waddell se ne restò zitto, sapendo bene che la madre avrebbe custodito il bottino fino al giorno in cui lui avesse deciso di consegnarlo a qualcun altro» dissi.

«Ma se Norring aveva dieci anni di tempo per ritrovare la sua fottuta valigetta» intervenne Marino, «com'è che ci ha messo tanto per iniziare le ricerche?»

«Secondo me Norring ha tenuto d'occhio Waddell fin dall'inizio» spiegò Wesley, «e la sua sorveglianza si è notevolmente rafforzata negli ultimissimi mesi. Più si avvicinava la data dell'esecuzione, meno Waddell aveva da perdere, per cui era più probabile che parlasse. È possibile che qualcuno abbia intercettato la sua telefonata a Jennifer Deighton in novembre. Ed è possibile che a quel punto Norring sia stato preso dal panico.»

«Credo bene» commentò Marino. «All'epoca delle indagini mi occupai personalmente degli effetti personali di Waddell, e vi garantisco che non aveva quasi niente, e se anche aveva lasciato qualcosa alla fattoria, non la trovammo mai.»

«E naturalmente Norring era al corrente degli sviluppi delle indagini» dissi.

«Certo. Poi, nel novembre scorso, viene a sapere che qualcosa che si trovava nella fattoria è stato consegnato a questa amica di Waddell. Riaffiora l'incubo della valigetta portadocumenti, ma è chiaro che mentre Waddell è ancora vivo non può mandare nessuno a rovistare in casa della Deighton. Perché, se le fosse successo qualcosa, Waddell avrebbe certamente reagito male, e la peggiore di tutte le ipotesi era che decidesse di parlarne a Grueman.»

«Benton» dissi, «per caso non sai come mai Norring girasse con una siringa di epinefrina? Era allergico a qualcosa?»

«Ai crostacei. Pare che viva letteralmente circondato da siringhe come quella.»

Mentre continuavano a parlare, controllai le lasagne nel forno e aprii una bottiglia di Kendall-Jackson. La causa contro Norring sarebbe stata lunghissima, ammesso che si potessero mai avere delle prove, e per un attimo ebbi una sensazione simile a quella che doveva avere paralizzato Waddell tanto tempo prima.

Verso le undici di sera mi decisi a chiamare Grueman.

«In Virginia sono finita» dissi. «Finché Norring resterà in carica, farà in modo che io non torni a lavorare. Mi hanno tolto la vita, accidenti, ma non avranno la mia anima. Ho deciso che continuerò ad appellarmi al Quinto Emendamento.»

«In questo modo la incrimineranno di sicuro.»

«Be', visti i bastardi con cui ho a che fare, la questione era già fuor di dubbio.»

«Santo cielo, dottoressa Scarpetta! Ha forse dimenticato il bastardo che la rappresenta? Non so dove lei abbia trascorso questo fine settimana, io sono stato a Londra.»

Ebbi un istantaneo calo di pressione.

«Ora, non possiamo essere matematicamente certi di avere Patterson dalla nostra» proseguì l'uomo che un tempo avevo creduto di odiare, «ma smuoverò mari e monti perché Charlie Hale venga a testimoniare.»

14

Il venti gennaio fu una giornata ventosa, quasi da marzo, ma molto più fredda. Il sole era addirittura accecante, mentre guidavo verso est lungo Broad Street, diretta al tribunale John Marshall.

«Ora le dirò qualcosa che sa già» disse Nicholas Grueman. «I giornalisti saranno radunati lì ad aspettarla, pronti a saltarle addosso. Se volerà troppo bassa, ci lascerà una gamba, perciò cammineremo fianco a fianco, occhi puntati a terra, senza girarci a guardare né ad ascoltare nessuno, d'accordo?»

«Non riusciremo a trovare parcheggio» risposi, svoltando a sinistra sulla Nona. «Sapevo che sarebbe andata così.»

«Rallenti. Quella tizia lì a destra sta facendo manovra... Splendido, esce. Ammesso che ci riesca, naturalmente.»

Qualcuno strombazzò alle mie spalle.

Lanciai un'occhiata all'orologio, poi mi voltai verso Grueman come un atleta in attesa delle ultime istruzioni da parte dell'allenatore. Indossava un lungo cappotto di cachemire blu e guanti di pelle nera, il bastone con il pomo d'argento era appoggiato al sedile e in grembo aveva una vecchia borsa di pelle.

«Ricordi» aggiunse. «Sarà il suo amico Patterson a decidere chi convocare e in quale ordine, poi dipenderemo dai giurati che interverranno, e quindi in ultima analisi dipenderà da lei, Kay. Dovrà stabilire un contatto, cercare di accattivarsi le simpatie di dieci o undici estranei nell'attimo stesso in cui metterà piede in quell'aula. Non importa di cosa vorranno parlare con lei: si dimostri disponibile, e niente muri.»

«Ricevuto» dissi.

«Prendere o lasciare: accetta la scommessa?»
«Accetto.»
«Allora, buona fortuna.» Sorrise e mi toccò un braccio.
All'entrata del tribunale fummo bloccati da un agente armato di rilevatore. Ispezionò la mia borsetta e la portadocumenti come aveva già fatto centinaia di volte, quando mi recavo alla sbarra per testimoniare in qualità di medico legale. Questa volta, tuttavia, non mi disse nulla ed evitò accuratamente il mio sguardo. Il bastone di Grueman fece scattare il detector, ma con pazienza e cortesia esemplari lo vidi spiegare che il manico e la punta d'argento non si potevano staccare, e che nella canna di legno scuro non c'era nascosto nulla.
«Ma cosa pensa che ci tenga, una cerbottana?» commentò, mentre salivamo sull'ascensore.
Quando le porte si spalancarono al terzo piano, i giornalisti si avventarono su di noi con la prevedibile foga predatoria. A dispetto della gotta, il mio saggio consigliere si muoveva a passo rapido, puntualmente sottolineato dal ticchettio del bastone. Conservai un sorprendente distacco emotivo fin quando non varcammo la soglia di un'aula quasi deserta, in un angolo della quale vidi seduto Benton Wesley in compagnia di un tizio giovane e snello che sapevo essere Charlie Hale. Il lato destro del suo viso sembrava una mappa stradale solcata da un'infinità di sottili cicatrici rosate. Quando si alzò, infilando deliberatamente la mano destra nella tasca della giacca, vidi che gli mancavano alcune dita. Indossava un completo morbido e sobrio, con cravatta, e si guardava intorno. Nonostante l'impaccio riuscii a sedermi, e cominciai subito a frugare nella mia portadocumenti. Non potevo rivolgergli la parola, ma i tre uomini ebbero sufficiente presenza di spirito da fingere di non aver notato il mio turbamento.
«Vediamo un po' com'è la situazione» esordì Grueman. «Credo che potremo contare sulle testimonianze di Jason Story e di Lucero. E, naturalmente, di Marino. Non ho idea di chi altri convocherà Patterson in questo dibattimento a porte chiuse.»
«Per la cronaca» disse Wesley, guardandomi. «Ho parlato con Patterson. Gli ho detto che questo caso non esiste e che so-

no disposto a testimoniare in tal senso anche in sede processuale.»

«Veramente noi partiamo dal presupposto che non ci sarà alcun processo» puntualizzò Grueman. «E quando toccherà a lei, faccia presente ai giurati che ha parlato con Patterson dicendogli che il caso non esiste, ma che ciò nonostante lui ha insistito nel procedere. Ogni volta che le rivolgerà una domanda su un argomento che avete già discusso in privato, lo dichiari pubblicamente. "Come le ho già detto nel suo ufficio" o "Come ho già avuto modo di precisare il giorno tale o talaltro" eccetera eccetera.

«Inoltre, è importante che i giurati sappiano che lei non è solo un agente speciale dell'Fbi, ma il capo dell'Unità di scienze comportamentali di Quantico, il cui scopo è studiare i crimini violenti ed elaborare i profili psicologici degli esecutori. Non sarebbe male se dichiarasse anche che la dottoressa Scarpetta non corrisponde sotto alcun aspetto al profilo dell'autore del delitto in questione, e che anzi trova l'ipotesi assurda. E non dimentichi di far presente alla giuria che lei è stato mentore, nonché miglior amico di Mark James. Dica il più possibile spontaneamente, perché di sicuro Patterson non si sprecherà in domande. E faccia in modo che la giuria sappia che Charlie Hale è qui.»

«E se non mi vorranno interrogare?» chiese quest'ultimo.

«In quel caso ci ritroveremo con le mani legate» rispose Grueman. «Come le ho spiegato a Londra, questa seduta sarà il grande show dell'accusa. La dottoressa Scarpetta non ha diritto di presentare alcuna prova, quindi dobbiamo cercare di ingraziarci almeno uno dei giurati.»

«È una parola» commentò Hale.

«Ha portato le copie delle ricevute di versamento e delle tasse pagate?»

«Sì, signore.»

«Molto bene. Anche lei, non aspetti che le chiedano di esibirle: le metta sul tavolo mentre sta ancora parlando. E, a proposito, lo stato di salute di sua moglie è lo stesso da quando abbiamo parlato?»

«Sì, signore. Come le ho detto, ha seguito la procedura della fecondazione in vitro. Per adesso va tutto bene.»

«Ricordi di far sapere anche questo.»

Alcuni minuti più tardi, venni convocata nella sala della giuria.

«Certo, vuole che lei sia dentro per prima» disse Grueman, alzandosi a sua volta. «Dopodiché farà entrare i suoi detrattori, in modo tale da lasciare un cattivo sapore in bocca ai giurati. Se ha bisogno di me, sono qui» disse infine, piazzandosi accanto alla porta.

Annuendo, entrai nella sala e presi posto sulla sedia vuota a un'estremità del tavolo. Patterson era ancora fuori, ma sapevo che si trattava di uno dei suoi trucchi: voleva obbligarmi a sostenere il silenzioso esame di questi dieci estranei nelle cui mani stava il mio benessere futuro. Incrociai lo sguardo di tutti, scambiando addirittura qualche sorriso. Una giovane donna dall'aria seria e con il rossetto vivace decise infine di non attendere l'arrivo del procuratore di stato.

«Come mai ha preferito occuparsi dei morti piuttosto che dei vivi?» mi chiese. «Sembrerebbe un'attività strana, per un medico.»

«In realtà è proprio il mio interesse per i vivi che mi porta a studiare i morti» risposi. «Quello che impariamo dai morti va a beneficio di chi ancora è in vita, e la giustizia riguarda chi resta.»

«Ma non le fa impressione?» volle sapere un vecchio dalle mani grandi e rovinate. Sembrava così partecipe e sincero, da dare l'impressione di soffrire.

«Certo, sì.»

«Quanti anni ha studiato, dopo essersi diplomata alle superiori?» intervenne una robusta donna di colore.

«Diciassette, compresi alcuni seminari nel corso dell'anno in cui lavoravo come ricercatrice.»

«Però!»

«E dov'è andata?»

«A scuola, intende?» dissi rivolta alla giovane donna con gli occhiali.

«Sì.»

«Ho frequentato la Saint Michael's, la Our Lady of Lourdes Academy, la Cornell, la John Hopkins e Georgetown.»

«Suo padre era medico?»

«No, mio padre aveva una piccola drogheria a Miami.»

«Non vorrei mai trovarmi nei panni di un genitore che deve pagare per così tanti anni di scuola.»

Alcuni giurati ridacchiarono sommessamente.

«Sì, ho avuto la grande fortuna di poter studiare» insistei. «Andare al liceo era già un privilegio.»

«Dunque lei non è di queste parti?»

«Sono nata a Miami.»

«E il nome Scarpetta è spagnolo.»

«Italiano.»

«Uhm, interessante. Credevo che gli italiani fossero tutti scuri e coi capelli neri.»

«I miei antenati erano di Verona, nell'Italia settentrionale, dove gran parte della popolazione ha un po' di sangue francese, austriaco o svizzero nelle vene» spiegai in tono paziente. «Così, molti hanno occhi azzurri e capelli biondi.»

«Scommetto che sa cucinare bene.»

«È il mio passatempo preferito.»

«Dottoressa Scarpetta, la sua posizione non mi è del tutto chiara» disse a un certo punto un uomo distinto, suppergiù della mia età. «Lei è il capo medico legale di Richmond?»

«Dello stato, per la precisione. Abbiamo quattro uffici distrettuali. Quello centrale, qui a Richmond, Tidewater a Norfolk, il Western a Roanoke e il Northern ad Alexandria.»

«Quindi è un caso che il capo si trovi proprio qui a Richmond?»

«Sì. In realtà pare anche la cosa più sensata, visto che il centro di medicina legale dipende dal governo dello stato e l'assemblea legislativa si riunisce a Richmond» replicai, mentre la porta si apriva e Roy Patterson faceva il suo ingresso nella sala.

Era un nero di bell'aspetto e dalle spalle larghe, con capelli rasati che iniziavano a ingrigire. Indossava un doppiopetto blu scuro, e sui polsini della camicia giallo pallido erano ricamate le sue iniziali. Ma Patterson era famoso per le sue cravatte, e quel giorno ne aveva scelta una che sembrava dipinta a mano. Salutò la giuria e si mostrò particolarmente tiepido nei miei confronti.

Scoprii che la giovane con le labbra color rosso fuoco era in realtà primo giurato. Si schiarì la gola e mi informò che non ero obbligata a rispondere, e che qualunque cosa dicessi avrebbe potuto essere usata contro di me.

«Prendo atto» dissi, quindi prestai giuramento.

Patterson si avvicinò alla mia sedia, offrendo sommarie informazioni circa la mia persona e dilungandosi soprattutto sul potere insito nella mia carica e sulla facilità con cui se ne poteva abusare.

«Chi mai potrebbe testimoniare il suo operato?» chiese. «In molte occasioni non c'era nessuno con la dottoressa Scarpetta sul lavoro, a parte la persona che le stava accanto ogni giorno: Susan Story. Purtroppo non vi sarà possibile udire la sua testimonianza diretta in quanto, signore e signori, Susan Story e il suo bambino che ancora doveva nascere sono morti. Tuttavia, vi sono altre persone che potrete ascoltare quest'oggi. Persone che dipingeranno l'impressionante ritratto di una donna fredda e ambiziosa, la costruttrice di un impero nella gestione del quale ha però commesso dei dolorosi errori. Innanzitutto comprando il silenzio di Susan Story. Quindi uccidendo perché tale silenzio non venisse mai infranto.

«E, a proposito di delitto perfetto: quale miglior criminale di colui che per professione risolve i delitti? Certamente un esperto saprebbe che, volendo sparare a qualcuno all'interno di un veicolo, è meglio utilizzare un'arma di piccolo calibro per evitare il rimbalzo di proiettili troppo potenti. Un esperto non si lascerebbe dietro prove leggibili, nemmeno un bossolo vuoto. Un esperto non utilizzerebbe la propria pistola, e cioè un'arma che amici e colleghi sanno che possiede, ma userebbe qualcosa che mai e poi mai potrebbe far risalire al colpevole.

«Addirittura, un esperto del settore potrebbe "prendere in prestito" un revolver dal laboratorio di balistica locale poiché, signore e signori, ogni anno i tribunali confiscano centinaia di armi da fuoco, e alcune di queste vengono donate ai laboratori di balistica dello stato. Per quel che ne sappiamo, la calibro ventidue che fu puntata alla base del cranio di Susan Story potrebbe trovarsi in questo preciso istante appesa a un gancio di qualche laboratorio, o magari nel poligono di tiro sotterraneo dove gli esperti si recano per i test di funzionamento e dove la dottoressa Scarpetta si allena regolarmente. Per inciso, la sua mira sarebbe sufficiente a garantirle l'assunzione in qualsiasi Dipartimento di polizia degli Stati Uniti d'America. E, in passato, la dottoressa Scarpetta ha già ucciso, anche se il caso a cui mi riferisco sembrava giustificato dal principio di autodifesa.»

Perplessa, osservavo le mie mani appoggiate sul tavolo, mentre la stenografa metteva tutto agli atti e Patterson proseguiva la concione. La sua era una retorica eloquente, ma non sapeva riconoscere il momento in cui fermarsi. Quando mi chiese di spiegare la presenza delle mie impronte sulla busta trovata nel cassetto di Susan, l'energia con cui sottolineò quanto inattendibile fosse la mia testimonianza fu tale, che a un certo punto pensai che forse qualcuno fra i giurati si sarebbe chiesto come mai le mie affermazioni non potessero veramente risultare credibili. Poi passò all'argomento denaro.

«Non è forse vero, dottoressa Scarpetta, che il giorno dodici novembre si presentò agli sportelli dell'agenzia locale della Signet Bank, staccando un assegno di diecimila dollari contro contanti?»

«È vero.»

Patterson esitò un istante, visibilmente colto di sorpresa: aveva dato per scontato che mi appellassi al Quinto Emendamento.

«Ed è vero che, in tale occasione, non depositò la somma prelevata su nessuno dei suoi vari conti correnti?»

«Sì, anche questo è vero.»

«Dunque, alcune settimane prima che la sua assistente depositasse in maniera del tutto inspiegabile tremilacinquecento dollari sul proprio conto, lei usciva dalla Signet Bank con in tasca diecimila dollari in contanti?»

«No, signore, le cose non andarono così. Nella mia documentazione finanziaria dovrebbe avere trovato la fotocopia di un assegno circolare per una somma di settemilatrecentodiciotto sterline inglesi. Ho qui la mia copia.» La estrassi dalla valigetta portadocumenti.

Patterson le diede a malapena un'occhiata, chiedendo alla stenografa di mettere agli atti la fotocopia come prova.

«Ora, ciò è molto interessante» riprese poi. «Lei fece un assegno circolare intestandolo a tale Charles Hale. Non si trattava forse di un modo alquanto ingegnoso per mascherare i pagamenti in nero alla sua assistente, e magari anche a qualcun altro? Il suddetto Charles Hale non cambiava per caso le sterline in dollari, smistandoli altrove – magari, come già detto, inviandoli a Susan Story?»

«No» risposi. «E non ho nemmeno spedito l'assegno a Charles Hale.»

«Ah, no?» Parve confuso. «E, allora, cosa ne fece?»

«Lo diedi a Benton Wesley, fu lui a provvedere che venisse inoltrato a Charles Hale. Benton Wesley...»

Non mi lasciò il tempo di proseguire. «Questa storia sta diventando assurda.»

«Signor Patterson...»

«Chi è Charles Hale?»

«Vorrei terminare la frase» dissi.

«Chi è Charles Hale?»

«Mi piacerebbe sentire cosa voleva dire» intervenne uno dei giurati in giacca scozzese.

«Prego» cedette Patterson, con un sorriso gelido.

«Consegnai l'assegno a Benton Wesley. È un agente speciale dell'Fbi, nonché delineatore di profili psicologici dell'Unità di scienze comportamentali di Quantico.»

Una donna sollevò timidamente la mano. «È forse quello di cui ho letto sui giornali, l'esperto che interpellano in occasione di omicidi particolarmente efferati, come quelli di Gainesville?»

«Esatto» risposi. «È un mio collega. Era anche il migliore amico di un mio amico, Mark James, un altro agente speciale dell'Fbi.»

«Dottoressa Scarpetta» si intromise nervosamente Patterson, «diciamo pure le cose come stanno. Mark James era più di un semplice amico.»

«È una domanda, signor Patterson?»

«A parte gli ovvi conflitti d'interesse legati al fatto che il capo medico legale andasse a letto con un agente dell'Fbi, la questione non è pertinente. Dunque non le chiederò...»

Questa volta fui io a interromperlo. «La mia relazione con Mark James era cominciata ai tempi della scuola di legge. Non c'erano conflitti d'interesse e, per la cronaca, obietto a che il procuratore di stato faccia allusioni a eventuali persone con cui sono andata a letto.»

La stenografa prese nota.

Ero praticamente abbarbicata al bordo del tavolo, le nocche delle mani esangui.

«Chi è Charles Hale» tornò a chiedere Patterson, «e per quale ragione gli fece pervenire la somma di diecimila dollari?»

Mi balenarono in mente le cicatrici rosa-violacee e due dita attaccate a un moncherino dalla pelle lucida e arrossata.

«Era un bigliettaio della Victoria Station di Londra» spiegai.

«Era?»

«Lo è stato fino a lunedì diciotto febbraio, quando esplose la bomba.»

Nessuno mi aveva avvisato. Per tutto il giorno avevo sentito le notizie alla radio e in tv, ma soltanto il diciannove, alle due e quarantuno di notte, squillò il mio telefono. A Londra erano le sei e quarantuno del mattino, e Mark era già morto da quasi un giorno. Ero talmente intontita, da non riuscire quasi a capire quello che Benton mi stava dicendo.

«Ma era ieri, l'ho letto sul giornale. Nel senso che c'è stata un'altra bomba?»

«No, Kay, l'esplosione è avvenuta ieri mattina, in piena ora di punta, ma di Mark l'ho saputo solo adesso. Me l'ha appena comunicato il nostro attaché legale a Londra.»

«Ne sei sicuro? Ne sei assolutamente sicuro?»

«Sono profondamente addolorato, Kay.»

«L'hanno identificato con certezza?»

«Con assoluta certezza.»

«Allora sei sicuro. Voglio dire...»

«Senti, sono a casa, Kay. Potrei raggiungerti nel giro di un'ora.»

«No, no.»

Tremavo come una pazza, ma non ero riuscita a piangere. Avevo passeggiato avanti e indietro per la casa, gemendo piano e torcendomi le mani.

«Ma lei non conosceva questo Charles Hale prima dell'attentato, dottoressa Scarpetta. Perché mai spedirgli diecimila dollari?» Patterson si asciugò la fronte con un fazzoletto.

«Lui e la moglie desideravano un figlio, ma non potevano averne.»

«E come mai conosceva un dettaglio così intimo della vita di un estraneo?»

«Fu Benton Wesley a dirmelo, così gli consigliai di rivolgersi al Bourne Hall, il centro più all'avanguardia per la fecondazione in vitro. Questa pratica però non è coperta dal sistema sanitario inglese.»

«Tuttavia, la bomba esplose in febbraio. Perché aspettò fino a novembre per mandargli quei soldi?»

«Sono venuta a sapere del problema soltanto nell'autunno scorso, quando l'Fbi mandò al signor Hale una foto segnaletica da identificare e non so come si apprese di questa difficoltà. Io avevo già pregato spesso Benton Wesley di avvertirmi se mai si fosse presentata l'occasione di aiutare il signor Hale.»

«Quindi lei si sarebbe assunta la responsabilità di finanziare la fecondazione in vitro di due estranei?» chiese Patterson, come se gli avessi appena detto che credevo nei folletti.

«Esatto.»

«Per caso è una santa, dottoressa Scarpetta?»

«No.»

«Allora la prego di spiegarci il motivo che l'ha indotta a compiere questo gesto.»

«Charles Hale aveva cercato di aiutare Mark.»

«Aveva cercato di aiutarlo?» mi fece eco Patterson, camminando avanti e indietro per la sala. «Aveva cercato di aiutarlo a comprare un biglietto, a prendere un treno o a trovare la toilette degli uomini? Può essere più chiara, per favore?»

«Mark rimase cosciente, per un po'. Charles Hale giaceva lì vicino, gravemente ferito, e tuttavia cercò di rimuovere le macerie sotto cui Mark era sepolto. Gli parlò, si tolse la giacca e gliela mise intorno... insomma, cercò di fermare l'emorragia. Fece tutto quel che poté. Niente avrebbe potuto salvare Mark, ma almeno non rimase solo, e io sono immensamente grata al signor Hale per questo. Presto una nuova vita verrà al mondo, e sono felice di aver potuto fare qualcosa per sdebitarmi. È un'idea che mi dà forza. No, non sono una santa, ma tutto questo mi aiuta a trovare un senso. È stato anche un mio bisogno, e aiutando gli Hale ho aiutato me stessa.»

Il silenzio era tale, che la sala avrebbe anche potuto essere deserta.

La donna con il rossetto vivace si sporse leggermente in avanti, per richiamare l'attenzione di Patterson.

«Immagino che il signor Charles Hale sia in Inghilterra, in questo momento. Ma mi chiedevo se per caso non potessimo sentire Benton Wesley.»

«Non è necessario scegliere» dissi io, «dal momento che sono entrambi qui.»

Quando il primo giurato comunicò a Patterson che la giuria d'accusa aveva espresso parere negativo, io non ero presente. Così come non ero presente quando la notizia venne comunicata a Grueman. Al termine della mia deposizione, infatti, ero partita alla disperata ricerca di Marino.

«L'ho visto uscire dal bagno degli uomini mezz'ora fa» disse un agente in uniforme che fumava una sigaretta vicino a un distributore d'acqua.

«Non potrebbe cercarlo via radio?» lo supplicai.

L'agente si strinse nelle spalle e sganciò la radio dalla cintura, chiedendo alla centralinista di rintracciare Marino. Marino non rispose.

Allora imboccai le scale e uscii di corsa. In macchina feci scattare la sicura delle portiere, misi in moto, poi afferrai il cellulare e composi il numero della centrale, che si trovava esattamente di fronte al palazzo di giustizia. Mentre un investigatore mi riferiva che Marino non si trovava lì, mi diressi nel posteggio posteriore cercando la sua Ford LTD bianca. Niente da fare. Allora mi fermai in un posto riservato e chiamai Neils Vander.

«Ricordi la rapina sulla Franklin e le impronte che hai analizzato poco tempo fa? Quelle che riportavano a Waddell?»

«La rapina dove rubarono il gilet in piumino di edredone?»

«Proprio quella.»

«Sì, me la ricordo.»

«In quel caso, ti consegnarono anche le impronte digitali del proprietario, a scopo di esclusione?»

«No. Solo le latenti rilevate sul posto.»

«Grazie, Neils.»

Richiamai la centralinista.
«Per favore, potrebbe dirmi se il tenente Marino è di servizio oggi?» chiesi.
La donna ritornò poco dopo all'apparecchio. «Sì, è di servizio.»
«Bene. Allora cerchi di scoprire dov'è finito, per piacere. E gli dica che sono la dottoressa Scarpetta, e che è urgente.»
Un minuto più tardi, la voce della centralinista tornò a farsi sentire. «È alla stazione di rifornimento della municipale.»
«Gli dica che lo raggiungo lì fra due minuti.»
La stazione di rifornimento della polizia municipale, rigorosamente self-service, si trovava in uno squallido spiazzo d'asfalto circondato da catenelle. Non c'erano addetti, né bagni, né distributori automatici di bevande, e l'unico modo per pulirsi il parabrezza era portarsi da casa un rotolo di carta e una spugna. Marino stava riponendo la tessera della benzina nel taschino con cerniera dove la teneva abitualmente. Accostai e lui scese dalla macchina, appoggiandosi al mio finestrino.
«Ho appena sentito la notizia alla radio.» Non riuscì a contenere un sorriso. «Dov'è Grueman? Voglio stringergli la mano.»
«L'ho lasciato in tribunale con Benton. Cosa è successo?» All'improvviso mi colse un senso di vertigine.
«Non lo sai?» ribatté lui, incredulo. «Merda, capo: ti hanno scagionata, ecco cosa succede. In tutta la mia carriera, mi sarà successo sì e no due volte di assistere a una cosa del genere. La giuria d'accusa che scagiona l'imputato!»
Inspirai profondamente e scossi la testa. «Immagino che dovrei mettermi a ballare dalla gioia. Però adesso non me la sento.»
«Probabilmente non me la sentirei neanch'io.»
«Senti, come si chiamava il tizio che ha denunciato il furto del gilet di piumino?»
«Sullivan. Hilton Sullivan. Perché?»
«Nel corso della mia deposizione, Patterson ha avuto il coraggio di insinuare che per sparare a Susan potevo avere usato un'arma sottratta al laboratorio di balistica. In altre parole, ha illustrato i pericoli legati all'uso di un'arma personale, per-

ché se e quando l'arma viene ritrovata, il proprietario deve rispondere a un sacco di domande.»

«Sì, ma cosa c'entra tutto questo con Sullivan?»

«Quando si è trasferito in quell'appartamento?»

«Non lo so.»

«Vedi, se io fossi furba e volessi uccidere qualcuno con la mia Ruger, andrei a denunciarne la scomparsa alla polizia prima di commettere il delitto. A quel punto, se per qualche ragione la pistola venisse ritrovata – metti che, presa dal panico, decida di gettarla via – la polizia risalirebbe naturalmente a me, ma io potrei dimostrare, denuncia alla mano, che al momento del crimine la pistola non era più in mio possesso.»

«Stai forse dicendo che Sullivan potrebbe avere sporto una falsa denuncia? E che non c'è stato nessun furto?»

«Sto solo dicendo che forse dovremmo prendere in considerazione questa ipotesi. Il fatto che non avesse un sistema d'allarme e che una finestra fosse rimasta aperta è molto comodo. Così come è comodo rompere le scatole agli agenti, che alla fine sono solo felici di vederti andar via e certo non tornano a prenderti le impronte a scopo d'esclusione. Soprattutto se sei tutto vestito di bianco e hai già avuto da ridire per la polvere nera che ti hanno sparso per la casa. Il punto a cui voglio arrivare è: come facciamo a sapere che le impronte ritrovate in casa di Sullivan non fossero proprio le sue? In fondo lui ci vive, lì, quindi l'appartamento ne sarà letteralmente tappezzato.»

«E l'AFIS le ha identificate come quelle di Waddell.»

«Esatto.»

«Ma allora, se è così, perché mai Sullivan avrebbe dovuto chiamare la polizia rispondendo all'articolo civetta sui furti di capi in piumino?»

«Come ha detto Benton, questo è uno a cui piace giocare. Adora tenere in ballo la gente e si eccita a camminare sull'orlo del precipizio.»

«Maledizione. Posso usare un attimo il tuo telefono?»

Fece il giro della macchina e si sedette dalla parte del passeggero. Compose il numero del servizio informazioni abbonati e si fece dare il numero della portineria di Sullivan. Quando il custode rispose, Marino gli chiese quanto tempo prima Sullivan avesse acquistato l'appartamento.

«Be', e allora chi?» lo sentii ribattere. Poi scarabocchiò qualcosa sul blocchetto. «Che numero e di fronte a quale strada? Okay. E la macchina? Sì, se ce l'ha.»

Dopo aver riappeso, mi guardò. «Cristo! Quello non ha nessun appartamento. Il proprietario è un uomo d'affari, e Sullivan l'ha affittato la prima fottuta settimana di dicembre, capisci? Per l'esattezza, pagò il deposito il giorno sei.» Aprì la portiera, aggiungendo: «E guida un furgone Chevy blu scuro. Uno di quelli vecchi, senza finestrini».

Mi seguì fino alla centrale, dove lasciammo la mia macchina nel posto riservato di Marino. Quindi ripartimmo di gran carriera, diretti alla Franklin.

«Speriamo che il custode non l'abbia avvisato» gridò Marino, cercando di sovrastare il rombo del motore.

Quando rallentò, ci trovavamo di fronte a un palazzo in mattoni di otto piani.

«Il suo appartamento dà sul retro, quindi non credo che possa vederci» spiegò, guardandosi intorno. Poi infilò una mano sotto il sedile ed estrasse la nove millimetri che teneva come riserva oltre alla .357 nascosta nella fondina ascellare. Mise in tasca un paio di cartucce extra, si infilò la seconda pistola nella cintura dei pantaloni, contro le reni, poi aprì la portiera.

«Senti, se prevedi una guerra, io preferirei aspettarti in macchina» dissi.

«Se scoppia la guerra ti lancio la mia tre e cinquantasette con un paio di caricatori veloci di ricambio, e sarà meglio che tiri fuori la tua super-mira, capo, tanto per non smentire Patterson. Comunque, tieniti sempre alle mie spalle.» Arrivato in cima alle scale, suonò il campanello del citofono. «Ma non credo che sia in casa.»

Un attimo dopo, la serratura scattò e il portone si aprì. Un uomo anziano dalle sopracciglia grigie e cespugliose si identificò come il custode con cui Marino aveva parlato al telefono.

«Sa se c'è?» chiese Marino.

«Non ho idea.»

«Allora saliamo a controllare.»

«Non c'è bisogno che saliate. Abita su questo piano.» Il custode indicò la direzione. «Seguite quel corridoio e prendete la prima a sinistra. È un appartamento d'angolo, proprio in fondo. Numero diciassette.»

Il palazzo trasudava una sorta di lusso sobrio ma stanco, e ricordava quegli alberghi in cui non si ha mai tanta voglia di fermarsi, perché le stanze sono troppo piccole, gli interni troppo scuri e le pareti un po' scrostate. Notai alcune bruciature di sigaretta sulla moquette rosso scuro, le pareti erano nere e macchiate. Sulla porta dell'appartamento d'angolo di Hilton Sullivan spiccava un diciassette in ottone. Non c'era spioncino, e quando Marino bussò si udirono dei passi all'interno.

«Chi è?» chiese una voce.

«Manutenzione stabile» rispose Marino. «Dobbiamo cambiare i filtri dei termosifoni.»

La porta si aprì, e nel preciso istante in cui vidi quegli occhi azzurri e intensi e loro videro me sentii il respiro mozzarmisi in gola. Hilton Sullivan cercò di richiudere la porta, ma il piede di Marino lo precedette, bloccandola.

«Togliti!» mi gridò, sfilando la pistola e piegandosi di lato, nel tentativo di allontanarsi il più possibile dalla fessura.

Mi lanciai nel corridoio, mentre Marino sferrava un calcio alla porta facendola sbattere rumorosamente contro la parete. Entrò spianando la pistola, e io rimasi immobile dov'ero, temendo e al tempo stesso aspettando la scarica di colpi che sarebbe seguita. Passarono alcuni minuti. Poi sentii Marino farfugliare qualcosa nella sua radio portatile, e subito dopo riapparve, sudato e paonazzo dalla rabbia.

«Non ci posso credere! Quel fottuto se l'è data a gambe dalla finestra e si è dileguato. Maledetto figlio di puttana. Il furgone è nel posteggio, per cui è scappato a piedi. Ho diffuso l'allarme a tutte le unità della zona.» Si asciugò la faccia con la manica della giacca, ansimando.

«Pensavo che fosse una donna» mormorai.

«Cosa?» Marino mi guardò.

«Quando sono andata da Helen Grimes, lui era lì. È venuto a dare un'occhiata mentre parlavamo sulla veranda. Pensavo che fosse una donna.»

«Sullivan era a casa di Helen l'Unna?» ripeté Marino.

«Ne sono assolutamente certa.»

«Ma non ha senso!»

Invece ce l'aveva. E lo capimmo quando iniziammo a guardarci intorno nell'appartamento. Era arredato con mobili antichi e tappeti preziosi, che Marino disse appartenere al proprietario, e non a Sullivan, come da dichiarazioni del custode. Dalla camera da letto giungevano le note di un brano jazz, e proprio lì trovammo il famoso gilet di piumino, appoggiato sul letto vicino a una camicia di velluto beige e a un paio di jeans ordinatamente ripiegati. Le scarpe da tennis e le calze erano sul tappeto. Sul cassettone in mogano erano appoggiati un cappello con la visiera verde e un paio di occhiali da sole, oltre a una camicia azzurra da uniforme con il distintivo di Helen Grimes ancora appuntato sul taschino. Sotto la camicia era nascosta una voluminosa busta di fotografie, che Marino passò in rassegna mentre io guardavo in silenzio.

«Cristo santo» continuava a mormorare.

Una dozzina abbondante di foto ritraevano Hilton Sullivan nudo e legato, ed Helen Grimes nei panni della sadica padrona. Uno degli scenari preferiti sembrava essere quello in cui Sullivan sedeva su una sedia mentre lei recitava il ruolo dell'inquisitore, bloccandolo da dietro con un braccio intorno al collo o infliggendogli altre punizioni. Sullivan era un bellissimo ragazzo biondo, con un corpo asciutto e snello che sospettai possedere una forza sorprendente. Certo era agile. Trovammo anche una fotografia del cadavere insanguinato di Robyn Naismith appoggiato contro il televisore, in sala, e un'altra in cui giaceva su un lettino d'acciaio all'obitorio. Ma quello che più di tutti mi sconvolse fu un ritratto in primo piano di Sullivan: il suo volto era assolutamente privo d'espressione, gli occhi gelidi come immaginavo li avesse mentre uccideva.

«Forse adesso sappiamo come mai era così simpatica a Donahue» disse Marino, rimettendo le foto nella busta. «Perché qualcuno deve pur averle scattate, e la moglie di Donahue mi disse che l'hobby del marito era la fotografia.»

«Helen Grimes deve sapere chi è in realtà Hilton Sullivan» commentai. In quel momento udimmo le sirene.

Marino sbirciò fuori della finestra. «Bene. È arrivato Lucero.»

Esaminai il gilet appoggiato sul letto, e da un minuscolo strappo nella cucitura vidi fare capolino una piuma bianca.

Arrivarono altre macchine. Ci fu un gran sbattere di portiere.

«Noi ce ne andiamo» disse Marino, appena Lucero entrò nell'appartamento. «Sequestrate il furgone.» Poi si voltò verso di me. «Capo, ti ricordi come si arriva a casa di Helen Grimes?»

«Certo.»

«Allora andiamo a fare due chiacchiere con la signora.»

Helen Grimes non aveva molto da dire.

Quando arrivammo a casa sua, tre quarti d'ora più tardi, trovammo la porta anteriore aperta ed entrammo. I termosifoni erano al massimo: avrei riconosciuto quell'odore anche in capo al mondo.

«Cristo santissimo» mormorò Marino non appena mise piede in camera.

Il corpo decapitato, ancora in uniforme, era stato sistemato su una sedia contro il muro. Solo tre giorni più tardi il contadino che abitava nella fattoria dall'altra parte della strada trovò il pezzo mancante. Non capiva come mai qualcuno potesse aver abbandonato la custodia di una palla da bowling proprio in mezzo al suo campo. Ma si pentì amaramente di averla aperta per guardare.

EPILOGO

Il giardinetto sul retro della casa di mia madre, a Miami, si trovava metà all'ombra e metà in un tiepido sole, e la porta a zanzariera era incorniciata dalla rigogliosa massa rossa di un ibisco. Il suo albero di limetta vicino allo steccato era carico di frutti, mentre quelli dei vicini apparivano ancora spogli, o addirittura morti; un fatto che davvero non mi spiegavo, poiché avevo sempre sentito che per far crescere bene le piante occorre rivolgere loro parole gentili, non critiche e insulti.

«Katie?» chiamò mia madre dalla finestra della cucina. Udii l'acqua scrosciare nel lavandino. Inutile rispondere.

Lucy mangiò la mia regina con una torre. «Sai» dissi, «odio veramente giocare a scacchi con te.»

«E allora perché continui a chiedermelo?»

«Io? Ma se sei tu che mi obblighi! E una partita non ti basta mai, per giunta.»

«È solo perché voglio concederti la possibilità di rifarti. Invece ogni volta te la lasci scappare.»

Sedevamo una di fronte all'altra, al tavolo sul patio. I cubetti di ghiaccio nella nostra limonata si erano ormai sciolti, e mi sentivo leggermente scottata dal sole.

«Katie? Vi spiacerebbe interrompervi un attimo e andare a comprarmi il vino?» disse mia madre, sporgendosi dalla finestra.

Osservai la forma della sua testa e il contorno tondeggiante del viso. Ci fu uno sbattere di ante della credenza, poi squillò il telefono. Era per me, ma mia madre si limitò a passarmi il telefono portatile dalla porta.

«Sono Benton» disse la voce familiare. «Vedo qui sul giornale che dalle vostre parti il tempo è magnifico. Da noi invece piove e ci sono sette gradi. Mica male, eh?»

«Mi fai quasi venire nostalgia di casa.»

«Mi sa che ci siamo, Kay. Abbiamo un'identificazione. Si è dato un bel daffare, ha falsificato tutto ad arte. È riuscito a entrare in un negozio d'armi e ad affittare un appartamento senza che nessuno gli chiedesse nulla.»

«Ma dove ha preso i soldi?»

«Denaro di famiglia. O forse aveva da parte qualcosa. In ogni caso, dopo alcuni controlli dei registri della prigione e qualche utile chiacchierata in giro, è emerso che il signor Hilton Sullivan in realtà si chiama Temple Brooks Gault. È originario di Albany, Georgia. Il padre è proprietario di una piantagione di pecan, uno con parecchi soldi. In un certo senso, Gault ha un profilo tipico: ossessionato dalle armi, dai coltelli, dalle arti marziali e consumatore di pornografia violenta. Un tipo antisociale, insomma.»

«E in che senso sarebbe invece atipico?» chiesi.

«Nel senso che pare essere del tutto imprevedibile. In realtà, non corrisponde ad alcun profilo univoco e preciso, Kay. Quest'uomo esula un po' da tutti i canoni: se qualcosa colpisce la sua fantasia, la fa senza pensarci troppo. È estremamente vanitoso e narcisista. I capelli, per esempio: se li schiarisce da solo. Nel suo appartamento abbiamo trovato le tinture, i fissatori e tutto l'armamentario. E poi presenta delle contraddizioni, come dire... strane.»

«Cioè?»

«Per esempio, ha questo vecchio furgone di seconda mano, comprato da un imbianchino. Be', a quanto pare non l'ha mai lavato né pulito, nemmeno dopo averci ucciso Eddie Heath. A proposito, abbiamo ottimi indizi, tra cui le analisi del sangue ritrovato: corrisponderebbe a quello del ragazzo. Questo, comunque, e qui volevo arrivare, è un indice di disorganizzazione. Tuttavia, Gault aveva eliminato ogni impronta dentaria e si era fatto scambiare le impronte digitali, capisci, e questi elementi sono indici di un'estrema organizzazione.»

«Precedenti penali?»

«Una condanna per omicidio colposo. Due anni e mezzo fa

se la prese con un tizio in un bar di Abingdon, in Virginia, e lo colpì con un calcio alla testa. Per tua informazione, è cintura nera di karate.»

«Nuovi sviluppi nelle ricerche?» Lanciai un'occhiata a Lucy, che stava preparando la scacchiera per un'altra partita.

«Nessuno. Ma, per quanto riguarda noi, coinvolti in questo caso, ripeterò quello che ho già detto: quest'uomo non conosce la paura, Kay, segue ciecamente i propri istinti e dunque è praticamente impossibile prevedere le sue mosse.»

«Ho capito.»

«Non abbassare mai la guardia, d'accordo?»

Il problema, pensai, era che in un caso simile non esistevano precauzioni realmente adeguate.

«Dobbiamo restare sempre all'erta.»

«Capisco» ripetei.

«Donahue non si era reso conto di che razza di belva stava sguinzagliando per la città. O, per essere più precisi, non se n'era reso conto Norring. Anche se non credo che sia stato il nostro buon governatore a sceglierlo di persona. Semplicemente voleva riavere la sua borsa, e forse allungò a Donahue una bustarella dicendogli di occuparsene lui. Norring la passerà liscia, ne sono sicuro: ha fatto le cose per bene, e chi sapeva ormai non può più parlare.» Fece una piccola pausa. «Be', naturalmente restiamo sempre io e il tuo avvocato.»

«Che vuoi dire?»

«È chiaro che per lui sarebbe stata una bella vergogna, se fosse trapelata la notizia della valigetta portadocumenti rubata in casa di Robyn Naismith. Grueman ha avuto un piccolo incontro tête-à-tête con lui: pare che Norring sia trasalito, quando en passant gli ha detto che doveva essere stata un'esperienza atroce andarsene da solo al pronto soccorso la sera prima della morte di Robyn.»

Dopo aver controllato alcuni vecchi giornali e aver scambiato quattro chiacchiere con gli infermieri di vari ospedali della città, avevo infatti scoperto che, la sera prima dell'omicidio di Robyn Naismith, Norring era stato curato all'Henrico Doctor's in seguito all'autosomministrazione di un'iniezione di epinefrina nella coscia sinistra. Aveva infatti avuto una forte reazione allergica a un piatto cinese acquistato in un take away, di cui la polizia aveva poi ritrovato i contenitori fra la spazzatura della Naismith. La mia teoria era che un gamberetto fosse inavvertitamente finito negli involtini primavera o in qualche altro cibo consumato a cena dai due amanti. Norring aveva dunque avuto un inizio di shock anafilattico, era ricorso a una delle sue EpiPen – forse una che teneva di scorta a casa di Robyn – e quindi si era recato da solo in ospedale. Ma, nell'agitazione, aveva dimenticato la borsa portadocumenti.

«Personalmente» dissi, «mi basterebbe che Norring si tenesse alla larga.»

«Be', sai, pare che ultimamente abbia accusato problemi di salute in seguito ai quali avrebbe deciso di dimettersi per cercarsi un lavoro meno logorante nel settore privato. Magari sulla West Coast. Sono sicuro che non ti darà più fastidio. E nemmeno Ben Stevens ti ronzerà più intorno. Tanto per cominciare, come Norring ha un bel daffare a guardarsi le spalle per non cadere sotto i colpi di Gault. Vediamo un po'... le ultime voci lo vogliono a Detroit. Lo sapevi?»

«Non è che per caso ci hai pensato anche tu, a minacciarlo?»

«Sai che io non minaccio mai nessuno, Kay.»

«Ma se sei una delle persone più minacciose che abbia mai conosciuto.»

«Significa forse che rifiuterai di lavorare con me?»

Lucy stava tamburellando con le dita sul tavolo, la guancia appoggiata al pugno chiuso.

«Lavorare con te?» dissi.

«Vedi, in realtà è per questo che ti ho chiamato, ma so che devi pensarci sopra. In ogni caso, ci piacerebbe darti il benvenuto a bordo come consulente dell'Unità di scienze comportamentali. Si tratterebbe di un paio di giorni al mese, non di più, anche se di tanto in tanto capitano sempre i periodi di piena. Dovresti rivedere i particolari forniti da medici e avvocati per assisterci nel delineamento dei profili. Le tue interpretazioni ci sarebbero di grande aiuto, capisci, e poi forse hai già saputo che il professor Elsevier, il nostro consulente patologo da cinque anni, andrà in pensione a partire dal primo di giugno.»

Lucy versò il suo bicchiere di limonata sull'erba, si alzò e si stirò.

«Devo pensarci, Benton. Il mio ufficio è ancora così sottosopra. Dammi il tempo di trovare un nuovo assistente e un amministratore, almeno potrò far ripartire il lavoro. Per quando ti occorre una risposta?»

«Diciamo entro marzo?»

«Mi sembra ragionevole. Saluti anche da parte di Lucy.»

Quando riappesi, mia nipote mi lanciò un'occhiataccia. «Perché dici le cose anche quando sai che non sono vere? Io non gli ho affatto mandato i miei saluti.»

«Ma avresti tanto voluto farlo» ribattei. «Ti si leggeva in faccia.»

«Katie?» Mia madre ricomparve alla finestra. «Dovresti proprio rientrare, adesso. Sei stata fuori tutto il pomeriggio. Ti sei messa la crema a schermo totale?»

«Stiamo all'ombra, nonna» gridò Lucy. «Siamo sotto il grande ficus.»

«A che ora ha detto che veniva, tua madre?»

«Appena il suo amico avrà finito di scoparla» rispose mia nipote.

La faccia di mia madre scomparve dalla finestra, e nel lavandino riprese a scrosciare l'acqua.

«Ma Lucy!» sibilai.

Per tutta risposta fece uno sbadiglio, e si diresse verso il bordo del prato per catturare l'ultimo raggio di sole. Rivolse il viso verso la palla infuocata, e chiuse gli occhi.

«Lo farai, vero zia Kay?» disse.

«Farò cosa?»

«Qualsiasi cosa il signor Wesley ti abbia chiesto.»

Cominciai a rimettere i pezzi nella scatola.

«Chi tace acconsente» commentò Lucy. «Lo so. Lo farai.»

«Piantala, dai. Andiamo a prendere il vino, piuttosto.»

«Solo se potrò berlo anch'io.»

«Solo se stasera non devi andare da nessuna parte in macchina.»

Mi passò un braccio intorno alla vita e rientrammo in casa insieme.

QUESTO VOLUME È STATO IMPRESSO NEL MESE DI GENNAIO 1995
PRESSO ARNOLDO MONDADORI EDITORE S.P.A.
STABILIMENTO NUOVA STAMPA MONDADORI CLES (TN)

STAMPATO IN ITALIA – PRINTED IN ITALY